U0826375

铁葫芦

DIANA GABALDON

OUTLANDER

异乡人

2

被诅咒的婚约

〔美〕戴安娜·加瓦尔东 著

林家任　郭虹均 译

百花洲文艺出版社

图书在版编目（CIP）数据

异乡人. 2，被诅咒的婚约 /（美）加瓦尔东著；林家任，郭虹均译. — 南昌：百花洲文艺出版社，2016.2
ISBN 978-7-5500-1654-5

Ⅰ. ①异… Ⅱ. ①加… ②林… ③郭… Ⅲ. ①长篇小说—美国—现代 Ⅳ. ①I712.45

中国版本图书馆CIP数据核字（2016）第034075号

OUTLANDER by Diana Gabaldon
Copyright © 1991 by Diana Gabaldon
Published by agreement with Baror International, Inc., Armonk, New York, U.S.A.
Through the Grayhawk Agency
Simplified Chinese translation copyright © 2016 by Beijing Xiron Books Co., Ltd.
All rights reserved.
本简体中文版翻译由台湾远足文化事业股份有限公司（大家出版）授权

出 版 者　百花洲文艺出版社
社　　址　南昌市红谷滩新区世贸路898号博能中心1期A座20楼　邮编：330038
电　　话　0791-86895108（发行热线）　0791-86894790（编辑热线）
网　　址　http：www.bhzwy.com
E-mail　bhz@bhzwy.com

书　　名　异乡人. 2，被诅咒的婚约
作　　者　（美）戴安娜·加瓦尔东
译　　者　林家任　郭虹均
责任编辑　余　荭
经　　销　全国新华书店
印刷装订　北京鹏润伟业印刷有限公司
开　　本　880mm × 1230mm　1/32
印　　张　13.75
字　　数　319千字
版　　次　2016年7月第1版
印　　次　2016年7月第1次印刷
定　　价　36.00元
书　　号　ISBN 978-7-5500-1654-5

赣版权登字：05-2016-34
未经许可，不得以任何方式复制或抄袭本书部分或全部内容
如发现图书质量问题，可联系调换。质量投诉电话：010-82069336

目 录

第三部分　搜寻

第四部分　避难所

第一部分　硫黄味

第一章　刺痛拇指

我们突然抵达并宣布婚讯所造成的骚动，几乎立刻被另一件更重要的事给冲淡了。

隔天我们坐在大厅里用餐，接受众人的敬酒和祝贺。

“兄弟，谢谢。”詹米优雅地向最后一位祝酒人鞠躬，在掌声逐渐稀疏后坐下。他坐下时木椅晃了一下，他也稍微闭了一下眼睛。

“有点喝多了？”我低声问。敬酒几乎都由他负责，代表我们俩一杯杯喝干，我则顺利逃开，只啜饮几口意思一下，带着明亮的微笑，面对那些无法理解的盖尔语贺词。

他睁开眼，低头笑着看我：“你是说我醉了吗？没有，我可以喝一整夜。”

“你确实喝了一整夜，现在已经很晚了。”我看着面前成排的空酒瓶和空酒罐说。科拉姆桌上的蜡烛已经燃得只剩很短了，流下来的蜡油闪着金光。当麦肯锡兄弟靠近低声说话时，烛光照在他们的脸上，留下了怪异的条纹阴影，他们的皮肤也因此闪烁着光芒。他们应该也可以加入刻在大壁炉边上的令人费解的头像之列。我怀疑那些漫画般的头像之中，有多少是确实根据以前麦肯锡堡主的高傲模样绘制的——它们或许是出自某个颇具幽默感的雕刻师傅之手，或者是某个跟家族很熟的人。

詹米在座位上微微伸了个懒腰，因为轻微不适而苦着脸。“不过，我的膀胱马上就要爆炸了。我很快回来。”他手按在长椅上，灵巧地跃起身跳过椅子，消失在较低的拱道中。

我把视线转向另一边，吉莉丝·邓肯坐在那里，端庄地啜饮着银杯里的麦酒。她的丈夫亚瑟，因为是该区的财政长官，和科拉姆一起坐在隔壁桌。但是吉莉丝坚持要坐我旁边，她说她不想整晚听男人谈那些烦人的事。

亚瑟深陷的眼睛半闭着，因喝酒和疲倦而眼袋发青，重重撑着手臂，面部松垮，没有在听旁边麦肯锡兄弟的对话。光线照出堡主兄弟俩轮廓鲜明的五官，形似一件高浮雕作品，相形之下，亚瑟·邓肯显得更为肥胖和虚弱。

“你丈夫看起来不舒服，是胃病加重了吗？”我说。他的症状挺令人困惑，既不像溃疡，也不像癌症——身上还有那么多肉，所以不是癌症。可能真如吉莉丝所说，只是慢性胃炎。

她用最快的速度瞥了配偶一眼，回头对我耸耸肩。“噢，他没事。不管怎样，病情没有加重。那你的丈夫怎么样？”她说。

“呃，他什么怎么样？”我谨慎地回答。

她用尖尖的手肘亲昵地轻推我肋骨，我才发现她的桌上也有好几个空酒瓶。“嗯，你觉得呢？他脱下衣服后，跟穿着衣服时看起来一样好吗？”

“嗯……”我思索着该如何回答。

她伸长脖子望向门口。“你还说你一点也不在乎他！真有你的。堡里有一半的女孩想拔光你的头发，我要是你，就会当心自己吃了什么东西。”

“我吃了什么东西？”我困惑地低头望着面前的木盘，里头空空如也，只有一点油渍和吃剩的洋葱。

“毒药。”她夸张地用气音在我耳边说，伴着一阵强烈的白兰地气味。

“乱说。”我语气有点冰冷，并往后退了一点，“没人会给我下毒，就只因为我……嗯，因为……”我有点语无伦次，或许我比自己以为的多喝了几口。“好，说真的，吉莉丝。这桩婚姻……我没计划要这样，你知道。我本来根本不想要！”这话不假。“这只是……出于生意上的……必要的安排。”我希望烛光能掩盖我的脸红。

“哈。”她嘲讽地说，“姑娘在床上得到享受的模样，我可认得。”她望向詹米消失的拱道。

“我要是以为那家伙的脖子是蚊子叮的，就太可笑了。”她对我挑起一边银色眉毛，“要真的是生意上的安排，我会说你的钱真值了。”

她再度挨近。“真的吗？拇指的事？”她低声说。

“拇指？吉莉丝，你到底在胡说八道些什么？”

她用小巧直挺的鼻子往下看着我，专注地皱起眉头，美丽的灰眼有点失焦，希望她不要跌倒。

“你当然知道吧？大家都知道！男人的拇指表示着老二的大小。当然，脚的拇指也是。”她明智地补充说：“不过通常很难从脚趾判断，因为都穿着鞋。”“你这只小狐狸，”她的下巴朝拱道指了指，詹米从那里现身，“他那双手，再大的奶子甚至屁股，都可以一把罩住吧？”她又轻推了我一下。

“吉莉丝·邓肯，请——你——闭——嘴！”我用气音说，脸颊灼烫，“会让人听见的！”

“噢，没人……”她说了几个字就停住了，眼睛盯着前方。詹米走过我们的桌子，没见到我们似的，脸色发白，嘴唇紧闭，似乎正专心执行一项不愉快的任务。

“他在苦恼什么吗？”吉莉丝问，“他看来就像刚吃完生大头菜的亚瑟。”

“我不知道。”我往后推开长椅，迟疑着该不该过去。他正走向科拉姆的桌子。我该跟上去吗？显然有事发生了。

吉莉丝往后看向房间的另一端，突然拉拉我袖子，指着詹米刚刚走来的方向。

一个人正站在拱道里，样子比我还迟疑。他衣服上沾满泥泞和尘土，是个旅人之类的。他是信差。不管信息内容为何，他已传给詹米，而詹米现在正弯身在科拉姆耳边低语。

不，不是科拉姆，是杜格尔。红色头颅低垂在两颗深色头颅之间，在将灭的烛光中，三张脸上粗犷英俊的五官奇异地相似。我也发现，他们之所以相似，不是因为遗传了同样的骨骼和肌肉，而是因为他们的脸上露出同样震惊遗憾的表情。

吉莉丝的手陷入我前臂的肉里。“坏消息。”她说。这句话真是多此一举。

* * *

“二十四年，看来是很长的一段婚姻。”我轻声说。

“没错。”詹米同意道。一阵温暖的风，吹乱我们头上的树枝，也吹起我肩上的头发，搔着我的脸。“比我活过的时间还长。”

他靠在围场的篱笆上，身形瘦长优雅，体格健壮。我常忘了他有多年轻，他看来这么自信，这么有能力。

他把一根稻草弹入围场里的烂泥中，说：“不过，我怀疑杜格尔陪她的时间有没有超过三年。他大部分时候都待在这里，你知道，在城堡里，不然就是在领地上四处跑，帮科拉姆办事。”

杜格尔的妻子茉拉，在他们碧恩纳特的土地上死了。突然高烧而死。杜格尔破晓就起程，去办理丧事和处置财产，同行的还有奈德・高恩和前夜通报消息的信差。

“所以，婚姻关系不亲密？”我好奇地问。

詹米耸耸肩：“算亲密了，我想。她有孩子和庄园的事要忙，我不觉得她很想他，不过当她见到他回家，确实是很高兴的样子。”

“对噢，你跟他们一起住过。”我静下来思索着。我想，这会不会就是詹米对婚姻的看法：分开生活，只有偶尔为了繁衍后代才碰头。不过，虽然他透露得不多，但从中仍可得知他父母的婚姻关系是亲密而深情的。

他那可怕的读心术又看出了我的想法，他说：“他们跟我的家人不一样，你知道。杜格尔的婚姻是长辈安排的，跟科拉姆一样，比较像是为了土地和生意而结合，并非出于情投意合。而我父母……嗯，他们是恋爱结婚，而且违背了两家人的意愿，所以我们……不能说是被扫地出门，可以说是比较独自地生活在拉里堡。我父母不常拜访亲友，也不常到外头办事，所以我觉得他们比一般夫妻更关注彼此。”

他一手扶着我后背，让我靠向他。他低下头，嘴唇轻拂过我的耳朵上方。“我们结婚是别人安排的，”他轻声说，“不过，我还是希望……或许有一天……”他突然停顿，撇嘴一笑，挥了挥手。

我不想鼓励他往那个方向想，努力挤出一个中立的微笑回应他，转头望向围场。我可以感到他在我身旁，彼此没什么碰触，他的大手握着围篱顶端。我自己握着围篱，刻意不碰他的手。我多么想转过身去，给他安慰，用拥抱和言语对他保证，我们结婚不只是生意上的安排。可是事实让我却步。

“我们之间算什么，”他曾这样说，“我触碰你，而你和我躺在一起。”不，这一点也不平常，也不像我最初想的那样，以为只是单纯的迷恋。迷恋是最单纯的了。

事实是，在誓言、忠诚和法律的约束下，我和另一个人绑在一起。还有爱情。

我不能，绝对不能告诉詹米我对他的感觉。如果我告诉了他，然后离开——而我一定得离开——那将是残酷的极致。此外，我也不能对他说谎。

“克莱尔。”他转过身来，我感到他正低头看我。我没开口，但他低头吻我时，我抬起脸来。我也不能用这种方式骗他，我不会。毕竟，我模糊地想到，我答应过对他诚实。

我们被大大的一声“嗯哼”打断，声音从围场篱笆后方传来。詹米吓了一跳，转身望去，本能地把我塞到背后，然后他笑了。老亚历克·麦克马洪穿着格子呢紧身裤站在那儿，那只明亮的蓝眼嘲弄地看着我们。

这个老男人握着一把大剪刀，那是给动物去势用的，看起来很可怕。他举起来，嘲讽地向我们挥挥手。“我正准备对穆罕默德动用这个，或许更应该用在这里吧，嗯？”说着他生动地动了动厚刀片，发出“咔嚓”声。“小兄弟，这剪刀可以让你把注意力放在工作上，而不是老二上。”

“少开玩笑，你在找我吗？”詹米笑着说。

亚历克扭动着像毛毛虫一样的眉毛。“不，你怎会这么想呢？我倒想试试自个儿阉掉一匹两岁的纯种马，好好享受一下这个过程。”他为自己的玩笑话轻笑几声，接着朝城堡挥动大剪刀。“走吧，小姑娘。你可以晚餐时再把他带走，那时他会好好对你的。”

詹米显然知道这是玩笑话，伸手利落地抢下剪刀。

“给我吧，我拿着会觉得安心一点。”他说，对着老亚历克挑起一边眉毛。“去吧，外乡人。我帮亚历克做完事，再去找你。”

他弯身亲我脸颊，在我耳边低声说：“太阳半沉的时候，来马房。”

* * *

理士城堡的马房造得很好，好过一路上和杜格尔经过的许多农舍。马房的墙壁和地板都是石造的，其中仅有的开口，是位于底端的窗户和位于另一端的门，以及厚茅草屋顶下的几道狭缝——那是为了让猫头鹰出入方便而故意留的，它们能控制干草堆里的老鼠数量。这些开口流入的空气很充足，光线也很足，所以马房里呈现出令人舒适的昏黄，而不是阴暗。

干草棚上，屋顶正下方，光线更好。光线在成堆的干草上留下黄色条纹，照亮了飘浮的尘粒，仿佛一片金粉雨。空气从窄缝暖暖流入，闻起来有外头花园里的树干、西洋石竹和大蒜的味道，马匹的动物气味则从下面飘上来。

詹米在我手下动了动，并坐起身来，这个动作让他的头从阴影进入阳光，像蜡烛被点亮一样。

“怎么了？”我困倦地问，转头望向他看的方向。

“是小哈米什。”他轻声说，从阁楼边缘向下望，“我猜他是要找他的小马。”

我笨拙地翻身趴在他旁边，拉过衣服稍微遮掩一下。这念头很傻，因为下面的人最多只能看到我的头顶。

科拉姆的儿子哈米什，正缓缓走过畜栏中间的走道。他在靠近某些畜栏时放慢脚步，几个栗色头颅因好奇而探出，不过他完全不予理会。显然他在找什么东西，而且要找的不是他的那匹肥胖的褐色小马，后者正在马房门边的畜栏中平静地啃着稻草。

“我的天，他要找多纳斯！”詹米抓起苏格兰裙匆匆围上，跃下阁楼。他不必动用梯子，双手一吊，接着就落到地面了。他轻盈地落在稻草散落的石地板上，不过还是发出砰的一声。哈米什转过身来，吓得瞪大眼睛。

哈米什看清是谁之后，长着雀斑的小脸稍微放松一点，但仍警觉地瞪着蓝眼。

“需要帮忙吗，小老弟？”詹米亲切地询问，走向某个畜栏，靠着一根支柱，成功挡在哈米什和他看准的畜栏中间。

哈米什迟疑一会儿，接着挺起胸膛，抬起小小的下巴。“我要骑多纳斯。”他试图以坚决的语调说，但有点虎头蛇尾。

多纳斯，它的名字代表“恶魔”，而且绝无赞美之意。它在马房底端自己的畜栏中，和其他马匹之间还留出一个空栏，以保安全。它是一匹身形巨大、脾气暴躁、红褐色的成年公马，谁都无法驾驭它，只有老亚历克和詹米敢走近它。从它的畜栏里传出一声烦躁的尖叫，一颗红铜色的大头突然出现，大黄牙上下一开，想咬它面前的那副诱人裸肩，不过并未成功。

詹米镇定自如，他知道那匹马碰不到他。倒是哈米什尖叫一声向后跳去，突然出现的闪亮大头、充血滚动的眼睛以及大开的鼻孔，显然吓得他说不出话。

“我想我不能答应你。”詹米温和地说。他往下伸出手，抓住小表弟的肩膀，带他走开，那马在畜栏里蹬腿抗议。当多纳斯以它足以致命的马蹄撞上畜栏木板时，哈米什的身体随之抖了一下。

詹米转过男孩的身体，双手叉腰，俯看着他。“好了，现在告诉我，为什么你要骑多纳斯？”他态度坚定地问道。

哈米什顽固地绷着脸，可是詹米的表情既坚定又带着鼓励。他轻推一下男孩的肩膀，得到浅浅的微笑。“说吧，孩子。你知道我不会告诉别人。你做了什么蠢事吗？”詹米语气温柔地说。

男孩白皙的肌肤上浮现出一抹淡淡的绯红。“没有，至少……没有。嗯，可能是有一点点蠢。”

经过一番询问，他终于说了出来。刚开始他还吞吞吐吐，接着便一发不可收拾。前一天，他带着自己的小马出去，跟几个男孩一起骑马。几个年纪较大的男孩互相比较，看谁的马可以跨过更高的障碍。哈米什对他们又羡又妒，理智最后被逞强战胜，他试着逼迫胯下的肥胖小马越过一道低矮的石墙。小马没有能力，也没有兴趣，在石墙前方突然停下，把小哈米什从马背上甩出石墙，他难堪地跌入荨麻丛中。哈米什被荨麻和同伴的嘘声刺伤，决定今天要带一匹“真正的马”出来，他是这么说的。

“我带多纳斯出来，他们就不会笑了。”想到那幅画面，他不禁露出得意的笑容。

“对，他们不会笑，”詹米同意道，“他们会忙着收拾残局。”

他盯着表弟，慢慢摇晃他的头。“告诉你，小老弟。马要骑得好，要有勇气，还要有智慧。你有勇气，但欠缺智慧。”他安慰地搭着哈米什的肩膀，带他走向马房底端。

“过来，兄弟。帮我耙草，我们来认识一下科巴。你说得对，等你准备好了，你应该有更好的马，但你不必为了证明自己而害死自己啊。”

他经过我下方的时候，向阁楼看了一眼，然后扬起眉毛无奈地耸耸肩。我微笑着，对他挥挥手，让他尽管去做。詹米从门边放置落果的篮子中拿出一颗苹果，又从角落里拿了长柄草耙，然后带着哈米什走回中间的一个畜栏。

“来，小老弟。”他停顿一下，轻吹一声口哨，一匹枣红马的宽大脑袋便停住不动，鼻孔喷着气。深色眼睛大而温和，耳朵微微前翘，给人一种亲切而机灵的感觉。“喂，科巴，你好吗？”詹米坚定地拍拍它光滑的脖子，搔搔它翘起的耳朵。“过来，”他朝小表弟挥挥手，“对，来我身边，靠过来让它闻你。马喜欢闻你。”

“我知道。”哈米什带着傲气，语调高亢地回答。他好不容易碰到马鼻，往上面拍了拍。马头低下来，好奇地嗅闻他的耳朵，吹起他的头发。哈米什静静站在原地。“给我一颗苹果。”他对詹米说，詹米照做。它柔软光滑的嘴唇，优雅地从哈米什手上拨过苹果，往后弹入大大的臼齿间，汁液横流地咬了几下，苹果就不见了。

詹米鼓励地看着他们：“很好，你们会相处得很好。那你继续跟它交朋友，我喂完其他马之后，你就可以带它出去骑了。”

“我自己去吗？”哈米什急切地问。科巴这名字的意思是“泡沫”，它脾气温和，是勇健的阉马，而且比褐色小马强多了。

“我看着你绕围场骑两圈，如果没跌下来，或扯痛它嘴巴，就可以自己骑了。不过，我没说可以的时候，不准带它跳。”詹米弯着腰，长长的背在马房温暖昏黄的光线中隐约闪烁着，他从一角铲起一耙干草，放入其中一间畜栏。

他直起身子，对表弟微笑道：“给我一颗，好吗？”他把耙子靠在畜栏上，接过递过来的苹果啃了一口。两人站着一起吃着，肩并肩靠着马房的墙。詹米吃完后，把果核递给一匹蹭着鼻子的栗色马，接着又拿起耙子。哈米什跟着他走过走道，慢慢嚼着苹果。

“我听说我父亲是很好的骑手，”一阵沉默后，哈米什怯生生地说，“在……在他不能骑马以前。”

詹米迅速瞥了表弟一眼，但等干草都丢进栗色马的畜栏后，才开口说话。他并没有直接回应哈米什的问题，而是回应问题背后的想法。“我没见过他骑马，但我告诉你，小老弟，我希望你永远不必像科拉姆那么勇敢。”

我看见哈米什的目光好奇地停留在詹米疤痕累累的背上，但他没说话。吃完第二颗苹果后，他的念头似乎转移到了另一个主题。

“鲁珀特说你得结婚。”他满嘴苹果地说。

“我想结婚。”詹米坚定地说，把长柄草耙靠回墙上。

“哦，嗯……好。”哈米什不太肯定地说，好像这个新的想法让他有点不知所措，“我只是在想……你会介意吗？”

“介意什么？”詹米看出这对话可能会花一点时间，于是在一大捆干草上坐下来。

哈米什的脚没有真的触到地，否则会弄出窸窸窣窣的声音。他踢不到地，便用脚跟轻轻踢着捆紧的干草。

“你会介意结婚这件事吗？”他盯着表哥，“我是说，每天晚上都跟同一位女士上床睡觉。”

“不介意，”詹米说，“我不会介意，其实这是一件很愉快的事。”

哈米什露出怀疑的样子。

“我不认为我会那么喜欢这件事。所有我认识的女孩都瘦得跟竹竿一样，而且闻起来有大麦茶的味道。那位女士克莱尔——我是说，你的夫人，”他赶紧补充，好像要避免混淆一样，“她，呃，她看起来好像比较好睡，我是说，很软。”

詹米点点头：“对，没错，而且还很香。”即便光线微弱，我仍看得见他嘴角的肌肉在抽动，我还知道他不敢抬头往阁楼这边看。

很长时间的停顿。

“你怎么知道？”哈米什说。

“知道什么？”

“要跟哪位女士结婚才对。”男孩不耐烦地说。

“哦。”詹米向后仰，靠在石墙上，手放在脑后，“有一次，我问我父亲同样的问题，他说，你就是会知道，而要是你不知道，那就不是对的姑娘。”

“嗯……”从哈米什雀斑满布的小脸看来，这解释差强人意。哈米什向后坐，有意模仿詹米的姿势，穿着袜子的脚凸出草堆边缘。他个头虽小，但骨架结实，看得出来有朝一日会和他表哥差不多。方正的肩膀，优雅坚硬的头骨所呈现的倾斜弧度，几乎一模一样。

“你的鞋在哪儿？”詹米责备道，“你不会又把鞋丢在牧场上了吧？要是弄丢了，你妈会打你耳光的。”

哈米什耸耸肩，不把这威胁当一回事，显然他脑中有更重要的事。

“约翰……”他皱着淡茶色的眉毛思考道，“约翰说……”

“马夫约翰，厨子约翰，还是约翰·卡梅隆？”詹米问。

“马夫，”哈米什挥挥手，扫开詹米的插话，“他说，呃，关于结婚……”

“嗯？”詹米鼓励他说下去，但脸很巧妙地转向旁边。他眼睛向上看，对上我的眼睛，我正从边缘窥看着。我对他笑，而他得咬着嘴唇才能忍住不对我笑。

哈米什深吸一口气，然后匆匆吐气，像推鸟弹一样把字一个个挤出来：“他说你得像种马对母马那样服侍姑娘，我不相信，这是真的吗？”

我用力咬住指头，才没笑出声来。詹米位置没那么好，手指深深陷入腿上的肌肉，脸变得跟哈米什一样红。他俩就像蔬果展览会上的两颗番茄一样，在草堆上等着别人评分。

“呃，是……嗯，就某方面来说……”詹米声音有点卡住，接着重新整理好自己的情绪。“是，是这样。”他坚定地说。

哈米什有点惊恐地朝旁边的畜栏望了一眼，枣红色阉马正在里面休息，一英尺长的生殖器从下方凸出。接着他怀疑地望着自己的大腿中间。我拿了一团布塞住自己的嘴巴。

“不过你知道，两者还是有差别的，”詹米继续说，红润的色泽开始从他脸上褪去，虽然嘴角仍颤抖着，“首先……我们比较温柔。”

“你没咬住她们的脖子吗？”哈米什有着那种认真做笔记的专注严肃的神情，“这样她们才不会乱动吧？”

“呃……没有。反正，不常见啦。”詹米运用他强大的意志力，勇敢担起启蒙的责任。“还有一点不同，”他小心不往上看，“你可以面对面做，而不是从背后。那位女士比较喜欢这样。”

“那位女士？”哈米什似乎有点怀疑，“我觉得我宁可从背后来，我觉得我做那种事情的时候，不想让人看着我。”接着又问：“会很难吗？很难不笑吗？”

* * *

晚上准备上床时，我还想着詹米和哈米什的对话。我把厚被子往下拉开，自顾自地笑了起来。一阵凉风灌入窗户，我期待着爬进被窝，偎着詹米。他不怕冷，仿佛随身带着小火炉。他的皮肤总是很暖，有时甚至发烫，好像一触及我冰凉的肌肤，他的体温反而烧得更烈。

我仍是个陌生人，一个外乡人，但已不是堡里的客人。已婚的女人看来多少亲切一些，而现在我也跻身其中。对于我抢走市面上的一位年轻有为的单身汉，年轻点的女孩好像都深恶痛绝。其实，注意到这么多冷眼和窃窃私语后，我甚至开始好奇，在詹米·麦克塔维什短暂停留堡内期间，究竟有多少女孩成功地和他进到那隐蔽的凹室。

当然，他不再是麦克塔维什了。堡内居民大多知道他本来是谁，而不管我是不是英国间谍，现在也没必要知道了。所以他对外变成了弗雷泽，而我也是。我现在是以弗雷泽夫人的身份进入厨房上方的房间。已婚女人都在那里做女工和哄孩子，交换妈妈经，以及用鉴定的目光毫不掩饰地直盯着我的腰线。

因为先前受孕困难，当我同意嫁给詹米时，并未考虑过怀孕的可能，在略带忧惧地等待之后，月事准时来了。这一次，我大大松了一口气，而不是像先前那样伤心。我目前的生活已经够复杂了，没办法再容纳一个婴儿。但我想，詹米大概有点失落，虽然他也声称松了一口气。以他的情况而言，做父亲是件奢侈的事，他还不太能承受。

门开了，他走进来，用亚麻巾擦着头，水珠从湿润的发梢滴落，在上衣上留下深色水印。

“你去哪儿了？”我惊讶地问。跟村庄和农地的住宿条件比起来，理士城堡可算奢华了，即便如此，此处也没有什么傲人的沐浴设施，顶级的不外乎科拉姆用来泡脚的铜制浴缸，以及某些女士为了隐私而大费周章地把水装满的稍大浴缸。一般洗浴，都是用水盆和水罐，局部清洗身体；要不然就是到户外，在湖边或花园外的一个石板地的小室里，年轻女子习惯在那里裸身站着洗澡，让朋友把水一桶一桶地往身上倒。

“湖边。”他回答，并把湿毛巾整齐地挂在窗台上。他严肃地说：“有人没关畜栏，马房的门也没关，然后科巴在星光下游了个泳。”

“噢，难怪你晚餐时没出现。但马不喜欢游泳，不是吗？”

他摇摇头，手指梳过头发，让它风干。“对，不喜欢。但马有各式各样的，就像人一样，你懂吧。科巴喜欢鲜嫩的水中植物，它在水边吃草，一群村里的狗来了，把它赶进湖里。我得赶跑它们，再到湖里抓它。等我抓到小哈米什，我会让他知道，不关门会有什么后果。”他表情严肃专注。

“你要跟科拉姆说吗？”我问，并为祸首感到一阵同情。

詹米摇摇头，在皮袋子里摸索，拿出一条面包和一块乳酪，显然是从厨房摸来的。“不会。科拉姆对那家伙十分严格，要是听见他这么不小心，会一个月不让他骑马——他被抽了一顿后，就算想骑马也办不到。天哪，我饿昏了。”他狼吞虎咽地啃着面包，掉了一地面包屑。

“别把床弄脏。”我边说边滑进被窝，“那你打算怎么做？”

他吞下剩下的面包，对着我笑：“别担心。明天晚餐前，我会带他去湖上划船，然后把他丢进湖里。等他上岸弄干身体的时候，晚餐已经结束了。”他三口吃完乳酪，不顾形象地舔着手指。“就让他又湿又饿地上床睡觉，看他喜不喜欢。”他狠狠地说。

他满怀希望地查看书桌抽屉——我有时会在里面放苹果或其他零食。不过今天这里面没东西，他叹口气关上抽屉。

“我想我应该能活到吃早餐。”他冷静地说，然后迅速脱掉衣服，爬进被子，躺在我身边发抖。虽然他的手脚因为在冰冷的湖里游泳而冰凉，但身体依然有着天生的温暖。

“嗯，捧着你好舒服。”他喃喃地说，身体好像做着捧的动作，“你闻起来不一样，今天挖了什么植物吗？”

“没有。”我惊讶地说，“我还以为是你——那个味道，我是说。”那是一种强烈的药草味，不难闻，但不太熟悉。

“我闻起来像鱼，还像落水马。”他嗅着自己的手背，又靠过来吸一口气，“不是，也不是你，但就在附近。”

他滑下床，翻过被子搜寻着。我们在我的枕头下找到了那东西。

“这到底是……”我把那东西拿起来，但又立刻丢开，“哎呀！有刺！”

那是一小束植物，被随意连根拔起，以黑线绑在一起。植物已经干枯，但刺鼻的气味仍从低垂的叶片上散发出来。整束植物里只有一朵花，是压扁的樱草花，刺到我拇指的是茎上的刺。我吸吮着被刺伤的指头，用另一只手谨慎地翻过那束植物。詹米站着没动，低头看了好一会儿。突然间他拿起植物，丢向打开的窗户，扔进夜色中。他回到床边，把植物根上的泥土碎屑用力扫到掌心，扔出窗外。他砰的一声甩上窗户走回来，拍拍手掌。

“没了。”他说，然后爬回床上，“回床上来，外乡人。”

“那是什么？”我爬进被窝躺在他身旁问道。

“一个玩笑吧，我想。很糟的玩笑，但只是玩笑。”他撑起一只手肘，吹熄蜡烛，对我说，“过来，褐发美人。我好冷。”

＊＊＊

尽管那诅咒令人不安，但门已上闩，又有詹米的臂弯，在双重保护之下，我睡得很好。接近破晓时，我梦见青草如茵，蝴蝶飞舞。黄的、褐的、白的、橘的，像秋叶一样绕着我飞，在我头上和肩上发光，像雨水滑落我的身体，纤细的脚在我肌肤上搔着，光滑的翅膀拍动着，像是在微微呼应我的心跳。

我轻轻飘向现实表层，发现在我肚皮上骚动的蝴蝶脚是詹米柔软红色的鬈发，而困在我大腿间的那只蝴蝶，是他的舌头。

过了一会儿之后，我说：“嗯，这让我非常舒服，你呢？”

“我吗？我大概已经四十五秒了，假如你继续保持这个姿势的话，”他笑着把我的手拿开，“但我比较想慢慢来。我天生缓慢谨慎，你应该看得出来。今晚是否有荣幸请您作陪，夫人？”

“可以。”我把手臂放在脑后，半闭着眼盯着他，带着挑战的意味，“假如你这话的意思是，你太弱了没办法一天两次的话。”

他眯着眼，坐在床沿看我。突然一阵白光，他扑了上来，我发现自己被紧紧压在羽毛床上。“好，嗯，别说我没警告你。”他埋头在我的发间。

两分半钟之后，他呻吟着睁开眼。双手大力搓揉着头和脸，短一点的毛像刺一样竖起。接着，他含混不清地用盖尔语咒骂一阵，不情不愿地滑出被窝，开始穿衣，在早晨凉凉的空气中微微颤抖。

“我想，你大概不能对亚历克说你病了，然后回床休息吧？”我怀抱着一丝希望问。

他笑了，弯身亲我，然后伸手到床下找袜子。“外乡人，就算我这样说，但没有天花、瘟疫，或惨重的外伤作为证据，我想这借口应该没用吧。只要我没流血，老亚历克就会立刻出现在这儿，把我从临终病床上拖下来，加快我龟速的动作。”

他拉起长袜，在折下袜口时，我看着他线条优美的小腿。“要有严重外伤，是吗？我可以沿着那几条线弄出点状况来。”我心怀不轨地说。

他咕哝一声，伸手去拿另一只袜子。“嗯，注意你攻击的方位，外乡人。”他努力挤出猥亵的眨眼表情，最后斜眼看着我，“你瞄准的部位太高了，可别怪我手下无情。”

我挑起一边眉毛，缩回被窝：“别担心，不会超过膝盖的，我保证。”

他拍拍我一边的臀部，然后离开前往马房，嘴里大声哼着《石楠丛上》的曲调。副歌的声音从楼梯上传回来：

身边坐着小女孩，她抓着我膝，
虎头蜂呀飞呀飞，叮在我的膝，
飞呀飞在石楠丛，飞在班迪可！

我得出结论：他说得对，他没有音乐天分。

我又沉入短暂而满足的昏睡状态，不过很快又醒来，起身到楼下用早餐。堡里大多数人都已吃完早餐去工作了，那些还在厅里的人都愉快地跟我打招呼。没有斜眼，也没有包藏祸心的表情，看来没有人暗自想着自己肮脏的小把戏会不会成功。尽管如此，我还是环顾了那些脸孔。

我拿着篮子和挖掘棒独自在花园和田间度过了整个上午，因为有些常用的药草快用完了。通常村民都是去吉莉丝・邓肯那里看病，但是近来她或许忙于她丈夫的病，而无暇顾及她的常客，所以有几个病患来到我的诊疗处，药材的用量因此大为增多。

下午接近傍晚时分，我待在诊疗处。看病的人不多：一个持久性湿疹患者，一个拇指脱臼患者，一个打翻锅被热汤烫到腿的帮厨男孩。我给湿疹患者和烫伤男孩分别开了草根臼药膏和蓝菖蒲药膏，又给拇指脱臼患者复位并固定了拇指，之后，我便专心用已故比顿的小钵捣碎石根草。这植物的名字取得很妙。

捣药的工作很琐碎，但适合在慵懒的下午做。天气很好，我站在桌边向外望时，看见蓝色阴影从榆树下向西延伸。

依序排列的玻璃瓶在屋里闪耀着微光，橱柜上则整齐铺放着绷带和敷布。药材柜已经过彻底清洁和消毒，现在储藏着用棉纱布袋好好包着的干燥的叶片、草根和蘑菇。我深深吸了一口室内辛香刺激的味道，再满足地呼出来。

接着我停下捣药动作，放下捣杵。我惊讶地发现，我很满足。尽管这里的生活充满不确定，尽管某些人的诅咒令人不快，尽管对弗兰克的思念不断隐隐刺痛着我，但我并没有不快乐——几乎算是相反。

我立刻被羞耻和背叛的感受淹没。我怎么可以独自快乐？弗兰克一定担心到发狂了。我想，即便没有我，时间还是在继续——我看不出它有什么理由不继续——我一定已经消失四个月以上了。我想象他搜遍整个苏格兰乡间，联络警方，等着跟我有关的迹象和消息。此时，他一定已经打算放弃希望，转而等待找到我尸体的消息了。

我涌起一阵罪恶感，感到悲伤和难过。我放下研钵，在窄小的房中来回踱步，双手擦着围裙。我早该逃走的，我应该更努力。可是我试过了，我提醒自己。我试过好几次了——结果发生了什么？

对啊，看！我嫁给了一个苏格兰逃犯，一起被一个有虐待狂倾向的龙骑兵队长追缉，跟一群野蛮人在一起。倘若这些人认为詹米会威胁到他们珍贵的宗族遗产，必定会格杀勿论。最糟的是，我竟然觉得很快乐。

我坐下来，无助地盯着成排的瓶瓶罐罐。自从回到理士城堡过着平常的生活，我刻意压下以前那段生命的记忆。在我内心深处，我知道得快点做决定，但我一直拖延，一小时又一小时，一天又一天，把我的不安埋藏在有詹米陪伴的喜悦之中——还有他的臂弯里。

突然，走廊传来一阵碰撞和咒骂声，我匆匆起身走到门边，詹米踉踉跄跄地走入，一边由驼着背的老亚历克扶着，另一边是马夫——人很热心但没什么力气。他在我的凳子上坐下，伸出左脚，不舒服地皱着脸。他的表情与其说疼痛，不如说是烦躁，所以我跳过问候的步骤，直接跪下来检查他受伤的脚。

“轻微拉伤。你做了什么？”我大略检查之后说。

“摔倒了。”他简短地回答。

“从围篱上掉下来？”我嘲弄地问。

“不是，从多纳斯背上。”他怒目而视。

“你骑了那家伙？”我难以置信地问，“如果是这样，你很幸运，只有脚踝拉伤。”我拉出一条绷带，开始包扎关节。

“嗯，没那么糟。老兄，其实你一度还驾驭得挺好。”老亚历克明断地说。

“我知道。一只蜜蜂叮了它。”此时我正拉紧绷带，他紧咬着牙怒声说着。

老亚历克扬起浓密的眉毛。“哦，只是一只蜜蜂吗？那畜生的反应好像是被箭射中一样。它四脚离地一跃而起，落地后就完全失控，在围栏里到处乱窜，像被困在罐子里的大黄蜂一样，”他下巴朝着詹米一指，“但这个家伙也没放手，一直等到那匹红褐色大魔头越过围篱才松开。”詹米做出不悦的表情回应他。

“越过围篱？那它现在在哪儿？”我问，站起来把手拍干净。

“在回地狱的路上吧，我猜。”詹米边说，边放下一只脚来，小心翼翼地把身体的重量放上去。“希望它留在那里。”他痛得缩了一下，身体又坐回去。

“魔鬼要半跛的公马有什么用？”亚历克说，“必要时，它自己就可以变成马。”

“或许多纳斯就是魔鬼变成的。”我觉得有趣，加上一句。

“这点我不怀疑。魔鬼一般是黑色公马，它不就是吗？”詹米的脚还是很痛，但他开始恢复平常的幽默功力了。

“噢，没错。它是黑色骏马，奔跑的速度就跟男人和少女交流的念头一样快。”亚历克说。他亲切地对詹米笑笑，然后起身要走。“说到这个，你明天不必来马房了。”他对我眨眨眼，“留在床上就好，兄弟。还有，呃……好好休息。”

“为什么每个人好像都觉得，我们脑袋里除了上床就没别的东西了？”我望着那个脾气暴躁的驯马师离去。

詹米再度试着站起来，手撑着桌面。“一方面，我们结婚还不到一个月；另一……”他抬起头，笑着摇摇头，“我之前告诉过你，外乡人，你想的事都写在脸上。”

“不会吧？”

* * *

隔天早上，我除了迅速跑了一趟诊疗室检查紧急状况外，一直在为我唯一的病患处理他那些麻烦的需求。

“你应该休息。”我一度如此斥责他。

“我是在休息啊。嗯，至少，我的脚踝在休息。明白？”

一只没穿袜子的长腿伸向空中，骨架优美而修长的脚来回摆动。脚摆到一半突然停止，脚的主人发出一阵闷闷的“呃”声。他放下脚，轻轻按揉还肿着的脚踝。

“该学乖了吧！走吧，你在床上闷够久了，需要新鲜空气。”

我一边说，一边从被子下伸出脚来。

他坐起身，头发垂落到脸上。“我以为你说我需要休息。”

“你可以在新鲜空气中休息。起来，我要铺床了。”

他一边抱怨我对一个受重伤的人有多无情、多不体贴，一边起床穿衣，然后等我帮他包扎受伤的脚踝，以恢复原本的活力。“外面挺暖的。”他说，并朝窗户瞥了一眼。窗外的毛毛雨已经变成了倾盆大雨。“我们去屋顶。”

“屋顶？哦，当然好。让扭伤的脚踝爬六层楼梯，我想不出比这更好的处方了。”

“是五层楼梯，而且我有拐杖。”他从门后拿出所谓的“拐杖”，脸上带着胜利的炫耀表情，那是一根陈年的山楂木棍。

“你从哪里拿到这东西的？”我问，拿起棍子查看起来。我仔细看着，发现那棍子很破旧，三英尺的硬木上满是缺口，几经岁月琢磨，硬得像钻石一样。

“亚历克借给我的。他用这棍子驱赶骡子，在骡子的双眼之间轻敲，让它们专注。”

“听起来很有效，”我看着那根磨损的木头，“我有机会一定要试一试，好好敲一敲你。”

最后我们抵达屋顶，站在凸出的石瓦下的小小遮蔽处，小小的望台围着一圈低矮的栏杆。

“噢，好美！”尽管风雨很大，屋顶上望出去的风景依旧美极了。我们可以看到湖面上宽广的银色波纹，后方高耸的峭壁直直插入灰沉沉的天空，好像黑色拳头凸起的指节。

詹米靠着扶手，分散压在伤脚上的重量。“对啊，好美。之前住在堡里的时候，我常来这里。”

他指向湖面，雨点落下时涟漪泛开。“你看到那边的峡谷了吗，在那两个峭壁之间？”

“在那山间？看到了。”

“那是通往拉里堡的路。当我觉得孤单想家时，便会上来看那条路。我想象自己是一只乌鸦，飞过那个隘口，飞过山丘和田野，在山的另一头落下，而庄园就在山谷底端。”

我轻碰他手臂：“你想回去吗，詹米？”

他转过头，低头对我笑：“嗯，我一直在想这件事。我不知道自己到底想不想回去，但我想我们一定得回去。我不知道到那里会发生什么事，外乡人。可是……对，我现在结婚了，你是图瓦拉赫堡夫人。不管我有没有被通缉，都得回去，就算把事情处理好就得离开，你也要回去。”

我觉得很激动，想到要离开理士城堡和这里的尔虞我诈，心里混杂着安慰和忧虑。“我们什么时候走？”

他皱起眉头，指尖敲着扶手。扶手的石头因为雨水变得暗沉光滑。“嗯，我想我们得等公爵来到之后。可能他接下我这件事，算是帮科拉姆一个忙。他若无法还我清白，至少也可以安排赦免。那么，回去拉里堡就会少掉很多危险，你懂吧。”

“嗯，对，可是……”看着他看我的急切眼神，我迟疑了。

“怎么了，外乡人？”

我深吸一口气：“詹米……要是我告诉你一些事，你能答应我不问我是怎么知道的吗？”

他抓住我的两只手臂，低头看我的脸。雨水蒙上他的发丝，小水滴从脸颊滑下。他对我微笑着：“我说过不会问你不想告诉我的事。好，我答应你。”

“坐下来吧，你不该用那只脚站那么久。”

我们努力走到墙边，凸出的屋顶石瓦使一小块地板得以保持干燥。我们舒服地靠墙坐下。

“好了，外乡人，是什么事？”

“桑德林汉姆公爵，”我咬着嘴唇说，“詹米，别相信他。我不知道他的一切，但我知道……他的一些事，一些不好的事。”

“你知道这件事？”他看起来很惊讶。

现在轮到我盯着他看了。“你是说你已经知道他的事了？你见过他吗？”我松了口气。或许桑德林汉姆和詹姆斯党人的神秘联系，其实比弗兰克和教区牧师所认为的更广为人知。

“噢，对。我十六岁的时候，他来这里拜访，就是我……离开的时候。”

“你为何离开？”我很好奇，突然想起在树林里，初遇吉莉丝·邓肯时她说过的话。那个奇怪的谣言说詹米才是科拉姆儿子哈米什的亲生父亲。我自己知道他不是，那时候他不可能，但我很可能是堡里唯一知道的人。这种猜疑，很可能促成杜格尔先前试图取走詹米的命——如果这其实是在凯里亚里克袭击詹米的原因的话。

“不是为了……利蒂希娅夫人吗？”我有点迟疑地问。

“利蒂希娅？”他显然非常讶异，而我心里某个没意识到的纠结疑团突然解开了。我对吉莉丝的猜测真的没多作他想，不过……

“你怎么会提起利蒂希娅？”詹米好奇地问，“我住在堡里一年，大概只跟她谈过一次话，她把我叫进她房里，给我看她舌头上粗糙的那面，好让她在玫瑰园里举办的棍球比赛中获胜。”

我告诉他吉莉丝说过的话，他笑了，气息在冰凉湿润的空气中凝成白雾。“天哪，我哪敢啊！”他说。

“你不认为科拉姆会怀疑这种事吗？”

他肯定地摇摇头：“不，我想不会，外乡人。他要是对这种事有丁点怀疑，我不可能活过十七岁的，怎么可能长大成人，活到二十三岁。”

这或多或少符合我对科拉姆的印象，尽管如此，詹米的话还是让我放心不少。

他变得若有所思，蓝眼突然显得很遥远。“不过，回头想这件事，当时我并不知道，科拉姆其实知道我为何仓促离开城堡。要是吉莉丝·邓肯到处散播这种谣言——那女人就会惹事，外乡人，就算她不是人家谣传的女巫，她也总是爱八卦、爱批评——嗯，我想最有可能是，他当时已发现真相。”

他抬头看着沿着屋檐泄下的一帘雨水。“我们差不多该下去了，外乡人。外头越来越湿了。”

我们走另一条路下去，越过屋顶走外面的楼梯，下到厨房的花园，假如雨势不至于大到走不过去，我倒想在那里摘点琉璃苣。我们躲在城墙下，上面有个凸出的窗台挡开了雨水。

“琉璃苣能做什么，外乡人？”詹米好奇地问，望着被雨水打落在地的散乱藤蔓和植物。

“新鲜的琉璃苣不能做什么。要先晒干，接着……”

我被一阵可怕的吠叫声打断，那声音从花园墙外传来。我冲进雨中往墙边跑去，詹米在后头跛脚跟着，速度较慢。

是村里的贝恩神父，他跑到小径上，脚下的水坑溅出水来，一群狂吠的狗跟在后面。教士服的长摆阻碍了他的行动，神父绊倒在地，水花和泥泞四处飞溅。那群狗瞬间跳上来又吠又咬。

一团格子影在我旁边墙上张开，詹米一跃而入，伸出棍子，用盖尔语大吼，加入了这场混战。如果说吼叫和怒骂的效果不明显，那棍子的效果就大多了，毛茸茸的身体被棍子击中时，它们尖声吠叫。狗群渐渐撤退，最后转身往村庄的方向飞奔。

詹米拨开眼前的头发，气喘吁吁。“像狼一样凶狠，”他说，“我跟科拉姆讲过那群狗的事了，两天前就是它们把科巴赶进湖里的。他最好把它们射死，以免咬死其他人。”他低头看我，我跪在倒地的神父身边检查。雨水从我的发梢滴落，我感觉披肩渐渐湿透。

“它们还没咬死人。除了一些齿痕，基本上没事。”我说。

贝恩神父的教士服有一侧被撕了开来，露出大片无毛的白皙大腿，上面有道丑陋的裂缝和几个开始渗血的穿刺伤口。神父因受惊而脸色惨白，正在挣扎起身，显然并未伤得太重。

“神父，你要是愿意跟我到手术室去，我会帮你清洗伤口。”看着眼前这位矮胖神父的狼狈模样，我压下想笑的冲动提议道。他的教士服随风拍打，菱格纹袜露了出来。

贝恩神父状态好的时候，脸就像握紧的拳头，而此时更是像极了。红色血液从他的脸颊上流下晕开，勾勒出两颊和嘴巴间的垂直皱纹。他对我怒目而视，仿佛我要他犯下什么公然猥亵罪。

显然他是这样认为的，因为他接下来说：“什么，要天主的仆人露出私密部位给一个女人处置？嗯，我跟你说，夫人，这种伤风败俗的事，在你正努力融入的这个圈子里是不会有人接受的。只要有我挽救这个教区的灵魂，就不会！”说罢，他转身离开，脚跛得很严重。他试着提起袍子撕裂的那一侧，但没成功。

“随你便。不让我清洗伤口，会溃烂的！”我在他身后叫道。

神父没有回应，只是拱起圆呼呼的肩膀，走上花园里的阶梯，一次踏一阶，好像企鹅在大浮冰上跳着。

“那人不太喜欢女人，是吗？”我对詹米说出我的结论。

“以他的职业来说，我想这样也好。”他说，“走，去吃东西。”

* * *

用过午餐，我送我的病人回房休息——这次只留他自己一人，尽管他不断抗议——然后我前往手术室。大雨好像拖慢了许多事的速度，人们宁愿安全地待在屋里，也不愿脚被犁头辗过，或从屋顶跌落。

我更新了戴维·比顿的诊疗记录，愉快地度过了下午。不过我一做完，门口就突然一暗——有访客到访了。

他是真的让门口暗了下来，整个身体挤满门框。我在半暗的光线中眯眼看去，是亚历克·麦克马洪的身形。他身上裹着外套、披肩、遮马毯，装扮与众不同。他缓缓走进房里，让我想起科拉姆第一次到手术室看我的样子，我大概看出他的毛病。

“风湿病，是吗？”我同情地问。

他僵硬地在唯一的椅子上坐下，发出闷闷的呻吟。“对。湿气困在骨头里，该怎么处置？”他说。他把粗糙的大手放在桌上，放松手指。手掌慢慢张开，像夜间盛放的花朵，露出里面结茧的掌心。我抓起一根指节明显的手指，来回轻轻转动伸展，并按摩粗硬的手掌。我这样做的时候，那皱纹遍布的老脸扭曲了一下，但随着第一阵刺痛过去，他放松下来。

“好像木头，”我说，“好好喝杯威士忌，再做做深度按摩，就是我最好的建议。艾菊茶最多也只能做到这样。”

他笑出声，披肩滑落到肩膀上。“威士忌，嗯？我很怀疑，姑娘，但我看得出来你是好医生的料。”

我探进医药柜后方，拿出一罐无名的褐色瓶子，里面装着我从理士城堡蒸馏室带来的东西。我砰的一声把瓶子放在他面前，还加上一个牛角杯。“喝掉，接着脱掉衣服，看你觉得脱到什么程度算得体，然后在桌上躺下。我会生火，所以会足够温暖的。”我说。

他的蓝眼赞赏地俯视瓶子，弯曲的手缓缓伸向瓶颈。“你自己最好也喝点，姑娘。这会是个大工程。”他建议道。

我用力压上他的左肩，放松关节，接着从下方抬起肩膀，转动这四分之一的身体。他呻吟着，既疼痛又满足。“我妻子以前会帮我压背，舒缓腰痛，但这个更舒服。你那双手很有力，姑娘。你可以做个好马夫的。”他说。

“我就当这是赞美啰。”我淡然地说，然后往手上倒出更多的温热油脂，涂抹在他宽大白皙的背上。在他袖子卷起来的部分，有一条明显的界线，分出手臂饱经风霜、杂斑满布的褐色皮肤和肩背如牛奶般白皙的肌肤。

“嗯，你曾是个白嫩的小伙子呢。你背上的皮肤，跟我的一样白。”我说。

一阵深沉的咯咯笑声传来，我手下的肌肉也震动起来。“若不是背痛，你就不会知道了，是吧？艾伦·麦肯锡有次见我脱下衬衣接生小马，她就说，老天似乎在我身上放错了头，我肩上应该放一袋牛奶布丁，而不是一张祭坛屏风上的脸。”

我知道他指的是礼拜堂中圣坛屏上的雕刻，上面有许多正在虐待罪人的丑陋至极的魔鬼。

“艾伦·麦肯锡似乎挺会表达的。”我说。我对詹米的母亲十分好奇。从詹米偶尔说的小事，我对他父亲布莱恩已经有点概念，但他从没提到他母亲。我对她一无所知，而且，她死得很早，死于难产。

“噢，她讲话很直，一向如此，而且脑筋转得很快。”我松开他格子呢紧身裤的吊袜带，塞在一旁，开始按压结实的小腿。“不过她嘴巴也很甜，所以没人会介意，除了她弟弟，但她也不是会顾忌科拉姆和杜格尔的人。”

“嗯。我听说过。和情人私奔，是吗？”我拇指压入膝盖后方的肌腱，他发出一个声音，换了自尊心没那么强的人，早就尖叫了。

“噢，是啊。艾伦是麦肯锡家六个孩子中年纪最长的，比科拉姆大一两岁，是老雅各布的掌上明珠。她之所以大龄未婚，是因为不肯跟约翰·卡梅隆或马尔科姆·格兰特或其他可能的对象结婚，而她父亲也不逼她。”

不过，老雅各布死后，科拉姆对姐姐没那么耐心。他急切想巩固他在宗族中的权力，便寻求与北方门罗和南方格兰特结盟。两个宗族的族长都很年轻，可以成为得力的姐夫或妹夫。年轻的卓卡斯塔才十五岁，便顺从地接受约翰·卡梅隆的追求，去了北方。艾伦二十二岁仍然独身，配合度就低多了。

“从马尔科姆·格兰特两周前的行为来看，他当年的追求应该是被狠狠拒绝了。”我说。

老亚历克笑了，笑声在我压得更用力时转为满意的呻吟。

“对。我从没听说她究竟对他说了什么，但我猜应该很伤人。他们是在大集会的场合中见面的。那天晚上，他们到外头的玫瑰园中，大家都等着看她会不会接受。天色暗了，大家还在等。天色越来越暗，都点起灯笼来，开始唱歌了，但还是没有艾伦和马尔科姆·格兰特的影子。”

“天哪。那一定是很深入的对话。”我在他肩胛骨间又倒下一团温热的油，他感到温暖舒服，发出呻吟。

“看来如此。可是时间过去很久，他们一直没回来，科拉姆开始担心格兰特是不是带她私奔了，就是强行掳走，你懂吧。看来一定是这样，因为他们发现玫瑰园里没人。他派人到马房找我，而我告诉他格兰特的人已经把马取走了，而且整群人闹哄哄地离去，连再见都没说一声。”

十八岁的杜格尔气极了，没带任何人，也没跟科拉姆商量，就立刻上马去追马尔科姆·格兰特。

“科拉姆听见杜格尔去追格兰特，便派我和其他几人匆匆跟上，科拉姆很清楚杜格尔的脾气，他不希望结婚信息还没公布新姐夫就在路上被砍了。因为他认为，一定是马尔科姆·格兰特没能成功说服艾伦，便索性掳走她，逼她就范。”

亚历克停下来想了一下，又说：“当然，杜格尔看到的只有羞辱。但说实话，不管那是不是羞辱，我都不认为科拉姆有那么生气。因为这样一来，科拉姆的问题都解决了，而格兰特可能不仅拿不到艾伦的嫁妆，还要赔偿科拉姆。”亚历克冷冷哼了一声。“科拉姆怎能白白错过这样的机会。他很机灵、很无情，这就是科拉姆。”他冰蓝色的独眼越过驼着的肩膀，朝我看过来，“你够聪明的话，记住这点，姑娘。”

“我不太可能忘记。”我严正地向他保证。我想起詹米是如何在科拉姆命令下被惩罚，我想其中或多或少是为了报复他母亲的背叛。

然而，科拉姆这次还是没能把姐姐嫁给格兰特宗族的堡主。将近破晓时分，杜格尔找到了马尔科姆·格兰特，他和手下在大路旁边扎营，围着彩格披肩睡在金雀花丛下。

待亚历克等人匆匆赶上，在路上远远见到杜格尔和马尔科姆，两人都光着上身，把彼此打得伤痕累累，站都站不稳，而只要一有机会靠近对方，就互打几拳。格兰特的随从则伫立在道路两旁，像一排猫头鹰一样把头转来转去，在湿漉漉的晨光中看着他们你一拳我一脚地慢慢打斗。

“他们就像累过头的马，喘着气，在寒风中，身上冒着蒸气。格兰特的鼻子胀大了一倍，杜格尔则几乎都看不到东西，而且两人胸膛上都滴着血，上面还有干掉的血迹。”

科拉姆的人一出现，格兰特的人便都按着剑跳出来。若不是麦肯锡这边有些人眼尖，指出一件重要的事，这场会面很可能会成为一场大杀戮。这件事就是，在格兰特的那群人中根本没有艾伦·麦肯锡的身影。

“嗯，他们把水浇到马尔科姆·格兰特头上，等他恢复意识后，他说出的是杜格尔听不进去的事实：艾伦在玫瑰园，只跟他相处了十五分钟。他不肯透露发生了什么事，但不论实情为何，他都是满怀屈辱、迫不及待地离开了，所以也没有回到厅里。他把她留在原处，之后就没有再见到她，而且完全不愿再提艾伦·麦肯锡这个名字。他一说完就骑上马，然后便走了，尽管身体还有点摇晃。而且从此以后，他跟麦肯锡宗族的人也不再是朋友。”

我听得入神：“那艾伦去哪儿了？”

老亚历克笑了，听来像是马房门轴咯吱响的声音。“她早翻山越岭走远了，他们过了一段时间才发现。我们转头回家，发现大伙还是没找到艾伦，科拉姆白着脸站在庭院里，身体得由安格斯·莫尔撑着。”

接下来的情况更为混乱，因为宾客很多，堡里到处是人，阁楼、小房间、厨房和密室都挤满了，所以很难发现谁不见了。科拉姆叫来所有仆人，努力核对邀请单，并一一询问谁在什么时间、什么地点见过这些人。终于，他问到一个厨房女仆，她说曾在后门通道看见一个男人，就在晚餐前。她之所以注意到他，是因为那人太英俊。她说他又高又壮，秀发如黑色silkie，眼睛如猫。她看着他走过通道，欣赏他的英姿，然后发现他在外门和某个人会面——是个女人，全身黑衣，还罩着一件斗篷。

“silkie是什么？”我问。

亚历克斜眼看我，眼角微微皱起：“就是你们英文的‘海豹’。之后很长一段时间，甚至在大家知道真相之后，村里还流传着艾伦·麦肯锡被海豹带到海里的故事。你知不知道，海豹上岸时会把外皮脱下来，像人一样走路？而你要是找到海豹的皮，然后藏起来，那他或她，就无法再回到海里，只能跟你留在岸上。人们认为这是娶海豹为妻的好办法，因为她们很会煮饭，也是贤惠的母亲。”

“不过，科拉姆不太相信他姐姐跟海豹走了，他也是这么说的。他把所有宾客聚集起来，一个个询问是否有谁认识外形符合那些描述的男人。最后，他们得知他的名字叫布莱恩，但没人知道他属于哪个宗族，或姓什么。他参与了竞赛，但那时大家只叫他布莱恩·乌。”

事已至此，似乎只能暂时搁置，因为没人知道要往哪个方向搜索。不过，就算一个猎人再怎么厉害，偶尔也得在农舍停留，讨一把盐或一小杯牛奶。最后，那对男女的下落还是传回了理士城堡，因为艾伦·麦肯锡不是一个外表平凡的女子。

“她的头发红得像火，而眼睛跟科拉姆一样，是灰色的，浓密的黑色睫毛非常漂亮，是那种看一眼就忘不了的样貌。她很高，甚至比你高。可以说看见她，眼睛都会受伤。”亚历克出神地说，在背上油脂带来的温暖感受中陶醉着，“据说他们是在大集会上相识的，互看了一眼就当场认定彼此。所以他们拟定了计划，在科拉姆和三百位宾客的眼皮底下成功溜走。”

他突然大笑，想起了什么。“杜格尔最后终于找到了他们，在弗雷泽家族领地边缘的一间佃农农舍里。他们认为，唯一的办法就是躲起来，等孩子出生并长大到没人能质疑那孩子是谁的。到那时，科拉姆就只得祝福这段婚姻，不管他愿不愿意——他当然不愿意。”

亚历克露出笑容。“在路上的时候，你有没有看到杜格尔身上的疤，胸膛上的那道？”

我见过。那一道细白的线条划过心脏上方，从肩膀延伸到肋骨。“是布莱恩弄的？”

“不，是艾伦。”他说，然后见到我的表情后笑了出来，“她是为了阻止他宰掉布莱恩——当时他正打算这么做。如果我是你，我不会跟杜格尔提这事。”

“当然，我不会的。”

很幸运，他们的计划成功了，杜格尔找到他们的时候，艾伦已经怀孕五个月了。“这引起了轩然大波，并在理士城堡和比尤利之间制造出许多恼人的信件，最后尘埃落定，艾伦和布莱恩在孩子出生前一周住进了拉里堡。”他又想到了什么，补充道：“他们在门前的庭院里完婚，布莱恩首度将她以妻子的身份抱进门。后来他说，抱她的时候，他的手差点断掉。”

“听起来你好像跟他们很熟。”我说。按摩结束，我拿毛巾擦掉手上的油滑药膏。

“噢，算是吧。”老亚历克说。他在温暖中出现了睡意，那只独眼的眼皮垂了下来，苍老脸上的微微不适表情也松懈下来——那表情让他平常看起来很凶。

“我跟艾伦很熟，这是当然的。而布莱恩，我是好几年后才见到的，那时他带詹米来这里小住，我们处得不错。他是带着一匹马的好人。”他声音渐弱，合上眼皮。

我拉起一张毯子，盖住他俯卧的身体，轻轻走开，让他在炉火边沉入梦乡。

* * *

离开睡着的亚历克后，我上楼走到房间，竟然看见詹米也是同样情况。灰暗阴雨的天气里，适合在屋内消遣的活动不多，如果不打算吵醒詹米，也不打算加入他的行列，我的选择似乎就只剩阅读或缝纫了。考虑到我的缝纫能力低于常人，于是我决定去科拉姆的图书室借书来看。

依着理士城堡特殊的整体建筑风格——四处都是令人厌恶的直线，通向科拉姆套房的楼梯有两个直角，直角上各有一个小平台。通常会有一位侍者站在第二个平台上，随时为堡主跑腿或提供协助，但今天他没在岗位上。我听见楼上有低沉的说话声，或许那位侍者正在科拉姆房内。我停在门外，犹疑着是否要打断他们。

“杜格尔，我一直知道你很笨，但我不知道你会笨成这副德行。”科拉姆自幼就有家庭教师陪伴，从未和弟弟一样外出与士兵、平民一起生活，因此他讲话通常不像杜格尔那样带着浓浓的苏格兰口音。不过，他那受过良好教育的口音现在有点走调，两人的声音都因怒气而满嘴苏格兰腔，几乎难以分辨。“这种行为，我会认为是二十几岁的人做的，可是老天，你已经四十五岁了！”

“嗯，这事你再清楚不过了，不是吗？”杜格尔的声音里带有深刻的讽刺。

“没错，”科拉姆的语调很尖锐，“我很少有机会感谢天主，或许它比我想的更有能力。我常听人家说，男人老二站起来的时候，脑袋就停止运转，现在我想我是信了。”椅脚后移，刮过石头地板，发出很大的摩擦声。“如果麦肯锡兄弟中，只能有一个老二和一颗头脑的话，我很高兴我是有头脑的那一个！”

我想这场特殊的谈话一定不欢迎第三者的加入，便轻轻离开门边，转身走下楼梯。

第一道平台传来裙摆摩擦的声音，于是我走到一半便停下脚步。我不希望被人发现在堡主书房门外偷听，便转身往回走。这个平台很宽，一幅挂毯挂在一面墙上，几乎从地板延伸至天花板。我的脚会露出来，但也没办法了。我像老鼠一样藏在挂毯后方，听见脚步声慢慢从楼下接近门口，接着在平台的另一端停下。那位访客跟我一样，发现这对兄弟的谈话非常私密。

“不，”科拉姆的声音冷静下来了，“不是，当然不是。这女人是女巫，不然也是这类东西。”

“对，可是……”杜格尔的回应被哥哥不耐的语气打断。

“我说了，兄弟，我会处理，你别操心这件事，我会看着她被好好处置的，老弟。”科拉姆的语气中带着一丝怨恨，“告诉你，兄弟，我已经写信给公爵了，他可能想去埃里克以北的那块地打猎，他一直很想去那里猎鹿。我打算派詹米陪他，可能他对那小子还有一点感觉……”

杜格尔以盖尔语打断了他，显然是几句粗话，因为科拉姆笑着说：“不，我想詹米已经够大了，可以照顾好自己。不过要是公爵有意替他向国王求情，这是那孩子得到赦免的最好机会。你愿意的话，我会告诉公爵你也会去。你可以尽力帮詹米，然后我处理这边事情的时候，你也可以避开。”

平台另一端传来物体落地的低沉声响，我冒险偷看一眼。是莱里，她脸色白得像身后的墙，手上端着放着酒瓶的托盘，一个小锡杯落在地毯上。

“什么声音？”科拉姆的声音突然拉高，在书房里说道。莱里把托盘丢在门边桌上，匆忙间差点打翻酒瓶，转身迅速逃走。

我听见杜格尔走近门口，也知道我绝不可能走下楼梯而不被发现。我刚从藏身处钻出捡起掉落的锡杯，门就开了。

“哦，是你，”杜格尔有点惊讶，“是菲茨太太送来滋润科拉姆喉咙的东西吗？”

“是的，她说希望他会立刻好起来。”我从容答道。

“我会的，”科拉姆动作较慢，走到打开的门后面，“替我谢谢菲茨太太。也谢谢你，亲爱的，替我把这个端来。你愿意坐一下等我喝完吗？”他对我微笑。

刚刚偷听到他们谈话，已经让我完全忘了原本的目的，现在我想起来自己是来借书的。杜格尔告辞后，我跟着科拉姆慢慢走进图书室，他带我参观他的书架。

科拉姆的脸色仍然很红，脑中还想着刚刚和弟弟争吵的内容，不过他回答我对书的一些疑问时几乎跟平常一样镇定。只有明亮的眼睛和略为紧绷的姿势，泄露了他的想法。

我找到一两本看似有趣的植物标本集，接着翻阅一本小说。科拉姆越过房间走向鸟笼，显然试图用自己的习惯来抚平情绪，看着那些沉浸在自己世界里的小生物在枝头跳跃，每只鸟都有各自的世界。

外头的喊叫声引起我的注意。从这里向外望，城堡后方的田野尽收眼底，可以一眼看到湖边。一小群骑士冲向湖边，激动地喊叫着，大雨在他们后方追赶。

这群人骑近时，我发现他们并非成人，而是一群男孩，大多是青少年，几个较年幼的骑着小马，努力追上较年长的。我正想着不知哈米什是否在里面，便立刻看到那头明亮发色。那是最易辨认的一个点，在科巴背上狂乱闪烁。

他们冲向城堡，奔向一座分隔田野的石墙。一个、两个、三个、四个，年纪较长的男孩因为经验丰富，轻而易举就越过了石墙。那个枣色影子似乎迟疑了一下，不过这一定只是我的想象，因为科巴显然也很热切地跟在其他马的身后。它冲向围篱，准备，跃起。

它看起来和其他马的动作完全一样，然而出了岔子。或许是因为骑在它背上的人犹豫了，缰绳拉得太紧，或者是因为鞍座不够坚固。马的前蹄踢到墙面，仅低了几英寸，结果连人带马，甩过石墙，画出一道最悲惨的抛物线。

“啊！”

科拉姆听到我的惊呼，转头看向窗外，正好看见科巴侧面重重落地，哈米什小小的身影被压在下面。科拉姆尽管跛脚，移动却很快，他移到我旁边，靠窗探头，马这时正开始挣扎踢脚。

风雨飘落，打湿了科拉姆的丝绒外套。我紧张地在他身后张望，男孩们又推又挤，急着要帮忙。似乎过了许久，男孩们才分开，我们看见那健壮的小小身影，捂着腹部跌跌撞撞地挣脱马身。他摇摇头，拒绝许多伸出的援手，蹒跚地走到墙边，靠着墙大肆呕吐。接着他靠墙滑坐在湿润的草地上，双腿张开，脸朝上迎接雨水。当我看见他伸出舌头去接落下的雨滴时，我把手按在科拉姆的肩上。“他没事，只是头晕。”我缓缓说。

科拉姆闭上眼睛吐了一口气，身体因突然放松而垮了下来。

我同情地看着他。“你很关心他，就像亲生儿子一样，是吗？”我问。

他的灰眼突然怒目瞪着我，带着最特别的警觉。那一瞬间，书房里除了架上玻璃钟的滴答声外，没有半点声响。一滴水珠滑下科拉姆的鼻梁，挂在鼻尖上闪烁着。我不自觉地拿手帕去擦，他脸上的紧绷瞬间瓦解。

“是的。”他简洁地说。

* * *

最后我只告诉詹米，科拉姆打算派他陪公爵打猎。我已经相信他对莱里的感情只是出于礼貌的友情，但我不知道，要是他知道舅舅引诱那女孩，使她怀了孕，他又会有什么反应。显然科拉姆不打算寻求吉莉丝·邓肯的服务，我在想，不知这女孩会不会嫁给杜格尔，或者科拉姆会在她肚子大起来之前替她找个丈夫。无论如何，如果詹米和杜格尔要连续数日一起关在狩猎小屋中，我想最好不要掺杂莱里的阴影。

“嗯，值得一试，”他沉吟道，“整天狩猎，然后回到炉边喝威士忌，大家会变得很热络。”他拉上我长裙背后的拉链，弯身在我肩上印下一吻。

“很抱歉要离开你，外乡人，但这样也许是最好的。”

“别担心我。”我说。之前我没意识到，他离开后我就得独自留在城堡里，光想到这点就让我十分紧张。不过，如果这样能帮到他，我还是决意克服这个困难。

“你不准备用晚餐了吗？”我问。他的手在我腰际游移，我转身面对他。

“嗯，我愿意饿着肚子。”过了一会儿他说。

“嗯，我不愿意。你得等等。”

* * *

我望向餐桌，扫视房内。大部分人的脸我都已认得，其中有几个比较熟悉。这里面什么人都有，弗兰克会对这种聚会感到惊奇的——这么多不同的脸型。

想到弗兰克，就好像碰到一颗发疼的牙齿，我的本能反应是躲开。但是随着时间的迫近，我不能再拖延，所以我逼自己去想，把他对我的影响小心地拉回脑海，思绪抚过他又长又顺的眉毛，就像我曾用手指抚过的那样。可是我的指尖突然一阵刺痛，想到另一对更粗更浓密的眉毛，以及眉毛下的深蓝眼睛。

我匆匆转头去看身边最近的脸，以驱逐令人不安的影像。刚好是默塔的脸。嗯，至少他跟我脑海中挥之不去的那两个人影毫不相像。

他虽然矮瘦，可是肌肉发达，像长臂猿，长手臂加深了他和猴子的相似度。低眉毛和窄下巴，不知为何让我想到穴居人，还有弗兰克的档案里那些原始人的图片，不过不像尼安德特人，对，像皮克特人。这个矮小的族人身上有某种耐性，让我想到那些饱经风霜、刻有图案的石头，而即便对这个时代而言，那些石头也算非常古老，就那样固守着交叉路口和墓地。

想到这里，我觉得很有趣，扫视一遍其他用餐的人，寻找其他的种族特色。例如，炉边的那个男人，约翰·卡梅隆，我看他是诺曼人，虽然我从未亲眼见过诺曼人，但他有着高卢人的高颧骨、细高的眉毛、长长的上唇和深色的皮肤。

偶尔还有古怪的撒克逊人……啊，莱里，最好的例子。苍白的肤色、蓝色眼睛，还有一点点肥胖……我压下这严苛的评论。她小心避开我和詹米，坐在一张较低的桌子边，和朋友热切地聊天。

我往相反方向看去，杜格尔·麦肯锡坐在隔壁桌，这是他首度和科拉姆分开坐。他是凶残的维京人，身高和宽平的颧骨令人印象深刻。很容易想象他指挥一艘龙船，深陷的眼睛里闪烁着贪婪的光，刺穿浓雾，看向岩岸上的村庄。

一只大手，手腕上微微长着铜色毛发，伸过我面前，取走托盘上的一小块燕麦面包。又一个北欧人，詹米。他让我想起贝尔德太太讲过的传说：巨人族曾踏上苏格兰，并把他们的长骨架留在北方土地上。

桌上的谈话天南地北，跟平常一样，一小群一小群的人，满嘴食物，闹哄哄地说话。但我突然听见一个熟悉的名字从隔壁桌传来——桑德林汉姆。我想说话的人是默塔，于是转头去看，他坐在奈德·高恩旁边，努力咀嚼着食物。

“桑德林汉姆？啊，爱好屁股的老威利。”奈德沉思道。

“什么？！”一个年轻点的士兵差点被麦酒噎到。

“我们尊敬的公爵，对男孩有某种爱好，就我所知。”奈德解释说。

“嗯。”鲁珀特同意道。吞下满嘴的食物后补充说：“如果我没记错，上回他来访时对年轻的詹米有点意思。那是什么时候，杜格尔？三八年还是三九年？”

“三七年。”隔壁桌的杜格尔答道。他眯起眼睛看着外甥：“你十六岁时是蛮漂亮的，詹米。”

詹米点点头，嚼着食物：“对，而且动作很快。”

等笑声渐渐平息，杜格尔开始取笑詹米：“我不知道你是他的最爱，小子。公爵有好几个爱人，土地和公职都是用屁股来换的。”

“你应该注意到，这两样东西我都没有。”詹米笑答，引起又一阵哄堂大笑。

“不会吧！连接近的机会都没有吗？”鲁珀特大声咀嚼着说。

“其实，比我愿意的还要近多了。”

“噢，那多近你才愿意呢，兄弟？”声音从更后面的桌子传来，说话的是一个留着褐色胡子的高壮男。我不认得他。他说完众人笑得更大声，并引发了更多粗俗的评论。詹米静静笑着，伸手又拿一块面包，对他们的取笑不以为意。

“因为这个你才突然离开城堡，回你老爸那里去的吗？”

鲁珀特问。

“对。”

“为什么，你该告诉我你有这些困扰呀，小子。”杜格尔说，装出关切的样子。

詹米喉咙里发出一种苏格兰人特有的低沉声音：“要是我告诉你，老流氓，你就会在某天晚上偷偷往我的麦酒里加一点罂粟汁，把我留在那位大人的床上，当作小礼物送给他。”

整个桌子喧腾起来，詹米躲开杜格尔丢来的一颗洋葱。

鲁珀特斜眼看着詹米说：“依我看，小老弟，就在离开之前不久，我看到你在傍晚时分走进公爵的房间。你确定没事瞒着我们？”

詹米抓起另一颗洋葱丢他，没打中，洋葱滚到一边。“没有，我还是处男——至少，就那方面来说。不过如果你一定要知道整个过程才睡得着，鲁珀特，我很乐意告诉你。”詹米笑着说。

在众人大叫“说！说！”的声音中，他刻意倒了一杯麦酒，向后靠坐，摆出标准的说书人架势。我看见科拉姆坐在主桌，向前偏着头听，跟我们这桌的马夫和士兵一样专注。

“嗯，奈德说得很对，公爵殿下对我颇为青睐，虽然我才十六岁，还很清纯……”说到这里，他被一阵嘲讽的评论打断，于是提高音量继续说，“就像我说的，我很清纯，一点也不懂他的意思。我只是觉得有点奇怪，公爵殿下总喜欢把我当成小狗一样拍，而且对我皮袋子里的东西很感兴趣。”（“还是皮袋子下面的东西？”一个略带醉意的声音大叫。）

他继续说：“我还是觉得很奇怪，有一次他发现我在河边洗澡，想帮我洗背。他洗完背后，接着洗其他部位。我开始有点紧张，而当他把手伸进我的苏格兰裙时，我就知道大概是怎么回事了。我很清纯，但不完全是个蠢蛋。我逃离那个地方，穿着苏格兰裙潜入水中，游到河的另一边。公爵殿下不想让烂泥和河水脏了他昂贵的衣服。反正，那次之后，我尽量避免和他独处。有一两次他在花园或庭院里遇见我，不过那里总可以逃脱，我顶多被他亲到耳朵。另一次难堪的遭遇，就是他独自来马房找我。”

“在我的马房？”老亚历克吃惊地说。他半站起身，朝房间另一头的主桌大叫：“科拉姆，那人不准再靠近我的棚屋！我不会让他吓死我的马，管他是公爵还是什么！我也不会让他骚扰孩子！”最后那句显然是后来才想到而加上去的。

詹米不顾旁人打断，继续说他的故事。杜格尔的两个十几岁的女儿，也全神贯注地听着，嘴巴微张。

“那时我在一辆运马拖车上，那里显然没有太多空间。我弯着腰……”爆发了更多的下流评论。“……弯着腰翻搅底部的米糠，然后我听到身后有声响。我还没来得及直起身子，苏格兰裙就被掀到腰上，一个硬物抵上我的臀部。”

他挥手制止大家的骚动，接着说：“嗯，我不太想在运马拖车上被鸡奸，但那个地方看起来没有闪躲的空间，我只好咬着牙，希望不会太痛。此时那匹马，就是那匹黑色大阉马——奈德，你从布洛克伯里带回来的那匹，你知道的，就是后来科拉姆卖到布雷德尔宾的那匹——总之，那匹马对公爵殿下的声音发出了抗议。大部分的马都喜欢你跟它说话，这匹也是，但很特别的是，它厌恶高亢的声音。我没办法在院子里骑它，因为那里都是小孩，它一听到他们的尖叫就会紧张，蹬脚刨地的。

“公爵殿下的声音，你们可能记得，蛮高亢的，而在这种情况下，他有点兴奋，声音又更高了些。嗯，像我刚说的，那马不喜欢——我得说，我也不喜欢——它开始蹬脚喷气，转过身子，把公爵殿下压在拖车一边。公爵一放开我，我立刻跳进马槽，从马的另一侧逃走，公爵殿下只得自己挣脱出来。”

詹米停顿喘气，啜了一口麦酒。此时他已成了所有人注意的中心，一张张脸朝向他，他的脸在火炬的明光中闪耀着。在座的人当中，偶尔有人对那位英国最有权势的贵族犯下的恶行大皱眉头，不过大伙对这件丑闻的主要反应是自在又开心。我猜公爵在理士城堡不是特别受爱戴的人物。

“你们可能会认为，差这么一点就得手了，公爵殿下一定会更积极的。的确，隔天他就跟麦肯锡家族的人说，他的近侍病了，要借调我，帮他梳洗。”科拉姆掩面假装惊愕，引来众人大笑。詹米朝鲁珀特点点头：“所以那晚你才会看见我走进殿下的房间。可以这么说，我是奉命前往。”

“你该告诉我的，詹米，那样我就不会让你去了。”科拉姆露出责备的眼神，大叫着。

詹米耸耸肩，露出笑容：“我天性害羞，所以开不了口，舅舅。而且，我知道你想和那人交易。倘若你因此不得不告诉公爵殿下，不要碰我的屁股，我想那可能会危害到你的交易。”

“你思虑得很周到，詹米，”科拉姆平稳地说，“所以，你为了我的利益，牺牲了自己，是吗？”

詹米举起杯子，假意敬酒。“你的利益，在我心中一直排在首位，舅舅。”我觉得他虽然语带戏谑，但也隐含着尖锐的真相，科拉姆一样也察觉到了。

詹米喝干麦酒，放下杯子，擦擦嘴说：“不过，这一次，我并不觉得自己要背负太多家庭责任。我走进公爵的房间，是因为你叫我去，仅此而已。”

“而你出来时，屁眼依然完好？”鲁珀特颇为怀疑。

詹米露出笑容。“对。你知道吗，我一听见要过去，就立刻去找菲茨太太，跟她说我急需一点无花果汁。她给了我之后，我看见她放瓶子的地方，稍后便偷偷回来，把整瓶都喝掉了。”

房间快被笑声震翻，菲茨太太的脸红得不像话，我都担心她会不会是癫痫发作。她郑重其事地离开位子，摇摇摆摆绕过桌子，亲昵地赏了詹米一个耳光。“所以我的良药就这样被用掉啦，你这个小坏蛋。”她手叉在腰上直摇着头，绿色耳饰像蜻蜓一样闪动，“那可是我做过的最好的一瓶呢！”

“噢，的确很有用。”他抬头对身材魁梧的菲茨太太笑着。

“我想也是！那么多药水，会对内脏造成什么影响，小子，希望你这么做值得。之后那几天，都不可能太好吧。”菲茨太太说。

他摇摇头，继续笑着。“不好。不过那时，我在公爵殿下心中的形象也不好了。我请求离开去解决的时候，他似乎丝毫不在意，但我知道同一招无法用两次。所以等腹部绞痛一解除，我就从马房牵出一匹马，匆匆逃跑。我骑了很久才到家，因为每隔十分钟就得下马来一次，还好我在隔天晚餐前抵达了。”

杜格尔示意换一壶新酒，亲手递到詹米手上。“对，你父亲派人送信来说，觉得你对城堡生活的学习已经足够了，”他感伤地微微笑着，“他信中的语气，我当时读不太明白。”

“嗯，希望你已经做好新一批的无花果汁了，菲茨太太，”鲁珀特说着，亲切地推她肋骨，“公爵殿下可能这一两天就到了。或者，这次你打算靠新婚妻子保护，詹米？”他斜睨着我，“根据众人的说法，应该是你要保护她。听说公爵的侍从和他本人偏好不同，不过都一样‘性致高昂’。”

詹米推开长椅，从桌边起身，牵我出来。他一手环绕我肩膀，笑着回望鲁珀特：“嗯，那么，我想我们两个只好背靠背共同作战了。”

鲁珀特双眼大睁，脸上尽是惊骇。“背靠背？”他惊呼，“我们在你们婚前忘了告诉你一件事，老兄！难怪你现在还没让她怀孕！”

詹米的手在我肩上收紧，转过我身体，走向拱道。我们逃离餐厅，身后追着满堂大笑和淫猥的建议。到了外面的黑暗大厅，詹米靠向石墙，弯下腰来。我站不直身子，跌坐在他脚边，忍不住咯咯笑着。

“你没告诉他吧，是吗？”他终于喘了一口气。

我摇摇头：“没有，当然没有。”我还喘着气，伸手去摸他的手，被他猛然往上一拉，跌入他怀里。

“好，现在让我看看做得对不对。”他捧起我的脸，额头靠上我的额头，脸贴得很近，他的眼睛模糊了，变成大大的蓝球，温暖的气息吹拂着我的下巴。

“面对面吗？”笑声的兴奋在我血液中渐渐平息，取而代之的是另一种同样强烈的感觉。我伸出舌头轻触他的嘴唇，双手忙着向下探。

“脸不是最重要的部分。不过你有进步。”

* * *

隔天，我在手术室里，耐心听村里的一位老太太说话。她和煮汤的厨子有点关系，啰啰唆唆地详述媳妇因病变引起喉咙痛，而照理说，这和她目前抱怨的扁桃体炎有关，不过我还看不出关联是什么。一道阴影出现在门口，打断了老太太细数症状的谈话。

我抬头一看，吓了一跳，詹米冲了进来，后面跟着老亚历克，两人看起来都既担忧又兴奋。詹米唐突地抢走我手上的临时压舌板，拉我起身，紧握着我的两只手。

“怎么……”我正要说话，却被亚历克打断，他从詹米身后看着我的手，詹米正把我的手展示给他看。“对，手非常好，不过手臂呢，兄弟？她手臂适合吗？”

“看。”詹米抓住我的一只手，拉直手臂伸展开来，放在他手臂旁估量着。

“好，”亚历克说，怀疑地审视着，“可以。好，可以。”

“你们能告诉我这是干什么吗？”我问。但我话音未落，就被夹在两人中间，匆匆下楼，丢下那位瞠目结舌的年长病患在身后。

过了一会儿，我怀疑地盯着一匹马的又大又亮的褐色臀部，在我眼前大约六英寸处颤抖着。去马房的路上，我从詹米的解释和亚历克不时插入的评论、咒骂和感叹中，搞清楚了整个状况。

洛斯冈平常是匹好母马，而且肚皮连连获奖，但它现在遇到一些麻烦。一到马房，我自己就看了出来：母马侧躺着，闪亮的侧身每隔一段时间便鼓起，巨大的身躯似乎在颤抖着。我四肢伏地趴在母马身后，它每次收缩，阴唇就跟着张开，但仅此而已，没有见到小小的马蹄，也没有纤弱的湿鼻子。那只难产的小马，显然是横位或后枕位的胎位不正。亚历克认为是横位，詹米认为是后枕位。他们争论一番，一直吵到我不耐烦，直接打断他们，询问在这两种情况下，分别希望我怎么做。

詹米看着我，那表情仿佛是说我想得太单纯了。“当然，就是帮小马转身。把它两只前腿转过来，这样它就能出来了。”他耐心地说。

“噢，就这样吗？”我看着那匹马。洛斯冈，这个优雅的名字，意思其实是“青蛙”。就一匹马而言，它的骨架很精致，但它现在因为怀孕而身体肿胀。

“呃，你是说，把手伸进去？”我偷偷瞧了我的手一眼。应该进得去——开口够大。但然后呢？

这两个男人的手显然都太大，不能做这件事。通常被迫处理这种细致情况的是那个马夫罗德里克，但他两天前摔断了手臂，而在我的医治之下，他的右手被薄木板和吊带固定，所以当然无法动弹了。另一个马夫威利，还是去请罗德里克了，以便给大伙一些意见和精神鼓励。在这紧要关头，他到了，身上除了一条破烂马裤，什么也没穿，瘦削的胸膛在昏暗的马房中发出苍白的光泽。

“这事很困难。”他怀疑地说。他已得知难产的情况，以及我将代替他接生的提议。“很复杂的，你们也知道，要有诀窍，也要施点力。”

“不用担心，克莱尔显然比你壮多了，小不点。你只要跟她说怎么摸、怎么做，她立刻可以把小马转正。”詹米自信地说。

我感谢他的肯定，但我绝对没那么乐观。我坚定地告诉自己，这不会比协助腹部手术困难。于是我退到一间畜栏，脱下长裙，换上马裤和粗麻布工作服，并在手掌、手臂，一直到肩膀，都涂上油腻的牛油皂泡沫。

“好，太夸张了。”我低声喃喃自语，一手滑进马肚。

肚子内部能活动的空间非常小，刚开始我无法分辨摸到什么。于是闭上眼睛，集中注意力，然后小心摸索。里面有一大片滑顺的触感，还有一些凹凸之处。滑顺的地方应该是身体，凹凸的地方是腿或头。我要找的是腿，具体来说是前腿。我渐渐习惯里面的触感，也能在收缩来袭时保持必要的静止动作。子宫内极为有力的肌肉压缩我的手掌和手臂，就像老虎钳子一样，非常疼痛地辗磨着我的骨头，要等到收缩稍微和缓时才能继续摸索。

最后，我在暗中摸索的手指碰到一个我能确定的东西。

“我的手指戳进它的鼻子里了！”我得意地大叫，“我找到头了！”

“好姑娘，很好！别放手！”亚历克紧张地缩在一边，安抚地拍着正度过另一波收缩的母马。我紧咬着牙，前额靠着它发亮的臀部，手腕快被收缩的力道压碎。收缩终于缓和了，我没有放手。我小心往上探摸，找到眼窝和眉毛的弧线，以及小小凸起的对折的耳朵。又一波收缩过后，我沿着颈部的弧线向下摸到肩膀。

“它的头是向后弯向肩膀的，至少方向没错。”我报告。

“好。”詹米站在马头旁边，抚摸着汗湿的栗色颈子，“腿可能凹在胸膛下方，你看看能不能抓住膝盖。”

这个过程持续着，触碰、摸索，我肩膀之下的整个手臂都陷入马身的温暖黑暗之中，一次次感觉着分娩阵痛的强大力量和令人感激的缓和，盲目地奋力找寻我的目标。我感觉有点像是自己在分娩，而且同样艰难。

终于，我摸到一只马蹄，感到那圆润的表面，还有我不习惯的弧线上方的尖锐边缘。我尽力遵照他们紧张且往往彼此矛盾的指示，交替推拉着，翻过小马的笨重身体，往前拉出一只脚，又推回另一只脚，和母马一起流汗呻吟。

突然间，我成功了。一阵收缩舒缓之后，一切都平顺地滑向合理的位置。我没有移动，等着下一波收缩。来了，而一个小小的湿润鼻头突然钻了出来，把我的手一起推出肚子。小小的鼻孔短暂地张开，好像对新的感觉很有兴趣，接着鼻子又消失了。

“下一次收缩就成了！”亚历克兴奋地手舞足蹈，受关节炎所苦的身形在干草堆上跳上跳下。“快，洛斯冈。快，亲爱的小蛙蛙！”

母马好像在回答似的，发出一声痉挛的呻吟。它的臀部用力收缩一下，小马便顺利滑到干净的草堆上，腿上骨节突出，耳朵很大。

我靠坐在草堆上傻笑着，全身都是泡沫、黏液和鲜血，感觉又累又痛，还有马身上那个不讨人喜欢的部位的臭味。但我很欣慰。

威利和只剩一只手的罗德里克用稻草擦净了新生小马的身体，洛斯冈转过头来舔它，用头轻轻撞它，用鼻子推它站起身来。最后它不稳的大脚终于站好，我跟着其他人一起欢呼。

“做得太好了，姑娘！太好了！”亚历克兴高采烈，捏着我那只没沾满黏液的手道贺。他突然意识到我站不太稳，样子更是无法见人，便转身对一个助手吼叫，要他拿水来。接着他绕到我身后，年老粗糙的手放在我肩膀上又压又揉，动作极轻巧，舒缓我肩上的紧绷，放松我脖子上纠结的肌肉。

最后他说：“好了，姑娘，很辛苦吧？”低头对我笑笑，接着满脸笑容地用充满爱慕的眼神望着新生小马。“漂亮的小家伙，真讨人喜欢，是吧？”他低声说。

詹米帮我梳洗干净，换好装。我的手指太僵硬，无法扣上紧身上衣的纽扣，而且我知道隔天整只手臂都会瘀青，但我深深感到平静和满足。

* * *

雨好像下个没完，所以当天气终于放晴，我就像一只刚探出头的鼹鼠，斜睨着阳光。

“你的皮肤真细致，都能看见下面流动的血液。”詹米说。一束日光照在我裸露的腹部上，他沿着那道光线抚摸。“我可以沿着静脉，从你的手一路摸到心脏。”他伸出手指，轻轻从我的手腕摸到肘弯，再往上摸到上臂内侧，然后越过锁骨下方的起伏。

“那是锁骨下静脉。”我说，低头看向他手指摸过的地方。

“是吗？噢，对，因为就在锁骨下方。再多说一点。”手指又慢慢下移。“我喜欢听各种东西的拉丁名字，从没想过跟一个医生做爱会这么愉快。”

“那个，叫乳晕。你知道，因为我上星期告诉过你。”我一本正经地说。

“你是说过，而且还有两个，真想不到。”他喃喃自语。低下发色明亮的头，让舌头取代手指，接着往下移。

“肚脐。”我迅速倒抽一口气说。

“嗯。”闷住声音的嘴唇抵在我透明的肌肤上，拉出一道笑容，“那么，这是什么？”

“你告诉我。”我说，紧紧抱着他的头。可是他无法说话。

稍后我躺卧在手术椅上，迷蒙地沉浸在回忆中，在满床的阳光中醒来，被单凌乱，刺目的一片白色，像海滩上的沙。我一手放在乳房上，随意玩弄乳头，感觉隔着薄薄上衣棉布的手掌下面，乳头渐渐凸起。

“自己来吗？”门边传来嘲讽的声音。

我倏地跳起，头还撞到架子。“噢，原来是吉莉丝。不然还会是谁？你来做什么？”我语气略带暴躁。

她滑进手术室，好像是用轮子移动一样。我知道她有脚，我见过。我不明白的是，她走路的时候把脚放到哪儿去了。

“我来帮菲茨太太拿些西班牙的番红花，她需要那东西，以备公爵到来。”

“还要更多香料？”我开始恢复幽默本性了，“那人要是能吃下一半她准备的食物，他们就需要送他回家了。”

“他们现在就该这么做。我听说，他整个人就是个小圆球。”撇开公爵及其体形的话题，她问我是否愿意和她一起远征附近的山麓丘陵。

“我需要摘些苔藓，”她解释说，优雅地挥动那双柔若无骨、纤长的手，“再加点羊毛在牛奶里煮沸后，可以做很好的护手霜。”

我抬头朝窗缝看了一眼，尘埃在金色光线中狂舞。微风中飘来熟果和新割稻草的淡香。“我怎么能不去？”

我准备篮子和瓶罐时，吉莉丝在手术室里东看西看，随意拿起东西又放下。她在一张小桌前停下，拿起桌上的东西，皱起眉头。“这是什么？”

我停下手上的动作，走到她身边。她手里握着一小捆干燥植物，用黑白红三条交缠的线绑着。“詹米说那是诅咒。”我说。

“他说得对。你从哪里拿到这东西的？”

我告诉她在床上找到这一小捆东西的经过。“隔天我出去，在窗户下面找到的，就是詹米往外一扔的地方。我原本打算带到你那里，看能否问出个究竟，但后来我忘了。”

她站着沉思，一只指甲敲着门牙，摇摇头。“不，我不敢说我知道。不过可能有个办法，可以找出是谁把这东西留在你床上的。”

“真的？”

“对。明天早上来我屋子，那时再告诉你。”

她不肯多说，一个转身，绿色斗篷一旋，要我跟上她。

她稳稳带我进入山麓丘陵，可以奔驰的时候便策马急奔，没路的时候就步行。从村里出发一个小时后，她在一条岸边有垂柳的小溪旁停下。

我们涉水过溪，慢慢走入山麓，采集夏末时节还生长着的植物、早秋将熟的莓果，还有阴暗小峡谷里的树干上冒出来的厚厚的黄色层孔菌。

我停下来刮点白杨树皮到篮子里，此时吉莉丝的身影没入上面的欧洲蕨丛中。薄薄树皮上干掉的树液水珠就像结冻的血滴，阳光在里面闪耀着深红色。

一个声音把我从沉思中惊醒，我抬头望向山坡上声音传来的方向。

我再度听到那个声音，是高亢呜咽的叫声，好像是从上面传出来的，来自山顶的岩谷。我放下篮子开始往上爬。

“吉莉丝！”我大喊，“快上来这儿！有人丢下一个婴儿！”

她奋力穿过斜坡上缠绕的树丛，扒抓和喃喃咒骂的声音早她一步传上来。她美丽的脸庞微红而暴躁，头发里有树枝。

“到底……”她刚开口说话，接着冲向前面。“我的老天！快放下！”她迅速从我手中抢过婴儿，放回我发现他的地方，一个石头里面的小坑。平滑碗状的坑洞长不过一码，边上有个浅浅的木碗，装着半碗新鲜牛奶，而婴儿脚边有一小束野花，用麻线绑着。

“可是他病了！”我抗议，弯腰再去抱那孩子，“谁会把一个生病的孩子独自丢在山坡上呢？”

婴儿显然病得很重，紧皱的小脸发青，眼睛下方有深色凹陷，小小的拳头在毯子下方虚弱地摇晃着。我刚刚抱起他的时候，孩子软软地垂在我手里，我怀疑他甚至没有力气哭。

“他的父母。”吉莉丝简洁地说，一手抓着我的手臂阻止我，“别管了。我们走吧。”

“他的父母？”我愤慨地说，“可是……”

“他是调换儿。别管了，走吧。走！”她不耐烦地说。她拖着我，躲回灌木丛中。我一边抗议，一边跟着她下坡，我们抵达山脚的时候，已经气喘吁吁、满脸涨红，我逼她停下脚步。

“为什么？我们不能就这样把一个生病的孩子丢在荒郊野外。你那是什么意思，调换儿？”我质问。

“他是调换儿，你当然知道调换儿是什么吧？妖精偷走一个人类的孩子，留下自己的孩子替代。调换儿会一直大吵大闹，却不会长大。”她不耐烦地说。

“我当然知道那是什么，可是你不会相信那些无稽之谈吧？”

她突然用异样的眼光看我，满是警惕的猜疑。接着她脸上的线条放松下来，恢复平常那饶富兴味又愤世嫉俗的表情。“不，我不相信，但这里的人相信。”她不安地望向山坡上方，可是岩谷没传来其他声音，“他的家人一定就在附近。我们走吧。”

我不情愿地被她往村里的方向拖。

“他们为何把孩子放在上面？”我问。我坐在石头上脱掉长袜，准备涉过一条小溪。“他们希望那些小家伙出现来治疗他吗？”我还是很烦恼那孩子的事，他看起来病得很重。我不知道他哪里有问题，可是或许我能帮上忙。

或许我可以把吉莉丝留在村里，然后回来找那孩子。不过，动作要快。我抬头望向东方的天空，灰色的雨云正迅速笼罩紫色的薄暮。一道粉红色光芒仍射向西方，但光线停留的时间不会超过半小时。

吉莉丝把篮子柳条交缠的手把套在颈上，拉起裙摆走进溪里，身体碰到冷水时打了个寒战。

“不。或者应该说，对。那是一个妖精山丘，睡在那里很危险。如果把一个调换儿留在那种地方过夜，妖精会把他带走，然后把偷走的人类孩子放到原位。”她说。

“他们不会，因为那不是调换儿。”我碰到融雪的水时，吸了一大口气，“那只是个生病的孩子，他很可能无法在野外活过一夜！”

“他活不过，早晨之前他就会死掉。而我希望老天保佑，没人看到我们接近过他。”她简洁地说。

我鞋子穿到一半，突然停下动作。

“死掉！吉莉丝，我要回去找他。我不能把他留在那里。”我转身再次渡溪。

她从后面抓住我，把我推倒，我的脸埋进浅浅的水中。我挣扎、喘气，成功站了起来，水溅得到处都是。吉莉丝站在溪中，水淹到小腿，裙子湿透，怒视着我。“你真是个顽固的英国蠢蛋！”她对我吼道，“你什么都不能做！听见了吗？不能！那孩子已经跟死了没有两样。我不可能站在这里，让你去冒生命危险，还顺便赔上我的生命，就为了你那疯狂的念头！”她低声哼气咕哝，两手伸向我手臂下方，使劲拉我站起来。

“克莱尔，听我说。你要是靠近那孩子，而他死了——相信我，他一定已经死了，我见过他们那样——那他的家人会说是你害死他的。你不明白这件事很危险吗？你知不知道他们在村里是怎么说你的？”她急切地说，摇晃着我的手臂。

我站在黄昏的冷风中颤抖，内心交战不已，一方面是她显然为了我的安危惊慌，一方面是想到那无助的孩子独自在黑暗中慢慢死去，脚边只有一束野花。

“不行。”我说，把脸上的湿发甩开，“吉莉丝，不行，我做不到。我会小心，我保证。但我非去不可。”我挣脱她的掌控，转身走向溪岸另一头，溪底不明的阴影使我颠簸难行，水花四溅。

我身后传来她恼怒的压抑吼声，随即是一阵狂乱泼溅的水花。好，至少她不会再阻碍我了。

天色迅速变暗，我尽力快速穿过树丛和野草。要是我到的时候天已经黑了，我不确定能不能找到那个山丘。附近有好多山丘，每个都差不多高。不管有没有妖精，想到要在黑暗中独自在这里游荡，我就不喜欢。我要怎么带着一个生病的孩子回城堡，也是个问题。

终于，我认出山脚下的一排年轻落叶松，找到了那个山丘。此时天色已近全黑，是个无月之夜，我不断被绊到、跌倒。落叶松聚在一起，在晚风中静静说话，发出嘎吱嘎吱和窸窣叹息的声音。

这该死的地方有鬼，我想。听着头上树叶的交谈，走过细长的树干之间。如果在下一棵树的后面遇见鬼，我也不会被吓到。

但我被吓到了。事实上，当那模糊的人影溜出来抓住我时，我魂都没了。我发出尖叫，撞上了他。

"我的天啊，你在这里做什么？"我倒在詹米的胸膛上好一会儿，尽管他吓到了我，但见到是他，我大大松了一口气。

他抓住我的手臂，转身带我走出树林。"来找你的。"他声音压得很低，"我出来找你，因为天黑了；我在圣约翰溪边遇到吉莉丝·邓肯，她说你在这里。"

"可是那个婴儿……"我一边开口，一边又转身往回走。

"那孩子死了，我已经上去看过了。"他简洁地说，并把我拉回来。

于是我无异议地跟他走，为那孩子的死而心疼，但其实也稍微松了口气，总算不必面对攀上妖精岭这件事了，也不必一个人走很远的路回去。在黑暗及树林窃语的压力之下，我一直等到再次渡溪时才开口。长袜因为此前浸过水，还是湿的，我索性不脱，直接涉水过去。詹米身体是干的，他从岸边跳到溪中一块高出水面的石头，接着像跳远一样跃到我这边的岸上，身体还是干的。

"你有没有想过，夜里那样一个人在外面有多危险，外乡人？"他看起来并不生气，只是满脸疑惑。

"没……我是说，有。很抱歉让你担心了。但我无法丢下那孩子不管，我就是没办法。"

"对，我知道。"他轻轻抱我一下，"你心地善良，外乡人。

但你不知道这次要应付的是什么。”

“妖精吗？”我累了，而且心里被这个事弄得很乱，可是我却用轻率的语气来掩饰。“我不怕迷信的东西。难道你相信妖精，还有调换儿那些事？”一个念头闪过。

他迟疑了一会儿才回答。“不是。不，我不相信这些事，尽管如此，我还是完全不想在妖精岭过夜。但我是受过教育的，外乡人。我在杜格尔家有过一位德国老师，他很好，教我拉丁文和希腊文等。待我十八岁，去了法国，我学了历史和哲学，因此了解到除了峡谷、沼地和湖里的水怪，世界上还有太多东西。可是，这里的人……”他手臂一挥，朝身后的黑暗一指，“他们从未踏上出生地一天路程以外的土地，除非有宗族聚会这类大事，而且这种大事一生中可能只会发生两次。他们住在峡谷和湖泊之间，而他们所知的世界，就是贝恩神父星期日在教堂告诉他们的事，关于世界，还有一些古老的传说。”

他拨开一根赤杨木树枝，我弯腰从下面穿过。我们走到一道鹿的足迹之上，刚刚我和吉莉丝也跟过这道足迹。我振作起来。新的证据显示，即使在黑暗之中，他也可以找到路。离开妖精岭之后，他便以平常的语调说话，偶尔停下来拨开挡在前方的植物。

“那些故事，由格伦讲出来，而你坐在大厅里喝着德国白酒的时候，就单纯是娱乐。”他在我前面走下小径，声音往后飘向我，在清冷的夜里听起来温柔多情。“不过，在外头，甚至在村里——不对，那又不一样——妖精就住在他们旁边。我想这背后有些事是真的。”

我想起水怪那对琥珀色的眼睛，想着不知道还有哪些事是真的。

“而其他的……嗯。”他声音更柔了，我得拉长耳朵才听到，“对那孩子的父母来说，可能相信死去的是调换儿，会觉得好过一点，而自己的孩子，则健康快乐地和妖精永远生活在一起。”

这时我们抵达拴马的地方。半小时之后，理士城堡的灯光便在前方迎接我们。我从没想过那栋黯淡的建筑物是文明的前哨，然而此时此刻，那里看来就像启蒙的灯塔。

直到我们靠近，我才发现灯火通明的原因。桥上的栏杆上挂了一串灯笼，沿路照耀着。

“有事发生了。”我转向詹米说。这时我才首度在灯光下看到他，他穿的不是平常那件破损的上衣和脏污的苏格兰裙。雪白的亚麻布料在灯光下闪耀，而他最好的、也是唯一的天鹅绒外套，就盖在马鞍上。

“对，所以我才出去找你。”他点头，“公爵终于来了。”

* * *

公爵有点出乎我的意料。我不确定我期待见到的是什么，但肯定不是我在理士城堡大厅里见到的这位夸张、热情、红着脸的运动员。他有一张饱经风霜的和善圆脸，淡蓝色眼睛总是微微斜挑，好像在看空中飞翔的雉鸡。

我想了一会儿，先前关于公爵夸张言行的片段，或许被夸大了。不过，环顾整个大厅，我注意到所有十八岁以下的男孩脸上都带着警觉的神情，眼睛紧盯公爵，看着他跟科拉姆和杜格尔谈笑风生。看来，他们不只听到了夸张言行，还得到了警告。

被介绍给公爵时，要我保持面无表情有点难。他身材高大、健壮结实，是那种可以常常在酒吧里见到的人。他们会用低沉的嗓音发表意见，借助提高音量和不断重复来压过不同意见。听了詹米的故事之后，我当然也有点警觉，可是他外表给人的印象实在太强烈。他弯腰吻我的手，说："在如此偏远之地，能见到一位女性，实在令人喜出望外，夫人。"他的声音就像过分讲究的老鼠，我得咬着自己的舌头，才能忍住不当众出丑。

公爵和他的手下因为旅途劳累，很早离开去休息了。隔天晚上，晚饭过后有音乐和聊天活动，而我和詹米也一起参与。几杯白酒下肚，桑德林汉姆变得豪爽而多话，将高地旅途的惊险和乡村风光之美，巨细靡遗地一一描述。我们礼貌地听着，我也努力不去对上詹米的眼睛，听着公爵尖声说着那些艰苦劳累的故事。

"在斯特灵外，一根车轴断了，我们有三天无法移动。注意，是被困在大雨之中。我的侍从后来找到一个铁匠，才把那该死的东西修好。然后过了不到半天，我们就跌进我见过的最大的坑洞，那烂车轴又断了！然后又有一匹马掉了蹄铁，所以我们得把东西搬下马车，在旁边走——在泥泞中，牵着那匹跛脚的老马，然后……"故事继续着，不幸的事件一个接一个，我越听越想笑，只好试着用酒盖过笑意，而这很可能是个错误的决定。

"猎物，麦肯锡，是猎物啊！"公爵说到某处时惊呼出声，陶醉得直翻白眼，"我几乎无法相信。难怪你能备出这么丰盛的一桌菜。"他轻拍自己结实的大肚子，"我发誓，我愿意拿我的上犬齿，交换两天前我们见到的那只牡鹿，那动物美极了，真是美极了。它从树丛中冲出，就挡在我们马车前面，亲爱的。"他特别转头对我说，"马受到惊吓，所以我们又差点掉到路上！"

科拉姆举起钟形酒瓶，挑起深色的眉毛，询问是否再来一杯。

他把酒倒入递来的酒杯时，说：“嗯，或许我们可以为您安排一场狩猎，殿下。我外甥的猎术很好。”他眉毛下方犀利的目光看向詹米，得到一个几乎难以察觉的点头回应。

科拉姆回座，放回酒瓶，轻松地说：“对，那么，这样很好。或许就下周初吧。现在猎雉鸡太早，但猎牡鹿可以。”他转向杜格尔，杜格尔懒洋洋地坐在一旁铺着软垫的椅子上。“我弟弟也可以一起去。如果你打算往北走，他可以带你去我们先前提到的那些土地。”

“资产，是资产哪！”公爵很愉快。他拍拍詹米的腿。我看见詹米的肌肉收紧，但身体没动。他静静微笑，公爵的手停留的时间稍嫌长了一点。接着殿下发现我在看他，愉快地对我笑着，表情像是在说：“总得试一下，是吧？”我不由自主地对他报以微笑。实在出乎我的意料，我还蛮喜欢这个人的。

＊＊＊

公爵引起的骚动，使我忘了吉莉丝说要帮我找出下咒的人这件事，而且在妖精岭上发生的调换儿那令人不快的一幕之后，我不确定还要不要听她的建议。

不过，好奇心战胜了疑惑。当科拉姆要詹米骑马出去，护送邓肯夫妇来城堡参加两天后欢迎公爵的宴会时，我便跟他一起去了。

于是，那个周四，我就和詹米在邓肯家的小客厅里，受到治安官略显生疏的友善款待，等待他妻子在楼上梳妆完毕。上次胃病发作，亚瑟已经好得差不多了，但他看起来仍不是很健康。他就像很多胖子一下子减重太多的模样，脸上的肉不见了，肚子上的肉却还在。他的腹部大大撑起绿色丝质背心，脸上皮肤则松弛地垂着。

“或许我可以去楼上帮吉莉丝弄个头发什么的，我给她带了条新的发带。”我如此提议。我预见到可能需要找借口跟吉莉丝单独谈话，便带了一个小包裹来。一说完我便出房门上楼去了，没给亚瑟反对的机会。

她已经在等我了。

“走，我们得到我的私人房间谈。我们得快点，不过这不会太久。”她说。

我跟着吉莉丝走上狭窄曲折的阶梯。阶梯高度不均，有几层的竖板很高，我得拉起裙子才不会绊倒。我的结论是，十七世纪的木匠，要不是测量的方法有问题，就是很有幽默感。

吉莉丝的私人密室在房子顶部，用人房上面一间偏僻的阁楼。门上有锁，吉莉丝从围裙口袋里拿出一把奇大无比的钥匙，至少有六英寸长，宽大的镂空头部饰有藤蔓和花朵。那钥匙一定有将近一磅重，用一个管子套着，就是很好的武器。锁和门轴都是上好油的，厚重的门朝里面静静开了。

房间很小，从房子正面截断的老虎窗使室内十分拥挤。墙上每一英寸空间都排了架子，上面摆着各种广口瓶、玻璃瓶、细颈瓶、小药瓶和烧杯。一束束干药草，小心地用各色丝线绑着，整齐排挂在头顶的椽木上。我们从下方走过时，一阵香尘刷过我头发。不过，这里完全不像楼下药草房那样干干净净、井井有条。这里很挤，几乎是凌乱不堪的，虽然开了老虎窗，室内却还是很暗。

一个架子放书，书大多很旧，而且表皮逐渐剥落，书背上没有任何记号。我好奇地摸过那排皮革书封。大部分是小牛皮，但有两三本材质不同，很软，但触感油腻，不太舒服，其中一本一看就知道是用鱼皮装帧的。我拿出一册，小心翼翼翻开。里面的手写字混合着古体法文，以及无人使用的拉丁文，不过我看得懂那标题，《圣日耳曼伯爵魔法书》。

我合上书，放回架上，觉得有点惊骇。魔法书，施展魔法用的指南。我感到吉莉丝的目光直盯着我的背，我转过身，对上她混合着玩笑和警觉猜疑的神情。现在我知道了，然后呢？

“所以，那不是谣言，对吗？”我笑着说，“你真的是女巫。”我想着这事到底会到什么程度。她自己信不信？会不会这些不过是精心伪装的道具，用来纾解她和亚瑟沉闷乏味的婚姻？我也想着，她施展的，或她以为她施展的，是哪种魔法。

“噢，白的，绝对是白魔法。”她露出笑容说道。

我懊恼地想，詹米说得没错，我的表情。大家似乎都能看穿我的想法。“嗯，那很好，我实在不太喜欢半夜绕着篝火跳舞和骑着扫帚的那种，更不可能去拍恶魔的马屁。”

吉莉丝把头发向后拨，愉快地笑着。“你不太拍别人马屁，我看得出来，我也不太做这种事。不过我要是像你一样，床上有个俊俏热情的魔鬼，我不敢说自己最后不会屈服。”

“这让我想到……”我正要开口，但她已经把头转开，着手准备工作，自顾自喃喃说着什么。

吉莉丝首先确认门在我们背后牢牢上锁，之后穿过房间走向老虎窗，在嵌入窗座中的一个箱子里翻找。她拿出一个大浅盘，还有插在陶制烛台上的白色长蜡烛。她又找了一阵，翻出一条破被子，摊在地上，隔开灰尘和木屑。

“你到底打算做什么，吉莉丝？”我怀疑地审视着这些准备动作。当下，我看不出这些东西有什么险恶意图，一个盘子、一支蜡烛、一条被子，不过当时我也只是个魔法新手，至少可以这么说。

“招魂。”她说，折起被子边角，让四边与地上的木板对齐。

“招谁的魂？”我问。或者我该问，招什么的魂。

她站着把头发向后梳。她的头发和婴儿一样细柔滑顺，系绳解开，放了下来。她咕哝着，从头上抽出发夹，让头发闪亮直顺地流泻而下。她的头发是鲜奶油色的。

“噢，鬼魂、幽灵、幻影，任何你可能需要的都可以招。每次开始的方式都一样，不过使用的药草和下的咒语各有不同。我们现在需要的是幻影，看看那个给你下咒的人是谁，然后我们可以诅咒回去。”她说。

“呃，这个……”我没想要报复，但我的确很好奇，对招魂仪式和对是谁下的咒都很好奇。

她把盘子放在被子中央，把一个罐子里的水倒了进去，解释说：“你可以用任何容器，只要够大，可以清楚倒映影像即可，不过魔法书说要用银制水盆。即使是户外的池塘或水坑都可以用来招魂，但地点一定要隐蔽。招魂需要宁静的环境。”

她迅速拉上每扇窗户的厚重黑色窗帘，最后房里的全部光线真的都消失了。我几乎看不见她在阴暗中穿梭的纤瘦身影，直到她点亮烛火后才又看得清楚。她拿着蜡烛走回被子上时，摇曳的火光照在脸上，在直挺的鼻梁和鲜明的下巴下方投出楔形阴影。

她在那盘水边放下蜡烛，放在离我较远的那边，然后非常仔细地往盘中注水，水满到边缘微微隆起，靠着表面张力才没溢出。我靠过去，看见水面的倒影很清晰，效果远胜于堡里的任何一面镜子。她似乎又读出了我的想法，解释说这盘子除了可以用来招魂，也是整理头发的绝佳助手。

“别撞到，会弄湿身体的。”她建议，然后专注地点亮蜡烛，皱了皱眉。她这话有种务实的语调，在这些神奇的准备工作中显得如此平凡，让我想起了某人。我抬头望着她纤细苍白的身影，优雅地弯身摆弄火柴盒。起初我想不起她究竟让我想起了谁，然后我想起来了，格雷厄姆太太。虽然吉莉丝和在韦克菲尔德牧师书房里的那个忙着准备茶壶的邋遢身影一点也不像，但说话的语调完全一样。

或许她们两人有同样的态度，某种实用主义精神，她们视玄学有如天气，仅仅是一连串现象。这事需要以谨慎尊重的态度进行——这是当然的，就像一把锋利的厨刀得小心使用那样——不过绝对不需避讳或害怕。

又或许是因为薰衣草水的气味。吉莉丝宽松飘逸的长裙，总是散发出某种自制精油的香气：金盏花、洋甘菊、月桂叶、甘松香、薄荷和马郁兰。不过今天，她白色裙摆飘出的香味是薰衣草。同样的味道，也充满了格雷厄姆太太务实的蓝色棉质衣料，从她骨感的胸口飘散出来。

尽管吉莉丝的身形同样瘦削，但从她长袍的低领口中，显露出来的却完全不是一回事。这是我第一次见到吉莉丝·邓肯穿着便服，通常她都穿着隆重宽大的长裙，扣子高高扣到颈上，很适合治安官夫人的装扮。现在，她显露出来的丰满曲线令人意外，那奶油色的饱满胸口几乎和她穿的裙子同一色调。这下我才稍微明白何以亚瑟·邓肯这样的男人，会娶一个身无分文、毫无背景的女孩。此时我的眼睛不由得看向墙上整齐标示的瓶罐，搜寻硝石的位置。

吉莉丝挑出架上的三个广口瓶，从每个瓶子中倒出少量物质，倒进一个小小的金属火盆。她用烛火点燃下方一块木炭，朝着渐渐旺盛的火焰吹气。火星蔓延开来之后，一股含着香气的烟雾蹿升而起。

阁楼里的空气几乎是静止的，灰色烟雾直直上升，没有散开，形成一道烟柱，和白色长蜡烛的形状互相呼应。吉莉丝像个女祭司，在自己的庙宇中，坐在两道烟柱之间，优雅地盘起双腿。

“现在，我想可以开始了。”吉莉丝用指尖迅速轻撒一些迷迭香碎叶，满意地审视眼前的场景。黑色窗帘上饰有神秘的符号，阻挡了全部日光，蜡烛成为唯一的直接光源。火焰透过静止的水面映照分散开来，那盘水发着光，仿佛自己也是光源，而不只是反射烛光。

“怎么开始？”我问。

灰色的大眼像那盘水一样发光，因为期待而燃烧着。她的双手在水面上摆动，接着合在两腿之间。

“就静静坐着，倾听你的心跳。你听见了吗？放松地、缓缓地、深深地呼吸。”她说。尽管她表情生动，声音却冷静而缓慢，和平常明快的说话节奏截然不同。

我顺从地遵照指示，等呼吸稳到一个平衡的节奏，感觉自己的心跳也跟着放慢。我辨认出烟雾中的迷迭香气味，但不太确定另外两种药草是什么。毛地黄还是委陵菜？我本来认为那种紫色的花应该是茄属植物，但显然不是。不管那些药草为何，我的呼吸慢到一个程度，不像是可以完全归因于吉莉丝暗示的力量。我感觉好像有重量压在胸骨之上，不受意志控制，迫使我慢下呼吸。

吉莉丝坐着完全没动，眼睛眨也没眨地看着我。她点了一下头，我便顺从地低头看向静止的水面。

她开始说话，语气平和，闲聊一般，再度让我想起格雷厄姆太太在巨石阵中对太阳的呼求。

那语言不是英语，但也不完全不是英语。那是陌生语言，但我觉得我应该知道，仿佛我只是听不清楚而非听不懂。

我感觉双手开始发麻，想改变原来交叠放在腿上的姿势，却动不了。她平和的声音持续着，温柔又有力。现在，我知道我听懂她说的话了，但仍然无法把语言唤入意识的表层。

我模糊地发觉，我要不是被催眠了，就是被下了某种药，而我的理智正抓着意识的边缘，抗拒那股香烟的拉力。我可以从水面看到自己的倒影，瞳孔缩得跟针尖一样小，眼睛睁得跟被阳光照盲的猫头鹰一样大。“鸦片”一词飘过我逐渐消逝的思绪。

“你是谁？”我无法分辨我们之中是谁先问了这个问题，但我感觉自己的喉咙动了，回答：“克莱尔。”

“谁派你来这里的？”

“我自己。”

“你为何要来？”

“我不能说。”

“为何不能说？”

“因为没人会相信我。”

我脑海中的声音又变得更加抚慰、亲切、迷人了。

“我会相信你。相信我。你是谁？”

“克莱尔。”

突然一个巨大的声响打破魔法。吉莉丝吓了一跳，膝盖撞到水盆，把水中的倒影吓得缩了回去。

“吉莉丝？亲爱的？”声音在门外喊叫，试探中隐含着命令。“我们得出发了，亲爱的。马准备好了，你却还没穿上礼服。”

吉莉丝低声咒骂几句粗话，起身推开窗户，新鲜空气冲往我脸上。我眨眨眼睛，驱散脑中的一团迷雾。

她站着，低头怀疑地看着我，接着弯身拉我起来。

“那么，走吧。感觉有点怪异，是吗？有时有的人会有这种反应。我穿衣服的时候，你最好在我床上躺一下。”她说。

我在楼下她房间的床单上平躺，闭着眼睛，听着吉莉丝在私人衣橱里细碎的窸窣声，想着刚刚究竟是怎么回事。显然，那不是为了找出诅咒或下咒的人，而是为了探查我的身份。我的脑筋逐渐恢复灵活，我想到吉莉丝会不会是科拉姆的间谍。像她这样的地位，可以听到整个区域内的全部事情和秘密。而除了科拉姆，还有谁会对我的背景这么感兴趣？

我想，要是亚瑟没来打断招魂仪式，不知道会发生什么事。在那阵香雾之中，我会不会听到催眠师那句标准的命令“等你醒来的时候，一切都记不得了”？但我却记得，而且还在想着。

然而，我没机会问吉莉丝这件事。卧房门开了，亚瑟·邓肯走了进来。他穿过房间走向私人衣橱的门，敲了一下，接着便匆忙走了进去。

里面传来小小一声惊吓的尖叫，接着一片死寂。

亚瑟·邓肯又在门口出现，他睁大着眼，茫然盯着前方。他脸色发白，我以为他胃痛又发作了，便跳下床赶到他身旁，他身体重重靠向门边的侧壁。

不过，我还没碰到他，他就把自己推离门口，走出房间，脚步微微踉跄地冲过我面前，好像没见到我似的。

我自己敲了敲门。

“吉莉丝。你还好吗？”

里面一阵沉默，接着一个非常冷静的声音说：“很好，当然。我马上出去。”

当我们最后下了楼，发现亚瑟显然已经稍微恢复了神智，正和詹米啜饮白兰地。他看起来有点心不在焉，一副若有所思的模样，但见到妻子的时候，还是稍微赞美了一下她的外表，然后派人去备马。

我们抵达城堡的时候，宴会刚开始，而治安官和夫人被带到主桌的上座。詹米和我地位稍低，和鲁珀特及奈德·高恩同桌。

菲茨太太又超越了自己，满意地笑着接受众人对餐点、饮料和其他布置的赞美。

确实很美味。我从未尝过烤雉鸡填蜜栗，自己动手拿了第三块，奈德·高恩兴味盎然地看着我的好胃口，问我有没有吃过乳猪。

我的回答被大厅另一端的骚动打断。科拉姆从桌边起身，朝我走过来，老亚历克·麦克马洪跟在一旁。

“我看你真的是才华无限，弗雷泽夫人。”科拉姆微微鞠躬说道。一个大大的笑容出现在他醒目的五官上。“从照料伤口、治疗病患到接生小马，无所不能。我想，不久之后我们就得请你让人起死回生了。”听到这里，众人一阵笑声，不过我注意到有一两个人不安地看向贝恩神父。他也出席了今晚的宴会，正在角落里把烤羊肉有条不紊地塞进肚里。

科拉姆伸手探进外套口袋，继续说：“无论如何，你一定得让我表示一点小小的谢意。”他递给我一个小木盒，盒盖上雕着麦肯锡家徽。此刻我才明白洛斯冈是多有价值的一匹马，不管掌管生育的善神是谁，我在心中默默感谢，还好没有出错。

“胡说，我没做什么特别的事。只是运气好，我的手比较小。”我边说边试着把木盒还回去。

“尽管如此，还是得谢。”科拉姆很坚持，“如果你喜欢的话，可以把这当作一件小小的结婚礼物。我希望你留着。”

看到詹米点了头，我才勉强接下盒子打开来。里面装着一条墨黑色的念珠，每颗珠子都精雕细琢，十字架还镶嵌着银丝。

“好美。”我由衷地说。确实很美，虽然我不知道要拿来做什么。我名义上是天主教徒，却由完全不信神的兰姆叔叔抚养长大，所以我对念珠的重要性只有模糊概念。尽管如此，我热情地谢过科拉姆，把念珠递给詹米，放进他的皮袋子。

我对科拉姆行了屈膝礼，心中为自己对行礼越来越熟练感到欣慰，已经不会做到一半就跌倒了。他正要开口告别，却被我身后一阵突然的撞击声打断。我转过头，除了人的背部和头颅，什么也没看见，众人都跃离长椅，围聚在骚动的源头四周。科拉姆步履艰难地绕过桌子，不耐烦地一挥手，让群众向旁退开。当众人退开时，我看见了亚瑟·邓肯圆胖的身形倒在地上，四肢痉挛抽动，挡开了所有可能伸出的援手。他的妻子挤入骚动的人群，跪倒在他身边，于事无补地抱着他的头颅。亚瑟脚跟踢着地面，背部拱起，发出梗塞的呛咳声。

吉莉丝抬起头，绿色眼睛焦急地扫视众人，仿佛正寻找着某个人。我猜自己就是她要寻找的人，便选择了最好走的一条通路：钻到桌下匍匐前进。

抵达吉莉丝身边后，我两手扶住她丈夫的脸，试着撬开他嘴巴。从他发出的声音判断，或许是被一块肉噎住了，那肉可能还卡在气管里。

可是他的下巴又硬又紧，嘴唇发青，还带点唾沫，看来并不符合噎着食物的症状。不过，他显然是噎到了，圆胖的胸膛奋力起伏，用力呼吸。

“快，把他翻过身来侧躺。”我说。几双手立刻伸出来帮忙，沉重的身体灵巧地翻了过去，他穿着黑色毛料的宽大背部朝向我。我手掌根部朝他两块肩胛骨之间用力拍击，一遍遍发出沉闷的撞击声。庞然后背受到撞击后微微颤抖，但并没有障碍物突然排除之后会有的抽搐反应。

我抓住一边肥胖的肩膀，让他再度回到仰躺姿势。吉莉丝弯身俯视他瞪大眼睛的脸，呼喊他的名字，按摩他布满杂斑的喉咙。现在，他的眼珠子向后翻，脚跟敲击地面的节奏也慢了下来。因为痛苦紧抱的双手突然松开，击中蹲在旁边的一个旁观者不安的脸。

嘈杂声戛然而止，他粗壮的躯体松软下来，一动也不动，像是石地板上的一袋大麦。我朝他松软的手腕疯狂寻找脉搏，瞥眼注意到吉莉丝也在做同样的事。她抬起他刮过胡子的圆润下颚，指头用力压进肉里，在下巴旁边找寻颈动脉。

我们都没摸到。亚瑟·邓肯的心脏，在承担把血液送进庞大骨架的重任多年之后，已经放弃挣扎。

虽然知道已经无效，但我还是试了所有能试的抢救方式：拍打手臂、按摩胸部，甚至嘴对嘴呼吸，这真的很恶心，但都是徒然。亚瑟·邓肯确定是死了。

我虚弱地站起身向后退，狠狠瞪着我的贝恩神父在治安官身边跪下，开始匆匆执行临终仪式。我背部和手臂发疼，脸却感到怪异的麻木。周围的喧闹声似乎异常遥远，仿佛有道帘幕把我和厅里的众人隔开。我闭上眼，一手擦过刺麻的嘴唇，想要抹去死亡的味道。

＊＊＊

尽管治安官死了，还举行了葬礼，但公爵的猎鹿活动只延后了一周。

想到詹米即将离开，我心情跌落至谷底。我突然意识到，自己在一天劳动过后有多期待在晚餐时见到他；一天之中在意想不到的时刻看到他，心脏是如何狂跳；以及在堡里复杂的生活中，我有多么依赖他的陪伴、依赖他坚定及抚慰的态度。还有，我可以全然坦白地说，我有多么喜欢他每晚在床上那平滑温暖的力量，以及早晨在他笑闹的亲吻中醒来。知道他即将离开，令人感到黯然。

他紧紧抱着我，我的头埋在他的颈窝。

“我会想你的，詹米。”我轻声说。

他把我抱得更紧，发出苦恼的笑声。

“我也会想你的，外乡人。我没料到会这样，老实说，要离开你，我心里好痛。”他轻抚我的后背，指尖擦过脊椎上凹凸的骨节。

“詹米……你会小心吧？”

我感觉他胸腔鼓起深深的笑意，然后他回答了。

“小心公爵，还是小心马？”他决定骑多纳斯去猎鹿，这让我深感忧虑。我脑中浮现那匹栗色大马的种种景象：顽劣反抗地跃过一道悬崖，或用那足以致人于死的马蹄，踏过詹米身体。

“都要小心。”我涩涩地说，“如果那匹马把你甩下马背，害你跌断一条腿，你就只能任凭公爵处置了。”

“的确。不过，杜格尔也会在场。”

我哼了一声：“他会打断你另一条腿。”

他大笑，低头吻我。

“我会小心的，褐发美人。你可以也答应我会小心吗？”

“可以。”我出自真心地说，“你是指小心下咒的人吗？”

刚刚那一瞬间的愉悦现在已经消失。

“或许。我不觉得你会有危险，不然我就不会离开你了。不过还是……噢，还有，跟吉莉丝·邓肯保持距离。”

“什么！为什么？”我身体稍微向后退开，抬头看他。夜色很暗，我看不见他的表情，可是他语调十分严肃。

“那女人，大家都知道是女巫，而关于她的谣言。嗯，自从她丈夫死后，就变得更难听了。我不希望你靠近她，外乡人。”

“你真的认为她是女巫吗？”我质问。他有力的双手扣住我的臀部，把我拉近。我双手环抱他，享受他躯干光滑结实的触感。

“不。”他终于说，“但我怎么想，并不重要。你可以答应吗？”

“好吧。”其实，答应他，我没有很不情愿。自从调换儿和招魂事件后，我拜访吉莉丝的意愿就不高。我把嘴巴贴向詹米的乳头，舌头轻轻逗弄。他从喉咙深处发出轻微声响，把我拉得更近。

“腿打开，我要确定我不在的时候你会记得我。”他低声说。

好一会儿后，我醒过来，觉得很冷。我困倦地摸索被子，却找不到。突然间被子自动盖到我身上。我吓了一跳，撑着手肘起身看。

“对不起，我不是故意吵醒你的，姑娘。”詹米说。

“你在这里做什么？你为何醒着？”我转头斜睨着他。夜还是黑的，但我的眼睛已经习惯了黑暗，所以可以看见他脸上微微尴尬的表情。他人完全清醒，坐在床边的凳子上，彩格披肩盖在身上保暖。

“只是……嗯，我梦见你迷路了，而我找不到你。我醒过来，然后想看看你，就这样。我想把你的样子刻在脑海里，就算不在身边还可以记得你。我把被子掀开了。抱歉让你受凉了。”

“没事。”这天夜里很冷，而且很静，仿佛我们是世上唯一的两个灵魂。“上床来吧。你一定也受凉了。”

他滑进被窝，靠着我的背蜷起身体。他的手从我的后颈抚过肩头、腰际和臀部，沿着背的线条和身体曲线一路抚摸下来。

“褐发美人。不过现在我该叫你银色褐发美人。我的银色美人。你头发像镀银的，肌肤是白色天鹅绒。小白鸽。我的小白鸽。”他轻声说。

我臀部往后靠，邀请他，最后抵着他发出叹息，他坚硬的部位填满了我。他抱着我靠向他的胸膛，和我一起移动，慢慢地、深深地。我稍微喘了点气，他松开怀抱。

“对不起，我没想弄痛你的。可是我很想在你里面，留在里面，最深的地方。我想用我的种，在你身体深处留下我的感觉。我想这样抱着你，一直抱到天亮，我离开的时候留你继续入睡，让你身体的形状温暖着我的手。”他喃喃自语。

我坚定地往后靠向他。

“你不会弄痛我的。”

* * *

詹米离去后，我在堡里闷闷不乐。我在手术室里看病，尽量让自己在花园里忙得不可开交，浏览科拉姆的图书室，试着让自己分散注意力，可是时间还是沉重地垂在手中。

已经孤单两个星期了。我在厨房外的走廊见到莱里。自从那天在科拉姆书房外的楼梯平台看到她后，我偶尔会偷偷注意她。她看起来还算活力充沛，不过神情有点紧绷，似乎心不在焉、闷闷不乐。这也难怪，可怜的女孩。

不过，今天她看起来有点兴奋。

“弗雷泽夫人！我有个信息要传给你。”她说邓肯遗孀派人来说她病了，请我过去照顾她。

我犹豫着，想起詹米的叮嘱，不过在同情和无聊的双重推力下，一小时内我就出发前往村庄，药箱挂在身后的马鞍上。

抵达的时候，邓肯的屋子里有种被忽视遗弃的氛围。一种失序的感觉，蔓延了整座屋子。我敲门，无人回应，于是把门推开，却发现入口大厅和小客厅里散落着书籍和脏污的玻璃，地毯歪斜，家具积着厚厚灰尘。我呼喊着，却没有女仆现身，厨房里显然也和屋里其他地方一样空荡杂乱。

我越来越焦虑，爬上楼。前面的卧房也是空的，不过我听见平台另一端的蒸馏室里传出轻微的窸窣声。

推开门，我看见吉莉丝坐在一把舒适的椅子中，双脚跷在柜台上。她一直在喝酒，柜台上有酒杯和酒瓶，房里有浓烈的白兰地气味。

她见到我吓了一跳，不过努力站了起来，脸上还挂着笑容。她的双眼有点失焦，不过看来身体无恙。

“你怎么了？你不是病了吗？”我问。

她好笑地瞪大眼睛看着我。“病了？我生病了？没有。仆人都走了，屋里没东西吃，不过有很多白兰地。你要来点吗？”她转身去拿酒瓶。

我抓住她的袖子：“你没派人捎信给我？”

“没有。”她睁大了眼盯着我。

“那为什么……”我的问题被屋外的声音打断。那声音遥远而低沉，隆隆作响地往这里来。我听过这声音，就在这个房间里。想到要面对发出这种声音的一群暴民，掌心开始出汗。

我在裙摆上擦擦手。隆隆作响的声音越来越近。没有时间，也没有必要提出问题了。

第二章　女巫，你不应让她活着

我与前面衣着狼狈的肩膀在黑暗中分开。我被粗暴推挤，穿过一道门槛之类的东西，手肘撞到木头，痛得我骨头发麻，然后一股黑色恶臭冲鼻而来，一些看不见的形体活生生地扭动着。我尖叫踢打，想要挣脱那交缠在我身上无数扒抓的小脚，以及某个更大的生物的攻击，这生物发出尖锐的声音并且用力袭击我的大腿。

我成功滚到旁边，但只滚了一两英尺，就撞上一面土墙，一阵尘土从头上崩落。我努力缩在墙边，试着屏住呼吸，这样我才能听出是什么东西和我一起困在这臭坑当中。不论那是什么，一定是个体形庞大、呼吸粗重，但不会吠叫的东西。一只猪？

“谁？”一片死黑中传出一个声音，听起来很害怕，却为了壮胆故意很大声，“克莱尔，是你吗？”

“吉莉丝！”我喘着气，朝她的方向摸索，碰到她同样在暗中摸索的双手。我们紧握彼此的手，在黑暗中微微来回摇晃。

“这里除了我们还有别人吗？”我问，谨慎地望着周遭。即便我的眼睛现在适应了黑暗，但还是看不清什么东西。几道微弱的光束从上方某处射入，但下方的阴影笼罩到我们肩膀的高度。虽然吉莉丝跟我差不多高，而且距离我只有几英寸，但我仍几乎看不清她的脸。

她笑了，声音有点颤抖。“一些老鼠，我想，还有其他害虫，以及足以把一只雪貂熏昏的臭气。”

“我也注意到那味道了。我们到底在哪儿？”

“贼坑里。退后！”

头上传来一阵摩擦声，突然一道光线扫过。我靠向墙面，差点被从屋顶小孔落下的泥土和秽物击中。紧接其后的是一声柔软物体落下的扑通声。吉莉丝弯身捡起那东西。头上的小孔还开着，我看见她拿着一小块面包，已经发霉且沾满秽物。她以裙摆仔细擦掉脏污。

“晚餐。你饿了吗？”她说。

* * *

上方小孔仍开着，外面空荡荡，只有路人偶尔丢掷物品的声音。小雨落下，清风探入。这里又冷又湿，十分凄惨。很合适，我想，这个坑原本就是关坏人的。小偷、游民、亵渎上帝和通奸的人……以及疑似女巫的人。

我和吉莉丝靠在一起，抵着土墙取暖，没有太多交谈。没什么好谈的，我们也没什么可以自救的方式，只能耐心地保有自己的灵魂。

随着夜晚降临，上方的小孔渐渐变暗，最后和四周的黑暗合而为一。

* * *

“你觉得他们打算把我们关多久？”

吉莉丝移动身体，伸展双腿，上方射下小小长长的晨光，照在她的条纹亚麻裙上。裙子原本是鲜嫩的粉红色和白色，现在已经不成样子。

“不会太久，他们会等教会调查员来。亚瑟上月收到了信，当时正在安排此事。那时是十月的第二周。他们现在随时会到。”她说。

她搓揉双手取暖，接着把手放到脚上，就着那一小块日光。

“告诉我调查员的事，到时候会发生什么？”我说。

“我不知道，听说过这种事，但我从没亲眼见过。”她停了一下，思索着，“他们没预计要举行女巫审判，本来是要审判一些土地纠纷的。所以，至少他们之中没有刺巫人。”

“什么？”

“女巫不会感到痛，被刺也不会流血。”吉莉丝解释道。刺巫人，备有各种针、小刀和其他尖锐工具，是负责检验女巫的人。我隐约想起弗兰克的书中记载有这类事，但我一直认为那盛行于十七世纪，不是这个世纪。另一方面，我愤恨地想，克兰斯穆尔实在不算文明的温床。

“这样的话，没有刺巫人实在太不妙了。”我说，虽然想到要被重复戳刺，让我微微瑟缩了一下。“我们可以轻易通过那种测试。应该说，我可以。我想他们刺你的时候，流出来的会是冰水，不是鲜血。”我讥讽地说。

“我不敢肯定。我听说刺巫人有特殊的针，一碰到肌肤就会缩进去，所以就像是刺不进去。”她忽略我的侮辱，沉吟道。

“可是为什么要这样？为什么要故意证明一个人是女巫？”

太阳逐渐西偏，不过午后的光线足以充满这个小房间，微弱的光芒中，吉莉丝优雅的鹅蛋脸上显出对我的天真寄予的无限同情。

“你还没搞懂，是吧？他们有意要置我们于死地。判决结果或证据，并不太重要。结果都一样，我们会被烧死。”她说。

前天夜里遭到暴民攻击，加上此处的恶劣环境，我受到太大惊吓，能做的就是挨着吉莉丝等待天亮。现在有了日光，我的气力也开始苏醒。

“为什么要这样，你知道原因吗，吉莉丝？”我感觉有点窒息。这坑里空气混浊，满是腐败物、秽物和湿泥的恶臭，那牢不可破的土墙好像就要坍塌，要从四面八方落下，像没挖好的坟墓。

我虽然没看见，但感到她耸了耸肩。上方的光束随着阳光的移动，照在了监狱墙上，把我们留在下方阴冷黑暗的角落。

“不知道这么说能不能让你感觉好过一点，我想你原本是不该被牵扯进来的。”她冷冷地说，“这是我和科拉姆之间的恩怨。你运气不好，暴民来的时候，正好和我在一起。如果你当时跟科拉姆在一起，很可能就会平安无事，不管你是不是外乡人。”

此时蹦出的“外乡人”一词，就和大多数时候一样，包含贬义，现在却猛地在我心上敲了一记，让我更加想念那个用这个词昵称我的人。我双臂紧抱，努力控制那即将吞噬我的慌张和孤单。

“你那时为何来我家？”吉莉丝好奇地问。

“我以为是你派人送信给我。堡里有个女孩带了信给我，她说你要找我。”

“啊，莱里吗？”她沉思着说。

我全身无力，靠着那堵泥泞发臭到令人厌恶的墙面，坐了下来。吉莉丝感到我移动，身体靠了过来。不管她是敌是友，在这坑里，我们是彼此唯一的温暖，我们得挨在一起。“你怎么知道是莱里？”我身体颤抖着。

“把诅咒留在你床上的就是她。一开始我就告诉过你，有些人无法忍受你抢走那红发小子。她也许认为，如果你消失了，她就又有机会得到他。”

听到这件事，我全身一僵，好一会儿才说得出话来：“她不可能的！”

吉莉丝的笑声因寒冷和口干舌燥而粗哑，但仍算悦耳。“只要见过那家伙看你的模样，就知道不可能。但我想她见过的世面还不够多，无法明白。让她跟男人睡一两次，她就知道了，但现在还没办法。”

“我不是这个意思！”我大叫，“她要的不是詹米，那女孩怀了杜格尔·麦肯锡的孩子。”

“什么？！”她着实吓了一跳，手指掐入我的手臂，震惊了好一会儿，“你怎么会这样想？”

我告诉她我曾在科拉姆书房外头的楼梯间看见莱里，以及我得出的结论。

吉莉丝轻蔑地哼了一声：“她会逃走，是因为听见科拉姆和杜格尔在谈论我，她以为科拉姆知道她找我拿那个诅咒。这件事会让她被抽到流血，他不允许出现这种勾当。”

“是你给她那个诅咒的？”我吃了一惊。

吉莉丝激烈地否认：“我没有给她那东西，我是卖给她。”

我盯着她，试图在越来越深的幽暗中对上她的眼睛："有差别吗？"

"当然有。"她不耐烦地说，"那只是生意，就这样，而我不能泄露顾客的秘密。而且，她没告诉我要用来对付谁。何况你该记得我警告过你。"

"真是谢了。"我略带讽刺地说，"不过……"我的脑袋被搅成一团乱麻，现在得知了这项新信息，我得试着重组想法。"如果是她把诅咒放到我床上，那么她要的就是詹米。这就解释了她为何要把我弄去你家。但杜格尔又是怎么回事？"

吉莉丝迟疑了一会儿，接着像是下了决心。"那女孩没有怀杜格尔·麦肯锡的孩子。"

"你怎能这么肯定？"

她在黑暗中拉起我的手，放在她长裙下方凸起的腹部上。

"因为怀孕的是我。"她的回答简单扼要。

* * *

"所以，不是莱里，是你。"

"是我。"她不像平常那么多话，"科拉姆说了什么？'我会看着她被好好处置'？嗯，我想这就是他解决问题的方式了。"

我沉默许久，把事情从头到尾想了一遍。最后我说："吉莉丝，你丈夫的胃病……"

她叹口气，说："砒霜。我以为可以在肚子变得明显之前就把他了结，但他比我预想的撑得更久。"

我想起亚瑟·邓肯在活着的最后一天，从妻子更衣室冲出来时脸上混杂着惊恐和恍然大悟的神情。

“我懂了，公爵宴会那天，他看见你半裸的身体才知道你怀孕了。当他发现这件事……我猜他也很可能知道那不是他的孩子？”我说。

遥远的角落传来微弱的轻笑。“硝石取得容易，可是要一点一点累积才有效果。”

我微微颤抖，在墙边缩成一团。“不过因为这样，你走了险棋，在宴会上当众杀他。他可能会揭发你跟人通奸，还有对他下毒。还是你觉得他发现了砒霜的事？”

“噢，亚瑟知道的，不过他不承认他知道，即使是对他自己也不承认。可是他知道。我们晚餐时远远坐在餐桌两端，我问他：‘亲爱的，要不要多喝点鲜鱼汤？’或者‘喝口麦酒吧，宝贝？’他就会看着我，眼睛瞪得像两颗水煮蛋一样，然后说不要，他没胃口，接着便推开盘子。晚一点的时候，我会听见他在厨房里，偷偷摸摸地站在橱柜边狼吞虎咽，以为不吃我给他的食物就安全了。”

她的声音很轻，而且很愉快，仿佛在叙述什么生动的八卦。我再度颤抖，远离那个和我一起处于黑暗中的怪物。

“他没想到问题出在他喝的补药上。他不吃我调制的药，还花了一大笔钱，特别从伦敦订购新奇的补药。”她的声音显露出这奢侈的行为是多么令人气愤，“那东西本身就含有砒霜，而我只不过多加了一点，他尝不出有什么不同。”

我常听人说，虚荣是杀人犯永远的弱点。这看来是真的，她滔滔不绝地说着，无视我们的处境，骄傲地描述她的成就。

“在大庭广众之下杀他，的确有点危险，但我得尽快把事情处理好。”那种死法，不是砒霜办得到的。我想起治安官僵硬发青的嘴唇，还有我嘴唇碰过他之后发麻的感觉。那是迅速致命的毒药。

而我本来以为杜格尔招认的，是和莱里偷情。如果是那样，即便科拉姆反对，也无法阻止杜格尔娶那女孩。他已经丧妻，是自由之身。不过如果是和治安官夫人通奸呢？事情就完全不同了。我记得对通奸的处罚非常严厉。这么严重的事情，科拉姆很难一手遮天，但我也不认为他会判处弟弟极刑，在众目睽睽下鞭打他或驱逐他。至于吉莉丝的谋杀行为，可能是经过深思熟虑之后的选择，以避免被热铁烧灼脸部，并关在监狱里好几年，一天捣制大麻十二小时。所以她采取了预防措施，科拉姆也采取了预防措施。而我在这里，被夹在中间。

“不过，那孩子呢？”我问，“显然……”

黑暗中一阵冷酷的轻笑。“总是有意外发生，朋友。不管我们做得怎样好，一旦意外发生……”我感到她耸了耸肩。“我本来打算不要孩子，不过接着我想，一旦亚瑟死掉，或许可以逼他娶我。”

我突然生出可怕的怀疑。“可是那个时候，杜格尔的妻子还活着，你……”

她摇摇头，裙子发出摩挲声音，我瞥见她头发微弱的闪光。“我是打算这么做的，但上帝省掉了这个麻烦。我觉得那像是预兆，你知道，本来一切会顺利进行，要不是科拉姆·麦肯锡从中作梗的话。”

我抱紧双臂，抵挡阵阵寒意的袭来。我现在说话，仅仅是为了让自己分心。“你是想要杜格尔的人，还是他的地位和钱？”

“噢，钱我已经有很多。”她略带得意地说，“我知道亚瑟收放所有文件的钥匙藏在哪里，你懂吧。而且那人写字很工整，这点好话我能为他说。要伪造他的签名再简单不过了，过去两年来，我已经成功转移了将近一万镑。”

“为了什么？”我完全吓呆了。

“为了苏格兰。”

“什么？”我以为我听错了。接着我认为，我们之中很可能有人已经精神错乱了，而根据现有的迹象，错乱的不是我。“什么意思，苏格兰？”我身体稍微退开，小心地问。我不确定她的状况有多不稳定，或许怀孕让她精神错乱了。

“你不必害怕，我没发疯。”她讽刺的笑声让我脸红，还好周围是暗的。

“哦，你没疯吗？”我觉得被刺了一下，“根据你招认的内容，你犯了欺诈罪、盗窃罪和谋杀罪。把你当成疯子或许是比较仁慈的做法，因为如果你没疯……”

“我既没疯，也不是堕落败坏。”她肯定地说，“我很爱国。”

真相大白。我把原先以为会遭受疯狂攻击而屏住的气吐了出来：“你是詹姆斯党。我的老天，你竟然是詹姆斯党！”

她确实是。这让事情明朗了许多。这解释了一向遵照哥哥指示的杜格尔，为何会主动为斯图亚特家族募款，也解释了吉莉丝·邓肯这么有本事让男人愿意娶她为妻的女人，何以挑上亚瑟·邓肯和杜格尔·麦肯锡这两种截然不同的类型。前者有钱财和地位，后者则有对公众意见的影响力。

“如果是科拉姆就更好了，可惜啊。他的不幸也是我的不幸，他才是我一直应该拥有的人，是我见过唯一和我般配的人。倘若我们在一起，我们就可以……反正，没用。我想要的那人，是世上唯一我无法用自己的武器接近的人。”

“所以你退而求其次，挑上了杜格尔。”

“噢，是的。”她依旧深陷在自己的思绪中，“他是强壮的男人，有些权力，也有点财产，也能知道人们的真正想法。不过说真的，他不过是个跑腿的，以及科拉姆·麦肯锡的老二……”她短短笑了一声。“科拉姆才是真正有力量的人，几乎跟我一样有力量。”

她狂妄的语气令我生厌。“就我看来，科拉姆有些小细节是你没有的，例如同情心。”

“啊，是啊。‘慈悲为怀’，是这样说的吗？”她讽刺地说，“这对他来说是件好事。死神已经向他步步逼近，你用一只眼睛都看得出来。大年夜一过，那人就只剩两年可活了，不会更久的。”

“那你又能活多久呢？”

讽刺的语气现在转而用在她身上，但她悦耳的声音仍十分镇定。

“比他短一点，我想。不要紧，我在有限的时间里，已经安排了很多事。一万镑转去了法国，归于查尔斯王子名下。等叛乱一起，我会知道我有功劳——如果我能活到那时候的话。”

她几乎就站在那屋顶小孔的正下方。我的眼睛已习惯黑暗，她看起来是黑暗中的一个苍白形体，有如尚未安葬就过早转世的鬼魂。

她突然转过头看我。“无论调查结果如何，我都毫无遗憾，克莱尔。”

“唯一遗憾的是，你只有一条命可以奉献给国家？”我讽刺地问。

“说得好。”

“不正是这样吗？”

天色渐黑，我们陷入沉默。小孔的黑暗似乎有一股有形的力量，把寒冷和沉重压上我胸膛，死亡的气息梗在肺部。最后，我尽力缩成一团，头放在膝上，放弃抵抗，在寒冷和惊慌中松懈下来，打了一个不舒服的盹儿。

“那……你爱那个男人吗？”吉莉丝突然问。

我吓一跳，从膝上抬起头。我完全不知道现在是什么时间，头上有颗光芒微弱的星，可是光线一入洞就被黑暗吞噬了。

“谁？詹米？”

“还会有谁？就是你睡着时呼喊的那个名字。”她冷冷地说。

“我不知道我做了这事。”

“嗯，所以你爱他吗？”寒冷促成某种致命的困倦，不过吉莉丝催促的声音，让我从恍惚中稍微回神。

我抱着双膝，微微前后摇晃。上方小孔照下的光芒，已经隐入傍晚昏暗的夜色。调查员大约明天之前就会抵达。死期迫近，现在已不容许我再回避这个问题，不管是对我自己还是他人。即便我依旧不愿承认自己正濒临死亡，但我也开始明白，死囚在死刑前夕，为何会本能地寻求忏悔。

“我是指，真的爱。”吉莉丝追问，“不是只想和他上床。我知道你想做那件事，他也想。大家都想。可是你爱他吗？”

我爱他吗？超越肉体的冲动吗？这个坑里和告解室一样，有了黑暗作为隐蔽，而一个在死亡边缘的灵魂，也没有时间说谎了。

“对。”我把头靠回膝上。

坑里安静了一阵子，我再度徘徊在睡梦边缘，我又听到她说话，仿佛在自言自语。

“所以有可能。”她沉吟道。

* * *

调查员晚了一天。我们在这黑暗的贼坑中，可以听见他们抵达时造成的骚动，村民的大喊声，踩在大街的石板路上的嗒嗒马蹄声。队伍经过，继续朝远方的广场前进，喧闹声渐弱。

“他们来了。”吉莉丝说，侧耳听着上方的躁动。

我们反射性地紧握双手，将憎恨埋藏在恐惧之下。“嗯，我猜被烧死，总比被冻死好。”我故作勇敢地说。

结果我们继续受冻。直到隔天中午，监狱的门才突然滑开，我们从坑里被拖出去接受审判。

为了容纳围观群众，审判当然在广场上举行，就在邓肯家前面。我看见吉莉丝抬头，朝她小客厅的菱形窗格望了一眼，接着转开头去，面无表情。

两个教会调查员坐在铺了软垫的凳子上，前方摆设一张桌子。其中一人异常高瘦，另一人则又矮又胖。他们让我不由得想起美国报纸上的某则漫画，我不知道他们的名字，就自行把那高的叫马特，矮的叫杰夫。①

村里大部分人都到了。我环顾四周，看见许多我之前的病患，不过堡里的人显然都没出席。

约翰·麦克雷，克兰斯穆尔村的狱卒，负责朗读控告内容，

① Mutt and Jeff，美国报纸知名连环漫画的主角，高个子是马特，矮个子是杰夫；俚语里指一对蠢货。

也就是起诉书。控告对象，一为吉莉丝·邓肯，一为克莱尔·弗雷泽，两人在教会法庭前，被控施行巫术。

“证据显示，被告确实运用巫术，造成亚瑟·邓肯死亡。”麦克雷语气平稳坚定地诵读着，“鉴于她们导致詹妮特·罗宾逊未出生的孩子死亡，造成托马斯·麦肯锡的船只沉没，引起克兰斯穆尔村的肠胃疾病……”

控诉持续了好一阵子。科拉姆准备得十分周全。

控告宣读完毕，证人被传唤过来。他们大多是我不认得的村民，当中没有我诊治过的病患，这让我感到宽慰。

虽然许多证人的证词简直荒谬，一些证人则显然是被买来做伪证的，但有些人的话颇为清楚可信。比如，詹妮特·罗宾逊，她被父亲拖到庭前，脸色苍白，身体颤抖，颊上还有一块紫色瘀青。她供认自己曾怀上一个已婚男人的孩子，为了拿掉孩子，寻求过吉莉丝·邓肯的协助。

“她给我一管药水喝，还有一则咒语，要在月升之时念三遍。”女孩含糊地说，恐惧的眼神在吉莉丝和父亲之间张望，不确定谁的威胁比较大。“她说这会让我的月事继续来。”

“有用吗？”杰夫好奇地问。

“一开始没用，法官大人。”女孩答道，紧张地猛摇头，“可是月亏的时候，我又喝了一次药水，然后月事就开始了。”

“什么开始？！这姑娘几乎血崩而死！”一位年长的妇人插嘴进来，显然是女孩的母亲，“她觉得自己快死了，才告诉我事情的真相。”

罗宾逊太太很乐意再加油添醋说些血淋淋的细节，但被人费了一番功夫制止住，好让接下来的证人继续说话。

好像没有特别的指控是针对我的，除了一项模糊的指控，说既然亚瑟·邓肯死的时候我在场，而且在他断气前碰过他，显然我跟这件事情也有关系。我开始觉得吉莉丝说得没错，我并非科拉姆的目标。果真如此，我想或许有机会开脱。至少我原本是这么想的，直到那山里的女人出现。

她是个披着黄色围巾、瘦小驼背的女人，当她向前走来，我感觉自己麻烦大了。她不是村民，不是我见过的人。她赤着脚，为了走来这里，脚上沾满了尘土。

“你有什么事，要控诉这两个女人吗？”高瘦的法官问。

那女人很害怕，不敢抬起眼睛看法官。不过，她摇了摇头，群众纷扰的说话声静了下来，想听清楚她的话。

她声音很小，马特不得不请她重说一遍。

她和丈夫有个生病的孩子，出生时很健康，后来却怎么吃都长不大。最后她们认为，这孩子是精灵的调换儿，便把他放到克罗哥伦山的精灵座上。他们在一旁监看，要是精灵把孩子换回，他们还可以重获自己的孩子。他们看见两位夫人站在那儿，往精灵座走去，抱起孩子，然后说了些奇怪的咒语。

女人细瘦的手纠缠在一起，在围裙下方扭动。

“两位大人，那晚我们整夜看着。黑夜降临的时候，很快来了一个很大的恶魔，那个庞大的黑色身影，无声无息从阴影中蹿出，在我们放婴儿的地方弯身。”

群众中传出一阵敬畏的交谈声，我感觉自己背部和后颈的毛发也微微竖立起来，即使我知道那“很大的恶魔”就是詹米，而他只是去看那孩子是不是还活着。我已经准备好迎接接下来会发生的事。

“当太阳升起，我和我男人出去看。发现那个调换儿已经死在山上，却没看到我们自己的孩子。”说到这里她失声痛哭，围裙掀到脸上，掩住哭泣的脸。

调换儿的母亲像是某种信号，群众向两旁分开，彼得的身影走了进来。我看见他，心中暗自叫苦。那女人说话的时候，我已经感到群众不满的情绪转向了我，现在只需这个男人讲述水怪的事。

马夫享受着这风光的一刻，直起身体，夸张地指向我：“你们叫她女巫是对的，法官大人！我亲眼看见这女人把一头水怪从尼斯湖里叫上来，去帮她办事！大人，那生物又大又恐怖，长得跟松树一样高，脖子就像大青蛇，还有眼睛大得跟苹果似的，眼神好像可以偷走人的灵魂。”

法官们看来对他的证词印象深刻，交头接耳讨论了几分钟，彼得则挑衅地怒瞪着我，有种“要你好看”的表情。

最后，胖法官中断讨论，傲慢地命令一直站在旁边待命的约翰·麦克雷。

“狱卒！”他转头指向那个马夫喊道，“把那人带走，铐上枷锁叫他闭嘴，处罚他的当众酗酒闹事。这里是严肃的法庭，我们没有时间调查一个醉鬼无聊的指控，只因为他喝了太多威士忌看见了水怪！”

马夫彼得震惊得忘了反抗，狱卒牢牢抓住他的手臂。他张大着嘴，被带走的时候还疯狂地回头瞪我。我忍不住挥挥手指，在他身后给他一个小小的敬礼。

议程的紧张气氛稍微缓和，但事情的发展接着急转直下。一排女孩和女人，上前发誓说她们曾向吉莉丝·邓肯买过符咒和春药，借此达成一些目的，如害别人生病、拿掉不想要的孩子，或者对男人下迷咒。所有人，无一例外，都发誓说符咒有效。我不禁讽刺地想，对于一个包办所有项目的医术士来说，这实在是个令人眼红的辉煌记录。虽然没人宣称从我这里得到过这种好处，却有好几个人说，她们常看到我在邓肯夫人的药草室里混磨药草。这的确是事实。

不过，这种控诉不太可能致命。也有同样数量的人宣称我曾治愈他们，而使用的不过是一般药材，没有什么咒语、符咒或任何魔法。在舆论压力下，这些人还上来为我辩护，这需要很大勇气，我万分感激。

站了这么久，我脚开始痛。法官可以比较轻松地坐着，犯人却没有椅子可坐。不过当下一位证人出席时，我就完全忘了脚痛的事。

贝恩神父喜好夸大的本能和科拉姆有得比，他推开教会的大门，现身广场中央，拄着一根橡木拐杖，脚跛得很厉害。他一步步走到广场中间，朝法官低头鞠躬，接着转身扫视群众，以严峻的目光压下鼓噪声。待群众仅剩下不安的轻微呢喃，他才开口，声音像鞭子一样噼里啪啦地抽了下来。

“这场审判是针对你们的——克兰斯穆尔的村民！‘瘟疫在他面前开路，热症随在他的足后。’正是你们让自己遭受诱惑，脱离正轨！是你们播下风的种子，而如今旋风降临于此！”

我目不转睛瞧着，对他的表演天赋感到惊讶。也许他只有在危机来临之际，才有办法突然展现演说的才能。他用华丽的语言铿锵地继续说着。

“疾疫将降临此地，你们将因罪而死，除非能将之净除！你们已把巴比伦大淫妇迎来此处！”我想他是在说我，因为他狠狠瞪了我一眼。“你们已把灵魂卖给敌人，将英格兰毒蛇揽入胸怀，如今全能的上帝要对你们施以报复。‘智慧将救你脱离淫妇，脱离甜言蜜语的娼妓。为此，她的家属趋向死亡，她的行径通往黄泉。’忏悔吧，百姓们，以免后悔莫及！快快跪下双膝，祈求宽恕！驱逐英格兰淫妇，断绝和撒旦的契约！”他扯下腰上的玫瑰念珠，大大的木十字架朝我的方向挥舞。

这段表演虽然精彩，但我看得出来马特渐渐不耐烦。同行相忌，或许。

“嗯，神父。”马特说着朝贝恩神父微微鞠躬，“你对这些女人提出的控诉，可有证据？”

“我有。”一长串演说之后，矮小的神父已镇定下来。他伸出食指，带着威胁指向我。我得控制住自己才能不往后退。“两周前，一个礼拜二中午，我在理士城堡花园里见过这个女人。她用了超自然的力量，叫来一群野狗追我，我被追得跌倒在地，甚至差点送命。我的腿虽然受伤严重，但还是成功远离了她。这罪恶的女人试图引诱我，要我跟她私下会面，而在我成功抵挡她的诡计之后，她便对我下诅咒。”

“一派胡言！这是我听过的最荒谬夸大的事了！”我愤怒地说。

贝恩神父原本看着调查员的那只眼睛，转而盯着我，像发狂一样幽幽闪着光。

“女人，你承认对我说过这些话吗？‘现在跟我走，神父，不然你的伤口就会溃烂化脓’？”

“嗯，我的语气和缓一点，不过意思差不多。”我承认。

神父得意地收紧下巴，打开教服下摆。他露出一条绷带，上面有血干掉的污渍，湿答答地沾着黄脓，包在大腿上。露在绷带外头的苍白肌肉肿了起来，可怕的红色纹路从绷带下方的伤口蔓延而出。

“我的天哪！你得了败血症。你得立刻接受治疗，否则你会死的！”我被这景象吓了一跳，如此说道。

群众间发出惊讶的低语，马特和杰夫也露出吃惊的模样。

贝恩神父缓缓摇着头。“听到了吧？”他大声问道，“这女人鲁莽至极，竟然在教会法庭前当众诅咒我去死，诅咒一个上帝的仆人去死！”

群众激动的交谈声越来越大。贝恩神父再度开口，稍微提高音量，好盖过众人的声音。“各位，请你们运用理性，遵循上帝的禁令：‘女巫，你不应让她活着！’”

* * *

贝恩神父以戏剧化的证据结束指控，大概没人可以超越这段表演了。法官宣布暂时休庭，旅店准备的点心送了上来。被告可就没有这等福利。

我撑着身子，试探性地拉了拉捆住双手的腰带。腰带发出一点嘎吱声，可是完全没有松动。我试图让自己从惊慌中镇定下来，便自我解嘲地想着，这种时候，年轻潇洒的男主角应该骑马穿越人群，击退畏缩的村民，把即将昏倒的女主角抱上马背。

可是我的年轻潇洒的男主角到森林里去了，和垂垂老矣的同性恋贵族痛饮麦酒、屠杀无辜的野鹿。我咬着牙想，詹米不太可能及时回来，他可能连我的骨灰都来不及收集起来好好安葬，我就已经随风而逝了。

我陷在逐渐加深的恐惧之中，起初没听到马蹄声。一直等到窃窃私语的声音和群众转头的动作，吸引了我的目光，我才注意到那嗒嗒的节奏，正从大街的石板地上传来。

众人讶异的交谈声越来越大，站在边缘的人开始散开，让骑马的人进来，但我还是看不到人影。我刚刚已经放弃希望，但此时又开始升起一丝不合理的期待。詹米会不会提早回来呢？或许公爵求爱的动作太激烈，或者野鹿太稀少。不管原因为何，我努力踮起脚尖，想看清那个渐渐靠近的骑士。

那匹强壮的枣色马，长长的鼻子伸进两对肩膀之间，成排的群众只好不情愿地让开。在众人（包括我）惊讶的目光之下，奈德·高恩骨瘦如柴的身形矫捷地跳下马来。

杰夫略带讶异地看着眼前这个瘦小的身影。“先生，您是？”他语调中勉强挤出礼貌，显然是因为看见这位来宾的银色鞋扣和天鹅绒外套。受雇于麦肯锡宗族的堡主，还是有些好处的。

“我的名字是爱德华·高恩，法官大人。”他明确地说，“我是个律师。”

马特拱起肩膀，微微扭动身体。他坐的那把凳子没有靠背，长长的躯干显然有些紧绷。我用力瞪他，希望他得椎间盘突出。我想，如果我要以眼神邪恶的罪名被烧死，起码也要来点真的。

“律师，”他低声说，“那么，你为何而来？”

奈德·高恩行了正式的鞠躬礼，十分到位，灰色长假发斜了一下。

“我来贡献微小的力量，协助弗雷泽夫人，法官大人。这是位高贵的夫人，我亲眼见证她施行医术时，不仅宅心仁厚，而且医术高超。”

很好，我赞同地看着他。这是第一件对我们有利的事。我看向广场的另一头，吉莉丝的嘴角翘起，露出半欣赏半嘲弄的微笑。虽然不是每个人都会选择奈德·高恩做白马王子，但这种时候我不打算挑剔。我来者不拒。

高恩先生分别朝两位法官鞠躬，也对我鞠躬，动作同样正式。他站得比平常更挺直，两个拇指搁在马裤腰上，他年迈而勇敢的心，已备好打仗所需的浪漫精神，以法律指定的武器作战，那武器就是恼人的无趣。

他当然非常无趣。他像自动绞肉机一样精确无误，把每一项指控放在平板上审视，以法规之刃、判例之刀，无情地剁成碎片。

高恩的表现可圈可点。他说话，滔滔不绝地说话。他继续说话，偶尔停下来，好像尊重地要听法官席的裁示，却只是吸一口气，紧接着下一波长篇大论的攻击。

我生死未卜，未来完全仰赖这个瘦小男人的口才，实在应该全神贯注聆听他的每一个字，但我却很不像话，哈欠连连，偏偏手被绑住，无法遮掩张开的嘴巴，又不停移动疼痛的脚，热切地希望他们干脆立刻烧死我，结束这场折磨。

群众似乎和我有相同感受，早上高昂的情绪转成倦怠，而高恩先生微弱但精明的声音却绵延不绝。人群开始散去，大家突然想起还有需要挤奶的动物，和必须清扫的地板。那足以闷死人的声音会单调地继续下去，而过程中绝不可能发生什么趣事。

奈德·高恩终于结束第一场辩护时，天色已经渐黑。被我取名杰夫的那位矮胖法官，宣布第二天早上继续开庭。

奈德·高恩、杰夫和狱卒快速开会低声讨论一阵后，我被两个魁梧的村民带往旅店。我向后张望，看见吉莉丝被带往相反的方向。她背部挺得很直，抗拒旁人的催赶，或者其实是不肯承认自己的处境。

在旅店幽暗的密室里，我手上的束缚终于解下，还有人送来一根蜡烛。接着奈德·高恩走了进来，带着一瓶麦酒、一盘肉和面包。

“亲爱的，我只有几分钟时间，而且这是好不容易争取来的，所以你听好了。”瘦小的男人倾身向前，在烛光摇曳中跟我密谋着。他眼神明亮，除了长长的假发有点凌乱，没露出一点倦意。

“高恩先生，我真高兴见到你。”我真诚地说。

“好，好，亲爱的，不过现在没时间说这个。”他边说边亲切但敷衍地拍拍我的手，“我成功说服了他们，把你的案子和邓肯夫人的分开办理，这样可能有用。看来，他们原本无意逮捕你，你被抓只是因为和那巫……和邓肯夫人在一起。”

他迅速接着说：“不过，我也不对你隐瞒，你还是有点危险。村中的舆论目前对你仍不太有利。你是着了什么魔竟然去碰那孩子？”他质问道，语气异常激动。

我正要开口，但他一挥手，不耐烦地跳过这个问题。

“好，现在这不重要。我们该做的事，是好好操作一番你英格兰人的身份。因为你是英格兰人，所以你无知，而不是怪异，懂吧，然后尽量转移焦点。时间对我们有利，你知道的，这种审判最怕在歇斯底里的氛围中进行，因此证据是否完整往往被忽略，只为了满足嗜血欲望。”

嗜血欲望。这完全说中了我从群众脸上接收到的情绪。偶尔我会瞥见一丝怀疑或同情，但愿意站出来质疑群众意见的人原本就少之又少，而克兰斯穆尔村更是缺乏这种人。噢，不对，我更正，有一个人，就是这位干瘪矮小的爱丁堡律师，他就跟旧靴子一样强韧。

高恩先生用务实的语气继续说："我们拖得越久，就越不会有人仓促采取行动。所以，你明天只要负责保持沉默。我会负责说话，然后祈祷这样会有点效果。"他双手放在膝上。

"听起来挺好的。"我无力地挤出笑容。我朝旅店正门看了一眼，那里声音渐渐嘈杂起来。

高恩先生看见我的表情，点了点头："对，我得立刻离开。我已经安排你在这里过夜。"

他怀疑地环顾四周。这间附在旅店旁的小屋，主要用来贮存杂物和备用物资，又冷又暗，不过比起贼坑好太多了。

小屋的门开了，出现了旅店主人的身形，他在苍白摇曳的烛光中望向屋中的黑暗。高恩先生起身要走，但我抓住他的袖子。有件事，我得知道："高恩先生，是科拉姆派你来帮我的吗？"

他迟疑了一下，不过在他专业的范围之内，他的诚实无可挑剔。"不是。"他坦率地说。近乎害羞的表情掠过他憔悴的五官，然后他加上一句："我来……是我自己要来的。"他把帽子往头上一盖，转身走向门口，简短地对我说声"晚安"，就消失在旅店的光明和喧嚣之中。

我的住处几乎没有什么设备，只有一小壶酒和一块面包。这次是干净的面包，放在一个大桶子上，桶子旁边的地上还有一块折好的旧毯子。

我裹着毯子，坐在一个小一点的桶子上用餐，一边津津有味地咀嚼着那稀少的食物，一边思索着。

所以科拉姆没有派那个律师来。那他知不知道高恩先生会来？有可能科拉姆已经禁止任何人来村里，以免卷入猎巫事件。恐惧和歇斯底里扫遍全村，这是很容易察觉的，我可以感到那些情绪敲击着小屋的薄墙。

旁边酒吧里突然爆发出一阵喧闹，我不禁分了心，从自己的思绪中抽身。或许这不过是又一次临终探视。不过人在毁灭边缘，即便多出一小时，都会感激万分。我用毯子裹住身体，拉到头部，挡住旅店传来的声音，努力让自己充满感激之情。

* * *

经过极度不安宁的夜晚，天一亮我很快就被叫起来送回广场。至于法官大人，则在一个小时之后才到。

享用过丰盛美味的早餐后，他们直接开始工作。杰夫转向约翰·麦克雷，他已经回到被告后方的岗位上。

“我们发现无法单就目前的证据，判定被告有罪。”重聚的群众发出一阵怒吼，这判决违反了他们既有的定见。不过马特平息了他们的情绪，用他锥子般的眼睛穿透第一排的年轻工人，而他们就像被泼了冷水的狗一样，立刻停止了吼叫。秩序恢复后，他有棱有角的脸转了回来，看向狱卒。

“请带囚犯去湖边。”听到这句话，群众发出期待兴奋的声音，这引发了我最大的疑惧。约翰·麦克雷一手抓着我的手臂，一手抓着吉莉丝，领着我们前进。不过他抓着我们确实有用，许多充满恶意的手撕扯我的长裙，在拖行过程中对我又推又挤。一个白痴拿了一面鼓，兴奋地敲着。群众随着鼓声，唱诵粗鲁的曲调，喊叫声此起彼落。我跟不上那节奏，不觉得自己想知道他们在念什么。

队伍走下草地，抵达湖边，那里有座木造码头伸入水面。我们被拉出来走到码头前端，两位法官已就位，分别站在码头两侧。杰夫转身面对等在岸边的群众。“拿绳子来！”

群众开始窃窃私语，互相张望着，然后有个人便拿着一条细绳匆匆跑来。麦克雷拿着绳子，略带迟疑地走向我。他偷看调查员一眼，接着像是下定了决心。

“夫人，请您脱鞋。”他命令。

“他要……为什么？”我交叉着双臂质问。

他眨眨眼，显然没预料到会遭遇抵抗，不过一位法官抢先答道：“这是在水边测试的正当程序。女巫嫌犯的右手拇指要用麻绳绑起来，连接到左脚的大拇指。同样，左手拇指也要和右脚拇指绑在一起。然后……”他意味深长地看了湖水一眼。两个渔夫赤脚站在岸边泥地，紧身格子呢裤卷到膝上，用麻线绑着。他们对我露出暗示的笑容，其中一人捡起一颗小石头，抛向平静的水面。石头弹了一下便沉入水里。

“入水的时候，真的女巫会浮起来，因为纯净的水不会接受她污秽的身体。无辜的女人则会沉下去。”矮法官插嘴道。

“所以我的选择就是，要么被判为女巫，要么以淹死的方式来证明自己的无辜？”我大叫，“谢谢，我不要！”我更用力地抱住双臂，想让似乎已永远嵌入肌肉的颤抖平静下来。

矮法官挺起身体，像一只受到刺激的蟾蜍。“女士，在庭前没有你擅自开口的资格！你胆敢拒绝法律检验？”

“我胆敢拒绝被淹死？我当然敢！”我看见吉莉丝正对我疯狂摇头，秀发在脸庞周围飞舞。但已经太迟了。

矮法官转头看麦克雷。“脱衣服，打。”他直截了当地说。

在不可置信的眩晕中，我听见众人倒抽一口气的声音，听来像震惊和失望——其实是期待和享受。而我体会到仇恨的内涵。不是他们的恨意，是我的。

他们就地执行，省下把我带回广场的麻烦。就目前的情况而言，我已经没什么可失去的了，所以我不能让他们轻易得逞。

粗糙的手掌扯着我的外衣和紧身衣边缘，把我向前拉。

“放开我，野蛮人！”我大叫，脚乱踢，正好踢到一人的要害。他皱眉哀号，可是他弯低的身体，很快就淹没在滚滚而来的脸庞之中，他们吼叫、吐口水、瞪着眼睛。越来越多的手抓住我的手臂，推着我踉跄前行。我的身体被半举起来，越过推挤中跌倒的身躯，推入小到无法走过的缝隙。

有人朝我肚子上揍了一拳，我感觉呼吸困难。此时我的外衣已经真的裂成碎片，因此要扯开剩下的衣服并不困难。我从来不是个过度保守的人，可是这样半裸地站在幸灾乐祸的群众面前，忍受他们的嘲弄，忍受他们汗湿的手掌印在我裸露的乳房上，却让我的内心塞满了怨恨和耻辱，这愤怒之深，甚至到了我无法想象的程度。

约翰·麦克雷把我的双手绑在前面，以绳子绕过我的手腕，并在尾端留下几英尺的长度。他还算有点善心，做这件事的时候看起来很难为情，不敢抬起眼睛看我。显然从他这里我不可能得到帮助或宽待，他和我一样，只能受群众摆布。

吉莉丝在另一边，显然也遭到同等的待遇。我瞥见她铂金色的头发，在突然一阵吹过的微风中飞扬。绳子被向上丢去，绕过一根橡树树枝后拉紧，我的手臂被拉高到头上。我紧咬牙根，使劲保持愤怒，这是我唯一能拿来击退恐惧的东西了。四周有种令人喘不过气的期待气氛，围观群众激动的交谈和喊叫加重了这种情绪。

“打她，约翰！快动手！”一人喊道。

对于这份工作所应制造出的戏剧效果，约翰·麦克雷掌握了十足的专业技巧。他停顿一下，鞭子提到腰际的高度，目光扫视群众。接着他走向前，微微调整我的姿势，让我面对树干，几乎要碰着粗糙的树皮。接着他向后退了两步，举起手来，鞭子落下。

我感受到的惊吓远大于疼痛。事实上，被抽了几下之后，我才发现狱卒已尽量对我手下留情。不过，仅一两道鞭子就足以使我皮开肉绽，我感到鞭打过后身体传来的刺痛。

我紧闭双眼，脸颊用力靠着树干，尝试让自己感觉身在他处。突然间，我听到一个声音，把我唤回此时此地。

“克莱尔！”

绑在我手腕上的绳子稍微松了一点，我因此可以向前一扑，转过身来面对那群暴民。我突然移位使挥鞭子的狱卒扑了个空，失去平衡向前跌倒，头撞到一根树枝。这在暴民间引发很好的效果，他们咆哮辱骂，开始嘲讽他。

我的头发盖住眼睛，因为沾满汗水、泪水和被监禁的脏垢而粘在脸上。我摇头甩开头发，至少成功朝旁边瞥了一眼，确认了我所听到的声音。

詹米带着满脸怒气，以高大的体形和强壮的肌肉，硬从推挤成团的群众中杀出一条路来。

我感觉自己就像第二次世界大战时，在巴斯通市郊坚守等待补给的麦考利夫准将，远远看见巴顿将军的第三军团前来。虽然我和吉莉丝正面临着极度危险，现在连詹米也掺和进来，但我从未因为见到一个人而如此高兴。

“是女巫的男人！”“这人是她丈夫！”“可恶的弗雷泽！来收尸吧！”各种难听的字眼此起彼落，混杂在针对我和吉莉丝的指责之中。“把他一起抓了！”

“烧死他们！全都烧死！”群众歇斯底里的情绪在先前突然被狱卒的意外事件分散之后，现在又再度凝聚并升高到沸点。

狱卒的助手扑上詹米的身体，企图阻止他前进，詹米不得不完全停下马来。他两只手臂各吊着一个人，但仍努力把手伸向腰带。其中一人以为他要伸手拿刀，用力朝他肚子揍了一拳。

詹米微微弯了一下，接着站直身子，手肘撞向那人的鼻子。他一只手臂暂时获得自由，无视另一人的狂抓乱扒，伸手探入皮袋子，举起手臂丢出。他手中物体飞出的时候，我也听见了他的叫喊。

“克莱尔！站好！”

其实我也没有太多可以移动的空间。一团模糊的黑影直直朝我脸上扑来，我本能地想退缩，不过及时停了下来。黑影哗啦一声击中我的脸，我感到一阵刺痛，黑色珠子滑落肩上。墨黑色的玫瑰念珠就像套牛绳般，正好圈住我的脖子——其实也不算正好，念珠卡在我的右耳上方。我甩甩头，念珠撞到眼睛让我痛得泛泪，不过总算让念珠回到正确位置，十字架在我裸露的胸前剧烈晃动。

前排的人瞪着念珠，露出受到惊吓的困惑表情。他们突然静默，后头情绪高涨的人也跟着平静下来。詹米说话声音通常很轻柔，即使在愤怒时也一样，但此时，他的声音在一片安静中响起，却一点也不轻柔。

“放开她！”

挡路的人已经退去，当他踏步向前，人群自动分开。狱卒见他走过来，目瞪口呆地站在原地。

“我说，放开她！立刻！”狱卒从红发死神朝他冲来的末日幻象中清醒过来，振作一下，匆忙摸出短刀。绳子被割开来，啪的一声断了，我的双臂瞬间松开，像软垫一样掉了下来，手还因为被绑了太久而疼痛。我踉跄一下差点跌倒，一只强壮而熟悉的手抓住我的手肘，拉我站直。接着，我的脸靠上了詹米的胸膛。对我而言，这样已经足够，其他都不重要了。

我可能暂时失去了意识，或者因为从过度紧绷之中突然放松，才让我以为自己失去了意识。詹米一只手臂用力环抱我的腰，支撑着我，再用他的苏格兰披肩罩住我的身体，把我从村民的目光中遮掩起来。周围全是疑惑的声音，不过已经不再有暴民疯狂热切的嗜血欲望。

马特——或是杰夫——的声音穿过了疑惑声。“你是谁？竟然敢干扰法庭调查？”

我虽然没有看见，但可以感到群众正向前推挤。詹米确实身材魁梧，而且配有武器，可是他毕竟单枪匹马。我在苏格兰披肩下瑟瑟发抖。他右臂在我腰际收紧，左手则朝他臀部的剑鞘摸去。银蓝色刀刃从剑鞘中半抽出来，发出咻的一声威吓，最前排的群众突然停下脚步。

两位法官比较有骨气一点。我从披肩下方向外偷看，看见杰夫对詹米怒目瞪视。马特对于这场突然的入侵行动，显得疑惑多于愤怒。

“难道你敢拿出武器，反抗神的公义？”矮胖的法官喝道。

詹米把整把剑抽了出来，一阵金属光泽闪耀，接着剑尖刺入地面，剑柄在撞击力道下不住地摇晃。

“我拔剑，是为了保护这个女人，以及捍卫真理。要是有事冲着这两者而来，依照顺序，得先对我交代，接着再对上帝交代。”他说。

矮法官眨了眨眼，仿佛对这种行为难以置信，于是再度发动攻击。“法庭之上，没你插手的份儿，先生！我命令你立刻交出囚犯。你的行为不久之后也得接受处置！”

詹米冷静地打量法官。我紧抓着他，感觉他的心脏在我脸颊下方狂跳，不过他的双手依然稳若磐石，一手握着剑柄，另一只手按着腰上的短刀。

“关于这点，大人，我在上帝祭坛之前，发过誓要保护这个女人。如果你的意思是说，你认为你的权威大过全能的神，那么我得告诉你，我，并不同意。”

詹米语毕之后，众人的沉默被一阵尴尬的窃笑声打破，不安的笑声此起彼落。虽然民众的同情心并未因此转移到我们这一方，不过那置我们于死地的冲动已然消融。

詹米一手按着我肩头，转过我的身体。我很不愿意面对群众，但我知道必须如此。我努力抬高下巴，把眼神聚焦在那些脸庞后方一艘停在湖中央的小船上。我盯着那艘船，直到眼睛泛出泪水。

詹米翻开彩格披肩，披肩仍围着我，只是掀开了一些，露出我的肩颈。他碰触了一下黑色念珠，让念珠来回轻轻晃动。

“墨黑色会灼伤女巫的皮肤，不是吗？”他质问法官，“更何况是耶稣基督的十字架。可是你们看，”他一根指头探向念珠下方，抬起十字架。念珠下方，我的皮肤一片纯白，除了囚禁后的脏污，没有一点记号，群众之中传出倒抽一口气和喃喃交谈的声音。

无畏的勇气，冷静的脑袋，还有表演的天赋。科拉姆·麦肯锡有理由对詹米的野心感到忧虑。考虑到他害怕我会揭露哈米什的身世，或揭露他认为我所知的相关事情，他会这样对待我，也可以理解。可以理解，不代表可以原谅。

民众的情绪现在来回摆荡，还无法确定落在哪一边。刚刚驱策民众情绪的杀戮欲望正渐渐消散，不过还是有可能像一阵浪一样再度扑过来毁灭我们。马特和杰夫面面相觑，一时做不了决定，但接下来的发展更把他们吓傻了，一时间失去了对形势的控制。

吉莉丝·邓肯往前踏了一步，走向码头边缘。我不知道当时对她而言是否有希望，但不管有没有希望，她已经把秀发挑衅地拨向一边的肩膀，豁出了她的性命。

“这女人不是女巫，不过我是。”她简单扼要地说。

詹米的表演虽然精彩，却比不上这个。群众爆出一阵喧嚣，完全盖过法官的声音、众人的质问和呼喊。

一如以往，我完全看不出她的想法或感觉。她洁白高阔的额头没有皱纹，绿色大眼闪烁着几近兴味盎然的光芒。她直挺挺地站着，破烂的衣衫满是污秽，俯视着控诉她的群众。等骚动稍微静下，她开口了。她并未提高音量，而是迫使众人安静下来听她说话。

“我，吉莉丝·邓肯，承认我是女巫，是撒旦的女人。”这话引来又一阵叫嚣，她再度用绝对的耐心，等待众人安静下来。

“为了服从我的主人，我承认我用巫术，杀了我的丈夫，亚瑟·邓肯。”说到这里，她望向一旁，对到我的眼睛，一抹微笑浮上嘴角。接着她眼睛落到披黄色围巾的女人身上，眼神凌厉：“我恶意对那调换儿施咒，使他死去，而人类的婴儿则继续跟精灵在一起。”

接着她转身朝我一指。“克莱尔·弗雷泽对此一无所知，我利用她达到我的目的。对我的所作所为，她既没有参与，也不知情，更没有为我的主人服务。”

众人再度窃窃私语，并且为了看得更清楚，彼此冲撞地向前推挤。她伸出双手，手心向外朝着人群。

“退后！”清澈的声音像鞭子一样挥出，也产生了和鞭子差不多的效果。她向后仰头，静静看着天空，像是在倾听什么。

“听！”她说，“听那风声，他要来了！当心了，克兰斯穆尔的人民！因为我的主人正乘风而来！”

她低下头发出尖叫，那是高亢可怕的胜利声音。绿色大眼凝神注视，仿佛着魔一样。

风越吹越烈，我看见暴风云层在湖的另一端涌动。众人开始不安地四处环顾，几个人落后在人群边缘。

吉莉丝开始旋转，一圈一圈绕着，发丝在风中飞扬，像五朔节的花柱舞者一样，手优雅地高举过头顶。我震惊地看着她，感到不可思议。

她旋转的时候，头发遮住了脸庞。不过，最后一圈的时候，她甩头把秀发拔向一边，我清楚看见她的脸正看着我。着魔的神情一瞬间消失了，她用嘴形吐出一个字，接着她旋转的动作又使她面向群众，她也继续发出那可怕的尖叫声。

那个字是“走”。

她突然停止旋转，露出狂喜的表情，双手抓住紧身上衣残余的部分，从正面扯开。她扯下衣服，揭露出那个秘密，我在阴冷污秽的贼坑，和她相互紧挨时才发现的秘密。亚瑟·邓肯在他死前一个小时发现的秘密，那个他因为发现所以死去的秘密：她松垮的破烂长裙向下掉去，露出怀孕六个月而隆起的腹部。

我石头般呆立着。詹米就没有这样的迟疑，他一手抓着我，另一只手握着剑，猱身扑向群众，用手肘、膝盖和剑柄击倒挡路者，硬是开出一条路走到湖边。他从齿缝间发出尖锐的口哨声。

大家都专注地看着橡树下的奇观，没什么人发现发生了什么事。接着，几个人开始喊叫要扑抓我们，但此时岸边扎实的土地上已经传来马蹄奔驰的声音。

从多纳斯直截了当的表现来看，就知道它还是不太喜欢人类。一只手伸向它的缰绳，它张口就咬，一个男人流着血大声叫着跑开。那马向后一仰，嘶鸣着在空中扒抓，几个原本有意阻拦的壮汉，一见此景便瞬间打消了念头。

詹米把我像粮袋一样丢上马鞍，接着自己也跃上马背，动作熟练流畅。他拿剑狠狠挥舞几下，清出一条路，转过多纳斯的头，穿越挡住去路的人群。众人在牙齿、马蹄和刀刃的节节进逼下向后退开，我们则加快速度离开这湖畔、这村庄和理士城堡。在这一连串冲击之下，我几乎无法呼吸，努力想要对詹米说话、朝他大叫。

我之所以站在原地无法动弹，并非因为看见吉莉丝揭露的秘密。我看见了别的东西。吉莉丝旋转的时候，洁白的手臂伸向空中，我看见她身上有我衣服被撕开时，她在我身上看见的东西。一只手臂上有个记号，跟我身上的一样。在这里，在这个时代，那是魔法的记号、邪术的记号：小小丑丑的天花疫苗疤痕。

* * *

雨滴落向水面，轻抚我肿胀的脸庞，还有我因被绳子系缚而充满烧灼感的手腕。我从溪中舀起一些水，慢慢啜饮，满怀感激，冰凉的液体流入喉咙。

詹米消失了几分钟。他回来时，手上拿着一把深绿色的扁叶，嘴里嚼着东西。他吐出一坨软烂的绿色物体到手掌上，塞了另一卷叶片到嘴里，转过我的身体。他轻轻把嚼烂的叶片抹在我背上，刺痛感大大缓和下来。

“那是什么？”我努力镇定地问。我还在发抖抽泣，不过无助的眼泪已经开始收干。

“水田芥。”他嘴里嚼着叶片，因此声音有点闷闷的。他吐出叶片，敷在我背上。“不是只有你懂得一点草药，外乡人。”现在他说话的声音稍微清楚了。

“什……什么味道？”我吞回啜泣声，问道。

“蛮恶心的。”他简单回答。敷完药后，他将格纹披肩轻轻盖回我肩头。

“这不会……”他开口说话，但迟疑了一下，“我是说，伤口不深。我……我认为你不会……留下疤痕。”他语气暴躁，但动作非常轻柔，让我再度掉下泪来。

“对不起。”我含糊地说，拿披肩一角擦鼻子，“我……我不知道自己是怎么了，我不知道为什么会一直哭。”

他耸耸肩。“我想以前不曾有人这样故意伤害你，外乡人。很可能这件事对你造成的惊吓，跟疼痛一样大。”说到这里，他停顿一下，拿起披肩的一角。

“我被这样伤害之后，跟你的反应也是一样的，姑娘。”他就事论事地说，“后来还一直吐，并在旁人清洗伤口的时候不停大叫，然后身体开始颤抖。”他用披肩仔细擦了我的脸，接着一手伸向我的下巴，抬起我的脸面对他。

他又轻声说：“我停止颤抖之后，外乡人，我感谢上帝让我感到疼痛，因为那表示我还活着。”他放开手，对我点头：“姑娘，等你想到那里的时候，再告诉我，到时候我想告诉你一两件事。”

他起身走到溪边，在冰冷的溪水里清洗被鲜血浸染的手帕。

“你怎么会回来？”当他从溪边回来，我问他。我成功止住哭泣，但身子还是不住抖动，且紧紧缩进格纹披肩里。

“亚历克·麦克马洪。”他微笑着说，“我交代他，我不在时要看着你。村民把你和邓肯夫人带走之后，他彻夜赶路，隔天就找到我。然后我着魔一样狂奔回来。天啊，那真是一匹好马。”他赞许地望向山坡上的多纳斯。多纳斯拴在溪岸顶端的树下，湿润的毛发闪烁着铜色光芒。

“我得把它从那儿牵走。”他沉吟道，“我想不会有人跟来，不过现在离克兰斯穆尔还不够远。你现在能走吗？”

我有点艰难地跟着他爬上陡坡，小石子从我脚下滚落，欧洲蕨和荆棘阻碍着我的行动。紧挨着坡顶，有一小片年轻的赤杨木林，低处的树枝彼此交缠，在欧洲蕨上方形成一道绿色屋顶。詹米向上推开树枝，好让我爬进狭小的空间，接着他小心地将入口处被压扁的欧洲蕨整理回原样。他往后一站，严格检视这个藏身处，满意地点头。

“好，很好。没人会找到你的。”他转身离开，然后又转身回来，“可以的话，试着睡一下，如果我没立刻回来，不要担心。我要在路上猎些野味，我们没带食物出门，我也不想在别人的农场停留，以免引人注意。把格纹布拉起来盖住头，每个动作都要确定以格纹布遮住，白色从很远的地方就看得见。”

食物好像无关紧要，我觉得自己好像永远都不会想吃东西了，但睡觉就不同了。我的背部和手臂都还发疼，手腕上的绳痕也灼痛着。我全身酸痛，满是瘀伤，恐惧、疼痛和单纯的体力耗尽使我疲惫不堪。我几乎立即睡着，蕨类辛辣的气味如焚香般在周遭升起。

我醒过来，因为有东西抓住我的脚。我吓了一跳，坐直身体，一头撞入上方充满弹性的树枝间。树叶和小枝条纷纷落在我身边，我疯狂挥舞手臂，奋力解开勾在头发上的细枝。我身上刮痕累累，凌乱烦躁地爬出藏身处，发现詹米正兴味盎然地蹲在旁边，看我钻出来。此时已近日落时分，太阳落到溪岸之下，嶙峋的峡谷中笼罩着阴影。一阵烤肉味从溪旁石堆上的小篝火处飘出，临时用削尖的绿枝搭成的火堆上，两只兔子已烤成焦褐色。

詹米伸出一只手扶我下坡。我傲慢地拒绝他的协助，自己冲下坡去，其间只被拖曳的披肩绊了一次。先前作呕的感觉已经消失，我现在只想大快朵颐。

“用完餐，我们得到上面的森林里去，外乡人。”詹米扯下一块兔子肉说着，“我不想睡在溪边，水声会掩盖他人靠近的声音。”

进食过程中我们没有太多交谈。对于隔日早晨的恐惧，又思及紧追在身后的事，这两者紧紧压迫着我们，而我内心还有一股深沉的哀恸。我不仅失去找出为何会置身此处的唯一机会，也失去了一个朋友。唯一的朋友。我常常怀疑吉莉丝的动机，但我丝毫不怀疑那个早上是她救了我的命。她知道自己在劫难逃，尽了全力为我创造逃跑的机会。这篝火在白天几乎看不见，此时随着黑暗笼罩小溪，越燃越亮。我望着火焰，看见兔子焦脆的皮肤和褐色骨头。一滴血从断掉的骨头处滴入火中，嘶的一声消失无踪。突然之间，一块肉卡在我喉间。我匆匆咽下，转头干呕。

我们仍没说太多话，离开溪边后，在林中空地的边缘找到舒适之处。周围全是起伏的山丘，而詹米选了一个高点，可以清楚监看从村里到这边的路。薄暮暂时加深了乡间的色彩，点亮了地上的各色珠宝：一颗发亮的琥珀在洼地里，一颗有美丽阴影的紫水晶在石楠丛中，燃烧的红宝石镶在山顶结着红色浆果的花楸树上。花楸果，对抗巫术特别有效。在远处，山氲微微勾勒出理士城堡的轮廓。日光消逝后，堡影便迅速黯淡下来。

詹米在一个遮蔽处升起篝火，并坐在旁边。雨势缓和下来，微微细雨在空中形成薄雾，在我看向篝火时，在我的睫毛上映出彩虹光芒。

他盯着篝火好长一段时间，最后终于抬头看我，双手紧抱膝盖。

“我之前说过，你不想告诉我的事我不会问，而我现在也不打算问，但我必须知道，为了你的安全，也为了我的安全。”他停顿，迟疑了一下，“克莱尔，如果你从来没对我说实话，现在请说实话，因为我一定得知道真相。克莱尔，你是女巫吗？”

我目瞪口呆地看着他。“女巫？你……这话你怎么问得出口？”我觉得他一定是在开玩笑。但他不是。

他用力抓住我的肩膀，盯着我的双眼，迫切渴望我回答他。

“我一定得问，克莱尔！你一定得告诉我！”

“如果我是，怎么办？倘若你认为我是女巫，你还会这样为我奋战？”我双唇干燥地问。

“我会为你赴汤蹈火！”他激动地说，“必要的话，下地狱也在所不惜。不过恳求耶稣基督怜悯我和你的灵魂，告诉我真相吧！”

整件事紧紧攫住我。我挣脱他的掌握，逃到空地的另一端。我没跑很远，只跑到树林边缘，我无法待在空旷的空地中。我紧抱一棵树，指尖嵌入树皮，脸部紧贴树木，疯狂地尖声大笑。

詹米惨白受惊的脸，隐隐从树的另一头浮现。我隐约意识到我现在的行为，一定就像巫婆一样恐怖。我把心一横，停止大笑，喘着气，定定看着他好一会儿。

“对！”我说，身体向后退开，因为狂笑而喘气，胸口起伏着，“对，我是女巫！对你而言一定是。我从没得过天花，却可以身处垂死病患之间而不染上天花。我可以照料病患，跟他们呼吸同样的空气，触碰他们的身体，但疾病就是沾不上我。我也不会感染霍乱、破伤风或喉咙痛病变。你一定觉得那是妖术，因为你从没听说过疫苗。除了妖术，你无法解释这情形。”

“我知道……”我停止后退，站定下来，用力呼吸，努力控制住自己，“我之所以知道乔纳森·兰德尔，是因为有人告诉过我。我知道他的出生日期，也知道他何时会死，知道他做过的事，也知道他未来如何。我知道桑德林汉姆，因为……因为弗兰克跟我说过。他知道兰德尔，因为他……他……噢，天哪！”我感觉想吐，闭上眼睛，止住头上旋绕的金星。

“至于科拉姆……他认为我是女巫，因为我知道哈米什不是他的儿子。我知道……他生不出孩子。可是他以为我知道哈米什的父亲是谁……我原本以为是你，不过后来我知道那不可能，然后……”我越说越快，试图借助自己的声音，抵挡晕眩的感觉。

“每一件我告诉过你关于我的事，都是真的。”我边说边疯狂点着头，仿佛努力肯定自己，“每一件事。我没有亲友，没有历史，因为我根本还没出现。”

“你知道我是什么时候出生的吗？”我抬头问。我知道我发丝凌乱，眼睛瞪得老大，但我不在乎。

“十月二十号，公元一九一八年。你听见了吗？”我质问，因为他眨眨眼睛没动，好像没注意到我说的话，“我说一九一八年！距离现在差不多两百年！听见了吗？”

我现在已经是在嘶吼了，而他缓缓点头。“听见了。”他轻声说。

“对，你听见了！”我怒气爆发，“而你觉得我现在在乱发脾气，对不对？承认吧，你就是这样想的！你只能这样想，因为你无法解释我现在的行为。你无法相信我说的话，你不敢相信。噢，詹米……”

我感觉自己的脸垮了下来。这段时间以来，我一直隐藏着真相，因为我知道不能告诉别人。现在我却发现可以告诉詹米，我挚爱的丈夫，我最信任的人，但他却不会、也不能相信我。

“就是那石堆——精灵山，那个立石堆，魔法大师梅林的石堆。我就是从那里来的。”我上气不接下气，半啜泣着，越说越不清楚，“很久很久，不过真的是两百年前。在故事中，总是和现在隔了两百年……不过在故事中，人们总是回到过去。我不能回到过去。”

我转头，抓紧树干支撑身体。我的身体缓缓坐到一块石头上，垂下双肩，把头埋进双手。树林间静默了好长一段时间。直到夜间出没的小鸟重拾勇气，再度发出声音，彼此相互鸣叫，发出高亢尖锐的“吱”，捕捉夏日最后的小虫。

我终于抬起头，我想他或许早就起身离开了，被我的自白击败。可是他还在那里，双手环抱膝盖，头低垂着，好像在思考。他手臂上的汗毛在火光中闪耀，硬得像铜线。我发现他的毛发都直立起来，就像狗身上的短毛竖立起来一样。他害怕我。

“詹米。”我说，感到心在绝对的孤独中碎裂，“噢，詹米。”

我坐下来，蜷起身体，想要包住疼痛的中心。什么都不重要了，我已经掏心掏肺哭诉完毕。

他双手搭着我的肩膀，抬起我的头，让我看见他的脸。泪水迷蒙之中，我看见他战斗时的神情，那种奋力的表情，已经超越紧绷，变成了冷静和确定。

“我相信你。”他坚定地说，“我一点也听不懂——还不懂，可是我相信你。克莱尔，我相信你！听着！真相存在于我们两人之间，你跟我之间，不管你跟我说什么，我都会相信。”他轻轻摇晃我的身体。

“不管真相为何，你已经告诉我了。这样就够了。平静下来吧，褐发美人，头靠过来休息一下。你等一下再告诉我其余的部分，我都会相信。”

我还啜泣着，无法听清楚他跟我说的话。我努力要挣脱他，可是他把我紧紧抱在胸前，把我的头压在格纹披肩下，一次又一次重复：“我相信你。”

最后，因为真的筋疲力尽了，我渐渐镇定。我抬起头说：“但是你没办法相信我。”

他低头对我微笑。嘴角微微颤抖，但还是笑着。“你不能告诉我我没办法做什么，外乡人。”他停顿一会儿。“你几岁了？我从没想过要问你这件事。”他好奇地问。

这个问题感觉有点荒谬，我想了一分钟。“我二十七……应该说二十八。”我补充道。他吃惊了好一会儿，二十八岁，对这时代的女人来说，通常相当于接近中年。

“噢。”他深吸一口气，“我以为你跟我年纪差不多，或者比我年轻。”

他的身体有那么一秒钟动也不动，不过接着低头微微对我笑着：“生日快乐，外乡人。”

这完全在我意料之外，我只是傻傻盯着他好一会儿。“什么？”我终于吐出一句话。

“我说‘生日快乐’。今天是十月二十号。”

“是吗？我已经忘了日期。”我愣愣地说。

我又开始发抖，因为寒冷和惊吓，也因为长篇演说耗掉了太多力气。他把我拉近，抱着我，大手轻抚我的头发，拥我入怀。我又开始哭泣，但这一次是放心大哭。在我激动的状态里，如果他知道我的真实年龄后还要我，那一切就没事了，这样想似乎是合理的。

詹米拉我起身，小心翼翼地让我靠着他的肩膀，带我走到火边，他把马鞍放在那里。他靠着马鞍坐下，轻柔但紧紧地抱着我。

好长一段时间过后，他开口了：“好吧。现在可以告诉我了。”

我告诉了他，告诉他全部，断断续续，但清楚明白。我累坏了，感觉有点麻木，但内心满足，就像兔子跑赢狐狸，然后在一块木头下方稍稍躲着一样。虽然木头不算什么庇护所，但至少可以休息一下。接着我告诉他弗兰克的事。

“弗兰克。所以，他还没死。”他轻轻说。

“他还没出生。”我感觉胸口又涌起一小阵作呕，不过成功克制了下来，“我也没。”

他拍拍我的背，让我安静下来，喃喃地发出盖尔语的声音。接着他突然说：“我去威廉要塞把你从兰德尔手上救出来，你那时想要回去。回巨石阵那里。还有……回弗兰克那里。这就是你离开树丛的原因。”

“对。”

“而我为此打了你。”他声音轻柔，带着懊悔。

“你那时不知道实情，我不可能告诉你的。”我确实开始感到困倦。

“对，你的确不可能。”他拉紧格纹披肩盖住我，轻轻塞在我肩膀旁边，“现在睡吧，褐发美人。没人能伤害你，我在这里。”

我钻进他温暖的臂窝里，让困倦的脑袋掉入层层空白之中。我逼自己回到意识表层，停留足够的时间问道：“你真的相信我吗，詹米？”

他叹口气，带着怜惜的微笑低头看我：“对，我相信你，外乡人。不过这情形，比起你真是女巫，并没有更简单。”

* * *

我睡死了，破晓过后一阵子才醒来，头痛欲裂，每一块肌肉都很僵硬。詹米皮袋子中的小包里有点燕麦，他逼我吃下麦糊——就是把燕麦搅拌在冷水中。麦糊卡在喉咙，但我硬吞下去。

他对待我的动作很慢很轻，可是没说什么话。早餐过后，他迅速收拾好这个藏身地，并给多纳斯上了马鞍。

最近一连串事件的冲击使我麻木，我甚至没问他要去哪里。我在他身后上马，满足地把脸靠着他宽阔的后背，感觉马的移动，把我摇进呆滞的恍惚状态。

我们从默多克湖附近的斜坡下来，穿过寒凉的晨雾，抵达一片凝重的灰色边缘。围绕沼泽凌乱栖息的成群野鸭，在芦苇丛间苏醒，嘎嘎叫唤着睡晚未起的同伴。一群野鹅排成楔状，井然有序地从我们头上飞过，呼喊着心碎和忧伤。

第二天，灰雾于近午散去，微弱的阳光点亮草地，四处都是黄色的金雀花。在越过湖数英里之后，我们走上一条小路，转往西北方向。这条路再度引领我们向上，进入低矮起伏的山丘，景色也渐渐转为花岗岩小山和峭壁。我们在路上没遇见几个旅人，每每听见前方有马蹄声，就谨慎地向旁边躲入树丛。

植被转为松树林。我深深吸气，享受那新鲜的松脂气味，气温已经随着向晚而转凉。我们决定在稍微远离小径的一块小空地停宿，于是收集了松针和毯子，堆成巢状。我们两人紧挨着取暖，外面再覆上詹米的披肩和毯子。

他在夜里摇醒我和我做爱，动作缓慢轻柔，没有说话。我看到星星在头上交织的黑色枝丫间眨眼，再度沉入梦乡，他令人安心的重量还温暖地压在我身上。

早上，詹米看起来更愉快了，或者至少更平和了，好像他已经为一件艰难的事下了决定。他承诺我晚餐会有热茶，这在寒冷的气温中确实是小小抚慰。我困倦地跟在他身后回到小径上，扫落裙子上的松针和小蜘蛛。小径隐没在晨光中，只剩一道隐约的痕迹，穿过粗糙的羊茅丛，在较显著的岩石间蜿蜒。

我之前没太注意周遭，只朦胧地享受着转暖的阳光。突然之间，我的目光见到一块熟悉的岩石，我吓了一跳，脱离恍惚状态。我知道我们在哪儿，也知道我们为何来此。

“詹米！”

他听到我的惊呼后转头。“你不知道吗？”他好奇地问。

“不知道我们要来这里？不，当然不知道。”我微微感到想吐。现在我们距离纳敦巨岩所在的那座山不到一英里，透过最后几抹晨雾，可以看见那隆起的形状。

我艰难地咽下口水。我花了将近六个月，试图来到这里。现在我终于来了，却希望可以去别的地方。在山脚下还看不到山顶的巨石阵，但巨石仿佛向外放射出微微的恐惧，直逼我面前。

我们距离山顶还很远，多纳斯却已经越来越难找到立足之处。我们下马，把它拴在一棵矮小的松树上，徒步前进。

抵达凸出的花岗岩时，我已经气喘吁吁、汗流浃背，詹米却毫无费力的迹象，只有领口延伸出一抹淡淡的红润。山顶很静，不过有稳定的风，微弱地在岩缝间哭号。燕群迅速飞越岩崖，乘着气流蹿升追猎昆虫，又展开修长的翅膀，如俯冲的轰炸机般坠落。

詹米握着我的手，把我拉上上裂岩底部那宽平的岩崖。他没放手，只是把我拉近，仔细看着我，好像要记住我的脸。

“为什么……”我喘着气说。

“这是你的地方，不是吗？”他哑着声音说。

“对。”我目不转睛盯着，仿佛被巨石阵催眠了，“看起来完全一样。”

詹米跟着我走进圈中。他抓住我的手臂，坚定地向上踏上裂石。

“是这块吗？”他问。

“对。”我试图脱身，“小心！别太靠近！”

他眼神从我身上转向那块岩石，显然充满怀疑。或许他有理由怀疑。我对自己故事的真实与否，也突然感到一阵怀疑。

“我……我对这一无所知。或许是那……不管那是什么……在我身后关上了。有可能一年之中只有在特定时间才会起作用。我上次穿越的时候，是五朔节前后。”

詹米转头望向太阳，薄薄的云层后方，一面扁盘悬挂在空中。

“现在快到萨温节了，万圣节前夕。感觉很适合吧？”他说。尽管只是个玩笑话，他却不自觉颤了一下。“当你……穿越过来之前，你做了什么？”

努力回想。我感觉冰冷，双手交叠在腋窝下方。

“我绕着圈走走看看，不过只是随意乱看，没有规则。然后我走近那块裂岩，听见一阵嗡嗡声，好像是蜜蜂……”

蜜蜂声音又开始嗡嗡作响。我往后倒退，仿佛那是蛇移动的响声。

“那声音还在！”我惊慌后退，抱住詹米，可是他却坚定地推开我。他脸色苍白，再度把我身体转向那块石头。

“接下来呢？”风声的哭号十分刺耳，但他的声音更刺耳。

“我把手放在石头上。”

“那么，把手放上去。”他把我推得更近，我没反应，他便抓住我的手腕，坚定地放在斑驳的石面上。

一片混沌逼近，并攫获了我。

最后，太阳终于停止在我眼底旋转，尖叫声自我耳里退去，不过还有另一个声音持续着，是詹米在呼唤我的名字。

我感到晕眩，无法坐直身体或张开眼，不过我虚弱地摆了摆手，让他知道我还活着。

“我没事。”我说。

“没事吗？噢，天哪，克莱尔！”他把我搂入怀中，紧紧抱着，“天哪，克莱尔。我以为你死了，真的。你……你开始……走，也不知道是怎么走的。你脸上表情恐怖至极，好像快被吓死了一样。我……我把你从石头那边拉回来。我阻止了你。我不该这么做的……对不起。”

我眼睛现在可以稍稍睁开，看见他的脸在上面，又惊又吓。

“没关系。”我说话仍感费力，沉重又迷茫，不过事物渐渐清晰起来。我努力微笑，可是只感到一阵抽搐。

“至少……我们知道……真的有用。”

“噢，天哪。对，有用。”他泛泪的眼睛，厌恶地朝石头望去。

他离开我一阵子，将手帕打湿。雨水在一块石头低陷之处，积成水洼。他沾湿我的脸庞，嘴里还喃喃地说着安慰和道歉的话。我终于觉得好点儿，可以坐起身子。

“你终究还是不相信我，对吗？”我虽然无力，多少感觉证明了自己，“那是真的。”

“对，是真的。”他在我身边坐下，朝那块石头望了几分钟。我拿湿布擦了擦脸，还是有点晕眩虚弱。突然他弹跳起身，走到石头旁边，手掌拍了上去。

没有任何事发生。过了一分钟后，他垂下双肩，走了回来。

“可能只有女人才行，传说里总是女人穿越时空。不然就是只有我才会这样。”我模模糊糊地说。

“嗯，对我没用，不过最好还是确认一下。”他说。

“詹米！小心！”我大叫，却拦不住他。他大步走向那块石头，手掌又拍了上去，身子还撞向石头，然后走过那道裂缝，又走了回来，可是那块巨石还是屹立不摇地矗立在那儿。至于我，光是想到要再靠近那道疯狂之门，就感到颤抖。

可是，可是当我这次开始进入混沌状态，就一直想到弗兰克，而且我很确定，我还感觉到他。虚无之中有一丝光芒，他就在那里。我知道。我也知道还有另一点光源，坐在我旁边不动，盯着石头，他的双颊闪烁着汗珠，尽管天气寒凉。

最后他转身向我，抓住我的双手。他举起我的手放到唇边，郑重地分别印下一吻。

“我的妻子，我的……克莱尔。”他轻声说，“再拖下去是没有意义的，现在我得离开你了。”

我双唇僵硬得无法开口，不过我的表情一定跟平常一样一看就懂。

“克莱尔，那是你的时空，就在……那东西的另一边。”他急迫地说，“你在那里有家，有你的地方，你熟悉的事物。还有……还有弗兰克。”

“对，有弗兰克。”我说。

詹米抓着我的双肩拉我站起来，恳求地轻轻摇晃。

“这边没有你的东西！除了暴乱和危险，什么都没有。走吧！”他轻轻推我，让我转身面向巨石阵。

我回转身子面对着他，抓住他的手。“这里真的没有我的东西吗，詹米？”我盯着他的眼睛，不让他逃避。

他轻轻挣脱我的手，一言不发地向后退。他突然成了另一个时空的影像，浮现在雾气朦胧的山丘背景之上。他脸上的生气，只是石头阴影笼罩下的幻觉，好像压平在好几层颜料之下，只是艺术家追忆中已成云烟的场景和情感。

我望进他眼里，那里满是痛苦和渴望。他再度变成血肉之躯，真实而亲密——爱人，丈夫，男人。

我感到的悲痛一定反映在脸上，因为他迟疑了一下，接着转向东方，朝斜坡下方指去。“看见那边一小丛橡树后面了吗？大概在半山腰的位置。”

我看见那树丛，也看见他所指的东西。那是一间半毁的农舍，被弃置在闹鬼的山丘上。

“我会待在那间房里，一直待到晚上。好确定……确定你很安全。”他看着我，但没有要碰我。他闭上眼睛，好像无法承受再看我一眼。

“再见。”他说，转身离开。

我看着他，愣在原地，接着想起了一件事。有件事我得告诉他。我在他身后大叫：“詹米！”

他停下来，站着不动，努力控制脸上表情。他的脸惨白而绷紧，双唇失去血色，接着才转身看我。“嗯？”

“有件事……我是说，我得告诉你一件事才……才能离开。”

他微微闭了眼睛，我觉得他身体摇晃了一下，不过也可能只是风扯动了他的苏格兰裙。

“没有必要，不用说。你走吧，姑娘。你不该耽搁。走吧。”他转身要离开，可是我抓住他的袖子。

“詹米，听我说！你一定要听我说！”他无助地摇头，举起手像是要推开我。

“克莱尔……不要，我不能听。”风润湿了他的眼睛。

“是关于叛乱的事。”我摇晃他的手臂，急切地说，“詹米，听好。小王子查理，他的军队。科拉姆是对的！听见了吗，詹米？科拉姆是对的，杜格尔不对。”

“欸？你什么意思，姑娘？”他现在注意听我说话了。他拿袖子擦脸，眼神清澈犀利，低头看我。风在我耳边呼啸。

“小王子查理。他将会发动一场叛乱，这点杜格尔说对了，不过不会成功。查理的军队会打一些胜仗，但最后会以屠杀收场。卡洛登，那是叛乱结束的地点。这个……这个宗族……”我脑海里见到那个宗族的石头，灰色圆石散置在地上，每个石头上都刻着一个名字，被屠的族人埋在下方。我吸一口气，抓着他的手稳住身体。他的手冰得像尸体。我颤抖着闭上眼睛，专心讲话。

“高地人，所有跟随查理的宗族，都会被灭族。成百上千的族人会死在卡洛登，逃过一劫的人也会被追杀。宗族会被毁灭……而且无法再振兴，在你的时代不能，在我的时代也不能。”

我睁开眼，发现他面无表情地盯着我。

“詹米，别插手！”我恳求他，“可以的话，别让你的族人去参与，不过为了上帝……詹米，要是你……”我说不下去。我本来要说的是：“詹米，要是你爱我的话。”可是我说不出口。我将要永远失去他了，如果我之前无法对他说爱，我现在更不能说。

“别去法国。”我说，声音很轻，“去美国、西班牙，或去意大利。为了爱你的人，詹米，不要踏上卡洛登的战场。”

他继续盯着我。我怀疑他是否在听。

“詹米？你听见我说的话了吗？你明白吗？”

过了一会儿，他迟钝地点头。“是。”他轻轻地说，轻得我几乎听不见，声音快要被呼啸的风声盖过。“是，我听见了。”他甩开我的手。

“和上帝一起走吧……褐发美人。”

他走下凸出的岩崖，走下陡峭的斜坡，脚撑在草丛上，试图抓住树枝保持平衡，没回头。我看着他，他像受伤的人，慢慢隐入橡树丛。他知道自己必须继续向前走，但生命像从他紧压着伤口的指间一点一滴流逝。

我膝盖发抖，慢慢低下身体坐在花岗岩上，双腿交盘，看着燕子忙活。我望向下方，刚好可以看见那间农舍的屋顶，现在那里面承载着我的过去。我背后那块裂石步步逼近，我的未来也是。

我一动也没动，坐着度过下午。我努力驱离脑中一切情绪，运用理智。詹米要我回去，显然也有他的理由：家，安全，弗兰克，甚至那些我偶尔非常怀念的生活小事，比如热水澡和自来水，更别提其他更重要的因素，如充分的医疗服务和便利的交通。

然而，虽然我承认当下的不便和完全的危险，但我也得承认这里有很多我喜欢之处。虽然交通不便，但没有大量水泥建筑物覆盖郊区，也没有任何噪音和臭气熏人的汽车，而我提醒自己，这些发明也有危险。生活在这里变得单纯多了，人也单纯多了。他们并没有那么笨，而且直接多了，只有几个例外，比如科拉姆·坎贝尔·麦肯锡，我冷冷地想。

因为兰姆叔叔工作的关系，我住过很多地方，其中很多地方更原始，比这里更缺乏便利设施。我很能适应严酷的生活条件，远离“文明”的时候也不会太想念——当然我一样很能适应有电炉和热水这些美好事物的环境。我在冷风中发抖，抱着自己，望着那块岩石。

理智看来不太管用。于是我带着退缩的心情，转而求助于情感层面。首先，我得一步步重建我婚姻生活的细节，先是和弗兰克的婚姻，然后是和詹米的。这样做的结果是，我崩溃哭泣，泪水在我脸上形成冰冷的痕迹。

好，理智和情感都无法抉择，那责任呢？我给了弗兰克结婚誓言，而且当时完全出自真心。我也给了詹米同样的誓言，当时则是想要尽快背弃承诺。现在我该背叛哪个誓言？我继续坐着，太阳更低了，燕子已经归巢。

当晚星开始在黑色松树枝间闪耀，我得出结论：在这种情况下，理智不太管用。我得仰赖别的东西，只是，我不确定是什么东西。我转向那块裂石，向前一步，接着再一步，然后又一步。我停下脚步，转过身，往反方向做同样动作。一步，再一步，又一步。连我自己都没发觉我已做了决定——已经在下坡途中，在草丛间胡乱挣扎，在裸露的花岗岩石坡上跌撞前行。

抵达农舍时，我因为害怕他已经离去而呼吸困难，最后看见多纳斯被拴在附近吃草时，整颗心才放了下来。马儿抬起头来，不快地看了我一眼。我轻手轻脚走着，把门推开。

他在前室，在一张窄窄的橡木长椅上睡着。他仰躺着，跟平常一样，双手交叠在腹部上方，嘴巴微微张开。窗外最后的阳光，从我身后照进来，勾勒出他的脸，好像一张金属面具。他的脸上有风干的泪水，银色水痕在金色皮肤上闪亮，铜色胡楂也暗暗发光。

我站着看他好一会儿，心中洋溢着难以言喻的温柔。我在他身边躺下，动作尽量轻巧，紧紧依偎在窄窄的长椅上。他在睡梦中转向我，这是他常做的动作。他把我抱得更近，让我的背靠向他胸膛，他的脸颊则搁在我的发上。他在半梦半醒间伸手抚去飘到鼻前的头发。接着我感到他突然震了一下，他醒了，发现我在这里，接着我们失去平衡，双双跌到地上，詹米压在我身上。

我完全不怀疑他是活生生的血肉之躯。我呻吟着，屈起一边膝盖撞向他的下腹。

“走开！我不能呼吸了！”

他不仅没有起身，反而彻彻底底吻了我，加剧了我的呼吸困难。我暂时忽略氧气不足的问题，专注在更重要的事情上。

我们拥抱良久，没有开口说话。最后他终于问：“为什么？”

我吻他的脸颊，他的脸湿湿咸咸的。我感到他的心脏抵着我的肋骨跳动，我们只求永远停留在此时此刻，别无他求，不需要移动，不需要做爱，只是呼吸着相同的空气。

“我得回来。”我说。我笑了，声音有点颤抖。“你无法想象，就只差那么一点。热水澡差点儿赢了。”接着我开始哭，身体微微颤抖，因为刚刚才做了决定，因为怀抱中的这个男人感到喜悦，也因为我永远无法再见另一个男人的撕裂悲痛。

詹米紧紧抱着我，他的重量把我往下压，好像是要保护我，以防我被巨石阵狂啸的拉力带走。终于，我的泪流完了，筋疲力尽地躺着，头靠着他令人安心的胸膛。此时天色已然全黑，可是他还搂着我，小声说话，好像我是个害怕天黑的孩子。我们黏着彼此，不愿分开，即使只是去生个火或点根蜡烛也不愿意。

最后詹米终于起身，也拉着我站了起来，把我带到长椅上。他坐着，把我抱在怀中。农舍的门还开着，我们可以看见星光开始照耀下方的村庄。

“你知道吗，那些星光，要花好几千年才会抵达这里。其实，有些我们看到的星星，现在已经死了，但我们不会知道，因为我们还看得到光。”我昏昏欲睡地说。

“是吗？我不知道。”他抚摸我的背答道。

我一定是睡着了，头靠着他的肩膀，可是当他把我轻放在地板上时，我稍微醒了一下。那是用马鞍袋里的毯子堆成的临时床铺，他在我身边躺下，把我拉近。

“躺下来，姑娘。到了早上，我会带你回家。”他低声说。

* * *

我们在破晓之前起身，太阳升起之时，已经在下山的路上，迫切渴望离开纳敦巨岩。

“我们要去哪儿，詹米？”我问。我的未来将有他的参与，我感到高兴，即便因此放弃了最后的机会，无法回到曾经——或者应该说将来，爱我的人身边。

詹米放慢马的速度，停下来向后张望一会儿。那圈令人生畏的巨石，从这里看不见，不过我们身后那片耸立着砾石和金雀花丛的山坡看起来无法通行。从这里望过去，农舍剥落的外墙像是另一面峭壁，仿如花岗岩拳头上凸出的嶙峋指节。

“我希望能够和他竞争来赢得你。”他突然回头看我，如此说道。他的蓝眼深沉而认真。

我对他微笑，觉得很感动。“这不是你的竞争，是我的。不过，反正你赢了。”我伸出一只手，他捏捏我的手。

“对，可是这不是我的意思。如果我能和他一对一竞争，而且赢了，你就不必觉得遗憾。”他迟疑着，“如果有可能……”

“没有更多如果。昨天每个如果我都想过了，而我还是在这里。”我坚定地说。

他笑着说：“感谢上帝，愿上帝帮助你。”接着他又说：“不过，我真的不明白为什么。”

我双手环抱他的腰，马蹄在下最后一道陡坡。

“因为，我就是不能没有你，詹米·弗雷泽，就这样。现在，你要带我去哪儿？”

詹米在马鞍上扭过头来，回望山坡。

“昨天上坡的一整段路，我都在祈祷，不是祈祷你留下，我不认为你留下来是对的。我祈祷自己够坚强，可以送你走。”他温柔地说，接着摇摇头，再度凝望着山丘，眼底有种遥远的神情。

“我说：‘主啊，如果我过去的生命从未有过勇气，让我现在充满勇气。让我可以勇敢，而不会跪下来求她别走。’”他眼神从农舍移开，对我一笑。

“这是我做过的最困难的事，外乡人。”他在马鞍上转正身子，策马向东。

这是个罕见的明亮早晨，早升的太阳把每样东西都镀上了金，沿着缰绳边缘、马背曲线和詹米宽阔的脸庞及肩膀，勾勒出一道火红的细线。

他深吸一口气，下巴朝沼地另一侧指了指，那是遥远的两道峭壁之间一条小径。

“所以现在我想，可以做第二困难的事了。”他轻踢马腹，喝了一声，“我们要回家了，外乡人。回拉里堡去。”

第二部分　拉里堡

第三章　堡主归来

离开理士城堡，只剩我们两人独处，因为高兴，我们起初并无太多交谈。多纳斯载着我们毫不费力地穿越沼泽，我环抱着詹米的腰坐在马上。他被阳光晒暖的肌肉在我脸颊下移动着，我感觉十分幸福。不管会遇到什么困难，我知道困难一定很多，但我们在一起，永远在一起，这就够了。

随着最初幸福的悸动化为陪伴的心情，我们又开始交谈。刚开始，我们谈着刚刚经过的农村，接着，便小心翼翼地谈起我，还有我的背景。他对我描述的现代生活十分着迷，虽然我看得出，大部分故事对他来说都像神话一样不可思议。他特别爱听关于汽车、坦克和飞机那部分，要我一讲再讲，几乎每分钟都要重述一遍。而我们都心照不宣，避而不谈弗兰克。

走了更远之后，对话又回到现在的时空，谈到科拉姆、理士城堡、猎鹿，还有公爵。

“那家伙看起来不错。”詹米说。因为路面越来越崎岖，他已经下马走在旁边，我们对话也更容易些。

我回答：“我本来也这么想，可是……”

“嗯，的确，如今不太能从外表来判断一个人。”他同意，

“不过我跟他还算合得来，我们在狩猎小屋的火炉边坐着聊了一整晚。他比外表的样子精明太多了，举例来说，他明白怎样的声调能带来怎样的印象，我想他是利用那个声调让自己看起来有点像傻子，虽然他眼睛后方的那颗脑袋其实一直在转。”

“嗯，就是这点让我害怕。你……跟他说了吗？”

他耸耸肩道：“说了一点。当然，他知道我的名字，先前在城堡发生那件事之后。”

想到他对那次事件的描述，我笑了。“你们，呃，有对往日时光怀念一番吗？”

他露出笑容，发梢随着秋风拂在脸上。“噢，稍微有点。他问我是不是还犯胃痛。我忍着笑回说，平常是不痛了，但刚才好像又感到一阵绞痛。他笑了，还说希望这毛病不会影响到我美丽的妻子。”

我也笑了。现在，公爵会不会做些什么，看来都不太重要。即便如此，他可能有天还派得上用场。

詹米继续说：“我跟他说了一些，说我被放逐了，虽然现在几乎没有机会证明，但我是冤枉的。他好像蛮同情我，但我很谨慎，没说太多实际情况，更没提重金悬赏我项上人头的事。我还不确定是否可以对他和盘托出，就……嗯，老亚历克就冲进营区，像被鬼追杀似的，而我和默塔也就匆忙离开了。”

这倒提醒了我，问道：“默塔在哪里？他跟你一起回理士城堡吗？”希望这个亲戚没和科拉姆或克兰斯穆尔的村民发生冲突。

“他跟我同时起程，但他骑的那匹马跟不上多纳斯。对啊，多纳斯，你真是个帅气小伙子，我的宝贝。”他拍拍多纳斯光泽闪耀的栗色颈背。多纳斯哼着气，鬃毛掀起一阵波浪。

詹米抬头看着我笑："别担心默塔，那个家伙个性外向，会照顾好自己的。"

"你说默塔外向？"我知道那也有"开朗"之意，感觉有些与实际不符，"我不记得见他笑过，你见过吗？"

"噢，有啊。至少两次。"

"你认识他多久了？"

"二十三年，他是我的教父。"。

"噢，好吧，那就说得通了。我不认为他没事会为了我笑。"

詹米拍拍我的腿："他当然会，他喜欢你。"

"既然你这样说，那我也只好相信了。"

话题于是到了最近的事件，我深吸一口气，问出心里亟欲知道的事："詹米？"

"怎么？"

"吉莉丝·邓肯，他们……真的会把她烧死吗？"

他抬头看我，稍稍皱了眉，接着点了点头："我想是吧，不过会等到孩子出生之后。这就是你烦恼的事？"

"其中之一。詹米，你看。"我试图把厚重的袖口拉起，但没成功，只好从衣服领口拉下，露出一边的肩膀，以及手臂上接种疫苗的疤痕。

他听完我的解释，缓缓说道："我的老天爷，原来如此……她也是从你那个时代来的？"他严肃地看着我。

我无奈地耸耸肩："我不知道。我只能说，她很可能是1920年以后出生的，那时才有大众疫苗。"我担心地环顾四周，但横在理士城堡和我们之间的峭壁，已被低垂的云层遮住。"现在……我想也不会知道了。"

詹米把多纳斯牵到一旁，停在溪岸的一个小松树林下。他扶着我的腰，把我抱下马来。“不用替她难过。她是个邪恶的女人，就算她不是女巫，也是个杀人犯。她不是杀了她丈夫吗？”他抱着我坚定地说。

“没错。”我说，想起亚瑟·邓肯呆滞的眼神，我感到一阵战栗。

“不过我还是不懂她为何要下手。他有钱、有地位，而且应该也没有打她。”他困惑地摇头说。

我有点恼火地看着他，感到不可置信：“这就是你对好丈夫的定义？”

“嗯……是啊。不然她还要什么？”他皱着眉说。

“还要什么？”我太惊讶了，盯着他好一会儿，然后才滑坐在草地上大笑。

“有什么好笑的？这可是谋杀啊。”他虽然这么说，但也笑了，伸出一只手环抱着我。

“我只是在想，如果你对好丈夫的定义，就是有钱、有地位、不会打妻子，那……你是什么呢？”我略带讥讽地说。

“噢，外乡人！”他露出微笑，“我可从没说过我是好丈夫，你也没说过啊。我记得你叫我‘虐待狂’，以及其他有的没的，我还是别再说出来比较好。但你从来没说过我是好丈夫。”

“那好，那我就不需要用氰化物给你下毒了。”

“氰化物？”他好奇地俯视我，“那是什么？”

“害死亚瑟·邓肯的东西，那是一种快速致命的毒药。我那个时代挺常见的，但这里没有。”我舔舔嘴唇思索着，“我在他唇上尝到了氰化物，就那么一点，我整张脸都麻了。你也看到了，毒性几乎立刻发作。我那时早该发现了——我是说，早该发现吉莉丝的身份。我猜她是用压碎的桃仁或樱桃核做出来的，不过肯定花了一番工夫。”

“当时她告诉你这么做的原因了吗？”

我叹口气，搓了搓双脚。鞋子在湖边挣扎时掉了，我弯腰挑掉粘在衣服上的鬼针草，我的脚底还没像詹米的那么厚。

“她说了，也说了很多别的。你的鞍囊里要是有什么吃的，拿出来吧，我全都告诉你。”

* * *

隔天，我们进入图瓦拉赫山谷。从山麓出来时，我发现远处有个骑马独行的人，大致朝着我们而来。这是离开克兰斯穆尔村后，我们遇到的第一个人。

那人身材壮硕，看起来朝气蓬勃，穿着耐用的灰色大衣，衣领上有残雪的痕迹，下摆盖到臀部下方一两英寸之处。

这一周里，我们大多在赶路，露宿野外，用湖水清洗鞭伤；吃的方面，就看詹米抓到什么动物，例如兔子或鱼，以及我采到什么植物和莓果，因此还算充裕。在同心协力之下，我们吃得比在城堡里更丰盛鲜美，当然也更多变化，只是有点难以预料。

野外生活，营养方面还能照顾得很好，外表就不是这么回事了。我见到那位绅士神情犹豫，同时迅速评估了我们的外表，然后皱着眉调头往我们这里骑来了解情况。

詹米为了让马保留体力，大部分路程都坚持自己走路，因此外表确实看来十分狼狈。红色尘土从裤管一直沾到膝上，刺藤撕裂了他单薄的上衣，留了一个星期的胡子，密密麻麻地丛生在两颊和下巴上。他的头发过去一个月已经长到齐肩，通常束成辫子或绑在后面，但现在却没有整理，铜色发丝四散，蓬松着任意飞扬，里面还卡着小叶片和树枝。脸颊晒成深红色，靴子因走太多路而裂开，腰带上挂着短刀和长剑——他看起来确实是个桀骜难驯的高地人。

我也没好到哪里去。詹米最好的上衣加上我上衣的碎布，勉强遮蔽我的身体，我披着詹米的苏格兰披肩，赤着双脚，看起来像个地地道道的流浪者。因为空气湿冷，又没有梳子之类的，我的头发乱成一团。在城堡时，我的头发就长了很多，有时在空中飘散，有时在肩上打结，只要风从后面吹来，头发就会飘进我的眼睛，就像现在这样。

我把眼睛前面的头发拨到一旁，看着那位绅士小心靠近。詹米看到那人，便停下马，等那人走近。

他告诉我：“他是约克·格雷厄姆，住在上面的莫奇那达夫。”

那人来到距离我们几码之处，便拉起缰绳在马上仔细审视我们。他眯起眼袋臃肿的双眼，狐疑地盯着詹米，然后突然睁大双眼。“拉里堡？”他不敢相信地说。

詹米亲切地点头，把一只手放在我大腿上，说：“还有我的拉里堡夫人。”完全没来由地露出宣示主权的骄傲姿态。

约克·格雷厄姆的嘴巴张得老大，接着匆忙合上，赶紧表示敬意。“啊！夫人您好。”他说，脱下帽子朝我鞠躬，动作有点延迟。“那么你们是……要回家？”他问，并努力将惊讶的眼神从我腿上移开。由于长途跋涉，衣服出现了裂缝，我膝盖以下都没有遮掩，且满是接骨木汁液的污渍。

“没错。”詹米回头，望向山丘中的纵谷，他说过那就是图瓦拉赫堡的入口。“你近来去过那里吗，约克？”

格雷厄姆的目光从我身上移开，看着詹米。“什么？噢，有，去过。他们都很好，一定很高兴看到你。弗雷泽，那么就祝你一路顺风。”他迅速将马肚一勾，转身朝向山谷去了。

我们看着他离开。突然，他在几百码外停了下来，站在马镫上，转过身来双手拢着嘴巴大喊。声音随风吹来，微弱而遥远。

“欢迎回家！”

接着他骑马一跃，消失了踪影。

* * *

图瓦拉赫的意思是“面北之塔”。从这边山上俯视，与这一小片领地同名的这座碉堡，不过是一堆石头，和山底下那些我们在旅途中经过的石堆相差无几。

我们穿越峭壁之间狭窄且满布石头的峡谷，领着马在砾石间行走。接下来的路好走多了，沿着较为平缓的斜坡向下，经过田野和零星农舍，我们终于抵达一条蜿蜒的小路，直接通往庄园的宅邸。

宅邸比我想象的大。堂皇的三层楼建筑，白色的粗糙墙面，窗户嵌在天然灰石中，高耸的石板屋顶有数支烟囱，还有几座较小的石灰建筑簇拥在周围，好像小鸡围绕着母鸡。老石塔位于屋后的一小片高地上，约六十英尺高，尖塔像一顶巫婆帽，塔身则环绕着三排小小的射箭孔。

我们靠近时，突然从外围建筑传出一阵可怕的吼叫声，多纳斯一听见便惊恐地向后缩。因为没有驯马师，我立刻摔下马来，灰头土脸地跌在地上。詹米权衡轻重之下，先冲上去拉住失控的马，让我自己爬起来。

等我一站起来，那群狂吠咆哮的狗已经逼了上来。我恐慌地望过去，少说也有十几条，个个龇牙咧嘴、面露凶光。

詹米大喝一声："布兰！路克！停！"

那些狗在离我几步远的地方猝然停下，面露困惑。它们转着圈子，不解地吠叫。詹米接着又说话了："停！美人儿！小家伙，站好！"它们全都停下站好，接着那只最大的狗开始慢慢摇起尾巴，一下、两下，像是在询问。

"克莱尔，你来牵马，它不会让狗靠近，而且这些狗要的是我。慢慢走，它们不攻击你的。"他用平常的语调说话，没再对马或狗发出警告。我脸上几乎没有血色，小心翼翼一步步向他靠近。我抓住辔头时，多纳斯猛地撇开头翻着眼，不过我没心情跟它生气，只是用力向下扯住缰绳，抓紧辔头。它掀动着柔软的厚唇，但我将辔头拉得更紧，把脸逼近它怒气冲冲的金色大眼，瞪着它警告道："不要反抗！不然你就等着变成狗食，我是不会救你的！"

与此同时，詹米缓缓走向狗群，一只手握成拳头对着它们。这群狗看似一大群，其实只有四只：一只棕毛小猎犬、两只有环状毛和斑纹的牧羊犬，还有一只黑褐色的大型动物，若说它是福尔摩斯《巴斯克维尔的猎犬》故事中那只索命的幽灵猎犬，也不令人讶异。

这只流着口水的狗，颈项比我的腰还粗，它轻轻嗅着詹米伸出来的拳头，尾巴像船缆一样前后摆荡，且越摇越剧烈。突然间，它抬起大头，兴奋狂吠着跳到主人身上，把他扑倒在地。

"奥德赛自特洛伊归来，他的忠犬认出了主人。"我对多纳斯说，它喷着鼻息，不知道让它不以为然的是荷马，还是路边那幅热情奔放的画面。

詹米笑着抚摸狗毛，拉扯它们的耳朵，它们一拥而上想舔他的脸。他奋力抵抗，好不容易可以站起来，不过它们洋溢的热情还是让他很难站稳脚跟。

“嗯，无论如何，还是有人高兴见到我的。”他拍拍大狗的头笑着说，“这是路克。”接着指着小猎犬。“还有艾尔芬和马尔斯，它们是兄弟，漂亮的牧羊犬。”然后再疼爱地把手放在黑狗的大头上，那狗一脸仰慕地对着主人流口水。“这只，是布兰。”

“我就相信你吧。”我小心地伸出手来给它嗅，“它是什么狗？”

“猎鹿犬。”他一边搔着它竖起的耳朵，一边念诵：

> 芬戈郡选狗的标准是：
> 目如黑李，耳如长叶，
> 胸如骏马，踝如镰刀，
> 尾巴离头远远的。

“如果这是标准，那么你选得很好。”我看着布兰说，“它的尾巴要是离头再远一点，你就可以骑在它身上了。”

“我骑过，小的时候。不是布兰，是它祖父，奈恩。”

他又拍拍布兰，接着站直身体，凝视宅邸。多纳斯仍不肯移动，他接过缰绳，牵它下坡。

“奥德赛回到家，乔装成乞丐……”他用希腊文接续我刚刚说过的话，“现在，我想是时候处理佩内洛普和那些追求者了。”他严肃地拉直衣领。

我们走到大门前，狗在脚边喘气，詹米却犹豫了。

“该敲门吗？”我紧张地问。

他惊讶地看我。“这可是我家。”说完便把门推开。

他带我穿过屋子，完全无视几个仆人的惊讶表情，经过入口走廊，穿越小枪械室后，径自进了客厅。厅里有个宽敞的壁炉，炉架磨得光亮，银器和玻璃四处闪着光芒，反射着午后的阳光。起先我以为客厅没人，接着我便看见壁炉角落有个模糊的人影在移动。

她比我想象的娇小。有詹米这样的弟弟，我以为她至少会跟我一样高，或者更高，但壁炉边的女子身高几乎不到五英尺。她背对我们伸手拿瓷器柜上的东西，裙带几乎垂到地面。

詹米一看见她，便停下不动。“詹妮。”他说。

那女人转过身来，我刚看到她深黑如墨的眉毛和白皙脸庞上的蓝色大眼，她就已经扑到弟弟身上了。

“詹米！”她个头虽娇小，但冲过来的力道却不小。他用双臂抱住她，两人相拥了好一会儿，她的脸紧紧靠着他胸膛，他的手温柔地抚摸她颈背。他的表情混杂着不安和思念的喜悦，我几乎觉得自己不该出现在这里。

然后她又贴得更近，用盖尔语低声对他说了些话，他的表情突然变得震惊。他抓住她的手臂，从自己身上拉开，俯视着她。

这两人的脸十分相像，同样奇特地向上弯斜的深蓝眼睛和宽阔的颧骨，同样狭窄高耸的鼻梁，只是稍稍太长了点。不过她有和詹米不同的深色头发，瀑布般的黑色鬈发，用绿色的丝带系在后面。

她很美，五官鲜明，肤色雪白，而且显然已是怀孕后期了。

詹米双唇失去血色。“詹妮。噢，詹妮。我的心肝。”他轻呼着摇头。

此时门边出现一个小孩，她注意力转移，便推开詹米走了过去，没注意到他脸上的不安神色。她牵着小孩走回客厅，低声鼓励着他。小孩有点畏缩，大拇指放在嘴巴里寻求安慰，躲在母亲背后，盯着这些陌生人看。

她显然是小孩的母亲，他有她的蓬松黑鬈发和方正的肩膀，虽然脸和她长得不像。

“这是小詹米。”她骄傲地往下看着小孩说，“这是你的詹米舅舅，我的心肝，你的名字就是跟他取的。”

“跟我取的？你让他的名字跟我一样？”詹米看来就像一个肚子刚刚被狠狠揍了一拳的战士。他向后退开，跌坐在椅子上，身体深深陷入，双腿也仿佛力气尽失。他把脸埋进手中。

姐姐这时才发现他不对劲，试探地碰他肩膀：“詹米，亲爱的，怎么了？你不舒服吗？”

他抬头看她，眼里充满泪水：“詹妮，你为什么要这么做？你觉得我受的苦还不够吗？因为刚发生那件事，所以你非要给兰德尔的种取我的名字，好让我一辈子蒙羞吗？”

詹妮的脸本就苍白，此时更是血色全失。“兰德尔的种？”她茫然说着，“你是说乔纳森·兰德尔？那个英国军官？”

“对，那个英国军官，不然我还能说谁？妈的，你应该还记得他吧？”詹米差不多回过神，重回一贯的讽刺风格。

詹妮紧盯着他，怀疑地挑起一边眉毛：“老弟，你疯了吗？还是你路上喝多了？”

“我根本不该回来。”他嘀咕着站起来，身体踉跄一下，想避开她穿过客厅。然而她却待在原地不动，紧紧握住他的手臂。

“如果我说错了，老弟，你可以纠正我。”詹妮缓缓地说，“但我强烈地感觉你是在说我是兰德尔的妓女，我怀疑你是脑袋有问题，才会说出这种话！”

“我脑袋有问题？”詹米转身面向她，嘴巴痛苦地扭曲着，“我还真希望是我脑袋有问题。我宁愿死在坟墓里，也不要看到自己的姐姐发生这种事。”他轻摇她的肩膀，大吼，“为什么，詹妮，为什么？我毁了你，已经让我快要羞愧而死了。你却又……”他放开手，绝望地深吸一口气，指控似的指着盖在她工作服下方高高凸起的腹部。

他突然转身走向门口，一直在旁专注倾听的老妇人警觉地向后缩，孩子紧抓她裙摆。

“我根本不该来。我走了。”

“你不能走，詹米·弗雷泽。”詹妮严厉地说，“没听我说完你不准走。你坐下来，既然你想知道，我就告诉你兰德尔的事。”

“我不想知道！我不想听！”她靠近他时，他迅速转身走向面对庭院的窗户。她跟上去说：“詹米……”但他用一个粗暴的手势拒绝她说下去。“不要！不要跟我说！我说过我不想听！”

“噢，真的吗？”她看着弟弟两腿张开，站在窗边，手放在窗台上，顽固地背向她。她咬着下唇，接着脸上出现算计的表情，迅雷不及掩耳，她蹲了下去，手像蛇一样飞快钻进他苏格兰裙下。

詹米愤怒地惊呼一声，震惊之下站得直挺挺的。他想转身，身体却僵住了，显然她手又握得更紧了。

“要跟男人说理，就要让他们像动物一样听话。”她对我说，露出淘气的微笑，“除非你抓住他们的睾丸，否则你拿他们没办法。”接着她转向詹米：“现在，你要好好听我说，还是要我稍微扭动一下，嗯？”

他涨红着脸笔直站着，咬牙切齿，呼吸粗重：“我听，然后再扭断你的小脖子。詹妮！放开我！”

她手一放开，他立刻转过身。“你他妈的以为自己在干吗？在我妻子面前给我难堪？”他质问。詹妮没被他的怒气吓住，她把重心移到脚跟，讽刺地看看弟弟再看看我。

“哦，既然是你妻子，我想她应该比我更熟悉你的‘蛋蛋’吧。自从你长大自己洗澡之后，我就没看过了。长大一点了吗？”

詹米脸上闪过好多警讯，想挥拳揍姐姐的原始冲动和文明举止的指令交战。文明胜了，他鼓起尊严咬牙切齿说：“这个话题到此为止。好，既然兰德尔的事你不说就不罢休，那你就说吧。说说看你为何违抗我的命令，让你和你的家庭蒙羞！”

詹妮把手放在臀上，撑着站起身来，摆出战斗的姿势。她虽然比他慢，但显然也是有脾气的。

“违抗你的命令，是吗？詹米，这让你不爽，是吗？原来就你最明白，我们都要听你的，不然就会身败名裂！”她很激动，“那天要是我听你的，你早就死在门前庭院，父亲也早就因为杀死兰德尔而被绞死或关进监狱，土地也会被收回。我就更不用说了，房子和家人都没了，只能在路边乞食。”

现在詹米已不复刚刚苍白的脸色，反而因为愤怒而满脸通红：“是，所以你宁愿选择糟蹋自己，也不要乞食！你很清楚，我宁可去死，而且让父亲和我们的土地也一同陪葬。”

“是，我就知道，你是个笨蛋，一直都是！”姐姐恼怒地回嘴。

“说得好！你毁掉我们两人的名声还不满意，一定要继续做这丑事，让街坊邻居看笑话！”

“詹米·弗雷泽，就算你是我弟弟，也不准跟我这样说话！你说‘笑话’是什么意思？大白痴，你……”

“我什么意思？看看你，挺着肚子晃来晃去，活像只蟾蜍，还用得着问我？”他模仿她挺着肚子的模样，嘲讽地往肚子上一拍。

她向后退一步并伸出手，用尽全力甩他一个耳光，力道之大，使得他的脸偏向一旁，颊上还烙着白色的指印。他缓缓伸手抚摸那道痕迹，直瞅着她。她眼里闪着危险的光芒，胸膛上下起伏，从紧咬的牙间，吐出一串话。

“蟾蜍，是吗？孬种，你只有勇气把我丢在这里，担心你是死了还是在坐牢，日复一日没有半点消息，好不容易回来了，连老婆都带来了，可真了不起，然后坐在我的客厅，骂我是蟾蜍、妓女……”

“我没骂你是妓女，但我是应该骂！你怎么可以……”

这姐弟俩身高虽有差距，但现在几乎已经是鼻子对着鼻子，两人都竭力压低彼此咒骂的音量，以防声音传遍整座老宅。但他们的努力多半白费了，因为我瞥见许多好奇的脸，在厨房、走廊和窗户小心地探头探脑。图瓦拉赫堡堡主返家确实是盛况空前。

我想我最好不要在场，让他们两人尽情发泄，所以我悄悄退到走廊，对那位年长的妇人尴尬点头后，便走入庭院。庭院里有个棚架，下面有条长椅，我坐下来，好奇地四处张望。

棚架旁边有座小花园，盛开着夏日最后的玫瑰。花园后面，我猜就是詹米说的“鸽房”，因为那座建筑顶部凸出的开口，有各式鸽子飞进飞出。

我知道还有一个谷仓和贮放饲料的库房，该是在房子的另一头，那边还有粮仓、鸡舍、菜田、废弃的礼拜堂，以及一座用途不明的小型石砌建筑。秋日微风正从那个方向吹来，我深吸一口气，闻到了啤酒花和酵母浓浓的香气。那么，那座建筑便是酿酒房了，制造整个庄园所需的啤酒和麦芽酒。

穿过大门的道路延伸向上，横越一个小坡。我向上看，一小群人在坡顶，傍晚的微光勾勒出他们的身影。他们在那里停伫了一会儿，像是在互相道别。显然是这样，因为只有一人下坡走向宅邸，其他人都穿过田野，走向远处的农舍。

那男子下坡的模样，看得出来跛得很厉害。当他走进宅邸外头的大门，跛行的原因就更清楚了——他右膝下面已经没有腿，装了一根木肢。

尽管跛脚，他走起路来的模样倒十分年轻。待他踏入棚架，我就看出他不过二十来岁。他很高，和詹米差不多，只是肩膀较窄，而且很瘦，几乎到皮包骨的程度了。他在棚架入口停下，身体重重靠在棚柱上，朝里面好奇地看我。他厚重的褐发平顺地遮住一边眉毛，深邃褐眼里有着耐心和幽默的神情。

我在外头等待期间，詹米和姐姐的声音越吵越大。因为天气晴朗，窗户都开着，在棚架这也能听得到两人争辩的声音，虽然并非字字清楚。

“鸡婆！你这好事的婊子！”詹米的声音，在柔和的暮色里显得特别洪亮。

“你这没品的……”姐姐的回击，融入突然的一阵微风中。

刚回来的这位男子对着宅邸轻点着头：“啊，詹米回来啦。”

我点头回应，不确定是不是该自我介绍。不过也不重要，因为这位年轻男子微笑并向我鞠躬：“我是伊恩·默里，詹妮的丈夫。

我想你应该是……嗯……”

“詹米娶的外乡人。”我接下他的话，“我叫克莱尔。你知道我的名字吗？”他闻言大笑。我脑中一片混乱。他是詹妮的丈夫？

“喔，我知道，乔·奥尔说了，他从亚德拉的一个工人那里听来的。在苏格兰高地上，秘密不可能藏得太久。这你该发现了吧，虽然你结婚不过一个月，詹妮已经想着你的模样想了好几个星期了。”

“贱人！”詹米在屋内怒吼。詹妮的丈夫不动声色，继续好奇而友善地审视着我。

“小姑娘你可真瘦。”他说，大剌剌地上下打量我，“你喜欢詹米吗？”

“嗯……是。我喜欢他。”我回答，这让我有点吃惊。我已经逐渐习惯高地人的直言不讳，但是偶尔还是会冷不防被吓到。

他闭上嘴点着头，一脸满意的模样，在我身旁坐下。

“最好让他们再吵一会儿。”他说着，手朝宅邸一指，屋内的咒骂声已经换成盖尔语。他看起来对他们吵架的原因毫不在意：“弗雷泽家的人脾气一上来，什么话都听不进。等他们发泄完，你有可能跟他们讲道理，不过在那之前是完全不可能的。”

“是的，我也发现了。”我回答。他笑了起来。

“才刚结婚，你就已经发现他的真面目啦？我们都听说了，杜格尔怎么设计让詹米娶你的。”他无视屋内的战争，专心跟我说话，“不过詹妮说，要是詹米不愿意，即便杜格尔·麦肯锡强迫他，也没那么容易。现在见到你，我就明白他为什么愿意了。”他扬起一边眉毛，似乎想要听进一步的解释，但他很有风度，并不强迫我说。

“我想他自有理由。我不想……我是说，我希望……”我的注意力分散在伊恩和持续传来争论声的房子之间。伊恩正确解读了我的迟疑和我看向客厅窗户的眼神。

“喔，我猜你和他们的争论有关。不过不管你在不在场，她都会对他发脾气的。她对詹米的爱有点激烈，你应该看得出来，他离开后她非常担心，尤其是她的父亲走得这么突然。这你知道吧？”他的褐眼十分敏锐，好像在试探我和詹米之间信任的程度。

“我知道，詹米说过。”

“啊。”他对宅邸点点头，“那么，也难怪她会生气了，她怀孕了。”

“是的，我也注意到了。”

“很难不注意到，是吧？”伊恩微笑回答，我们都笑了，“怀孕让她变得脾气暴躁。我不是怪她，但要和一个怀孕九个月的女人交谈，需要比我勇敢的男人。”他边解释边把背向后靠，让木肢向前伸。

“在杜米埃和费格斯·尼克·里奥德汉斯激战的时候失去的，葡萄弹。那一整天都有一点痛。”他解释，并揉揉固定义肢的皮裤束口上方的肌肉。

“你试过用吉利德乳香膏按摩吗？水蓼或煮烂的芸香也很有效。”

“我没试过水蓼，我会问问詹妮知不知道怎么做。”他饶有兴致地回答。

“噢，我很乐意帮你做。”我说，我喜欢这个人。我又朝宅邸望了一眼。“如果我们能在这里待足够久的话。”我不肯定地补上一句。我们一边稍作闲聊，一边听着屋内的争吵，聊到最后，伊恩吃力地向前移动身体，小心撑好义肢，站了起来。

“我想现在该进去了。要是其中一人停止咆哮很久，一直听另一个人骂，他们会伤到彼此的心的。”

“希望他们伤到的只是心而已。”

伊恩笑出声来。“噢，我想詹米不会揍她。他耐得住别人挑衅。詹妮的话，有可能会甩他耳光，顶多这样。”

“她已经甩了。”

“嗯，枪锁上了，刀子都在厨房里，只剩下詹米身上的装备了。不过我想他不会让她靠近去抢他的短刀。没事的，他们很安全。”他在门口停下。“现在，至于你跟我……”他严肃地眨眨眼，“那是另外一回事了。”

* * *

进到屋里，女仆看见伊恩接近都吓了一跳，慌忙躲到一旁。只有那位女管家，还沉迷地徘徊在客厅门口，仔细听着里面的动静，和詹米同名的孩子则紧紧抓着她宽大的胸脯。她因为太过专注，以至于当伊恩对她说话的时候，她吓得跳了起来，像被帽针刺到一样，然后用手按着激烈跳动的心脏。

伊恩礼貌地对她点点头，便拉着小男孩的手臂走进客厅。我们刚进门就停下来，审视眼前的景象。姐弟二人停下来喘气，但依旧怒气冲冲，像两只发怒的猫。小詹米看到母亲，挣扎踢打着要挣脱伊恩的手，一碰到地面便冲向母亲，像是认家的鸽子。“妈妈！”他大叫。“起来！詹米起来！”她转身，抓起小男孩，把他像武器一样扛在肩上。

“宝贝，告诉舅舅你几岁了？”她压低声音说道，低到钢铁碰撞的声音都很明显。男孩听到后，转头把脸埋进母亲的肩颈。她僵硬地拍拍孩子的背，双眼仍怒视着弟弟。

“他不说，我来说。他两岁，去年八月出生的。虽然我很怀疑，但如果你会算的话，你就知道他是我最后见到那个兰德尔的六个月后怀上的，那一次，他在我们门庭前，用马刀把我老弟打到不成人形。”

“是吗？”詹米瞪着姐姐，“我听到的不太一样。大家都知道你曾把那个男人带上床，不只是那次，而是像情人一样很多次。那是他的孩子。”他的下巴轻蔑地朝着跟他同名的孩子指了指，孩子已经转过头来，从母亲的下巴后方瞧着这个块头高大、声音洪亮的陌生人。“我相信现在怀着的小杂种不是兰德尔的，他今年三月以前都在法国。所以你不只是个荡妇，还饥不择食。现在这个恶魔的种又是谁的？”

我身旁高高的年轻人抱歉地咳了几声，打破房内剑拔弩张的气氛。

“是我的。”他温和地说，“另外一个也是。”他靠着木肢僵硬地向前走，从怒气冲冲的老婆手上接下男孩，把他圈在臂弯中：“有人说，他比较像我。”

其实，男人和男孩的脸放在一起看，简直一模一样，除了一个人的脸颊是圆的，另一个人的鼻梁是歪的以外。高眉和薄唇是一样的，一样浓密的眉毛，弯在一样深邃晶亮的褐眼上方。詹米盯着两人看，表情就像背后被沙袋击中一样。他闭上嘴巴，吞咽了一下，显然不知道接下来该怎么办。

“伊恩。”他声音有点微弱地说，“那你是结婚了？”

“哦，是的。”他姐夫愉快地说，“不然怎么生呢，是吧？”

“也是。”詹米喃喃地说。他清清喉咙，然后对他刚出现的姐夫行礼。“你，呃，你真的很好，伊恩。愿意照顾她，真的，你真是太好了。”

我感觉詹米现在可能需要一点心灵支持，便走到他身边，摸摸他的手臂。他姐姐的目光停留在我身上，像思索着什么，但什么也没说。詹米回头看到我，有点吓到，仿佛忘了我也在这里。但我想，他会忘记也不意外。不过他被我打断，看起来至少放松了一点，伸出一只手把我拉向前。“我妻子。”他有点突兀地说，然后对詹妮和伊恩点头，“我姐姐和她的，呃……”他没说完，我和伊恩互相礼貌地微笑。

这些社交礼仪并未让詹妮岔开原先想到的事。“你什么意思，他愿意照顾我很好？”她跳过那些介绍词，质问道。“别以为我听不懂！”伊恩用询问的眼光看她，她则对詹米轻蔑地挥手。“他的意思是，你很好，我被玷污了你还肯娶我！”她哼了一声，声音大到应该是她两倍身材的人才发得出来：“胡说八道！”

“玷污？”伊恩看起来很吃惊。詹米突然向前，用力抓住詹妮的上臂。

“你没跟他说兰德尔的事？”他声音听起来很震惊，“詹妮，你怎么可以这么做？”

还好伊恩一只手抓住了詹妮另一只手，她才没冲上去对詹米动手。伊恩坚定地把她拉到身后，转身把小詹米交给她，这样她就非得抱住小孩，以免他掉下去。然后伊恩一手搭着詹米的肩膀，巧妙地把他带到一个安全距离之外。

“这种事不该在客厅谈。”他以低沉的声音反驳道，“但你可能得知道，你姐姐新婚之夜时还是处女。我毕竟还是有资格说这些话的。”

现在，詹妮的怒气同时发到弟弟和丈夫身上。

“伊恩·默里，你竟敢在我面前说这些？”她勃然大怒，“还是你头脑不清楚了？我新婚之夜的事，除了你我，干其他人屁事——尤其干他屁事！你接下来是要给他看我们那天的床单吗？”

“嗯，要是我现在拿给他看，不就可以让他闭嘴了吗？”伊恩安慰地说，“宝贝，拜托，你不该让自己动气的，对宝宝不好。大吼大叫也会让小詹米不安。”他对儿子伸出手，男孩在啜泣，但不确定现在是不是可以哭。伊恩转头向我，往詹米的方向使眼色。

我收到暗号，抓着詹米的手臂，把他拖到角落的一张单人沙发上坐下来。伊恩也把詹妮安置在双人沙发上，一只手臂紧紧环绕她的肩膀，好让她别乱动。

“好了。”伊恩·默里虽然作风平和，却有股不容抗拒的权威。我一只手放在詹米的肩上，可以感觉他的怒气已在爆发边缘。

我觉得这个房间里，现在看来有点像是拳击赛的擂台，选手在各自角落不停扭动，在经纪人安抚的手势下，蓄势待发地等着指示。

伊恩对着内弟点头微笑。“詹米，见到你真好呀，兄弟。我们很高兴你回来了，还带着妻子。是吧，宝贝？”他问詹妮，可以看到他的指头用力捏了捏她的肩头。

但她可不受逼迫，她双唇紧紧抿成一条细线，像一个封口，然后才不情愿地打开，迸出一句话：“看情况。”她说完，又紧紧闭上嘴巴。

詹米一只手摸了摸脸，接着抬起头，准备迎战新的回合。

“我看到你和兰德尔一起走进屋里，而且根据他后来告诉我的话……不然他怎么会知道你胸前有一颗痣？”他顽固地说。

她用力哼一口气。“你真的记得那天发生的所有事？还是那个队长用马刀逼你相信的？”

“我当然记得！我不可能忘记！”

“那你或许还记得，我曾以膝盖用力顶了队长胯下吧？”

詹米谨慎地耸起肩膀：“没错，我记得。”

詹妮微笑，露出胜利的表情。

“嗯，那么，既然你的妻子在场……詹米，你起码也该告诉我她的名字吧，你还真是没礼貌……随便，要是她也对你做这种事，我是说，如果这样，你确实是活该……你想你有可能在几分钟后就做那档事吗？”

詹米原先张得很开准备回话的嘴，听完立即闭上。他盯着姐姐看了好久，然后一边嘴角微微抽动。

“看情况。”他嘴巴又抽动了一下。他原本身体一直向前倾，现在往后靠着椅背，像弟弟在听姐姐说故事一样，半信半疑地看着她。他虽然觉得自己够大了，不会受到故事的吸引，但还是不知不觉信了一半。

“真的吗？”他说。

詹妮转向伊恩。“去拿床单吧，伊恩。”她下令。

詹米伸出双手，表示投降：“不用，不用了，我相信你。只不过，他后来的行为……”

詹妮往后坐，在伊恩的臂弯中放松身体，她儿子则尽可能紧挨着她，詹妮露出胜利的优雅。

“哈，在他对外放话之后，很难跟其他人承认他没办法做，不是吗？而且，我必须说他对这件事非常不爽，因为他确实打了我还撕开了我的衣服。事实上，他把我打到半昏迷，然后等我回神把自己身体遮好的时候，英国人已经走了，你也被他们带走了。”

詹米长叹了一口气，稍微闭了一下眼。他宽大的手掌放在膝上，我把手放在他的一只手上，轻轻捏了一下。他握住我的手，然后睁开眼睛，给了我一个微弱而肯定的微笑，然后转向他姐姐。

“好吧。”他说，“但我想知道，詹妮，你跟他走的时候，你知道他有没有伤害你吗？”

她沉默了一下，但眼神定定地看着弟弟，最后终于摇摇头，嘴角露出微笑。

她伸出一只手，阻止詹米提出异议。她弯眉耸起，形成一道优雅的拱形，带有询问的意味：“如果你可以用生命来交换我的名誉，为何我就不能以自己的名誉来交换你的生命？”她皱起眉毛，现出怒容，同样的表情也出现在詹米脸上。“还是你要说，我不能像你爱我一样爱你，因为你是詹米·弗雷泽？我现在告诉你，这是错的！”

詹米原先已准备回嘴，但却因为听到这个结尾而突然说不出话来。他马上闭上嘴，詹妮则乘胜追击。

“因为我爱你，就算你是这样愚蠢、弱智、无脑的白痴。我绝对不会让你死在我面前上，就因为你顽固到不能闭一次嘴！”

蓝色眼睛盯着蓝色眼睛，一阵电光石火。詹米艰难地吞下这些羞辱，努力说出一个理性的回答。他好像在心中做了决定，终于他拉平肩膀，屈服了。

“好吧，那我道歉。是我不对，请原谅我。”

他和姐姐坐着彼此互望好一阵子，但詹妮没有要原谅他的意思。她仔细检视他，咬着唇，却不发一语。

他终于失去了耐性："我都道歉了！你还要我做什么？你要我跪下来求你吗？如果你要的话我就会做，但你说说话啊！"

她缓缓摇了摇头，但牙齿仍紧咬着下唇："不用，我不会要你在自己家里跪下。站起来吧。"

詹米站了起来，她让孩子在双人沙发上坐好，穿越房间走到詹米面前站着。

"脱衣服。"她命令。

"不要！"

她把他衣服的下摆从苏格兰裙中扯出来，开始解扣子。他没有顽强抵抗，而且显然就要屈从于姐姐的命令之下，裸露出上身了。詹米保留最后的尊严向后站开，嘴唇紧闭。衣服已经被脱下。

她在他身后来回移动，检视他的背部。她脸上那种谨慎淡漠的表情，我在詹米脸上也看过，那是他隐藏强烈情绪的表情。她点了点头，像是确认了一直以来怀疑的事情。

"嗯，詹米，你一直以来的愚蠢，看来已经得到了教训。"她轻轻把手放在他背上，摸着最严重的伤疤，"看起来很痛。"

"是很痛。"

"你哭了吗？"

他的双拳不自觉地在两侧紧握："是的！"

詹妮走到他身前面对他，尖尖的下巴向上抬起，向上弯斜的眼睛睁得大大的，非常明亮。"我也哭了。"她轻声说，"每一天，自从他们把你带走之后。"

两张有着宽阔颧骨的脸，看起来又一模一样了。我看到他们的表情，便起身静静从厨房的门走出，留他们独处。当门在我背后关上时，我看到詹米抓住詹妮的手，沙哑地用盖尔语说了一些话。她走进他的怀抱，而那颗顶着明亮蓬发的头颅，则埋进了墨黑色的发间。

第四章　最后的理由

我们狼吞虎咽地用过晚餐后，便回到宽敞通风的房间，迅速沉入梦乡。起床的时候已经日上三竿，云层虽然遮蔽天空，但我知道时间不早了，因为屋里有种熙攘的气氛，好像众人都愉快地忙着，楼下也飘来了阵阵诱人的香气。

吃过早餐，男人便要出门办事，拜访佃农、检查篱笆、修缮马车，但其实也是散散心。他们在走廊披上大衣的时候，伊恩看到詹妮的那只大篮子，就放在门厅镜子下方的桌上。

“詹妮，要我从果园摘些苹果回来吗？这样你就不用走那么远了。”伊恩说。

“好主意。”詹米瞧了詹妮的大肚子一眼说，“我们可不希望她把篮子丢在路上。”

“我会把你从你站的地方丢下去，詹米·弗雷泽。”她冷冷反击，撑开大衣让伊恩穿上，“帮帮忙，把这小恶魔带出去吧。克罗克太太在洗衣间，你可以让他留在那里。”她移动她的脚，设法使小詹米放开她裙子，嘴里重复念着：“起来！起来！”

詹米舅舅顺势把小恶魔拦腰抱起走出门外，小孩头下脚上，高兴地不断尖叫。“啊！”詹妮满意地叹气，弯腰对着镶金框的镜子检查仪容。她润湿一根手指顺顺眉毛，然后把扣子一路扣到脖子。“没人抓着裙子或抱着大腿不放，能够把衣服穿好，真好。有时我连去上个厕所都不行，不然就是想讲一句话却一直被打断。”

她双颊微红，衬着蓝色丝裙的深色发丝闪耀着光泽。伊恩看着她美丽的模样，对她微笑，温暖的褐色双眼露出光芒。

“嗯，你有时间跟克莱尔好好聊聊了吧。”他提出建议，往我的方向扬起一边眉毛，“我觉得她很有礼貌，会愿意听你说话的。不过，拜托，别让她听你的诗，否则在我和詹米回来前，她一定已经坐下一班马车去伦敦了。”

詹妮轻蔑地挥挥手，不理会他的取笑。“我才不担心呢。四月以前都不会有车，而且我猜到那个时候，她也就习惯了。快走吧，詹米在等你。”

男人外出后，我和詹妮一整天都待在小客厅里，她做她的针线活，我则把分叉的纱线卷好，还把不同颜色的丝线分开。

表面上看起来，我们很友好，彼此小心绕着圈子对话，从眼角互瞄。詹米的姐姐，詹米的妻子，虽然没人点明，但詹米是我们思绪的中心。

共同成长的经验，就像布料的经纬线，永远将他们紧紧相连，不过表面的图案，因为久未相逢和猜疑，以及各自的婚姻，而松脱了。伊恩那条线原本就在这块布料上，但我这条却是新的。新的张力会产生什么新图案，经纬线会彼此对抗吗?

我们的对话稀松平常，但隐藏其中的深意虽未言明，却昭然若揭。

“你母亲去世后，就你独自当家吗？”

“噢，没错，我五岁就当家了。”

从小就是我培养他、爱护他，这个男人是我拉扯长大的，你打算做什么贡献？

“詹米说你医术高超，十分罕见。”

“我们第一次见面，我就帮他处理肩膀上的伤口，使之得以很好地愈合。”

是的，我既有能力又善良。我会照顾他。

“听说你们很快就结婚了。”

你不会是看上我弟弟的土地和财产才嫁他的吧？

“是的，很快。在婚礼之前，我才知道詹米的真正姓氏。”

我本来不知道他是这里的堡主，所以我完全是因为爱他才嫁他的。

我们就这样度过了一上午，用过简单的午餐，到了下午，我们继续闲聊，分享趣闻、想法和零星的笑话，试探彼此。十岁就接管整个大家族，在父亲去世和弟弟失踪之后一手经营整片家产，这样的一个女人，不容轻视。我很想知道她对我的看法，但她看来和她弟弟一样，除非她愿意，否则她会把自己的想法藏得很好。

当壁炉架上的时钟敲了五下，詹妮打了哈欠，伸伸懒腰，她原本正在修补的衣服从她圆圆的肚子上滑落到地面。

她笨拙地伸手要捡，但我在她身旁蹲下。“别动，我来捡。”

“谢谢你……克莱尔。”她第一次叫我的名字，害羞地微笑，我也报以微笑。

我们还没开始继续聊天，管家克罗克太太就过来打断我们，她把头探进小客厅，担心地询问我们是否看到小主人詹米。

詹妮停下手上缝纫的工作，叹了一口气。“他又乱跑啦？别担心，莉兹。他有可能跟他爸或舅舅出去了。我们去看看，好吗，克莱尔？晚餐前出去透透气还蛮好的。”

她双手扶着腰部，撑起沉重的身体，发出一声呻吟，对我露出扭曲的笑容。“还要三周左右，我真是等不及了。”

我们在外面慢慢散步，詹妮指着酿酒房和礼拜堂，解释这座庄园的历史和各个建筑的建造时间。

接近鸽舍的时候，听到棚架里面传来声音。

“他在那里，小顽皮鬼！”詹妮大喊，“别跑，我来抓你了！”

“等一下。”我一手拦住她，察觉到除了小男孩的声音，还有另一个更低沉的声音。

“别担心，兄弟。你会学会的。虽然有点难，是吧？你的鸡鸡现在还没办法超过肚脐。”是詹米的声音。

我四处张望，然后看到詹米坐在劈柴的木桩上，和跟他同名的小孩对话。小孩像个男人似的，正努力抚平衣服上的褶皱。

“你对孩子做什么呀？”我试探地问。

“我在教小詹米怎样尿尿才不会尿到脚上。看来舅舅还有点用。”

我挑起一边眉毛：“光说不练，做舅舅的至少要示范一下。”

他露出笑容。“嗯，我们刚刚已经操练过几次了。虽然上一次有点小意外。”他和外甥都露出责备对方的眼神。“别看我，是你的错。我已经叫你站好别动了。”他对男孩说。

“嗯哼。”詹妮发出冷冷的声音，分别看了弟弟和儿子一眼。小詹米赶紧把衣服前摆拉到头上，大詹米则毫不害臊，高兴地笑着，站起来拍掉苏格兰马裤上的灰尘。他一手抚着外甥包着衣服的头，带着男孩转身走向宅邸。

“‘事事有时节，天下任何事皆有定时。’”他引述《圣经》，“小詹米，我们先做事，再洗手。然后，感谢主，吃晚餐的时间到了。”

＊＊＊

把最紧迫的事情处理完后，隔天下午詹米就抽空带我参观整栋房子。宅邸建于一七〇二年，以当时技术来说的确十分先进，新颖的设备有瓷制暖炉和嵌入壁面的砖造大烤箱，这样一来就不用在壁炉的灰烬上烤面包了。一楼大厅走廊、楼梯井和客厅墙面上，都陈列着图画。四处点缀着田园画、动物画，不过大部分还是家族成员和亲友的肖像画。

我在一幅詹妮小时候的肖像前驻足。她坐在花园的围墙上，一条红叶藤蔓在她身后。一群鸟沿着墙头排在她面前：一群麻雀、一只鸫鸟、一只云雀，还有一只野雉，它们簇拥推挤着，在笑容满面的女主角面前摆姿势。这幅画和其他正襟危坐的肖像画截然不同，在那些正经的画作当中，祖先一个个在画框内瞪大眼睛，一副快要被紧束的领口憋死的模样。

詹米发现我对这幅画有兴趣，开口道：“这是我母亲画的，楼梯井那边有好几幅她的作品，这里只有两幅。这一幅也是她自己最喜爱的。”他伸出一根粗大的手指轻触画布，沿着红叶藤蔓的线条移动。“这些都是詹妮驯养的鸟。每次只要有人发现瘸了腿或断了翅膀的鸟，就会带来，没几天就被詹妮治好了，而且还肯吃她手上的食物。”接着他的手指轻点着野雉。“这只总让我想到伊恩。”野雉为了保持平衡而张开翅膀，深邃的眼神爱慕地凝视着女主人。

“詹米，你真坏。这里有你的画吗？”我笑着说。

“噢，有啊。”他把我带到对墙的窗户附近。

身着格子呢的两个红发男孩认真望着前方，旁边还坐着一只猎鹿犬。那只狗一定是布兰的祖父奈恩，然后是詹米和哥哥威利；威利十一岁就死于天花。我想这张画里的詹米应该还没超过两岁，他站在哥哥的双脚之间，一只手放在狗的头上。

我们从理士城堡出来的路上，有天晚上挨着峡谷中的火堆，詹米跟我讲了威利的事。我记得那条樱桃木刻成的小蛇，詹米曾从他的皮袋子中拿给我看过。

“威利给我的五岁生日礼物。”那时他一边说着，一边用手指温柔地抚摸小蛇弯曲的线条。那条蛇造型可爱，身体优雅地盘着，头往后转，看着肩膀的方向，虽然蛇其实没有肩膀。

詹米把小木蛇递给我，我好奇地翻过来看。

“下面写的这是什么？沙——尼。沙尼？”

“是我啦。”詹米低头说道，面带尴尬，“那是昵称，就是……拿我的中间名‘亚历山大’开的玩笑[①]。威利以前那样叫我。”

画中的两张面孔非常相似。弗雷泽家的孩子都有那种直率的表情，叫人不能轻视，即使他们自己可能没发现。这张画里，詹米虽然脸还很圆，有着孩童的那种翘鼻，但是他哥哥强壮的骨骼已经开始出现蜕变成男人的迹象——虽然最后并未实现。

“你很喜欢他吗？”我轻声问，一手覆上他的手臂。他点点头，移开目光，注视壁炉里的火焰。

---

① Alexander“Sawney” Bean，十五、十六世纪苏格兰的半神话人物。

“嗯，是的。”他露出微弱的笑容，“他大我五岁，我崇拜他，就像崇拜神一样，至少是像耶稣一样。只要他没意见，以前他走到哪儿我就会跟到哪儿。”

他转身慢慢走向书柜。我想他需要独处一下，便留在原地，望向窗外。

穿透下雨的天空，隐约可以从房子的这头看见远方布满岩石和青草的山丘轮廓。我想起精灵山，我在那里穿过一块岩石，然后从兔子洞里出来。才不过是六个月前的事，但感觉已经很久了。

詹米走到我身边，一起站在窗户前。他目光空洞地望着大雨，说道：“还有一个原因，主要原因。”

“什么的原因？”我傻傻地问。

“我跟你结婚的原因。”

“是什么？”我不知道自己对他的回答有何期待，大概是更多家族里错综复杂的故事吧，但他说出来的话却吓到了我。

“因为我想要你。”他转身面向我。“我一生从来没这么想要得到一个东西。”他温柔地加上一句。

我继续盯着他，惊讶得说不出话。这完全不是我预期的话。看到我目瞪口呆的模样，他轻声继续说：“我曾问我父亲，如何知道谁是对的女人，他告诉我，如果对的人来了，我会知道的。所以那个时候我就知道了。在去往理士城堡路上的那棵树下，当我从黑暗中醒来，而你坐在我身上，连声诅咒我去死。我就想：‘詹米·弗雷泽，虽然你没看见她长什么样，虽然她重得像匹马，但就是她了。’”

我走近他，他却一直往后退，然后噼里啪啦地继续说：“我想：‘才几个小时，她就帮你疗伤两次，兄弟。要在麦肯锡家过这种日子，最好娶一个会止血和处理骨折的女人。’然后我又想：‘詹米，她手摸你锁骨的时候，这么舒服，要是可以往下面摸，不知道会怎样呢……’”

他躲到一张椅子后面。“当然啦，也有可能是因为我在修道院待了四个月，没女人陪在身边才会这样，不过那次在黑夜中一起骑马……”他停下来，重重叹了一口气，巧妙躲开我抓向他袖子的手，“……我大腿中间，那臀部好美。”他低头躲过我朝他左耳挥去的一拳，闪到旁边用一张矮桌挡在我们中间。“那颗结实的头敲着我的胸膛。”一个金属小饰物击中他的头，弹落在地上。“我想说……”

他笑得不时停下来喘气。“‘詹米……她虽然是个外地姑娘……但是她舌头那么灵巧……臀部那么……脸又那么柔和，有什么关系呢？’”

我成功绊倒他，他倒在地上发出沉重的声响，整座屋子都跟着震动。我跨坐在他身上。“你是要跟我说，你是因为爱我才娶我的吗？”我问。

他拉高眉毛，用力吸气：“我……刚刚不是……说了吗？”

他一手抱住我的肩膀，另一手探进我裙下，开始放肆攻击他刚刚一直称赞的那个部位。

詹妮回来拿刺绣篮，进来时正好看见这一幕，饶有兴味地站着看弟弟。“好家伙，你做什么呀，詹米？”她挑起一只眉毛问。

“我要跟我老婆做爱。”他喘着气，一边笑一边攻击我，快要换不过气来。

“嗯，那应该找个更合适的地点吧。”她说，另一边眉毛也挑起来了，“在地板上，小心有东西刺进你屁股。”

＊＊＊

拉里堡虽然平静，却也十分忙碌。似乎所有人一听到鸡啼，就变得生龙活虎，众人像齿轮一样在农地里不停打转，直到太阳下山，齿轮才分开，各自滚入黑暗中去吃晚餐或睡觉，隔天早上又像变魔术一样出现在各自岗位。

每个男人、女人和小孩，对这地方的运作都不可或缺，我很难想象主人不在的过去几年，日子是怎么过的。现在不只詹米，连我都得全力投入工作。我第一次明白苏格兰人为何对游手好闲会有如此严厉的批评，以前我觉得那不过是古板的想法（不过看情况，我以后还有可能那么想）。游手好闲不仅意味着道德缺陷，也侮辱了自然万物的运行法则。

当然，这里也有些特别的时刻。在那些一瞬即逝的片刻里，所有事物仿佛都静止下来，生命在完美的状态里取得平衡。例如，白天黑夜交替之际，环绕着你的，可以说同时是白天也是黑夜，或者什么都不是。

我们回来之后的第二或第三天傍晚，我正在农舍享受这种时刻。我坐在宅邸后面的围墙上，看见黄褐色的农田一直延伸到城堡后方的峭壁边缘，遥远的山隘树影婆娑，随着珍珠白的天光隐入黑暗。事物无论远近，长长的影子融入黄昏之后，距离似乎都一样。

天气有点寒冷，可能就快要降霜，我想我该尽快进屋，虽然十分不愿舍弃这幅沉静的美景。我没发现詹米靠近，直到他把厚厚的大衣披到我身上。感觉到厚羊毛的温度后，我才真正了解天气有多冷。

詹米的手隔着大衣环抱我，我向后缩入他的怀抱，身体微微颤抖。

“我从屋里就看见你在颤抖，当心着凉。”他边说边把我的手握在手里。

“那你呢？”我转头看他。他只穿着罩衫和苏格兰裙，虽然冷风越来越刺骨，他却完全不受影响，只有他微红的鼻头，透露出现在并非气候宜人的春天夜晚。

“噢，我习惯了。苏格兰人可没那么弱不禁风，不像你们这些冷冰冰的英国佬，动不动就鼻头发紫。”他微笑，托住我下巴，吻了我额头。我扶着他的头，让他亲吻的目标下移。

我们亲吻了好久，一直到两人体温相同了，他才放开我，我向后靠着围栏保持平衡，温暖的血液还在脑袋里嗡嗡作响。微风从我脑后吹来，发丝在我面前飘动。他把我的头发向后拨，用指尖分开乱发，落日的余晖穿透我的发丝。

“光线从你背后照来，就好像是你在发光。黄金加冕的天使。”他温柔地说。

“你呀，你以前怎么不说呢？”我柔声回答，端详他下巴的棱角，他新生的胡楂闪烁着琥珀色光芒。

他知道我在说什么。扬起一边眉毛笑着，日光照亮他半侧脸，另一侧则在阴影之中。

“嗯，我知道你本来不想嫁我。我不想因为跟你告白，让你感到困扰或者让我自己难堪，因为显然你跟我躺在一起，只是为了遵守那个本来并不想发下的誓言。”他露出微笑，阴影中露出洁白的牙齿，抢先一步制止我的不满，“女人，至少让我保有一次骄傲。”

我伸手拉近他，让他站在我的双腿之间。我感觉到他的肌肤微凉，脚便环上他的腰，把他包在大衣里。他的手臂在大衣下紧紧抱住我，我的脸颊紧贴着那件有点污损的麻纱上衣。

“哦，我的爱，我真的好想要你。”他轻声说。

“两个不太一样吧？我是说爱你和想要你这两件事。”

他笑了，声音有点低哑：“外乡人，两个几乎一样，至少对我来说是一样的。”我可以感觉到他有多想要，坚硬而且迫切。他向后退，然后微微蹲低身体，把我从围墙上抱起。

“我们要去哪里？”我们离宅邸越来越远，朝榆树丛暗处的棚屋走去。

“找干草堆。”

第五章　亲吻与内裤

我在庄园的运作中，慢慢有了一席之地。因为詹妮已经无法再走那么远的路去佃农的农舍，所以开始由我去拜访他们。有时有马夫陪我同行，有时则是詹米或伊恩。我会带着食物和药品，尽力治疗病人，给他们一些改善健康和卫生的建议，然后也会获得各式各样的回馈。

在拉里堡的时候，我会在宅邸内外四处找事做，尽量让自己派上用场，而我有用的地方基本上是花园。庄园里除了有个美丽的小花园专门种植观赏植物，还有一个小药草园，以及一个厨房专用的大花园——或者该说是菜园，那里种着大头菜、卷心菜和葫芦瓜。

詹米忙碌的身影四处奔波，一会儿在书房里拿着账簿，一会儿在田里跟佃农说话，一会儿又跟伊恩在马房里了解他不在时所发生的大小事。我想他做这些事，应该不只是出于责任或兴趣而已。我们很快又得离开了，他想将事情安排上正轨，这样在他——在我们——永远回来住下之前，事情仍能继续运作。

我知道我们还会离开，不过在拉里堡平静生活的包围下，以及詹妮、伊恩和小詹米亲切的陪伴之下，我终于有了回家的感觉。

一天，用过早餐后，詹米从餐桌起身，说他想去遥远山谷的那头，看马丁·麦克要出售的一匹马。

詹妮从餐柜转过身来，眉头紧锁：“这样安全吗，詹米？前几个月英国人都在那一带巡逻。”

詹米耸耸肩，把外套从椅子上拿起来：“我会小心的。”

“啊，詹米。”伊恩说，满手抱着壁炉用的柴火走进来，“我本来想问你，早上能不能跟我一起去磨坊看看？昨天傍晚约克来说，木轮出了点问题。我稍微检查了一下，但我们两个都推不动。我想应该是外面有垃圾之类的东西卡住了，但那是卡在很深的水里了。”他轻踱了一下木肢，对我笑着。“感谢上帝，我还能走路，也能骑马，不过是没办法游泳了。我一下水就只能不断打水，像蚁狮一样拼命原地打转。”

詹米把外套放回椅子上，笑着听伊恩说话。“伊恩，你才没那么惨，你只是不想整个早上泡在冻死人的蓄水池里。好啦，我去。”他转向我。“想一起走走吗，外乡人？今天早上天气这么好，你可以带着你的小篮子一起来。”他用嘲讽的眼神看了一眼我采集植物用的大型柳编篮。“我要先去换衣服，等会儿回来。”他走向楼梯，一次踏三阶，健步如飞地跳上楼。

我和伊恩相视而笑。伊恩虽没办法这样跳上楼，但这对他来说如果还有什么遗憾的话，也已经被这画面带来的欢喜之情隐藏起来了。“他回来了真好。”

“我真希望我们能留下来。”我有点惋惜地说。

他温柔的褐色眼睛露出担忧的神色：“你们不会马上要走吧？”

我摇摇头：“不，不会马上走，但我们得在下雪前离开。”

詹米认为我们最好去比尤利，那是弗雷泽宗族的所在地。

或许他的祖父洛瓦特勋爵能够帮上忙，就算帮不上忙，至少也能安排我们去法国。

伊恩点点头放心了：“哦，好。那你们还有几周时间。”

* * *

这一天秋高气爽，空气里有苹果酒的香气，天空蓝得可以溺死人。我们随意聊着天，走得很慢，好让我沿途欣赏延迟绽放的蔷薇和起绒草。

“下周就是这季的结账日了，你的新长袍那时候能做好吗？”詹米说。

“我想会吧。怎么了，有什么特别的活动吗？”

他笑着看我，在我弯身摘艾菊的时候，接过我的篮子。“哦，算是吧。虽然比不上科拉姆家的大场面，但是拉里堡的所有佃农都会前来交佃租，并对新的拉里堡夫人致意。”

“我猜他们看到你娶了英格兰女人，一定会吓一跳。”

“我想几个长辈可能会有点失望。因为在我被抓去威廉要塞之前，我也曾追求过这附近的几个小姑娘。”

“没娶当地姑娘，你后悔了吗？”我故意揶揄他。

“你要是认为我会说‘对’，那你可真是不了解我的品位，何况你还拿着除草刀站在那里。”他说。

我丢下挖土用的除草刀，伸出双臂等他抱我。他终于放开我之后，我又弯身把刀子拾起，取笑他说：“我总怀疑你怎么一直保有处子之身。那么，拉里堡的女孩长得都不怎么样吧？”

“不是。”他眯眼望着早晨的太阳，“主要是我父亲。我们有时傍晚会在田野间散步，跟他聊些事。在我长得够大，能做那件事之后，他告诉我一个男人应该负的责任，是照顾和保护女人。如果我还没准备好，那我无权让一个女人去为我的行为承受后果。”

他向后看看宅邸，又看向那座小型的家庭墓园。墓园在城堡附近的下方，他的双亲都葬在那里。

“他说一个男人一生中最美好的事，就是和心爱的女人睡在一起。”他温柔地说，笑着看我，眼睛像头顶的天空一样蓝，“他说得没错。”

我轻抚他的脸，指尖沿着他脸颊至下巴间宽阔的线条向下游移。

“只是这样就苦了你，如果他要你等这么久才结婚。”我说。

他露出微笑，凉爽的秋风拂过，苏格兰裙在膝上飘动。“嗯，教会虽然说自慰是罪，但我父亲说，如果要在自己和某个可怜女人之间做个选择的话，正直的男人应该会做出牺牲。”

我闻言大笑。止住笑声后，我摇头说：“不用。不，我不会问你有没有做。反正你成功保持了处子之身。”

“外乡人，上帝和父亲对我的指示，我严格遵守。从十四岁左右起，我就没在女孩子身上放太多心思，但那是在我被送到碧恩纳赫给杜格尔抚养之后。”

“那里没有女孩子？我以为杜格尔有女儿。”我问。

“没错，他有四个女儿。小的两个没什么可看的，最大的那个非常标致。她大我一两岁，叫茉莉。我注意到她，但我想她没什么感觉。我在餐桌上会一直盯着她瞧，然后她就低头问我，是不是鼻塞不舒服，如果是的话，我应该去睡觉，不是的话，如果我能闭上嘴巴，她会万分感激，因为她不想吃饭的时候看到我的扁桃体。”

“我明白为何你是处男了，但她们不可能每个都那样。”我一边说，一边把裙子撩起来，跨过围栏。

“对。”他回答很快，伸出一只手接住我，“她们并非都那样。茉莉的妹妹塔比瑟就比较亲切。”他怀念地微笑。

“塔比瑟是我亲吻的第一个女孩。确切来说，是第一个亲吻我的女孩。我提两桶牛奶要给她，在从牛舍到制酪场的路上，我一直计划着要怎么把她带到门后，这样她就无处可逃，我就可以亲她了。但我两手都提着东西，而且得等她开门之后我才能过去。结果就变成是我在门后，然后塔比瑟靠近我，捧着我的脸亲了下去……牛奶都溅了出来。”

“这第一次的经验，听起来很让人怀念哪。”我大笑着说。

“我想我不是她的初吻，她知道的比我多。但我们没有太多机会练习。一两天后，她妈妈就在食品储藏室抓到我们了。她没做什么，只是狠狠看着我，然后叫塔比瑟去准备晚餐的餐桌，不过她一定是告诉杜格尔了。”他微笑着说。

若有人侮辱杜格尔·麦肯锡姐姐的声誉，他都会恨得马上反击，不难想象他会怎么保卫他女儿。

“只是想想我都发抖了。”我笑着说。

“我也是。”詹米颤抖着说，并略带害羞地斜睨我，“你知道，年轻男人早上，有时候起床会……嗯，会……”他脸红了。

“是，我知道。”我说，“二十三岁的老男人也会。你以为我没发现吗？哈。”

“唔……被塔比瑟母亲抓到的隔天早上，我天刚亮就醒了。梦里都是她——塔比瑟，不是她妈妈——所以当我察觉到老二上有只手时，并没吓到。真正吓人的是，那不是我的手。”

“一定也不是塔比瑟的吧？”

“嗯，不是。是她父亲的。”

“杜格尔！不会吧……”

“嗯，我张大眼睛，他俯看着我笑，一副很愉快的模样。然后他坐在床边，我们小聊了一下，舅舅和外甥，养父和养子。他说他很高兴我在这里，因为他自己没儿子之类的。又说他的家人都很喜欢我，因此他无法想象，他的女儿对我这种美好纯真的感觉，被利用的话会是什么样子。不过他很高兴，因为他当然可以信任我，就像信任自己的儿子一样。”

“他讲这些话的时候，我一直躺在那里，他一手压着短刀，一手放在我年轻脆弱的睾丸上。所以我只能说‘是，舅舅’和‘不，舅舅’。等他走了，我缩在被子里，去梦跟猪有关的事。然后一直到十六岁我去理士城堡，我都没有亲过女孩。”

他仔细看着我微笑，头发用腰带绑在后面，带子短短的两端跟平常一样翘着，凉爽的风中衬着红色和金色的光芒。从理士城堡和纳敦巨岩一路走来，他的皮肤已经晒成金铜色，就像一片秋叶，愉快地随风摇曳。

“我美丽的外乡人，那你呢？”他微笑问道，“小女孩有渴望吗，还是你很害羞？”

“没你那么害羞，那时我八岁。”我谨慎地回答。

“淫荡的女人。谁那么幸运？”

“那是一个口译的儿子。在埃及，那时他九岁。”

“哦，嗯，那也不能怪你。被一个年纪比较大的男人带坏，而且还是一个可恶的异教徒，那也难怪。”

磨坊在下方出现，景色如画，深红色的藤蔓在黄色的石灰墙面上发光，百叶窗敞开迎接日光，尽管绿色油漆已经斑驳，但仍呈现出整洁的模样。水奔放地涌向静止水轮下的闸门，流进蓄水池。池里竟然还有鸭子，是短颈野鸭和白颊鸭，在南飞的路途上稍事休息。

“你看，这不是很美吗？”我说，在坡顶上驻足，碰碰詹米的手臂，示意他停下脚步。

“要是水轮会转的话，就更美了。”他务实地说，然后俯看着我微笑，“没错，外乡人。这里很美。我小的时候，曾在这里游泳，小溪转弯那里有个大池塘。”

向下走了一点，就可以在柳树扶疏间看到池塘，还有池里的男孩。四个男孩正嬉戏泼水，大吼大叫，他们全都跟鸭子一样光溜溜的。

“呃。”我看着他们。以秋天而言，这天气算很好的，但风中不免带着一阵刺骨寒气，我庆幸自己带了披肩。“光是看他们，我就浑身打冷战。”

“哦？”詹米说，“嗯，那就让我温暖你吧。”

他朝溪中男孩瞥了一眼，退后走到一株七叶树下，手扶着我的腰，把我也拉进树荫中。

“你不是我亲吻的第一个女孩，但我发誓你会是最后一个。”他温柔地说，接着便向我低下头。

* * *

磨坊工人一出现，詹米简单介绍过我之后，我便退到蓄水池的岸边，而詹米则花了几分钟听工人解释问题出在哪儿。工人回到磨坊，试着从里面转动磨石，詹米则站在外面，盯着那个杂草丛生幽幽暗暗的蓄水池。最后，他放弃了，耸了耸肩，开始脱衣服。

他对我说："没办法，伊恩说得没错，水闸下面的轮子卡住了。我得下去……"他听见我倒抽一口气，转身看向岸边的我。"有什么问题吗？你没看过男人穿着内裤？"

"没……没看过……穿这种的！"我努力把话挤出来。他因为知道要下水，所以在苏格兰裙下穿了一件极老气的内裤。一般内裤应该是红色法兰绒做的，但他现在那件有好几块补丁，混杂着各种颜色和材质，让人眼花缭乱。内裤原本的主人，腰围显然比詹米还要大好几英寸。内裤松垮垮地挂在臀部，在平坦的小腹下方垂成V字形。

"这是你祖父的内裤？"我努力憋住笑意猜测道，"还是你祖母的？"

"这是我父亲的。"他冷冷看着我，"你该不会以为我要在我的妻子和佃农面前裸泳吧？"

他鼓起勇气，一手拉住内裤多出来的部分，迈进蓄水池。他走到轮子旁边确定位置后，深吸一口气，潜入水里，我最后看到的是他鼓起来的红色法兰绒内裤。磨坊工人从窗户探出头来，看见詹米湿润发亮的头颅浮出水面，便喊出一些鼓励和指示的话。

水生植物在池岸丛生，我拿根棍子翻找药属葵根，还有叶片细长、植株矮小的水芹。我把篮子装到半满之时，身后传来一阵礼貌的咳嗽。

这位妇人确实上了年纪，至少看来已显老态。她拄着山楂树拐杖，身上那件衣服一定是二十年前穿的，现在已经因身形缩小而显得太大。

“早安。”她说，连着点了好几个头。她戴着一条全白头巾，盖住大部分头发，只有几绺铁灰色发丝衬在宛如干掉的苹果的脸颊旁边。

“早安。”我试着爬起来，她却向前几步，极度优雅地在我身边坐下。希望她等一下还爬得起来。

“我是……”我正准备自我介绍，但话还没讲完，就被她打断了。

“你当然就是新夫人。我是麦克纳布太太，大家都叫我麦克纳布奶奶，因为我的媳妇也都叫麦克纳布太太。”她伸出一只骨瘦如柴的手，把我的篮子拿过去看，“药属葵根……啊，对咳嗽很好。不过，小姑娘，你不会想吃这个的。”她戳着一个小小的褐色块茎。“长得有点像百合根，但其实不是。”

“那是什么？”我问。

“瓶尔小草。那东西要是吃下去，小姑娘，待会儿你就会在地上打滚啦。”她从篮子挑出那个块茎丢到池塘里，溅出一道水花。她把篮子拉到腿上，很专业地翻找其他植物。我在一旁看着，觉得她虽然有趣，但也有点无礼。终于，她满意了，把篮子递还给我：“嗯，以一个外地姑娘来说，你不算太没知识。起码水苏和藜草还分得出来。”她瞥了池塘一眼，詹米像海豹一样光滑的头颅冒出水面，不一会儿又再潜入磨坊底下。“看来东家和你结婚，不只是看上你的脸。”

“谢谢。”我把这当恭维。

老太太用犀利的眼神，紧盯着我的腹部。“还没孩子？”她问，“要用覆盆子叶。拿一小撮和玫瑰果泡在一起，从弦月喝到月圆，然后月圆到半月之间，用一点伏牛花来清理子宫。”

“嗯……”

“我想请东家帮点小忙。不过看来他现在很忙，我就告诉你吧。”老太太继续说。

“好。”我只能答应，反正也没办法拒绝她。

“是我孙子。”她灰色的小眼睛有弹珠的大小和光泽，紧盯着我，“我孙子拉比，那是他的名字。我一共有十六个孙子，其中三个叫罗伯特，不过有一个小名是鲍伯，另一个是罗伯，然后这个小的叫拉比。”

“恭喜。”我礼貌地回应。

“我希望东家可以收他做马夫。”

“嗯，我不确定……”

“因为他父亲，你懂吧。”她亲密地靠过来，“我不是说严格一点有什么错，我也常说不打不成器，老天爷就是知道男孩子该打，才会让男孩子那么爱捣蛋。可是把孩子放在壁炉上，脸上还有一块手掌大的瘀青，只因为多拿了一块麦饼，这就……”

“你是说拉比的父亲打他？”我打断她。

老太太点点头，很高兴我反应机灵。“没错。我刚刚不就是这么说的吗？”她举起一只手，“这个情况，一般来说我当然不会插手。是他的儿子，该怎么管就怎么管，不过……嗯，拉比是我的心肝宝贝，而且实在不是孩子的错，做父亲的自己是个酒鬼，我身为他母亲，说这个实在很丢脸。”

她竖起一根指头开始数落。“我并不是说罗纳德的父亲喝酒很节制，不过他可从没对我或孩子们动手——至少，他只动手了一次，之后就没有了。”她思虑周到地补上一句。闪亮的眼睛突然望向我，小小的脸庞圆润而结实，像夏日的苹果。我看得出她年轻时一定是个活泼动人的女孩。

“他只有那次打我。”她吐露，“我把腰带从火边抢下，套在他头上。”她笑得身体前后摇晃。“他以为我一定会杀了他，我一边哭，一边抱着他的头，思考我要做什么，变成独力养两个孩子的寡妇？”她平静地陈述着事实。“不过他变了，他再也没对我或孩子动过手。跟你说，我生了十三个，养大了十个。”她骄傲地说。

“恭喜。”我说，这次是认真的。

“覆盆子叶。”她说，亲密地把手放在我膝上，“真的，小姑娘，覆盆子叶有用。没用的话你来找我，我弄紫锥菊和葫芦瓜籽汁，加颗生蛋给你喝。那会把男人的种直接吸进子宫，跟你说，保准你复活节前肚子就大得像南瓜。”

我咳了几声，脸颊有点泛红：“嗯……你要詹米，呃，东家，收你孙子做马夫，好让他离父亲远一点？”

“是的，没错。拉比现在已经是个漂亮能干的小伙子了，东家不会……”

老太太比手画脚说着，突然间脸色一僵。我转过头，也沉下脸来。是英国士兵。六个龙骑兵，骑着马小心翼翼地下坡，朝磨坊过来。

麦克纳布太太反应沉着，她起身，然后在詹米散落的衣服上坐下，宽大的裙摆遮住所有东西。

我身后的蓄水池里，随着詹米探出水面，传来一阵水花和大口呼气的声音。我不敢大叫出声或轻举妄动，生怕把龙骑兵的注意力引到这边，但身后突然一片死寂，我知道他看见他们了。水面上传来一个字打破了沉寂，声音虽轻，却是由衷的心声：“妈的。”

我和老太太都面无表情，一动也不动地坐着看那些士兵走下坡来。在他们终于转入磨坊的小路时，老太太迅速转头面向我，一根笔直的手指按在干瘪的嘴唇上。我绝不能开口，不能让他们听出我是英国人。我还来不及点头，那些沾满泥泞的马蹄就在几英尺外停下了。

“两位女士，早安。”领队的士兵说。他是下士，幸好不是霍金斯下士。我迅速扫过一眼，当中并没有在威廉要塞见过的脸孔，我紧握篮子提把的手也就稍微放松了些。

“我们从上面看到磨坊，想来看看是否有食物可买？”下士说。他不确定该对谁说话，便朝我们两人中间鞠了个躬。

麦克纳布太太态度虽冷淡，却很有礼貌。“早安。但如果你们想买食物，恐怕要失望了。磨坊轮子不动了。下次再来吧。”她点头示意。

“哦？出了什么问题？”下士是个气色红润、身材矮小的年轻人，似乎十分好奇。他走到池边去瞧轮子，磨坊工人原本正探出头来要报告磨石的最新情形，一看到他就立刻缩了回去。

下士把那队人马中的一人叫过去。他爬上斜坡后，又对另一个士兵挥手示意，那人服从地弯下身体，让下士就着他的背爬上去。他伸手往上，勉强攀住屋檐，扭动着身体爬上茅草屋顶。他就算是站着，仍很难够着巨大轮子的边缘。他伸出双手摇晃巨轮，然后弯身从窗户对着磨坊工人大喊，要他用手试着转动磨石。

我努力不去看水闸底部。我虽然对水车如何运转并不清楚，但却害怕轮子要是突然动了起来，水下机件旁边的东西都会被绞碎。显然这不算杞人忧天，因为麦克纳布太太严厉地对旁边的一位士兵说：“你应该叫你们长官下来，小伙子。他这样做对磨坊或对他自己都没有帮助。不懂的事就别插手。”

“噢，夫人，不必担心。”士兵一派轻松地回答，“西尔弗斯下士的父亲在汉普郡有座小麦磨坊。要是下士不懂水车，我来也行。”

麦克纳布太太和我警觉地互看一眼。下士又爬上爬下、左摇右晃地探勘了一会儿，才下来走到我们坐着的地方。他身上汗水直流，先拿了又大又脏的手帕擦过通红的脸，才开口跟我们说话。

“我没法从上面修好，磨坊里面那个蠢蛋好像完全不会讲英语。”他瞧了瞧麦克纳布太太坚固的拐杖和粗糙的四肢后，又瞧了瞧我，“这位年轻的小姐是否可以替我去跟他说？”

麦克纳布太太保护地伸出一只手抓住我的袖子。“抱歉，请原谅我媳妇。自从她上次流产后，脑袋就不太灵光了。她超过一年没说半个字了，可怜的孩子。而且我不能离开她身边半步，以免她因为悲伤过度投水自杀。”

我努力让自己看起来像个失智的人，以我现在脑袋混乱的情况来说，并不算太难。

下士好像受到了挫败。“哦……”他踱到池边，皱眉望进水里。他的表情跟詹米一个小时前一模一样，原因显然也是一样的。

“没法子了，柯林斯。”他对一位老骑兵说，“我得到水里去看是什么东西卡住了。”他脱下鲜红色的外套，开始解开衬衫袖口。我和麦克纳布太太恐惧地互望一眼。磨坊底下虽有足够的空气，但绝对没有空间让人躲藏。

正当我不太乐观地思考着是否有机会演出癫痫发作时，头上的巨轮突然发出吱吱嘎嘎的声音。巨轮发出锯树一般的声音，快速转了半圈，然后又卡了一下，才开始规律地旋转起来。清澈的水流顺利从水斗里倒出，流入水闸。

下士停下宽衣的手，观看巨轮转动。“你看，柯林斯！刚刚到底是什么卡住了？”

有个东西从轮子顶端出现，好像是来回答问题的。那东西挂在一个水斗上，湿透的红色布料滴着水。水斗打进水流，在水闸中翻腾，那东西随之落下，詹米父亲昔日的内裤傲然浮现在水面上。

老骑兵用树枝把内裤打捞上来，小心地在长官面前展示。下士从树枝上扯下内裤，好像被迫捡起一只死鱼。

“嗯。真不知道这东西打哪儿来的？之前一定是卡在轮轴里了。没想到这东西竟然会造成这么大的麻烦，是吧，柯林斯？”他说，并且高举着那件衣物审视。

“是的，长官。”那个龙骑兵显然对苏格兰磨坊的内部构造没有太大兴趣，给了个礼貌的回答。

下士把内裤翻来覆去几次后，便耸耸肩，然后用它擦了擦手上的脏污。

“这块法兰绒料子不错。”他拧干内裤说，“至少拿来磨光大头钉很够劲儿。可以拿来做纪念吧，柯林斯？”接着他礼貌地向我和麦克纳布太太鞠了躬，转身走向他的马。

龙骑兵尚未隐没至山丘边缘，蓄水池就出现一阵水花，接着一直藏在水里的人出现了。

他面无血色、脸色发青，就像大理石一样苍白，牙齿不停打战。我几乎听不出他说了什么，反正他说的也是盖尔语。

麦克纳布太太听得懂他的话，听完后嘴巴张得老大。不过她迅速合上嘴巴，对从水里起身的东家深深鞠躬。詹米见到麦克纳布太太，停下上岸的脚步，水波仍在他的腰际荡漾。他深吸一口气，咬紧不住打战的牙齿，拿掉肩上的一条水草。

“麦克纳布太太。”他向这位年长的佃农回礼。

“先生，今天天气真好，您说是吧？”她又再次鞠躬回礼。

“有点……凉。”他说着看了我一眼。我耸耸肩，表示无能为力。

“先生，您回来了我们都很高兴，我和孩子们都盼着您赶快回来住下呢。”

“我也希望，麦克纳布太太。”詹米礼貌回应。他扭过头怒视着我，我只是温柔微笑。

老太太无视我们之间的神色，粗糙的双手交放在大腿前方，又优雅地坐了下来。

“东家，我想向您提出一个小小请求，关于……”她开口道。

“麦克纳布奶奶。”詹米打断她，身体在水中微微前倾，“你要什么，我都答应。赶快把我的衣服还我，不然我就要冻死了。”

第六章　吐露实言

傍晚，晚餐后一切收拾妥当，我们通常会和詹妮、伊恩一起坐在客厅亲密闲聊，或者是听詹妮说故事。

不过，今晚说故事的人换成我了，詹妮和伊恩着迷地听我说着麦克纳布太太和英国士兵的事。

“老天爷就是知道男孩子该打，才会让男孩子那么爱捣蛋。”我模仿麦克纳布太太，赢得了满堂喝彩。

詹妮擦掉眼角大笑挤出的泪水：“天哪，这话有理。她对这些事真的很懂。伊恩，她有几个孩子啊？八个男的？”

伊恩点点头：“对，至少八个。我记不住他们每个人的名字。我和詹米小的时候，好像每次打猎、钓鱼或游泳，总有几个麦克纳布的孩子一起去。”

“你们两个是一起长大的？”我问。詹米和伊恩互看一眼，露出不言而喻的大笑容。

“噢，没错，我们很熟。”詹米笑道，“伊恩的父亲是拉里堡堡主的代理人，就跟伊恩现在的角色一样。我年少轻狂的时候，好几次都和这位默里先生肩并肩罚站，对他父亲或我父亲解释说，人不可貌相，如果这样还行不通，就解释说此一时彼一时。”

“如果这样还是行不通，好几次，就是我和这位弗雷泽先生被迫一起趴在围篱上，听着他扯破喉咙大哭大闹，等着接下来轮我大哭大闹。”伊恩说。

“乱说！我没有大哭大闹。”詹米不满地回答。

“你怎么说都行，詹米，总之你声音够大的。”伊恩回答。

“好几英里外都听得到你们两人的声音，声音一直传到围篱那边。不只是大哭大闹，还可以听见詹米不断争辩。”詹妮插嘴。

“没错，詹米，你真该去当律师的。不过我不懂为什么我总让你负责解释。你每次都害我们变得更惨。”伊恩摇头说。

詹米又开始大笑：“你是说碉堡那次？”

“没错。”伊恩转向我，示意我看西边，屋后那座古老的石塔矗立在山丘上。

“那是詹米很精彩的一次辩论。”他翻了翻白眼说，“他跟布莱恩说，用武力传达想法是不文明的。他说，体罚很野蛮，而且还很老套。若是因为他人和自己意……意见分歧——他用的就是这个词，做出你不认同的行为，而你就鞭打他，这种处罚方式一点建设性也没有……”

这次我们全都笑翻了。

“布莱恩把这些话都听完了吗？”我问。

“噢，他听完了。”伊恩点头，“我站在詹米旁边，只要他停下来喘口气，我就点头。詹米好不容易话都说完了，他父亲稍微咳了几声，然后说：‘我了解了。’接着他看向窗外好一会儿，一边晃动皮条，一边点头，好像是在思考。我们就站着，像詹米说的，肩并着肩，汗水直流。最后布莱恩转过身来，要我们跟他去马房。”

“他给我们一人一把扫帚、一个刷子和一个水桶，指着碉堡的方向。他说我说服了他，所以他决定要来个比较‘有建设性’的处罚方式。”詹米接着说。

伊恩慢慢向上翻了个白眼，眼神仿佛跟着碉堡粗硬的石头向上爬。

“那塔从地上算来有60英尺高，直径有30英尺，总共三层楼。”他跟我说，一边用力叹了口气，“我们从上到下扫了一遍，又从下到上擦了一遍，花了五天才弄完。即使到现在，我连咳嗽都还闻得到燕麦秆腐烂的味道。”

“因为我把我们搞到这步田地，到第三天你就想杀我了。”詹米说着，轻轻摸过自己的头，“我耳朵旁边有道严重的伤口，就是你拿扫把打我时留下的。”

“哦，这个嘛，那次可是你第二次打断我的鼻梁，我们算扯平了。”伊恩悠悠地说。

“姓默里的最会记仇了。”詹米摇摇头说。

“是吗？”我扳着指头开始数，“照你的说法，姓弗雷泽的最固执，姓坎贝尔的最狡诈，姓麦肯锡的风采迷人但诡计多端，姓格雷厄姆的则都是蠢蛋。那姓默里最有特色是什么？”

“打架的事，交给他们就对了。”詹米和伊恩同时说，然后大笑。

“没错。”詹米笑声渐收说，“不过你得跟他同一阵线才行。”说罢两个大男人又是一阵大笑。

詹妮看着丈夫和弟弟摇着头，不太认同。

“我们都还没开始喝酒呢。”她说。她放下手上的针线活，奋力站起来。“克莱尔，跟我来，我们去瞧瞧克鲁克太太有没有什么可以下酒的点心。”

＊＊＊

十五分钟后我们拿着一盘点心回来，我在走廊上听见伊恩说：“詹米，那么你是不介意？”

“介意什么？”

“我们没经过你同意就结婚，我是说，我和詹妮。”

走在我前面的詹妮，在客厅门前突然停下。

从双人沙发传来短促的哼声，詹米摊坐着，一脚搁在凳上：“既然我没告诉你我在哪儿，你也不知道我是不是还会回来，我怎能怪你不等我。”

我看得见伊恩的侧脸往装着木柴的篮子看。他温厚瘦长的脸上，眉头微蹙：“嗯，我觉得不大好，何况我还是个瘸子……”

詹米发出更大的哼声。“就算你两腿都瘸了，甚至两手都废了，詹妮也找不到比你更好的丈夫。”詹米粗鲁地说。伊恩苍白的脸上，因为害羞闪过一阵红润。詹米清清喉咙，把脚从凳子上放下，倾身向前拾起掉落地面的小树枝。

“我倒很好奇，有这么多顾虑，你是怎么结成婚的？”詹米说，弯起一边的嘴角。

“拜托，在这件事上，你以为我有什么选择？”伊恩抗议道，“跟弗雷泽家的人对抗？”他摇摇头，笑着看着詹米。

“有天她到农地来找我，我正在修理一辆轮子裂开的马车。我浑身泥巴，从马车下面爬出，一眼就看到她站在那儿，像树丛一样四周都是蝴蝶。她上下打量我，然后说……”他说到一半打住，搔了搔头，“呃，我不知道她到底说了什么，反正结果就是她无视我满身泥巴直接吻了我，然后就说：‘好，那我们就在圣马丁节结婚。’”他摊摊手，露出逗趣而顺从的模样，“我一直跟她说我们不该这么做，然后我不知不觉就站在牧师面前说着：‘我愿意娶你，詹妮……’还有那些听来不太真实的誓言。”

詹米大笑，向后靠回椅子上：“没错，我懂那种感觉。觉得有点不踏实，是吧？”

伊恩微笑，完全忘了刚刚的害羞。“没错，我到现在还是这样觉得。跟你说，每当我看见詹妮站在日落的山丘上，或者握着小詹米的手，并不知道我在看着她，我心里就想：‘老天，她不可能是你的妻子，这不是真的。’”他摇着头，褐发散落在眉毛上方，“接着她就会转头对我微笑……”他抬眼笑着看詹米。

“嗯，你自己也知道吧。我看得出来，你和克莱尔也是一样的。她……很特别，是吧？”

詹米点点头。笑容还在脸上，但有点变了。

“是的，她很特别。”他轻声说。

* * *

詹米和伊恩一边享用波特酒和饼干，一边继续缅怀两人共度的童年时光以及彼此的父亲。伊恩的父亲威廉去年春天刚过世，留下伊恩一个人经营庄园。

“你父亲曾在泉水旁边骂我们，然后要我们跟他去铁匠那里，看怎么弄马车的轮子，你还记得吗？”

“记得，他不懂我们为何一直动来动去……”

“然后他就一直问你，是不是想去茅厕……”

两个男人笑得太厉害，话都说不下去，于是我便看向詹妮。

“蟾蜍。”她简洁地说，“这两人各自在衣服底下放了五六只蟾蜍。”

“哦，老天，有一只还爬上你的脖子，从你的衣服里面跳上熔炉，那时我以为死定了。”伊恩说。

“很多时候我也不知道，为什么我父亲没把我脖子扭断，这是我成长过程中的一个谜。”詹米摇头说。

伊恩意味深长地看着自己的儿子，在壁炉边努力把木柴一根根叠上。“如果时候到了，必须处罚我的孩子，我实在不知道自己下不下得了手。你看……他这么……嗯，这么小。”他无助地指向那个健壮的小子，小孩正弯着柔嫩的颈项埋首工作。

詹米不置可否地瞧着这个跟他同名的孩子。“是呀，再给他一点时间，他就会变得跟你我一样调皮捣蛋。毕竟，我想即便是我，也曾看起来这么小这么无辜。”

“没错。”詹妮突然加入，她走过来递给伊恩一杯苹果酒，然后拍拍弟弟的头，“你还是婴儿的时候非常可爱，詹米。我记得我站在摇篮边看你，那时你应该还没两岁，拇指放在嘴里熟睡着，脸颊圆润，红鬈发好可爱，我们都觉得没看过这么漂亮的孩子。”

詹米的脸上出现奇妙的转变，刷过一阵潮红。他一口灌下苹果酒，闪避我的目光。

“可惜这样的日子并没维持太久。”詹妮牙齿闪着洁白的光芒说道，并对弟弟露出有点邪恶的微笑，“你第一次被打的时候，是几岁啊，詹米？七岁？”

“八岁。”詹米说，伸手将一块木头推入冒烟的柴堆，“老天，那可真痛。我的屁股结结实实挨了十二下，而且他从头到尾都下重手，完全没放松。”他身体向后坐，揉揉鼻头。他的双颊泛红，眼睛发亮。“体罚结束后，父亲稍微退到旁边，坐在一块石头上等我心情平复。我哭哭啼啼的声音转成抽泣后，他把我叫过去。我现在都还记得他说的话。伊恩，或许有一天你需要的话，也可以对小詹米说说这些话。”詹米闭上眼睛陷入回忆：“他让我站在他两腿之间，要我直视他的脸，然后说：‘这是我第一次打你，詹米。以后需要的话，也还会再打你。到你长大成人之前，打你的机会或许还有一百次。’他笑了一下，继续说：‘我父亲打我的次数也不下一百次，而你就跟我以前一样，调皮捣蛋，性情顽劣。’

“他又说：‘我想有时候我会很高兴打了你，这就要看你究竟是做了什么好事。但多数情况下，我不会高兴，但我还是会打你。所以，小家伙，记好了，要是你动什么歪脑筋，你的屁股一定会遭殃。’然后他拥抱我，接着说：‘詹米，你是个好孩子，回屋里去，让妈妈安慰你吧。’我才张嘴要回话，他马上说：‘我知道你不要安慰，但她要，快去吧。’”

詹妮突然放声大笑，说：“我想起来了。爸以前说过这件事，还有他跟你说的话。他说他要你回屋里，你才走到一半，就突然停下来等他。”

“等他走到你身边，你就抬头看着他说：‘爸爸，我只是想问一下，你这次打我高兴吗？’他回答：‘不高兴。’然后你就点点头说：‘很好。我也是。’”

我们大笑了好一会儿，然后詹妮看着弟弟摇头：“他好爱说这件事。詹米，爸总说你是他的克星。”

欢愉的神情从詹米的脸上退去，他低头看着放在腿上的手。

“是呀。”他轻声说，“那时，我确实是他的克星，不是吗？”

詹妮和伊恩惊慌地互看一眼，而我则低下了头，不知该说些什么。好一会儿四周一片寂然，只有炉火噼啪作响。然后詹妮迅速看了伊恩一眼，放下酒杯，手轻轻覆在詹米膝上：“詹米，不是你的错。”

他对她笑，笑容中却透着一抹苍凉：“不是吗？那是谁的错？”

她深吸了一口气，说：“是我的错。”

“什么？”他看着她，惊讶不已。

她的脸色已经变得比平日更惨白，但仍旧保持镇定：“我说是我的错，我也有错。对……对你发生的事情，詹米，还有父亲的事。”

他把手覆在她手上，轻轻抚摸。“别说蠢话，你已经尽力救我了。你说得对，你要是没跟兰德尔走，他很可能在这里就把我杀了。”他说。

她皱着眉，仔细审视詹米的神情。“不，我没后悔把兰德尔带进屋里，即使他……不，我不后悔。但这不是重点。”她又深吸一口气，下定决心，“我把他带进屋里，带到我的房里。我……我不知道事情会怎样，我……还没跟男人有过。不过他看起来很紧张，满脸通红，好像自己也不太确定，我觉得奇怪。他把我推到床上，然后站在那里搓揉自己。刚开始我以为是我膝盖顶他那一下，把他毁了，虽然我知道其实我没那么用力。”她脸颊渐渐泛红，偷偷用眼角瞄了一下伊恩，然后目光很快又回到腿上，“现在我知道他当时是试着要……要让自己勃起。我不想让他以为我怕了，所以就从床上坐起来看着他。这模样好像惹恼了他，他叫我转过去，但我不肯，只是继续看他。”她的脸现在就跟门阶上的玫瑰一样红，“他……解开裤头，然后我……嗯，我就笑了。”

“你什么？”詹米无法置信。

“我笑了。就是说……”她挑战的眼神对上詹米，“当时我对男人的情况了解够多了。我常看见你的裸体，也看过威利和伊恩的裸体。不过他……”虽然她显然极力掩饰，唇角仍泛着笑意，“他看起来很可笑，满脸通红，不停搓揉自己，但还是只挺了一半……”

伊恩倒吸了一口气。她咬着唇，勇敢地继续说下去：“我笑的时候，看得出他很不爽，所以我就笑得更大声。于是他扑倒我，把我的衣服扯破。我扇了他一个耳光，他则朝我下巴挥了一拳，力道大到我眼冒金星。他低吼一声，好像兴致来了，就爬上床来。幸好，我还残存一点意识，继续笑。我双脚不停挣扎，然后我……我嘲笑他。我说我知道他不是男人，没办法跟女人做。我……”

她头弯得更低，深色鬈发盖住发烫的脸颊。她说话很小声，几乎要听不见：“我……撕开自己的裙子，然后……露出胸部嘲笑他。我跟他说我知道他怕我，因为他没办法碰女人，只能跟野兽和男人在一起……”

“詹妮。”詹米说，不停摇着头。

她抬头看他，说：“没错，我这么做了，当时我也顾不了别的，看得出来他发狂了，但是很明显他……不行。我直盯着他的裤裆看，又开始大笑。然后他手就掐住我脖子，把我的头往床柱上撞，然后……然后我醒来的时候，他就不见了，你也不见了。”

她握着詹米的手，美丽的蓝眼里噙满泪水：“詹米，你能原谅我吗？我知道要是我没那样激怒他，他就不会那样对你，父亲也就不会……”

“噢，詹妮，我的心肝，别哭。”他跪在她身旁，将她的头拥入怀里。伊恩坐在她的另一侧，像是被人下咒般如化石动也不动。

詹米轻轻摇着啜泣的詹妮：“嘘，乖，你没做错，詹妮。不是你的错，或许，也不是我的错。”他轻抚着她的背。

“我跟你说，我的心肝，他就是奉命来搞破坏的。不管他在这里见到谁，或者你我做了什么，结果都一样。他本来就是要来制造混乱，刺激乡下的人起来对抗英国人，这全都是为了他自己的利益，还有雇用他的人的利益。”

詹妮不哭了，她坐起来惊异地望着詹米：“刺激人民对抗英国人？为什么？”

詹米烦躁地挥挥手：“他们想找出可能支持查理王子的人，看是不是会发生另一次叛乱。但我还不太确定兰德尔的雇主是站在哪一边，我不知道他想找出这些人，是为了监视他们、抢夺他们的财产，还是为了追随王子，而想在高地制造纷争，好让战争一触即发。这些我都不知道，现在也不重要了。”他摸着姐姐的头发，将她的刘海向后抚平，“唯一重要的是，你没受伤，我也回到家了。我的心肝，我答应你，很快我就会回来住下。”

她在他手上轻吻一下，脸上洋溢着喜悦。她从口袋摸出一块手帕擤鼻子，然后看向伊恩，他仍然木然地坐在旁边，眼里满是受伤和怒气。

她手轻轻放上伊恩的肩膀：“你觉得我不该瞒着你。”

他没动，只是一直看着她。“对，你不该瞒我。”他轻声说。

她放下手帕，握住他的双手。“伊恩，我没告诉你，是因为我害怕连你也失去了。我弟弟走了，我父亲也走了，我不想连你这块心头肉都失去。因为，亲爱的，你对我来说比我的家庭、我的家人都重要。”她对詹米一笑，接着说，“这就是为什么我不能告诉你。”

她注视着伊恩的眼睛，露出恳求的神情，看得出来爱情和自尊在伊恩的脸上交战。詹米站起来，轻碰我肩膀，于是我们静静离开房间，在残火余光中，只留下他们两人互相凝望。

* * *

那天夜色晴朗，月光高高地从窗叶流泻而下。我睡不着，或许是那月光的缘故，而詹米也没入眠。他无声地躺着，不过从他的呼吸声，我听得出他还醒着。他翻了个身，然后我听见他呼吸间夹杂一声轻笑。

“什么事这么好笑？”我小声问他。

他转过头来看我：“噢，我吵醒你了吗，外乡人？对不起。我只是想起了一些事。”

“我没睡。”我把身体滑向他。这张床垫显然是给全家睡的，这么巨大的羽绒床，一定用掉上百只鹅的羽毛，要穿过这层层叠叠的床褥，简直就像穿越阿尔卑斯山，而且手上还没有指南针。我好不容易抵达他身边，问道：“你想起了什么？”

“哦，大部分是我父亲的事，还有他说过的话。”

他双手交叠，眼睛望着天花板上交织的明亮月光沉思着。“说来奇怪，他活着的时候，我不大注意听他说话。但他一死，他的话却一直影响着我。”他又轻笑几声，“刚才我想到他最后一次打我的事。”

“很好笑吗？詹米，有没有人跟你说过，你的幽默感很特别？”我在被褥间摸索，试着找他的手，但不久我就放弃了，一把推开被褥。他轻抚我的背，我依偎着他，发出舒服的声音。

“那你以前不乖的时候，你叔叔没打过你吗？”他好奇地问。

我憋住笑：“才没呢！他连想都没想过。兰姆叔叔不相信打小孩有用，他觉得要跟小孩讲理，就像对待大人一样。”

詹米喉咙发出一阵苏格兰人特有的声音，对我可笑的说法表示不屑。“难怪，这样你的那些人格缺陷就说得通了。”他拍了我臀部一下，“小时候没被好好管教。”

“我哪有人格缺陷？”我质问他。明亮的月色中，我清楚地看见他的笑脸。

“你要我一一列举吗？”

“不。”我手肘往他胸膛一顶，“跟我说你父亲的事吧，那时你几岁？”

“噢，十三四岁吧，长得又高又瘦，脸上还有些雀斑。我不太记得被打的原因，通常都是因为说错话或做错事。我只记得那次我们两人都火冒三丈。那是他高兴打我的其中一次。”他把我拉近，贴着他肩膀，用手臂环绕着我。我轻轻抚摸他平坦的腹部，抠弄他的肚脐。

“住手，很痒。你到底要不要听呀？”

“噢，我想听啊。你说，如果我们有孩子的话，要怎么做？跟他们讲理呢，还是打他们？”虽然这个假设还没有实现的迹象，但我的心脏突然跳得好快。

他制住我的手，放在肚子上：“简单。你跟他们讲理，不听的话，我就把他们拖出去打。”

“我还以为你喜欢小孩。”

“我喜欢啊。在我不欠揍的时候，我父亲也喜欢我。而且他很爱我，所以才会在我欠揍的时候，把我揍得屁滚尿流。”

我翻身朝下：“好吧，快跟我说你的故事。”

詹米起身把枕头整理好，然后再度躺下，把手交叠在头下面：“嗯，跟平常一样，他把我叫到围篱那边，不过这次他非常生气，就站在我身后。我趴在围篱上接受处罚，咬紧牙根，决定这次不发出一点声音——妈的，要是我肯让他知道我有多痛就好了。我的手指紧紧嵌进围篱的木头里，木屑刺进肉里都没感觉，我只觉得自己因为憋气而满脸通红。”他深吸一口气，好像在想怎么表达，接着又慢慢说下去，“通常我知道他什么时候会结束，但这次时间到了他却没停手。我只能继续闭紧嘴巴。他打一下，我就闷哼一下，泪水已经夺眶而出，但不管我挤掉多少泪水，就是死不出声。”

被子退到他腰际以下，他身上密布的银色毛发映着月色。我看得见他胸膛起伏，心脏在我手掌下规律地跳动。

“我不记得他又打了我多久，应该也没多久，只是对我来说很久。终于他停了下来，然后破口大骂。他怒气冲天，我也气愤不已，所以他刚开始说了什么话我没听清楚，后来才搞懂。”

“他对我咆哮：‘搞什么你，詹米！你干吗一声不吭？你长大了，我以后再也不想打你了，我就等着听你哭叫求饶才停手，这样我才会觉得你记住教训了！’”詹米笑了，打乱本来平稳的脉搏。

“听见他这么说，我勃然大怒，直起身子转身对他大吼：‘很好，那你干吗不一开始就说清楚，你这个死老头！哎哟！’

“接着我倒在地上，只感到一阵耳鸣，还有下巴被他揍了一拳的阵阵疼痛。他俯看着我，喘着气，头发、胡子全都竖了起来。他抓住我的手，一把拉起我来。

“然后拍拍我的脸颊，一边喘气一边说：‘这是罚你骂你爸死老头。这或许是事实，但对人很不尊重。好了，去洗手，准备吃饭。’之后他就再也没打过我。他还是会骂我，但我会骂回去，在那之后，我们基本上就是男人对男人那样。”

他舒缓地笑了，我也在他温暖的臂窝中微笑。“真希望能认识你父亲。”我说，“唔……还是别认识好了，你娶英国女人，他可能会不高兴。”

詹米把我搂得更紧，拉起被子盖住我赤裸的肩膀。“他会觉得我毕竟还是很有眼光的。”他摸着我的头发，“不管我娶谁，他都会尊重我的决定，至于你……”他转头在我的眉头落下轻轻一吻，“他会非常喜欢你的，我的外乡人。”我听得出这是称赞。

第七章　炉边交谈

要是詹妮因为那场自白和伊恩有什么嫌隙的话，现在似乎也烟消云散了。隔天晚餐后，我们在小客厅里稍事休息，伊恩和詹米在角落里讨论农场事务，旁边放着一瓶接骨木酒。詹妮终于得空休息，浮肿的脚踝搁在脚凳上。我和詹妮正处理着这天的日常事务，我努力把她向后递给我的收据记录下来，一边向她询问细节，一边奋笔疾书。

我递给她一张纸，“痈疮治疗”：取铁钉三根，浸于酸啤酒中一周；加入一把雪松木屑后静置；待木屑沉入瓶底，混和药水即制成可用；自弦月首日开始，每日涂抹于患部。

继续写下一张，“蜂蜜蜡烛制作”：自蜂巢榨取蜂蜜，尽量去除蜜蜂尸体；取少量水于大锅中融化蜂巢，除去蜜蜂、翅膀等悬浮物；将水倒掉后换水，持续搅拌半小时后静置；将水倒出，可保留以制作甜味剂，再以水洗净两次。

我的手开始酸了，但还没进入制作蜡烛模型、卷烛芯和晒干蜡烛的部分。

“詹妮，制作蜡烛，前后要花多少时间呀？”我问。

她放下手上正在编织的小衣服，开始思考。“搜集蜂巢半天；

榨取蜂蜜两天，天气热的话只要一天；洗净蜂巢一天，要是蜂巢很多或者很脏那就要两天；制作烛芯半天；制作模型一或两天；再用半天把蜡溶解、倒入模型，晒干。总共大概一周吧。”

一天的劳动结束后，微弱的灯光和墨水四溅的羽毛笔实在令人难以忍受。我坐到詹妮身边欣赏她织的那件小衣服，做工细得几乎看不见线脚。她圆润的腹部突然鼓起，里面的人换了姿势。我目不转睛地看着。以前我从未长时间待在孕妇身边，所以对那肚里发生多少事情从没概念。

“你想摸摸吗？”詹妮看我一直盯着她的腹部瞧，便开口问道。“喏……”她把我的手拉去，稳稳放在隆起的腹部上。“这里。等下他又会再踢一下。胎儿不喜欢你这样往后靠，这个姿势让他们不舒服，所以会不停扭动。”

果真如此，一道惊人的力量把我的手向上推了一点。“天哪！他力气好大！”我惊呼。

“是呀。”詹妮有点骄傲地拍拍肚子，“他会是个精力旺盛的小伙子，跟他哥哥和爸爸一样。”她对着伊恩微笑，伊恩在讨论马的繁殖记录之余，注意力也不时放在妻子和未来的孩子身上。

“或者跟他一事无成的红发舅舅一样。”她加上一句，刻意稍微抬高音量，并用手肘轻推我一下。

“嗯？”詹米埋在账簿中的头抬了起来，“你在跟我说话吗？”

“不知道他听到了‘红发’还是‘一事无成’？”詹妮低声说，又轻推我一下。

她放柔声音对詹米说：“没什么，我的心肝。我们只是在想，这个新生儿会不会很不幸，长得像他舅舅。”

舅舅笑了，走过来在脚凳上坐下，詹妮顺势移开脚，放在詹米腿上。“詹米，帮我揉揉，这你比伊恩行。”她恳求。

他照做，詹妮背向后靠，舒服地闭上眼睛。她把小衣服搁在肚子上，肚子继续上下鼓起，仿佛在抗议。詹米像我刚才一样入迷地看着。“不会不舒服吗？有人在你肚子里翻筋斗？”

詹妮睁开眼，肚子再次拱起，她做了个淘气的鬼脸。“嗯。有时候觉得肝脏好像被踢到瘀青。不过大多数时候，感觉还不错，就好像……”她迟疑了一下，对着弟弟露出笑容，“这很难跟男人描述，你们身体构造不一样。我没办法跟你说怀孕是什么感觉，就像你没办法跟我说睾丸被踢到是什么感觉。”

“哦，这我可以跟你说。”他突然弯下身体紧紧抱住自己，眼睛向上翻，同时发出可怕的哀号。“是吧，伊恩？”他转头问坐在凳子上大笑的伊恩，伊恩的木肢搁在炉边。

詹妮一只柔嫩的脚抵住他胸膛，推他站起来：“好了，小丑。那我很庆幸自己没睾丸。”

詹米站直身体，拨开眼前的头发。“真的是因为身体构造不一样吗？那你可以跟克莱尔说说，毕竟，她也是女人，虽然还没有生过孩子。”他饶有兴味地说。

詹妮打量着我的肚子，我心里再度感到一阵小小的抽痛。

“嗯，或许吧。”她一边思考，一边缓缓说，“你会觉得全身皮肤都非常薄，不管碰到什么都很敏感，即便只是衣服摩擦，不只肚子有感觉，还有腿、身体两侧和胸部。”她手不自觉地放到胸部，弄皱了下方的细棉布，“胸部又重又胀……而且乳头非常敏感。”小小的拇指腹慢慢在乳房上画圈，我看到她的乳头在衣服下凸起。

“当然，你会变得体形庞大、行动缓慢。”詹妮露出惹人怜爱的微笑，揉搓臀部刚刚撞到桌子的地方，“比以前占更多空间。”

“至于这里……”她双手小心地移到腹部上方，“这是最有感觉的地方，这是当然的了。”她抚摸隆起的腹部，好像她摸的不是自己的皮肤，而是孩子的。伊恩的眼神紧跟着她一次又一次抚平衣料的手，随着腹部弯曲的弧度上上下下、来来回回。

“初期感觉有点像胀气。”她笑着说，并用脚趾戳戳詹米的肚子，“就是这里，好像许多小泡泡在肚子里咕噜冒泡。但后来就可以感到孩子移动，好像有条鱼在里面游，然后又不见了——好像突然被拉了一下，但很快就过去了，让人不禁怀疑那感觉不是真的。”隐身在她肚里的人翻来覆去，好像在对她的说法表达抗议，她的腹部一下这边隆起，一下那边隆起。

“相信那个时候你就能确定自己怀孕了。”詹米惊奇地看着她的腹部变化。

“噢，没错。”她把手放在一个隆起处，好像在安抚他，“你知道他们一睡都要好几个小时，有时候好久没有动静，让人担心是不是死了。然后你就会试着叫醒他们。”她手用力往肚子一边压下去，很快有了回应，另一边的肚子向外推出，“你会很高兴他们又踢你了。但肚子里不是只有小宝贝而已。你会觉得全身肿胀，完全被塞满了。不痛……只是满到觉得快要爆炸，需要被抚摸，非常轻柔的抚摸，全身都要。”詹妮已经没在看我了，她的眼神和丈夫对望，已经无视我和她弟弟的存在。她和伊恩之间有种亲密的氛围，好像这个故事他们一说再说，还是乐此不疲。

她的声音更低了，手再次举到胸前，浅色胸衣包裹下的胸部相当引人注目。“大概到了最后一个月，乳汁开始分泌。你感觉有东西充满乳房，每次小孩一动就多一点，一次多一点，然后突然间变得圆润坚硬。”她手又再次覆在肚子上，“不痛，接着有种窒息的感受，然后你的胸部会刺刺的，好像如果再不喂乳的话就要爆炸。”她闭上眼向后靠，来来回回抚着庞大的腹部，节奏仿如一个祈愿的咒语。我看着她，突然觉得要是世上真有巫婆，那詹妮·弗雷泽一定是其中一位。

烟雾弥漫的房内笼罩着恍惚的感觉，在欲望的源头，有参与和创造的迫切渴望。我就算没看詹米，也数得出来他身上的汗毛，而且我知道那一根根都是挺立的。

詹妮睁开眼，那双眼睛在夜色中显得深邃。她微笑看着丈夫，嘴角缓缓牵起浓情蜜意的弧线，传递无限承诺。

“怀孕后期，孩子经常蠕动，有时感觉就像是男人在你身体里，进来把一切深深灌注到你体内。然后，然后当子宫在你体内深处随着他的身体一起抽动，那感觉就跟那一样，只是比那更大。那种感觉遍满子宫，充满体内。接着小孩会变得很静，就好像放入你体内的其实是他一样。”

她突然转向我，咒语解除了。

“你知道，男人有时想要那个……”她轻声说，看着我笑，“……是因为他们想回到子宫。”

＊＊＊

过了一会儿，詹妮起身走向门口，她回头望了伊恩一眼，就像北极吸引着铁块，那眼神把伊恩向她拉去。她在门口停下等待伊恩，并向后看着静坐在炉边的弟弟。

“你会看着火吧，詹米？”她伸伸懒腰，背部弯出一道拱形，脊柱的弧度和腹部奇怪的曲线前后呼应。伊恩的指节沿着她的背脊用力按压，并在脊椎底部深深按揉。她发出咕哝声，然后他们就离开了。

我也伸伸懒腰，高举双手，感觉疲累的肌肉之间舒服的张力。詹米双手从我两侧滑下，停在我的臀部。我向后靠着他，把他双手往前拉，想象着这双手是放在怀着孩子的凸起腹部上。

我转头要亲他的时候，瞥见蜷曲在长椅角落的小小身影。

“你看，他们忘了小詹米。”这个小男孩通常睡在父母房里的小床上。今晚在我们喝酒闲聊的时候，他就在炉边睡着了，但没人记得要把他带上床。

詹米把我的脸转向他，拨开我散在他脸上的发丝。“詹妮从不忘事的，我想她和伊恩现在不想有人陪。”他的手落到我的裙子后面的系带上，“他现在在哪儿，就留在哪儿吧。”

“要是他醒来呢？”

他双手徘徊着摸进我已经松脱的胸衣下方，斜看一眼小外甥横卧的身影：“这个嘛，他该学的还是要学，不是吗？你总不会希望他跟他舅舅以前一样，那么无知吧。”他把几个靠垫丢到壁炉前的地上，抱着我躺下来。

他背部的银色疤痕在火光下闪烁，仿佛就像我曾骂过他的那样，其实是个铁人，纤细皮肤的裂缝中透出金属光泽。我一一摸过这些鞭痕，他在我的抚触之下颤抖。

“你说，詹妮说的是真的吗？”后来我问，“男人真的想回肚子里去？是因为这样才想跟女人做爱吗？”

詹米大笑，吹乱了我耳畔的发丝：“这个嘛，外乡人，通常我跟你上床的时候，这不是我脑中想到的第一件事，绝对不是。不过接下来……”他双手温柔地罩住我的乳房，嘴唇轻轻含住一边乳头，“我也不会说她讲的全错。有时……真的，有时要是能回去的话就好了，里面很安全……很完整。我想，就是因为我们知道回不去了，所以才想生孩子。既然我们自己回不去，我们能做的就是把这个美好的礼物送给自己的孩子，即便只能在里面待一阵子……”他突然像小狗甩掉身上的水一样用力抖了一下。

“别理我，外乡人。”他喃喃道，“我只要喝接骨木酒就会这样，特别容易哭。”

第八章　结账日

门上响起几声轻叩，詹妮走了进来，抱着一件折好的蓝色衣服，还拿着一顶帽子。她挑剔的眼光在弟弟身上巡视了一遍，然后点点头。“不错，这件上衣还可以。你那件最好的大衣我帮你放大了些，你肩膀比我上次最后见你时又宽了点。”她歪头想了一下，“你今天弄得挺好的，至少脖子以下很好。到那边坐着，我帮你整理头发。”她指指窗边的矮凳。

“头发？我头发怎么了？”詹米问，伸出一只手检查头发。他的头发大约及肩，跟平常一样，用条腰带束在脑后防止发丝散落。

詹妮懒得多说，直接把他推上矮凳，扯开那条腰带，拿玳瑁梳用力梳头。“你头发怎么了？”她夸张地问，“你自己看，先是这边卡了八卦草。”她仔细从他头上挑出一个褐色的小东西，放在梳妆台上。“还有橡树的叶子。你昨天做了什么，学猪在树下找松露吗？这头发简直比洗过的纱线卷还乱。”

“好痛！”

“别动，罗伊。”她专注地皱着眉头，拿起一把扁梳梳开他纠结的头发。一头滑顺的头发，就这样在清晨洒入窗内的阳光下闪耀着红褐金灰等各色光芒。詹妮让头发在手上散开，摇头看着。

“真不懂，老天爷怎会把这样一头秀发浪费在一个男人身上，几乎就像一张鹿皮。”她说。

“真的很漂亮。你看，他头顶上被阳光晒到褪色的地方，那些金色的发线好美。”我附和道。

被我们欣赏的对象则抬头怒视我们。“你们两个再这样没完没了，我就把头发剃了。”他把手伸向放在梳妆台的剃刀，威胁我们。他的姐姐虽然大腹便便，反应依然灵敏，一出手就拿梳子往他手腕打下去。他痛得大叫一声，接着又叫一声，因为她向后拉住他整头头发。

“别乱动。”她命令。她把头发分成三束。“我给你好好绑根辫子，不能让你像个野人一样去见佃农。”她满意地宣布。

詹米低声抗议，但随着詹妮整理头发的动作渐渐安静下来。她敏捷地把散落的发丝一一塞好，编出一条整齐厚实的发辫，发梢收好之后用绳子束紧。然后她把手探向口袋，拿出一条蓝色的丝质缎带，得意洋洋地打上一个蝴蝶结。

“看！很漂亮吧？”她说。她转头征询我的肯定，我承认确实如此。扎实的发辫使得他的头形和粗犷的五官更加显著。他整整齐齐地穿着白色亚麻服和灰色马裤，身形相当健美。

“尤其那条缎带特别美，实在是画龙点睛。”我压抑想笑的冲动说道，“和他眼睛的颜色一模一样。”

詹米瞪着姐姐。“拿掉。”他立刻说，“拿掉缎带。这里不是法国，更不是什么国王的宫廷，不要搞这些华而不实的东西。就算这条缎带的颜色跟圣母的斗篷一样，也给我拿掉，詹妮!”

“好吧，啰唆鬼。好了。”她拉掉缎带，向后退一步看。“好，这样很好。”她满意地说。接着她犀利的蓝眼就转到我身上。“嗯。”她一面思考，一面踩着脚。

刚抵达城堡的时候，我几乎是衣不蔽体，因此当时得立刻帮我做两件新衣，一件是日常的手织衣服，另一件则是为了应付今天这种正式场合的丝质衣服。我缝合伤口比缝衣服拿手得多，只能帮忙剪裁和用大头针固定衣服，设计和缝纫就交由詹妮和克鲁克太太处理了。

她们做得很好，淡黄色的丝质礼服合身极了，肩膀上缀着大波浪滚边，皱褶从背部继续向下延伸，形成华丽的裙摆。因为我拒穿马甲，于是她们灵机一动，毫不犹豫地拆下一件旧马甲的鲸骨支架，为我的礼服上半身加强支撑。

詹妮的眼神由下往上缓缓打量我，然后眼神走到我头部时就定住了。她叹口气，伸手拿梳子。

“你也一样。”她说。

她小心翼翼挑除我鬈发上的小树枝和橡树叶，放在梳妆台上，和刚刚缠在詹米头发上的东西并排放好。我面颊发烫地坐着，不敢望向詹米。终于，我的头发梳齐并向上盘好之后，她从口袋拿出一个小小的蕾丝头饰。

她把头饰牢牢固定在我发堆上：“好了，大功告成。克莱尔，你看起来贵气逼人。”

我想她是赞美的意思，就稍微回应几句谢辞。

“不过你有没有什么珠宝搭配呢？”詹妮问。

我摇摇头：“没有，这有点麻烦。我有的珠宝，就是詹米在我们结婚时送我的珍珠，但那些珍珠……”我们在慌乱中逃离理士城堡，在那种情况下，我根本就顾不得那些珍珠。

“噢！”詹米突然想起什么而惊呼了一声。他把手探进皮袋子，得意地拉出那条珍珠项链。

“项链怎么会在你手上？”我不可思议地问。

“今天一早，默塔带回来的。审判进行的时候，他回理士城堡把能带的东西都拿了出来，他想如果我们离开了，会用得到。他在通往这里的路上等着，但当然没遇上我们，因为我们先去……去了山丘那里。”

“他还在吗？”我问。

詹米站到我身后帮我戴上项链。“在呀。他在楼下厨房大快朵颐，烦克鲁克太太。”

这个瘦小的男子，从我认识他以来，除了唱歌的时候，他说过的话总共不超过三十个字，我实在很难想象他会去“烦”别人。我想，他在拉里堡一定感觉非常自在。

“默塔是什么人？我是说，他是你们的亲戚吗？”我问。

詹米和詹妮同时露出惊讶的表情。

“噢，是的。”詹妮回答。她转头看弟弟：“他是……什么人啊，罗伊？爸爸堂兄的叔叔？”

“是外甥。”他更正，“你不记得啦？老里奥有两个儿子，然后……”

我把双手举到耳边，表示准备洗耳恭听。这个动作似乎提醒了詹妮，因为她突然把双手一拍。

“还有耳环！”她大喊，“我好像有些珍珠耳环，可以配你这条项链！我现在就去拿。”她跟平常一样脚步轻快地离开房间。

“你姐为什么叫你罗伊？”我看着他对着镜子整理仪容，好奇地问。他脸上带着男人内心交战时常有的表情，这在男人调整领饰的时候很常见，但他仍对我露出一个笑容。

“哦，这个嘛。不是英文名字的那个‘罗伊’，这是我盖尔语的小名，指的是我头发的颜色。盖尔语的‘红色’，就是‘罗尹’。”他拼出字母并重复念好几次，努力要让我听出两者的差异。

“听起来都一样啊，罗伊。”我摇摇头说。

詹米拿起皮袋子，把刚刚拿珍珠项链时一起拖出来的东西塞回去。有条钓鱼线缠得乱七八糟，于是他在床上把袋子翻过来，倒出全部东西。他试着为这堆东西分类，辛苦地卷起线和绳子，却发现鱼钩掉了下来，又把它牢牢塞回原本的软木塞上。我走到床边看他的这堆宝物。

“我从没看过这么多垃圾。你怎么什么东西都捡呀，詹米？”我看着说。

“这些才不是垃圾。这些全都是有用的东西。”他一副受到刺激的样子。

“嗯，钓鱼线和鱼钩确实有用。制作陷阱用的网线也是。标准再放宽一点的话，手枪缓冲垫和子弹也是，你确实常常带着手枪。威利送你的小蛇，我也能明白你想留着。但那些石头是怎么回事？还有蜗牛壳？玻璃碎片？还有这个……”我弯身近看一团深色毛茸茸的物体。

“这是……不会吧？詹米，你怎么会把晒干的鼹鼠脚放在皮袋子里？”

“防风湿啊，那还用说。”他迅速把那东西从我眼前抢下，塞回皮袋子里。

“噢，这样啊。”我饶有兴味地附和他，他的脸因为尴尬而微微臊红。“果然是有效，你的关节都不会发出咯吱咯吱的声音。”

我从剩下那堆东西中拾起一本小本《圣经》，手指迅速翻过一遍，他则忙着把其他价值不菲的装备收好。

“亚历山大·威廉·罗德里克·麦格雷戈。”我大声念出扉页上的名字，“詹米，你说过有人欠他，是什么意思？”

“噢，这个啊。”他坐到我旁边，接过我手上的小书，轻轻翻过书页，“我是不是告诉过你，这本书的主人是个死在威廉要塞的囚犯？”

“对。”

“其实我不认识他，他在我到的一个月前就死了。是那个医生把这本《圣经》给我的，他在治疗我背伤的时候，跟我说了他的故事。我想他得把这故事说出来，但又不能跟要塞的其他人说。”他合上书放在膝上，望向窗外十月的灿烂阳光。

亚历山大十八岁上下，因偷牛的轻罪被捕。这个安静俊美的小伙子，本来可以平静无波地服完刑然后释放。不过在他出狱前一周，却被发现吊死在马房。

“医生说他是自杀，这点没有疑问。”詹米轻抚小书的皮制封面，拇指沿着装订的书皮游走，“医生也没明白说出他的想法，不过他提到兰德尔队长在一个星期前，曾和那个年轻人私下谈话。”

我吞下一口口水，尽管外面阳光明媚，我却突然打了寒战。

“所以你猜是……”

他的声音温柔而坚定：“不是。不是我猜的，是我知道，医生也知道。我想那个士官长一定也知道，所以才会被射杀。”他双手摊开在腿上，看着自己长长的手指，宽大、强壮而有力。这是一双农夫的手，也是一双战士的手。他把小本《圣经》拿起来，放进皮袋子。

“我告诉你，美人儿，我一定会亲手杀了兰德尔。等他死了，我会把这本书寄回去给亚历山大的母亲，告诉她，她儿子的仇报了。”

这时詹妮突然回到房里，打破房内凝重的气氛，她现在穿着蓝色礼服，头上戴着蕾丝头巾，十分明艳动人。她手上抱着一个大箱子，上面红色的摩洛哥皮革已经磨损。

“詹米，柯伦斯家的人来了，威利·默里和杰弗里斯家的人也都到了。你最好下楼跟他们一起再吃一遍早餐。我已经把新鲜麦饼和咸鲱鱼拿出来了，克鲁克太太正在做果酱蛋糕。”

“噢，好。克莱尔，那你准备好就下来吧。”他立即起身，给我一个迅速而深入的吻，离开了。他下第一层阶梯时脚步凌乱，到了第二层就缓了下来，转换成堡主该有的沉稳步伐，然后走下一楼。

詹妮望着他的背影微笑，接着注意力便转到我身上。她把箱子放在床上，掀开盖子露出里面杂乱成堆的珠宝和饰品。看到这幅景象，我很讶异。这个家在詹妮·默里的铁腕作风下顺畅运作，但这箱东西很不符合她井井有条的习惯。

她用一根指头在鲜艳的杂物堆中翻找，接着她好像知道我的想法，抬头对我微笑：“我一直想有天一定要把这些东西整理好。不过我小时候，我母亲有时也会让我翻她的珠宝箱，感觉就好像在找魔法宝物，你永远不知道接下来会找到什么。我可能是觉得，要是所有东西都弄整齐了，魔法也就会消失了。很傻吧？”

“不会，一点也不傻。”我边说边回应她一个笑容。

我们在箱子里慢慢翻找，手上拿着四个女人代代相传的宝物。“这是我祖母的。”詹妮拿起一只银色胸针说。打磨过的新月形胸针上，有颗小小的钻石，像星星一样镶在顶端。

“还有这个。”她拿出一个细细的金戒指，上面有颗红宝石，旁边则镶着几颗碎钻。“这是我的婚戒。花了伊恩一年的收入，我跟他说这样很傻，但他还是做了。”从她脸上温柔的表情看得出，伊恩一点也不傻。她把宝石放在胸前的衣服上擦了擦，又端详欣赏了一会儿才放回箱里。

“等小宝宝出生我就快活了。”她拍着肚子做着鬼脸说，“我的手指整个早上都是肿的，几乎无法自己弄好蕾丝，就更别提戴戒指了。”

我注意到箱子底部有道不是金属发出来的光泽，十分特别，便指着那东西问：“那是什么？”

“噢，这个呀。”她说着把手又探进箱底，“这个我没戴过，不适合我。但你可以戴。你身材高又有贵气，跟我母亲一样。这本来是她的。”

那是一对手环，两个手环都是用野猪长牙做的，形状弯曲接近弧形，打磨出深色的象牙光泽，两端缀有银色饰物，刻出镂空的花样。

“啊，好美！我从没见过这么……这么有野性美的东西。”

詹妮听了很开心：“是呀，真的很美。这是某人送我母亲的结婚礼物，但她从不透露那人是谁。我父亲偶尔会开她爱慕者的玩笑，但她仍不告诉他，只是像晚餐刚吃了鲜奶油的猫咪那样笑着。喏，你试戴看看。”

手环套在手上冰凉沉重。我忍不住摸着那深黄色的表面，上面已经因岁月而呈现粒状。

“果然，真适合你。”詹妮说，“跟你这件黄色的礼服也很配。耳环在这里，你戴上吧，戴好我们就下去。”

* * *

默塔坐在厨房餐桌旁，大口吃着他的短刀刀刃上的火腿。克鲁克太太拿着大餐盘从他身后经过，动作敏捷地把腰一弯，将三块热腾腾的麦饼拨进他盘里，几乎没打乱原本的步伐。

詹妮忙进忙出，准备食物和监督仆人。她稍微停下脚步，从默塔身后瞧他那迅速扫空的盘子。

“尽量吃，别客气。吃不够，栅栏里还有一头猪。”她说。

“舍不得给亲戚吃，是不是呀你？”他问道，咀嚼食物的嘴巴一点也没停。

“我舍不得？”詹妮两手叉在腰上，“怎么可能！毕竟目前为止你也才吃了四份。”她转身叫住正要离开的管家，“克鲁克太太，你弄好麦饼后，再给这个饿鬼添一碗粥，好把他肚子里的空隙都填满。我们可不希望他在门前就昏倒了。”

当默塔看到我站在门口，立即被一口火腿噎着。

“你好。”詹妮从背后打他一拳，帮助他咽下食物后，他出声招呼。

“我也很高兴见到你。”我回答，在他对面坐下，“对了，谢谢你。”

“什么？”他疑惑的声音消失在涂满蜂蜜的半片麦饼之中。

“谢谢你帮我把东西从城堡里带出来。”

“嗯。”他挥手表示不用谢，手顺势伸向奶油碟。

“我把你那些小植物之类的也带来了。”他说，下巴往窗户的方向一指，“在院子里，我的鞍囊里面。”

“你把我的医药箱也带来了？真是太好了！”我很高兴。有些药材很稀有，我花了不少心血才找到并调制出来。

“不过你是怎么办到的？”我问。当我从女巫审判的惊吓中恢复之后，马上就想到城堡的居民会怎么看待我突然被捕和失踪的事。“希望没太困难。”

“噢，不会。”他又狠狠咬了一口食物，不过这次他等到好好咽下去，才开口回答，“菲茨太太把你的东西都拿出来了，已经打包成一箱。我第一个去找的人就是她，你知道，因为我不太确定别人会怎样对我。”

“你很明智，我想菲茨太太不会一看到你就尖叫。”我同意他的做法。麦饼在冷空气中微微冒烟，闻起来美味极了。我伸手拿了一片，腕上沉重的猪牙手环发出清脆的碰撞声。我见到默塔看着手环，便调整一下手环，好让他看见末端雕工精细的银饰。

“很美吧？詹妮说这原本是她母亲的首饰。”我说。

默塔的目光落到克鲁克太太突然塞到他眼前的那碗粥上。

“很适合你。”他含糊带过，接着又突然转回刚刚的话题，说，“不会，她不会大吼大叫要人来帮她对付我。我以前跟她很熟。”

“哦，她该不会是你失散多年的爱人吧？”我开玩笑着说，想到他和菲茨太太丰满的身躯紧紧相拥，那不和谐的画面让我觉得有趣。

默塔的眼神从汤碗移开，冷冷向上看我一眼。“不是。不过你在谈到那位女士时，要是能保留一点口德，我会感激不尽。她的丈夫是我母亲的弟弟，而且她很为你难过，我想你应该知道。”

我困窘地低下头，伸手去拿蜂蜜掩饰我的尴尬。石罐放在一锅滚水中，让蜂蜜保持液体状态，温热的触感令人舒服。

“对不起。”我说，仔细看着金黄色蜂蜜滴落在麦饼上，小心不让蜂蜜溅到外面。“我在想，你知道的，她会怎么想呢，当……当我……”

“他们起先没发现你不见了。”这个瘦小的男人用陈述事实的口吻说，直接忽略我的道歉，“那天你没回来吃晚餐，他们以为你可能在田里待得太晚，所以回来就直接上床睡觉了，因为你门是关着的。隔天因为抗议逮捕邓肯夫人闹得沸沸扬扬，也就没人想到你。消息传回来，大伙激烈地议论时，也没人说到你，只提到她，所以也就没人想到要找你。”

我若有所思地点点头。不需要医疗的时候，不会有人想到我的，毕竟詹米不在的时候，我大部分时间都在科拉姆的图书馆里。

“科拉姆怎么样了呢？”我问。我这么问不只是单纯好奇而已——是不是像吉莉丝说的，一切都在他计划之中？

默塔耸耸肩。他扫视桌面看还有什么食物，但显然没看到想吃的东西，于是他便向后一靠，双手轻松交叠在干瘪的胸前。“当他听到村里传来的消息，便立刻关上城门，禁止任何人从城内出去，以免在骚乱中被困住。”他身体更往后靠，好像在推敲什么似的看着我。“隔天，菲茨太太想到要找你。她问了所有女仆有没有人看见你，但没人知道，只有一个女孩说她想你应该是到村里去了，说你可能躲在村里的房子里。”

一个女孩，我冷冷地想，那个女孩对于我在哪里可一清二楚了。

他轻轻打了个嗝，完全没有遮掩的意思。“听说菲茨太太为了找你，把整个城堡都翻过来了，但还是没找到你，便叫科拉姆派人再去村里找。之后他们就知道发生了什么事……”他深色的脸庞微微露出愉快的表情，“她并未告诉我全部的事，但我猜她一定没让他有好日子过，她会不断碎碎念，要他派人去救你出来。虽然反抗不会有用，但他一定会争辩说这已不在他掌控范围之内，现在你已经落在法官手上了，以及其他有的没的理由。看他俩那样一来一往，一定很精彩。”他边想边说道。

看来最后结果是没赢没输。奈德·高恩以他律师善于妥协的天赋，找出折中的办法，提出以独立辩护人而非堡主代表的身份，独自前往现场去参与审判。

“她认为我是女巫吗？”我好奇地问。

默塔“哼”了一声。“我看那老女人从没信过女巫，年轻的那个也不信。人们认为女人会诅咒和魔法，其实不过是生物的自然现象。”

“我开始有点了解为何你结不了婚了。”我说。

“是吗，你了解吗？”他粗鲁地把椅子往后推，站起身来，把苏格兰披肩向前拉。“我走了，帮我跟堡主问好。”他对詹妮说，詹妮刚从前厅招呼完佃农回来。“我想他一定很忙。”

詹妮递给他一个大布袋，袋口打了结，里面显然装满了够吃一周的粮食。

“这是一些点心，在回家路上可以吃。”她说，笑着露出酒窝，“这些大概够你吃上好一阵子，可以撑到望不见这座房子为止。”

他把布袋妥帖地塞进腰带，点点头便转身走向门外。“是呀，要是不够的话，你就会看到乌鸦在高地上聚集，捡我的骨头。”

“骨头它们大概很有得吃了，我看一把扫把都比你有肉。”她看着他如柴的骨架嘲讽说。

默塔阴郁的脸不动声色，但眼里仍然闪过一丝微弱光芒。“哦，是吗？”他说，“很好，姑娘，我告诉你……”他们互相嘲讽的亲昵争辩，回荡在门厅，最后消失在门前一阵回音之中。

我在餐桌旁又坐了好一会儿，悠哉把玩艾伦·麦肯锡的温润手环。我听见远远传来关门声后，便摇摇头，起身开始扮演拉里堡堡主夫人的角色。

* * *

庄园宅邸里原本就很忙碌，结账日这天更是充斥着众人忙进忙出的声音。佃农整日来来去去。许多人交完租金就离开了，有些则整天留在这里，在庄园里徘徊，和朋友闲聊、享用客厅里的点心。穿着亮蓝丝绸礼服的詹妮和穿着僵硬白色亚麻服的克鲁克太太，穿梭在厨房和客厅之间，监督那两位女仆，她们端着巨大的盘子来回摇晃地走着，盘子上是燕麦蛋糕、水果蛋糕、脆饼和其他甜点。

詹米正式向餐厅和客厅里的佃农介绍我之后，就和伊恩退到书房，在里面单独接待佃农，商量春季作物需求，咨询羊毛和谷物销售情形，记录领地活动，以及规划下一季的事务。

我四处悠哉闲晃，有时招呼佃农，或者吃吃点心，有时则只是看着人潮来来去去。

我回想起詹米在磨坊蓄水池旁对那位老妇人的承诺，好奇地等待罗纳德·麦克纳布的到来。

他在午后不久，骑着一头系腰带的高大驴子抵达宅邸，一个小男孩在背后抱着他。我从客厅门后偷看，心里想着不知道他母亲对他的描述是否准确。

我认为除了“醉鬼”一词有点言过其实以外，麦克纳布奶奶的说法大致没错。罗纳德·麦克纳布的头发长而油腻，向后随意缠绕，领口和袖口都因为脏污而呈现灰色。虽然他实际年龄比詹米小一两岁，看起来却好像至少老了十五岁。他的颧骨隐没在肿胀的脸颊下，小小的灰色眼睛充血而无神。

至于那个孩子，身上也是又破又脏。就我看来，他的情况更糟，他畏畏缩缩地跟在父亲身后，眼睛盯着地面，每当罗纳德转身对他厉声说话时，就马上缩成一团。詹米从书房走出来时，也见到这一幕。我看到他和应他要求拿新酒过来的詹妮严肃地互望一眼。

她轻轻点头，几乎无人察觉，便递过那瓶酒。接着她坚定地抓住那孩子的一只手，拖着他走向厨房，边走边说：“孩子，跟我来吧，我想里面还有一两块脆饼。或者你想吃一块水果蛋糕？”

詹米礼貌地对罗纳德·麦克纳布点头示意，站在一旁让他进书房。詹米伸手关门时正好对到我的眼睛，他朝厨房点头示意我过去。我也点点头，转身便跟着詹妮和拉比进去厨房。

我看到他们正和克鲁克太太愉悦地谈话，克鲁克太太用勺子把大锅中的潘趣酒舀进水晶钵中。她倒了一点在木制杯里，递给那男孩，男孩却不敢接，犹疑地看着她，最后才终于接下。詹妮一边把食物装进大盘子，一边继续跟男孩轻松闲聊，但得到的回应大多是闷哼声。虽然如此，这个看来不太文明的小孩好像放松了些。

“孩子，你的衬衣有点泛黄。”她向前翻开他领口，“脱下来，我在你离开之前帮你稍微洗一下。”

“泛黄”一词算是客气了，但男孩却防卫地向后退一步。不过我就站在他身后，詹妮一个手势，我就在他冲出去之前制住了他。

他又踢又叫，但是詹妮和克鲁克太太也过来围住他，我们三人围住他，剥下他脏污的衣服。

“啊。”詹妮深吸一口气。她把男孩的头牢牢制在一只手臂下，露出他瘦骨嶙峋的背部。鞭痕和疥癣布满一节节的背脊两侧，有的是刚愈合的新疤，有的是陈年伤疤，已经褪成肋骨上的阴影。詹妮抓住男孩后颈，放开他的头，温柔地对他说话。她看着我，下巴往走廊方向一指：“你最好去跟他说。”

我试着敲敲书房的门，手上拿着一盘蜂蜜燕麦饼作为借口。隔着门我听到詹米应允的声音，便开门进去。

我请麦克纳布用蛋糕的时候，脸上的表情一定相当明显，因为我完全不需开口要求和詹米单独说话，詹米若有所思看着我一会儿后，便回头对麦克纳布说话。

“好了罗纳德，谷物分配的事我们说得差不多了。不过我还另有一事想和你商量。我知道你儿子拉比非常优秀，我的马房里现在需要一个像他这么大的人来帮忙。你愿意让他来吗？”詹米细长的手指把玩着桌上的鹅毛笔。坐在旁边小桌的伊恩，两只拳头托着腮帮子，饶有兴味地看着麦克纳布。

麦克纳布瞪着充满敌意的眼睛。我想他现在虽然没喝酒，却恨自己没醉。“不行，我需要那孩子。”他断然拒绝。

“嗯。”詹米身体向后靠，双手交叠在前面，“当然，他为我工作，我会付钱给你的。”

麦克纳布咕哝几声，坐立不安。“我母亲来找过您吧？不行，我说不行就不行。那是我儿子，怎么管教由我决定，而现在我认为他该留在家里。”

詹米意味深长地审视麦克纳布，但没再多说，回头继续讨论账目。

到了下午很晚的时候，佃农都聚集到餐具室和小客厅这些比较温暖的地方享用点心。他们准备离开的时候，我从窗户看到詹米气定神闲地走向猪圈，一手搭在衣着破旧的麦克纳布肩上，好像两人是好兄弟。他们消失在猪圈后方，大概是去讨论农事，接着大约一两分钟后又出现，朝着宅邸的方向走回来。

詹米的手臂仍然搭在麦克纳布的肩上，但现在比较像是支撑着他的身体。麦克纳布脸色惨灰，脸上布满晶亮汗水，走得很慢，一路上都站不太直。

“好，这样很好。”当他们两人走近，我听见詹米说，“多出来的银钱，一定会让你妻子高兴的，是吧，罗纳德？啊，这是你的驴子，它长得挺不错，你说是吗？”载麦克纳布父子前来农场的老驴，步履蹒跚地走出院子，它在院子里受到庄园的热情款待，一束稻草还挂在嘴角，不时随着它的咀嚼而抽动。

詹米从下面推了一把，协助麦克纳布坐上驴背，他看起来确实很需要帮忙。麦克纳布一声不吭，对詹米声声叮咛的“慢走”和“一路顺风”也没挥手回应，只在离开院子几步时茫然点头，好像用尽了他全部的注意力，沉浸于他的私人问题。

詹米靠着围篱，和其他准备回家的佃农说着道别的客套话，一直等到麦克纳布凌乱的身影消失在山丘顶端，他才直起身子，凝视路面，接着转身吹出一声口哨。一个小小人影，穿着破旧但整洁的工作衫和斑痕点点的苏格兰裙，从干草车下钻出来。

“好，那么，小拉比。”詹米亲切地说，“看来你父亲最后还是答应让你来做马夫了。我想你一定会认真工作，让他以你为荣的，是吧？”

男孩脏污的脸上，充血的圆眼呆滞地仰望着，什么话也没回，然后詹米伸手温柔地抓住他的肩膀，使他转身面对水槽。

“孩子，厨房里有晚餐等着你。不过你得先去洗洗脸，克鲁克太太要求很多的。”他弯身对男孩轻声说，“噢，还有啊，拉比，耳朵要特别注意，不然她会帮你洗的。今天早上她就帮我搓耳朵了。”他把手放在耳朵后面，对男孩严肃地扇动耳朵，男孩突然露出羞赧的笑容，然后便往水槽跑去。

“很高兴你成功了。”我说，挽着詹米进去用晚餐，“我是说小拉比的事。不过，你是怎么办到的呢？”

他耸耸肩：“就是把罗纳德带到酿酒房后面，朝他脆弱的地方挥一两拳，然后问他是要留下儿子还是留下肝脏。”他皱眉看我一眼，“这样不好，但我想不出别的办法，而我又不想让那孩子跟他回去。不只是因为我对他祖母的承诺，詹妮告诉了我那孩子背后的事。”他犹豫一下，“跟你说，外乡人，我父亲觉得我该打的时候就会打我，比我认为我该打的次数还要多太多。但是他跟我讲话，我不会怕到缩成一团。而且我不认为小拉比未来有天能够和妻子躺在床上笑着回忆这些。”

他向前拱起肩膀，呈现半耸肩的奇怪模样，这个动作我已经好几个月没见到了。“他说得没错。这是他儿子，他想怎样就怎样。我也不是上帝，不过是个堡主，比上帝低了好几个层级。尽管是这样……”他俯看我，歪嘴露出一半笑容，“正义和暴力只有一线之隔，外乡人。我只希望没站错队。”

我抱住他，一手环在他腰际：“你没错，詹米。”

“你这样认为？”

“对。”

我们慢慢走回宅邸，双手彼此环抱。农舍建筑的石灰墙在日落余晖中闪烁着琥珀色光芒。不过我们没进屋，詹米带我走上屋后的缓坡。我们坐在一块农地的顶栏上，堡主专属的农地在眼前平铺开。

我头靠在詹米肩上叹着气，他轻捏我的脸颊回应。

“你生来就是要做这些的，是吗，詹米？”

“大概吧，外乡人。”他从田野、建筑、农场和道路望向远方，接着低下头，脸上突然弯起一抹笑容。“我的外乡人，那你呢？你生来要做什么？庄园女主人，还是像吉卜赛人一样以天地为家？医生、教授夫人，还是逃犯的妻子？”

“我是为你而生的。”我简单回答，双手伸向他。

“知道吗，你从没这样说过。”他终于放开我。

“你也没有。”

“我有。就在我们来这里的隔天，我说我最想要的就是你。”

“那我也说了，爱和想要未必是一回事。”我反驳他。

他笑了：“或许你是对的，外乡人。”他把我脸上的头发向后抚平，亲吻我眉毛。“我从第一眼见到你就想要你了。但直到你在我怀里哭泣，让我安慰你，我才爱上了你，就是第一次在理士城堡的时候。”

太阳落到那排黑松树下方，傍晚最早的几颗星星开始闪现。十一月中旬了，白天虽然还好，但夜晚的天气已经转凉。詹米站在围篱另一边，低下头靠着我前额。

“你先。”

“不要，你先。”

“为什么我先？”

“因为我会怕。”

“怕什么，我的外乡人？”黑暗自田野席卷而来，覆盖大地，并向上延伸，和夜色融合。新月的光芒凸显着他的眉骨和鼻梁，光影交织在他的脸上。

“我怕一旦开始就无法结束。”

他望向地平线，低垂的弦月正冉冉上升。“冬天就要来了，夜晚会很长，美人儿。”他身体弯过围篱伸出手，我走进他怀里，感觉着他的体温和心跳。

“我爱你。”

第九章　难产

数日后的傍晚，我在屋后山丘上的一小块紫堇田里挖块茎。听到草丛中有脚步靠近的窸窣声，以为转身会看到詹妮或克鲁克太太叫我回屋吃晚餐，没想到却是詹米。他因为刚洗过澡，头发湿湿地翘着，身上还是穿着外衣，在两腿间打了个结，以便在田里活动。他上坡走到我身后抱住我，下巴靠在我肩上。我们一起看着太阳落下，整排松树笼罩在金色和紫色光辉中。四周的景色静静地黯淡下来，我们留在原地，沉浸在满足的氛围中。最后天色渐黑，我听见詹妮在屋里叫唤的声音从山丘下方传来。

“我们该进去了。”我说，不情愿地微微移动身体。

“嗯。”詹米没动，反而抱得更紧，眼神仍然凝视着渐暗的阴影，好像想把每颗石头、每片草叶都刻进记忆里。

我转身面向他，两手环着他颈项。“怎么了？”我轻声问，“要离开了吗？”想到必须离开拉里堡我就心情沉重，不过我知道留在这里太久会很危险。英国士兵随时可能会再来，到时后果不堪设想。

“没错。明天，最晚后天。纳克丘朗那边有英国人，虽然距此处还有二十英里，但天气好的话骑马两天就可以到达。”

我开始下坡，有只手从我膝盖下方举起我的身体，抱在他胸前。我可以感觉到他皮肤上还残留着太阳的余温，也闻到他身上混杂着汗水和野生燕麦的温暖的泥土气息。他参与了最后这次收成的工作，而这气息让我想到一周前的一顿晚餐。那次我终于发现，一直对我十分客气的詹妮，终于把我当作家里的一分子了。

收成工作很费力，伊恩和詹米经常晚餐吃到打瞌睡。有一次，我离开餐桌去拿麦片布丁当甜点，回来时发现他们两人都睡着了，詹妮则独自对着剩下的晚餐偷偷笑着。伊恩靠着椅子，下巴垂到胸前，沉重地呼吸着。詹米脸颊靠着交叠的手臂，往前趴在桌上，在餐盘和胡椒罐之间平缓地打鼾。

詹妮从我手中接过布丁，帮我们两人各盛一碗，摇头看着睡着的男人。“他们一直打呵欠，我就想，要是我不说话会怎样。然后我就不说话，果然，两分钟后两个都倒了。”她温柔地顺平伊恩前额的头发。“这就是为什么七月出生的孩子那么少。”她说，意有所指地对我挑起一边眉毛，“男人在十一月保持清醒的时间不长，没有开始的机会。”

她说得没错，我笑了起来。詹米在我旁边动了一下，鼻子发出闷哼，我一只手放他背后安抚他。他嘴角立刻反射地弯起一抹浅笑，接着又陷入沉睡。

詹妮看着他说：“还真有趣，我只在他很小的时候看过他这样。”

“哪样？”

她点点头：“在睡梦中微笑。他以前常这样，有人经过他的摇篮，或者长大一点睡小床的时候，摸他他就会笑。有时我和母亲会轮流摸他的头，看能不能让他笑，结果他每次都会笑。”

“还真奇怪。”我做实验，一手温柔地从他后脑摸向后颈。果然，他立刻回我一个特别甜美的微笑。笑容在他脸上停留一会儿，才渐渐恢复成略为严肃的睡脸。

“为什么会这样？”我不可思议地看着他。

詹妮耸肩对我笑：“我想是因为他很高兴。”

* * *

结果隔天我们没走。那天午夜，我被房里低声交谈的声音吵醒。我翻过身，看见伊恩拿着蜡烛站在床边。

“宝宝要生了。”詹米见我醒了便说，“伊恩，不会有点早吗？”他坐起身打呵欠。

“或许吧。小詹米比预产时间晚。我想，早点总比晚点好。”伊恩紧张地笑了一下。

“外乡人，你会接生吗？还是我该去找产婆？”詹米转头问我。

我的回答毫不迟疑。我摇摇头：“找产婆。”我在护士训练期内只见过三次分娩，都是在无菌的手术室内，麻醉过的病人全身盖着布，除了特别肿胀的会阴部和突然冒出来的头颅以外，我们什么都看不见。

詹米出发去找产婆马丁斯太太，我跟着伊恩上楼。

詹妮坐在窗边的椅子上，向后舒服地靠着。她已经穿上一件老旧睡衣，拆掉原本的床单，在羽毛床垫上铺好一床旧被子，坐着等待。

伊恩在她身边紧张地来回走动。詹妮也笑着，但神情看起来有点涣散，好像正在聆听一个遥远的声音，一个只有她听得见的声音。伊恩穿戴整齐，在房里坐立难安，把东西拿起来又放下去，最后詹妮命令他离开房间。

“去楼下叫醒克鲁克太太，伊恩。”她脸上带着微笑，语气缓和地打发他走，“叫她把马丁斯太太要用的东西都准备好，她知道该怎么做。”接着她突然深吸一口气，双手扶住隆起的下腹。我盯着看，她的肚子突然间绷紧鼓起。她咬着唇，呼吸急促好一会儿，然后才放松下来。她肚子回到本来微微下垂、两端圆润的水滴形状。

伊恩犹豫地把手放在她肩上，她搭上他的手，抬头对他微笑：“然后也叫她给你一点东西吃，你和詹米会需要吃点东西的。大家都说第二胎会比第一胎早出生，或许你们吃完早餐，就可以换我吃了。”

他用力捏捏她的肩膀，吻她，在她耳边低声说几句话才转身离开。到了门口，他又迟疑地回头看，但她坚定地挥手要他离开。

似乎过了很久，詹米还没带产婆回来，詹妮肚子收缩越来越剧烈，我也越来越担心。第二个孩子据说会更早，一般来说是这样。要是这孩子决定在马丁斯太太抵达之前出生，那该怎么办?

刚开始詹妮还会不时和我交谈，只是当收缩剧烈的时候，她会停下来微微前弯抱住肚子。但是她很快就没力气说话了，她向后靠着静静休息，忍受逐渐加强的剧痛。终于，有一次阵痛让她抱着肚子几乎无法放开，之后她站了起来，摇晃地迈开步伐。

“帮我走动一下，克莱尔。”

我不太确定该怎么做，便依照指示，从下面紧紧抓住她的手臂，帮她站直身体。我们在房里绕了几圈，阵痛来袭时便停下来，阵痛过去就继续。等产婆一到，詹妮就走到床边躺下。

马丁斯太太看起来很可靠。她身材高瘦，肩膀宽阔且前臂有力，加上表情和蔼老实，让人很容易信任她。她灰白的眉毛中央，一直有两道垂直的皱纹，她一专心皱纹就陷得更深。

做初步检查的时候，她那两道皱纹还浅浅的，一切都很正常。克鲁克太太备好一叠干净熨平的布供我们使用，马丁斯太太拿了一块布，保持折好的样子放到詹妮身体下面。她稍微抬起詹妮身体的时候，我非常惊讶地看见她大腿间有深红色的血迹。

看到我的表情，马丁斯太太点点头安慰我："没错，人家都说这场面很血腥。没事。要是血是鲜红色的，或者突然流了很多，那才要担心。现在没有问题。"

我们都坐下来等。马丁斯太太轻声安抚詹妮，手摩擦着她的下背，当她收缩时便用力按压。阵痛频繁起来，詹妮开始紧闭双唇，鼻间发出沉重的呼吸声。在最痛的那一刻，她会发出深沉微弱的呻吟。

这时詹妮的头发已经全部汗湿了，脸色因为用力而涨红。看这副迫切的模样，我完全明白这个过程为何会被称为"labor"[1]了。生孩子实在太辛苦了。

接下来的两个小时，除了痛苦明显加剧，似乎没什么进展。刚开始詹妮还能回答问题，现在已经不回应了，每次收缩完便躺着大口喘气，脸色一下子由红转白。

下一次阵痛来袭时，她紧咬双唇，等缓和以后才招手叫我到她身边。"要是孩子活下来……"她上气不接下气说，"是个女孩的

① labor同时有"劳动"和"分娩"之意。

话……就叫玛格丽特。跟伊恩说……叫她玛格丽特·艾伦。”

“好，没问题，就快结束了，你可以自己告诉他。”我安慰她。

她坚决地摇头，咬牙忍受又一次剧痛的来袭。

马丁斯太太拉着我到旁边。“别在意，小姑娘，这时候她们都会以为自己快死了。”她平静地说。

“噢。”我稍微放心了一点。

“不过，提醒你，有时的确会死。”她放低音量说。

马丁斯太太看起来也开始担心了。剧痛持续，却没有明显进展。詹妮已经耗尽体力，每次阵痛过去，她人就整个松垮下来，甚至昏过去，像是要靠短暂的睡眠逃避痛苦。然后，当下次锥心刺骨的痛楚又袭来，她便会惊醒，挣扎呻吟，侧着扭曲身体，以蜷缩的姿势保护着隆起的肚子。

“孩子能……回去吗？”我小声问，对经验丰富的产婆提这种问题，我感到有点羞怯。但马丁斯太太似乎不觉得我的问题突兀，只是看着床上精疲力竭的女人，眉间皱纹越来越深。

等这次阵痛过去，马丁斯太太掀开睡衣和布块，马上动手检查，敏捷熟练的手指在隆起的腹部上四处按压。这样试了几次，手指按压似乎引发了阵痛，无法在强烈收缩中继续检查。

终于，她退到旁边思考着，一脚心不在焉地踏着地板，看着詹妮蜷缩身体，又承受两次锥心刺骨的阵痛。詹妮拉紧布单，其中一块绷紧的布单应声撕裂开来。

这好像是个警讯，马丁斯太太靠近床边，做了决定，示意我过去。

“让她的背稍微靠着，姑娘。”马丁斯太太对我下指示，丝毫不为詹妮的哭嚎所动。我想这对她来说已经是家常便饭。

阵痛一缓和，马丁斯太太立刻开始，趁着子宫暂时松弛，她伸手进去抓住孩子，喘着气试着转动孩子的身体。詹妮大声尖叫，紧紧抓着我的手臂，面对又一次的收缩。

马丁斯太太试了一次、两次、三次，詹妮忍不住一直抗拒，但在挣扎着把孩子送到这个世界的过程中，她体力早已耗尽，超过了极限。

终于成功了。一股奇特的液体突然流动，形状不规则的团块在马丁斯太太手里转向了。詹妮的肚子一瞬间变了形状，一切似乎回到正轨了。

“用力。”詹妮用力，马丁斯太太即刻在床边跪下。她显然看到了进展的迹象，因为她起身迅速抓起桌上的小瓶子，那瓶子在她进来的时候就放在那里了。她倒出一些油状物在指尖，开始在詹妮双腿间轻轻按摩。

詹妮在疼痛中被触碰，发出深沉愤怒的反抗声，马丁斯太太便把手拿开。詹妮身体松软地垂下，产婆又继续温柔地按摩，对着产妇喃喃低吟，告诉她一切顺利，放松就好，现在……用力！

下一次收缩时，马丁斯太太把手放在詹妮肚子上，用力往下推。詹妮放声尖叫，但产婆仍继续推挤，直到收缩缓和下来。

“下次收缩，跟我一起推。快成功了。”产婆说。

我把手叠在马丁斯太太放在詹妮肚子的手上，在她的口令之下，我们三个一起铆足全力。詹妮深深发出一个胜利的咕哝声，一团黏稠的物体突然出现在她两腿之间。她伸直双腿，再次用力，玛格丽特·艾伦·默里就像浑身油腻的小猪一样诞生了。

过了一会儿，我用湿布擦完詹妮的笑脸后，直起身子望向窗外，已经是日落时分。

“我没事，完全没事。”詹妮说。适才看到新生女儿时所露出的大大的喜悦笑容，现在已经转为深沉满足的微笑，一直挂在脸上。她伸出微颤的手探向我的袖口：“去找伊恩，他一定很担心。”

我很怀疑他是不是很担心。伊恩和詹米在书房等待着，那情景简直就像提前狂欢庆祝。一个空的醒酒瓶放在餐柜上，旁边还有好几个瓶子，浓烈的酒气像云雾一样缭绕整个房间。

得意的父亲显然已经醉倒，头倒在堡主的书桌上。堡主本人还醒着，但是眼神迷离，靠坐着墙板，像猫头鹰一样眯着眼。

我大发雷霆，大步走向书桌，抓住伊恩肩膀粗鲁地摇晃，不顾詹米从地上爬起来说：“外乡人，等等……”

伊恩并非全然失去神智。他不情愿地抬头看我，一脸呆滞，眯着空洞可怜的双眼。我恍然大悟，他以为我是来宣布詹妮的死讯的。

于是我放开手，轻轻拍他。“她没事，你有女儿了。”我温柔地说。

他的头再次埋进手臂。我退了几步，詹米拍他背的时候，他瘦削的肩膀不断抖动。

历经劫难的众人都已经重生并梳洗完毕，默里、弗雷泽一家齐聚在詹妮房内，享用庆祝的晚餐。小玛格丽特整洁地包在小毛毯中供众人欣赏，传到父亲手上的时候，他接过新生儿，露出幸福的敬畏之情。“哈啰，小玛格。”他轻轻说，指尖轻碰她小小的鼻头。

新来乍到的女儿听到他的自我介绍后没有太大反应，认真闭上眼睛，身体倏地僵直，撒了父亲一身尿。

小婴儿的行为引起一阵笑闹和清理的动作，而趁着骚动，小詹米成功脱离克鲁克太太的掌控，跳到詹妮床上。詹妮轻轻发出不舒服的咕哝声，但还是伸出一只手把他圈入怀抱，挥手示意克鲁克太太没有关系。

“我的妈妈！”他宣布，钻到詹妮身边。

“不然是谁的妈妈呢？”她理性地问，“过来，小家伙。”她抱着他，亲吻他头顶，他放心地松懈下来依偎着她。她轻轻放下他的头，抚摸他头发。

“躺下来吧，睡觉时间过了，躺下来。”她说。他因为她在身旁觉得很安心，大拇指放到嘴里就睡着了。

轮到詹米抱小婴儿，他展现出惊人的适应能力，一只手掌扶着毛茸茸的小头颅，像捧着网球一样。把小婴儿还给詹妮的时候，他好像很不情愿。詹妮让孩子靠在胸前，轻喃低语着。

最后，我们回到自己的房间，我们的房间看起来空荡安静，和刚刚离去的温馨全家福形成强烈对比：伊恩跪在妻子床边，一手放在小詹米头上，看着詹妮给小婴儿喂奶。我现在才意识到自己的疲累，从伊恩叫醒我到现在已经过了将近二十四小时了。

詹米轻轻带上身后的门，一言不发地走到我身后，解下我睡衣系带。他双手环抱我，我感激地向后靠着他胸膛。接着他低头吻我，我转过身，双臂环绕他的颈项。我不只觉得非常疲累，而且非常敏感，非常忧伤。

“或许这样也好。”詹米缓缓说，好像在自言自语。

“什么也好？”

“你不孕也好。”他看不到我埋在他胸膛的脸，但他一定感到我身体僵了一下。

“是的，我很久之前就知道。吉莉丝·邓肯在我们婚后不久便告诉我了。”他轻抚我的后背，“刚开始我很难过，不过后来我开始觉得这样也好。活着这么辛苦，你生孩子一定会非常困难。现在……”他身体微微颤抖，“……现在我觉得很高兴，我不想要你受那种苦。”

“我不在意受苦。”过了好久我才说，想到了刚刚那圆润、毛茸茸的头颅和小小的手指。

“我在意。”他吻我的头，“我看到了伊恩的表情。詹妮每一声尖叫，就好像他自己的骨肉被撕裂一样。”我双手环抱他，抚摸他背后凸起的疤痕。“我自己身上的苦，我受得了，但我受不了让你受苦。我没有那种勇气。”他轻声说。

第十章　巡逻队

詹妮产后体力恢复得很迅速，隔天就坚持下楼。在伊恩和詹米联合反对之下，她什么也不能做，只能在客厅倚着沙发，小宝宝玛格丽特则在一旁的摇篮里熟睡。

但是她闲不下来，一两天后就跨进厨房，接着踏入后花园。她坐在墙上陪我，怀中婴儿用背巾包得好好的。我一边拔除枯死的葡萄藤，一边注意那口巨型锅炉，全家衣物已在炉里沸煮过。克鲁克太太和几位女仆已经把干净的衣服拿出来晾干，我现在等着把水放凉倒掉。

小詹米在旁边“帮忙”，乱拔植物、乱丢树枝。他太靠近锅炉的时候，我出声警告，他没理我，我只好在后面追他。幸好锅冷得很快，水已经不烫了。我让他退后去找妈妈，然后把锅从铁架上倾斜，让污水沿锅边倾泻。

我向后跳开，水在冷空气中冒着气。小詹米蹲在一旁，高兴地玩温暖的泥巴，黑色泥点飞溅到我整件裙子上。

他母亲从墙上下来，将他一把拉起，再从他背后用力拍下去：“懂不懂事呀，小子？看看你！这下你的衣服又得脱掉重洗！还有看看你把舅妈的裙子弄成什么样了，真是个小野人！”

“没关系。”我看见孩子的下唇开始颤抖，回了一句。

“有关系。”詹妮边说，边给孩子一个锐利的眼神，“小子，跟舅妈说对不起，然后回屋里让克鲁克太太帮你梳洗。”她朝他屁股拍下去，这次轻了一点，接着把他往房子方向一推。

我们转身整理湿衣服的时候，路上传来了马蹄声。

“我猜是詹米回来了，不过时间提早了。”我侧耳倾听。

詹妮摇摇头，专注地盯着路的另一头。“那不是他的马。”

那匹马出现在坡顶，从她皱眉的表情看得出来，那匹马她没见过。不过马背上的那人倒不陌生。她身体一僵，接着双手牢牢抱住婴儿往门口跑。

“伊恩回来了！”她呼唤我。

他身上的衣服又破又脏，脸上也满是瘀伤。他滑下马背，额上一块肿胀的瘀青，丑陋地破坏了一边眉毛。詹妮从下方握住他的手臂扶他下马，这时我才看到他的木肢不见了。

“詹米，我们在磨坊附近遇到巡逻队。他们知道我们会来，在那里等着。”他喘着气说。

我心里一沉：“他还活着吗？”

他点头喘着气说：“活着。没受伤。他们把他带到西边，往基林镇的方向去了。”

詹妮的手在他脸上检查：“你伤得很重吗？”

他摇摇头：“没有。他们抢走我的马和我的脚，不让我跟着，但没必要杀我。”

詹妮望向地平线，太阳已经落到树林上方。大概四点了，我估计。伊恩循着她的目光望去，知道她的疑问。

“我们大概中午遇见他们。我花费两个多小时，才找到一匹马。”

詹妮直挺挺地站着好一会儿，在内心盘算，接着下定决心，然后转向我：“克莱尔，请你协助伊恩进屋好吗，如果他有任何医疗需求就尽快进行。我去把婴儿交给克鲁克太太，然后就去牵马。”

她不等我们回应就走了。

“她是说……她不能这么做！她不能丢下婴儿！”我惊呼。

伊恩沉重的身体靠在我肩上，我们迟缓地沿着小径上坡走回宅邸。他摇头道：“或许吧，但我想她也不能让那些英国人把她弟弟吊死。”

* * *

我们抵达詹米和伊恩遇袭的地点时，天色已渐黑。詹妮下马在树丛中四处搜索，像敏捷的小狗，一边拨开眼前的树枝，一边低声嘀咕，听起来像在骂脏话，只比她弟弟的用语稍微文雅些。

“东边。”她说，然后终于从树丛间走出来，她衣服脏了，而且被钩破了。她弹掉裙子上的枯叶，从我麻木的双手上接过缰绳。“我们没法在夜里追上去，但至少我知道天亮要往哪里走。”

我们简单扎营，拴好马，生起小小篝火。我很敬佩詹妮做这些事的效率，她笑了：“在詹米和伊恩还小的时候，我总是要他们示范给我看，怎么生火，怎么爬树，甚至怎么剥下动物的皮，还有怎么追踪猎物。”她再次望向巡逻队走的方向。“别担心，克莱尔。”她在篝火边坐下对我笑着说，“二十匹马没法跑太远，但两匹马可以。看样子，巡逻队会选去往埃斯克代尔的路。我们可以从山丘上抄近路，在米德曼斯附近拦截他们。”

她手指灵巧地扯动长裙上方的衣服。我惊异地看她翻开衣服，拉下衬衣上缘露出乳房。她的乳房很大，涨着奶水，看起来很结实。我对这方面一无所知，从没想过涨奶期的母亲不能哺乳会怎么样。

“我不能离开宝宝太久，会爆出来。”她露出鬼脸回应我的疑惑，一手放在一边乳房下方。此时乳汁开始从饱胀的乳头滴出，小小的乳头略为发青。詹妮从口袋掏出一条大方巾，塞在胸部下面。有个小锡杯放在旁边的地上，是她刚刚从鞍囊里拿出来的。她把杯缘压在乳头正下方，两根指头轻轻按住乳房，往乳头的方向挤压。乳汁滴得更快，接着乳晕突然收缩，竟以惊人的力道喷出乳汁。

“竟然会喷！”我目瞪口呆，冲口而出。

詹妮点头，移动杯子接住乳汁：“噢，是啊。宝宝吸吮的动作能让乳汁分泌，一待乳汁流出，宝宝就只需吞咽了。喔，现在舒服多了。”她闭上眼睛稍事休息。

接着她把杯里的乳汁倒到地上，说：“可惜这些乳汁了，但现在也用不上，是吧？”她换手把杯子移到另一边乳房下方，重复同样的动作。“很麻烦，跟孩子有关的事几乎都很麻烦。不过，还是想生。”她抬头看到我还看着她。

“对，还是要生。”我轻声回应。

她透过火光看着我，表情温柔而关切：“时候未到，有天你会有自己的孩子的。”

我的笑声有点颤抖：“在那之前，得先找到爸爸。”

她倒掉第二杯乳汁，然后把衣服穿好：“噢，我们会找到他们的，明天就会。我们一定要找到，我不能离开小玛格那么久。”

“我们找到他们以后怎么做？”我问。

她耸耸肩，伸手拿起毛毯：“那就看詹米了，还有看他们把他伤成什么样了。”

* * *

詹妮说得没错，隔天我们就找到了巡逻队。我们一早再次出发，途中只稍作停留让詹妮挤出奶水。她好像能够看出蛛丝马迹，而我则毫无异议地跟着她追进浓密的树林里。在矮树丛间无法迅速移动，但她保证这条路比巡逻队走的近，他们队伍庞大只能走大路。

近午时分，我们追上了他们。我听到马具的铃铛声，以及先前听过一次的闲谈声。我伸出手制止詹妮继续前进，她这时正跟在我身后。

她对我耳语道：“下面的小溪有个浅滩，他们好像是停在那里给马喝水。”她滑下马，牵起两副缰绳，把马拴好，示意我跟上，然后便像蛇一样滑进矮树丛。

她带我到可以俯瞰浅滩的小岩石上，这是一个有利的勘察位置。从这里看下去，巡逻队几乎尽收眼底。他们大多下马三三两两聊着，有些人坐在地上吃东西，有些人牵着两三匹马到溪边饮水，但就是没看见詹米。

“你觉得他们会不会已经杀了他？”我焦急地在她耳边询问。我一一数过两次，确定没漏掉任何人。二十个男人和二十六匹马，清清楚楚，至少目前看来如此。但是看不出有俘虏的迹象，也没见到詹米在阳光下绝对无从遮掩的那头红发。

“我想不会，不过要确定的话，只有一个办法。”詹妮回答。

她向后钻回矮树丛。

“什么办法？”

“问。”

离开浅滩后路越来越窄，仅剩一条泥泞小径，夹在浓密的松树和赤杨木间。小径无法容纳巡逻队两两并肩前进，必须排成一列通过。

队伍的最后一人接近小径转弯处时，詹妮突然站出来挡在他面前。他正怒气冲冲开口要质问她，我便从后方树丛跳出来，用掉落的树枝朝他后脑勺结结实实挥下去。

他的坐骑在猝不及防之下受惊，他便失去平衡掉落下来。他没昏倒，那一击只是让他掉落马背。詹妮拿一块颇大的石头补上一记。

她抓住马的缰绳，对我挥手示意。

“快！”她轻声说，“在他们发现他不见之前，把他搬离这条路。”

于是，当艾尔莱夫峡谷巡逻队的罗伯特·麦克唐纳醒过来时，便发现自己被牢牢绑在树上，之前俘虏的那人的姐姐正眼神锐利地拿枪指着自己。

“你们对詹米·弗雷泽做了什么？”她质问。

麦克唐纳茫然摇头，显然以为她只是幻象。他试图移动，结果得到了一阵咒骂和威胁，最后他终于认清，要想松绑，唯一的办法就是说出我们想知道的事。

“他死了。”麦克唐纳沉着脸说。然后，看见詹妮不祥地紧扣扳机，他慌忙补充说：“不是我杀的！是他自己的问题！”

他说詹米原本双手被皮绳固定，放在马背上，夹在前方和两旁的守卫之间。他看起来很温顺，所以他们在磨坊外六英尺之处渡河时，并未特别防范。

“那个白痴自己从马上跳下来，投到深不见底的水里。”麦克唐纳说，他虽然双手被反绑在后，还是耸了耸肩，“我们朝他开火。他没再浮出水面，一定是打中他了。浅滩下面水流很急，水又很深。我们搜了一会儿，没找到人，一定是被冲到下游去了。好了，看在老天的分儿上，两位姑娘，可以松绑了吧！”

詹妮虽然再三威胁，但已经引不出他透露更多细节或改变说法，我们于是决定相信他。詹妮不肯直接释放麦克唐纳，只肯稍微松开绳子，等时间一长，他便能自行挣脱。然后我们走了。

“你觉得他死了吗？”我们回到拴马的地方时，我边喘边说。

“我不相信。詹米在水里就像蛟龙一样，而且我见过他可以一次憋气三分钟。快，我们得去河岸搜索。”

我们沿着河岸来回寻找，在岩石间颠簸前行，在浅滩中涉水而行，在垂柳间穿梭搜索。

终于，詹妮发出胜利的呼声。我不顾水花四溅，摇摇晃晃地在长满青苔的石头上向她走去。小溪这一侧的水特别浅，石头成列排在水底。

她手里握着一条皮绳，皮绳还绑成圈状，其中一头有血渍。

“他在这里挣脱了皮绳。”她说，同时把皮绳收成小圈。她回头看我们刚刚来的方向，望着乱石嶙峋的瀑流和白沫湍急的深潭，她摇摇头。“你到底怎么办到的，詹米？”她自言自语道。

我们在山脉不远处发现一处压平的草地，显然他躺在这里休息过。我发现附近一棵白杨树的树皮上有一个褐色的小污渍。

“他受伤了。”我说。

“没错，不过他在移动。”詹妮回答，并看着地面，来回踱步。

“你很会追踪猎物吗？”我满怀期待地问。

“我狩猎技巧不是太好，不过如果在干燥的蕨类植物间，我还追踪不了像詹米·弗雷泽这么大的人，我不就跟瞎了一样？”她回答，我则紧跟在她后面。

一道褐色蕨类被压过的大片痕迹领着我们上坡，但碰上一丛浓密的石楠后便消失了。周围已经没有更多线索，我们呼喊着，但无人回应。

“他一定走了。”詹妮坐在一块木头上，一边扇风一边说。我觉得她看来面色惨白，才想到绑架并威吓一个携带武器的男人，实在不是刚生产完的女人该做的事。

“詹妮，你得回去。而且，他有可能会回拉里堡。”我说。

她摇摇头：“不，他不会回去。不管麦克唐纳说什么，他们都不会如此轻易放弃，手上什么战利品都没有就回去。他们之所以没来追他，是因为没有能力。但他们一定已经派人回去监视农场，以防万一他跑回去。不会，他绝对不会回去的。”她拉高衣服领口。天气很冷，但她却微微出汗，我可以看到她胸口一带因为乳汁分泌的关系，衣服颜色越来越深。她看到我的目光，点点头：“对，我该赶紧回去。克鲁克太太现在用羊奶混着糖喂小宝宝，但宝宝不能离开我太久，我也不能离开她太久。但我实在放不下你一个人。”

虽然我也不太想独自在苏格兰高地四处找人，但我摆出无畏的表情：“我可以的，情况不算太糟。至少他还活着。”

“这倒是真的。”她望向已经低垂在地平线上方的落日，“我至少可以陪你过夜。”

夜里我们依偎在篝火旁，没有太多交谈。詹妮心思都系在孩子身上，我则想着自己一人既不熟悉地形又不懂盖尔语，该怎么继续搜索。

突然，詹妮抬起头来侧耳倾听。我也跟着坐直身体，但什么也没听见。我往詹妮凝视的黝黑树林望去，还好没看到深处有眼睛闪烁，谢天谢地。

当我回头看向篝火，默塔已经坐在另一头，冷静地就着篝火暖手。听见我的惊呼，詹妮扭头一看，也发出惊喜的短促笑声。

“等你们知道要看向哪里，我早把你们都宰了。”这个矮小的男人评论道。

“哦，你确定吗？”詹妮缩着两脚坐着，双手抱着脚踝。说时迟那时快，她手探向裙底，亮出一把苏格兰短刀，迎着火光熠熠生辉。

“还不错。”默塔肯定她的身手，像智者一样点头称许，“英国小姑娘，这个你行吗？”

“不行。”詹妮说，把短刀收回长袜里，“所以你来陪她很好。伊恩派你来的吧？”

矮小的男人点头说：“没错。你找到巡逻队了没？”

我们跟他说明目前的进度。听见詹米逃走的新消息，我确信看见他嘴角的肌肉抽动了一下，但还称不上笑容。

最后，詹妮起身叠毛毯。

“你要去哪儿？”我惊讶地问。

“回家。”她对默塔点头，“现在他陪你，你不需要我了，但有人需要我。”

默塔抬头望向天空。隔着一层山岚，几乎看不见逐渐由盈转亏的月亮，我们头上的松树间则传来雨水轻轻打落树叶的声音。

“明天再走。起风了，今晚没人能走太远。”

詹妮摇头，继续把头发塞进头巾：“我知道路，而且要是今晚没人能走，那也就不会有人在路上拦我了，是吧？”

默塔不耐烦地叹口气：“你跟你那牛脾气的弟弟一样固执，我这样说不算过分吧。没理由赶回去，至少我看是没必要。我想你的男人那么好，也不会趁机和什么淫妇上床。”

“老家伙，瞧你目光如豆，看到的距离就那么短。”詹妮言辞犀利地回答，“要是你活到今日，就只会挡在哺乳期的母亲和饿肚子的小孩中间，量你也不能捕猎野猪，更不用说要在石楠丛中找一个男人了。”

默塔举起双手表示投降：“噢，好了，你要走便走吧，我竟然想跟一个疯婆子讲理。我想，那你就回去代我向婴儿问好吧。”

詹妮出乎意料笑了出来，露出酒窝：“好的，老油条。”她弯身抬起沉重的马鞍放在膝上，“那我这个好妹妹就交给你了，找到詹米就传话回来。”

她转身装上马鞍时，默塔又说：“说再见前先告诉你，等你到家就会见到新来的厨房女用。”

她停下动作看他，接着缓缓把马鞍放在地上：“是谁？”

“麦克纳布的遗孀。”他刻意放慢速度回答。

她身体一僵，一动也不动，头巾和斗篷在风中飘扬。“为什么？”她终于问道。

默塔弯身捡起马鞍，把马鞍抬起来，轻而易举地牢牢固定住肚带。“火灾。”他说，然后拉了一下马镫腰带，“经过高地的时候小心一点，灰烬可能还温热着。”

他伸手要帮她上马，但她摇头，反而牵起缰绳，挥手示意我：“跟我一起到坡顶上，好吗，克莱尔。”

远离篝火的空气又冷又重。我的裙子因为坐在地上而湿透，走路时贴着我的大腿。詹妮逆风低着头，但我可以见到她的侧脸，双唇因为寒冷而僵硬发白。

“是麦克纳布向巡逻队告发詹米的？”我终于问。

她缓缓点头：“没错。伊恩会查出来的，或其他人也查得出来，由谁查出来不重要。”

已经十一月底，盖伊·福克斯日已过了好久，但我突然看到一阵火光，火焰像圣灵的舌头一样跃上木制墙面、蹿出茅草屋顶，屋内火舌舞动着，为那该死之人祈祷。而屋内那蜷缩在自家壁炉灰烬里的人，已经预备在下一阵寒风袭来时，随着屋子的黑色灰烬一起被刮走。正义和暴力，有时只有一线之隔。

我发现詹妮在看我，眼神满是探问，我点头回应她的凝视。我们一起，至少这件事上在一起，站在那冷酷无情界线的同一边。

我们停驻在坡顶，此时默塔变成下方火堆旁的一个黑点。詹妮翻找裙子一边的口袋，接着把一只软皮袋塞到我手里：“结账日收的租金，你可能用得上。”

我坚持要退回去，因为詹米不会希望拿庄园营运所需要的钱，但她不肯接受。詹妮·弗雷泽身材虽然只有弟弟的一半，顽固的程度却旗鼓相当。其实应该是更胜一筹，最后我放弃了，把钱小心地藏进衣服里。又在詹妮坚持之下，收下她塞给我的苏格兰短刀。

“这是伊恩的，不过他还有一把。把它放在长袜上方，用吊袜带固定住。别拿下来，睡觉时也别拿。”

她停了一会儿，一副欲言又止的样子，显然还有话要说。“詹米说，你可能……会告诉我一些事。然后他说，要是你说了，我就照做。你……有什么要说的吗？”她小心翼翼地问。

我和詹米讨论过，有必要让拉里堡和居民准备面对随着叛乱而来的灾祸。当时我们认为还有时间，但现在没时间了，顶多只有几分钟，而我得在这几分钟内，告诉我这位好姐姐所有保护拉里堡度过风暴的必要信息。

预言家实在不是轻松的职业，我不是第一次这样想。我对耶利米[①]和他的哀歌感同身受，也才知道希腊的卡珊卓拉为何不讨人喜欢。然而，该说的话还是得说。在苏格兰的山顶上，秋季风暴的晚风拍打着我的头发和裙摆，就像拍打着报丧女妖的衣摆一样，我转头看向阴影笼罩下的天空，准备说出预言。

“种马铃薯。”我说。

詹妮的嘴巴微微张开，接着她闭上嘴，迅速点头。“马铃薯。好的。这附近只有爱丁堡一带有马铃薯，不过我会派人去那里找。要种多少？”

“能种多少就种多少。现在高地上没有种马铃薯，但以后就会有了。根茎类植物可以存放较久，而且产量也比小麦好。尽量把土地拿来种植可以储藏的作物。接下来会发生饥荒，很大的饥荒，就在这两年之内。没有生产力的土地或房产，现在就卖掉换黄金。之后会发生战争，还有大屠杀，在高地各处，人民会遭到猎杀。”我想了一下，“屋里有没有地窖之类的藏身处？”

① 耶利米是希伯来人的先知，因人们不重视他对犹太国即将灭亡的预言和警告，写了《哀歌》。卡珊卓拉是希腊神话中的预言家，洞悉奥秘，预言精准却无人听信，使她在世人眼中成了疯子。

“没有，房子是在护国公时期[1]很久之后建好的。”

“那就造一个地窖，或者其他可以躲藏的地方。希望詹米不会用到，不过别人可能用得到。”想到这里我很困难地吞吞口水。

“好的。就这样吗？”昏暗的光芒中，她的脸严肃而专注。多亏詹米深谋远虑地事先提醒她，也感谢她如此信任弟弟。她没问我原因，只是仔细记下我说的话，我知道匆忙之间的这些指示会被执行。

“就这样了，至少我现在只想到这些。”我想微笑，但我自己都不觉得那是个微笑。

她的表情却好多了。她轻碰我的脸颊，以示道别。

“上帝会陪伴你，克莱尔。我们会再见面的，等你把我弟弟带回家的时候。”

---

① 指1653—1659年，在“护国公”克伦威尔统治下的英格兰、苏格兰及爱尔兰联邦。

第三部分　搜寻

第十一章　杜格尔带来的信息

我严肃思考着，不管文明是否有缺点，它的优点是毋庸置疑的，例如电话。而就这件事来说，文明最大的优点，则是报纸。报纸在爱丁堡甚至珀斯等大城市都很通行，但在苏格兰高地的荒郊野外则完全不见踪迹。

没有这类大众传播媒体，消息就只能靠口耳相传，相当于以步行的速度在散播。人们大多还是会知道该知道的事，只不过是在事发数周以后。因此碰上寻找詹米这事，我们没什么可仰赖的资源，只能希望有人遇见他，然后把话带回拉里堡。这个过程会花掉好几周，而冬天马上就要来了，要前往比尤利变得十分困难。我坐着继续添加柴火，思考各种可能。

詹米从逃走的地方能往哪儿去呢？可以确定的是，他不会回拉里堡，也绝不会朝北进到麦肯锡的领地。朝南去边境之地？那里有可能再碰上修·门罗或之前他的那些粗野同党。不可能，最有可能是朝东北方，往比尤利的方向。不过如果我想得到这些，巡逻队必定也想到了。

默塔捡柴火回来，把整把树枝丢到地上。他盘腿坐在苏格兰披肩上，用披肩剩余部分包裹身体抵挡寒气。他望向天空，月亮在涌动的云层后方发光。

“目前还不会下雪，大概还要再等一两周，我们在那之前应该到得了比尤利。”他眉头紧皱着说。

好，有人确认了我的推断，我这样想。“你认为他在那里？”

这个个头矮小的亲戚耸耸肩，把苏格兰披肩拉高，围住肩膀。“说不上来。往那里去对他来说不容易，白天必须躲躲藏藏，不能走在大路上，而且没有马。”他搔着蓄着胡楂的下巴深思，“我们找不到他，最好让他来找我们。”

“怎么让他找我们？射信号弹？”我讥讽地建议。默塔有个特点：无论我说的话多么不合宜，他都能充耳不闻。

“我把你的小药包带出来了。”他说，下巴朝地上的鞍囊指了指，“你在拉里堡一带很有名，可以让这一带的乡村都知道你是医生。”他自己点点头，“没错，这样会很有效。”他不多解释，直接躺下来卷起披肩，镇静地睡去，完全不在意树林间的风声以及雨水轻轻拍打树叶的声音，也不在意我。

很快我就明白他的意思了。我们的行程缓慢而且公开，沿着主要干道前进，每到一处农舍、村庄或聚落都停下来，接着他会迅速对当地居民调查一番，把有病痛或受伤的人集中起来，带来给我治疗。因为医生稀少，而且这些地点相隔很远，总是会有需要照料的病患。

我忙着调药水、上药膏的时候，他会和伤患的亲友闲聊，仔细描述我们前往比尤利的行程。如果碰巧一个地方没有病人，我们仍旧会留宿一夜，在农舍或旅店歇脚。默塔会在歇脚处唱歌娱乐主人，换取饮食，并顽强地坚持我留下全部的钱，以备找到詹米时要用钱。

天生不喜谈话的他，在我们从一地到另一地的漫长旅程中，教了我很多首歌。

“你有一副好嗓子。”有一天我稍微成功地哼出《忧郁耶若村》之后，他这么说，“你的声音有力而且真诚，只是欠缺训练。待会儿再试一次，然后今晚你跟我一起唱。利穆拉那里有间小酒馆。”

“你真的觉得这样有用吗？我是说，我们正在做的事。”

他在马鞍上移动了一下，然后才回答。他不是天生骑师，看起来总像受过骑术训练的猴子，但他在一天旅程结束时，总能矫捷利落地下马，而我却几乎是马还没停，身体便摇晃得快要掉下来。

“噢，会有用的，迟早有用。这几天来看病的人多了，不是吗？”他终于说。

我也同意，这是真的。

“很好。”他的观点得到证实，“那么，也就是说，你医术口碑传出去了，这就是我们要的。不过我们还可以更好，这就是为什么今晚你要唱歌，而且或许……”他迟疑着，似乎想提出某个建议却又有点为难。

“或许什么？”

“你会一点算命，是吗？”他小心翼翼地问。我明白他为何迟疑，他也见过克兰斯穆尔猎女巫的疯狂情景。

我微笑：“会一点。你要我算命？”

“对。我们能做的事越多，就会有越多人来找我们，然后他们回去会再告诉别人。跟我们有关的消息一传开，那小子就会听到我们的事，那时我们就能找到他了。你敢不敢试？”

我耸肩：“如果有用，有何不敢？”

那晚我在利穆拉初试啼声和算命，颇受好评。我发现格雷厄姆太太说得对：想知道人的反应，线索在脸上，不在手上。

我们的声名渐渐传开，到了下个星期，我们几乎一进村庄，群众便从农舍一拥而上来迎接，并将大把铜钱和小礼物送给我们。

“你看，这样其实大有可为。”有一天我一边收拾着当晚的收入，一边说道，“可惜这附近没有剧场，不然我们就可以做像样的巡回表演了：魔术师默塔和美女助理格拉迪斯。”

默塔跟平常一样对我的评论无动于衷，不过我说的是真的，我们真的是好搭档。或许是因为我们有共同的目标，尽管我们的性格截然不同。

天气越来越冷，行进的速度也越来越慢，不过还是没有半点詹米的消息。一晚在贝拉朱穆村外，我们在疾风劲雨中遇到一群真正的吉卜赛人。

我不可置信地眯起眼睛，看着路边空地上五颜六色的小车队，看起来就跟每年来到汉普斯特区的车队一模一样。

那些人看起来都相同：皮肤黝黑、笑容满面、声音洪亮，而且热情好客。一个女人听见我们马具上的铃声，便从篷车探出头来。她打量我们一番，接着大喊一声，于是树下的空地便突然变得生气蓬勃，好几张黝黑的脸笑吟吟地迎接我们。

“钱包给我保管。”默塔面无表情。他看着那个年轻男子不顾大雨已经湿透他的彩色上衣，大摇大摆走来。“还有，不要背对任何人。”

我很小心，但面对吉卜赛大餐的热情邀约——闻起来很香，应该是某种炖菜——我迫不及待地接受邀请，完全置默塔的深深忧虑于不顾，而他似乎连炖菜中烹煮的是什么动物都加以怀疑。

他们不太说英语，更不说盖尔语，我们的交谈大多依赖手势，以及一种比较接近法语的混合语。我们在温暖友善的篷车中用餐，男人、女人和孩子都自在地用着碗里的食物，看哪里有位置就坐在哪里，用面包蘸着肉汁。这是我数周以来最丰盛的一餐，吃到肚子胀得老大，几乎无法吸足气唱歌，但我还是尽力跟着哼唱几段最难的部分，然后由默塔继续唱完。

我们的演出获得如雷掌声，吉卜赛人也以表演回馈我们，一个年轻男子和着古琴，唱出一首曲调忧伤的歌曲。他的演出还有铃鼓伴奏，用力拍鼓的是个八岁左右的小女孩。

默塔在先前到访的村庄和农场，总是以谨慎的态度探听消息，但面对这些吉卜赛人，他却直截了当。出乎我的意料，他直接说我们要找的是个个头高大、头发火红，眼睛像夏日晴空般清澈的男子。满车的吉卜赛人一个个交换着眼神，却全都抱歉地摇头。没有，他们没见过他。不过……领头的人站了出来，是那个迎接我们的穿着紫衫的年轻男子，他比着手势说，倘若巧遇我们要找的人，他会派人通知我们。

我微笑鞠躬，默塔也做出手势示意收到通知会有酬赏。这件事虽在微笑中进行，但也夹杂着怀疑的眼神。最后，我很高兴默塔宣布我们必须上路，无法留下过夜，但十分感谢各位。他从皮袋子中丢出几枚硬币，并特意让皮袋子看起来只装了一小把铜板。待硬币分下去作为晚餐的谢礼，我们便离开，接下来只听见再见、感谢和祝福的话语不绝于耳，至少我听起来他们的意思是这样。

他们很可能会尾随然后杀掉我们，因为默塔的行为看起来很像他们确实会这么做。他骑着马，急速奔驰到两英里外的交叉路口，躲进一旁的树林里，绕了好大一圈才回到路面。

默塔前后张望，被雨水濡湿的黄昏中，路面上空无一物。

“你真的觉得他们会跟踪我们？”我好奇地问。

“我不知道，不过既然他们有十二个人，我们只有两个人，我想最好假设他们会跟上来。”听起来很合理，我毫不迟疑地跟着他又迂回闪躲了一阵，最后抵达罗斯摩尔，我们在一个谷仓里歇脚。

隔天开始下雪。雪很小，只薄薄地覆在地上一层，就像磨坊地板上的面粉一样，但我很担心。我不愿意想着詹米一个人在石楠丛中，没有遮风避雨之处，至今身上只有被巡逻队抓走那天所穿着的上衣和苏格兰披肩，然后要以此面对冬日的风雪。

两天后，传递消息的人来了。

* * *

太阳尚未下山，但在峡谷峭壁之间，夜晚已经来临。随着暮色加深，枯树下隐秘的小径已几乎看不见了。我害怕在沉重夜色间跟丢信使，紧紧跟在他身后，有一两次甚至踩上他拖曳在地上的斗篷。终于，他不耐烦地咕哝几声，转身把我推到前面，一手放在我肩膀上指引我前进的方向。

感觉走了很久。穿梭在耸立的岩石和浓密的枯树丛间，我早已忘记转过几个弯了。我只希望默塔一直跟在身后，保持在听力可及的距离内，尽管我看不见他。来旅店找我的男人，是个中年吉卜赛人，不会说英语，却断然拒绝其他人跟他走，他明确地指了指默塔，又指了指地板，表示他必须留在原地。

这个季节的晚风十分强劲，我厚重的斗篷几乎失效，无力抵挡无人的野外突然袭来的强风。我一方面想到詹米在没有遮蔽的地方度过寒冷潮湿的秋夜，内心十分担忧，一方面又想到即将见到他而感到雀跃，内心就在这两种心情下纠结着。突然间，我的背脊蹿上一股寒战，这跟寒冷的天气无关。

我的向导终于拉住我停下，捏住我肩头要我小心，然后便离开小径消失了。我试图耐心站着，双手交叠在手臂下取暖。我确定我的向导，或者会有其他人，一定会回来，毕竟我还没付钱给他。刺藤丛中寒风呼呼吹过，就像鹿的鬼魂仍然在没命地逃离猎人。湿气不断从靴子缝隙渗入，水獭油脂做的防水层已经磨损，我一直没空重新上油。

向导跟刚刚突然离开时一样，突然再度出现，我得咬着自己的舌头才能遏住尖叫的冲动。他扭头示意我跟上，把一丛赤杨木压向一旁让我通过。

洞穴入口很窄。灯笼在壁架上照耀着，映出面向入口等待我的高大人影。

我向前冲去，但还没碰到他，就发现那人不是詹米。失望的打击如重拳揍在肚子上一般，我向后退，并一次次吞下哽在喉间不断冒出的浓浓胆汁。

我双手紧握在侧，指头深深嵌进大腿肉里，等自己冷静下来才开口说话。“已经出了你的管辖范围，不是吗？”我以冰冷的声音说道，自己都吓了一跳。

杜格尔·麦肯锡看着我努力控制情绪，黝黑的脸上没有丝毫同情。他拉住我的手肘，往洞穴深处走去。远处堆叠着好几捆包裹，超过一匹马能承载的分量。所以，他不是孤身一人。不管他带的是什么，绝对不想暴露在旅馆主人和马夫好奇的眼神之下。

“在做走私勾当？”我说，头朝那堆物品一指。接着我自己想出了更好的答案："不是，不完全算走私。是给查理王子的货品，嗯？"

他没打算回答我，在一块石头上坐下来面对我，双手放在膝上。

"我有消息要告诉你。"他突然迸出一句话。

我深吸一口气，身体紧绷。消息，不是好消息，从他的表情可以看得出来。我又吸了一口气，困难地吞下口水点头："说吧。"

"他还活着。"他说，我胃里最沉重的一块冰块融化了。杜格尔歪着头专注看我。看我是否会昏过去？我隐约想着。反正我没昏倒。

"两个星期以前，他被带去基特利提附近。"杜格尔继续看着我说，"不是他的错，是运气太差，他迎面遇上六个龙骑兵，其中一个认出他来。"

"他受伤了吗？"我的声音仍很镇定，但双手已经开始发抖。我把双手紧紧贴着双腿。

杜格尔摇头："据我所知没有。"他停了一会儿，然后勉强说："他被关在温特沃思监狱。"

"温特沃思。"我语气平淡地复述道。温特沃思监狱，原为一座巨大的边境要塞，建于十六世纪末期，后来的一百五十年间又经历数次改建。建筑石块涵盖的范围如今已扩及近两英亩，密封于受尽风吹日晒的三英尺高的花岗岩墙后。不过就算是花岗岩墙，也会有门，我想。我抬头准备发问，却见那勉强的表情还留在杜格尔脸上。

"还有呢？"我问。他淡褐色的眼睛毫无惧色地与我对视。

"三天前受审，被判了绞刑。"

冰块回来了，而且更沉重。我闭上眼睛。“什么时候行刑？”我的声音连自己听来都觉得遥远，于是我再次睁开眼，眯眼看着摇曳的灯火重新对焦。

杜格尔摇摇头：“我不知道，不过不会太久。”

我的呼吸稍微顺畅了一点，终于可以松开拳头。“那我们得加快动作，你带了多少人手？”我说，仍旧保持镇定。

杜格尔没有回答，反而起身走向我。他伸出手，拉我站起来。同情的表情回来了，眼里还潜藏着深深的遗憾，这比他目前说过的话还要让我惊骇。

他缓缓摇头。“不，姑娘，我们没有办法救他。”他温柔地说。

我惊慌失措地从他手里抽开双手：“有！一定有办法！你说他还活着！”

“我也说了‘不会太久’！”他严厉反驳，“那家伙是在温特沃思监狱里，不是在克兰斯穆尔的贼窝里。就我所知，他们有可能今天吊死他，或者明天，或者下个星期之前，但十个人要靠武力杀进温特沃思监狱，绝无可能！”

“哦，是吗？”我再次全身发抖，不过这次是因为太愤怒，“你不知道……你不知道或许还有别的办法！你只是不愿意赔上性命，还有你那不干不净的……酬劳！”我用力挥动着手臂指向成堆的包裹。

杜格尔制住我的手。我悲愤交加大力捶打他的胸膛，他却不顾我的捶打，一把抱住我，紧紧贴着他，直到我不再挣扎。

“克莱尔。”这是他第一次直接叫我的名字，这让我受到更大惊吓。

“克莱尔。”他又叫了一次，并松开手让我可以抬头看他，“要是我认为还有一丝希望，我有可能不尽力去救那家伙吗？他可是我的养子啊！可是没有办法，一点办法也没有！”他轻轻摇晃我的身体，强调他每字每句都是真的，“詹米不会希望我让人无谓送死，这点你也很清楚。”

我再也忍不住，滚烫的泪水滑下冰凉的脸颊。我推开他，想逃离他的怀抱，但他却收得更紧，试图把我的头压向他的胸膛。“克莱尔，乖。”他说，声音更柔了，“我为那家伙感到心痛，也为你感到心痛。你跟我走吧，我会保护你。”他感到我身体僵住，急急补充：“回我的宅邸，别回理士城堡。”

“你的宅邸？”我说得很慢，开始起了可怕的疑心。

“对。”他说，“你不会想让我带你回克兰斯穆尔，这是肯定的吧？”他露出微笑，五官立刻又回到严肃的神情。“我会带你去碧恩纳赫，你在那里可以安全无虞。”

“安全无虞，还是孤立无援？”我说。

听见我冰冷的语调，他松开手。“什么意思？”亲切的声音突然冰冷了。

我自己也觉得冷，拉紧斗篷退了一步。“你告诉詹米他姐姐怀了兰德尔的孩子，让他离家远远的。”我说，“这样，你和你亲爱的兄弟就有机会引诱他投入你们的阵营。但现在英国人把他抓走了，你失去可以通过詹米控制财产的机会了。”我又后退一步，吞着口水，“当初你妹妹的婚姻合约内容，是在你和科拉姆的坚持之下拟定的，而根据合约，现在图瓦拉赫堡可能会因此落入一个女人的手中。你认为如果詹米死了，图瓦拉赫堡就会属于我，但如果你能诱惑或强迫我嫁给你，那么图瓦拉赫堡就属于你了。”

“什么？！”他似乎无法置信，“你以为……以为这全是阴谋？天啊！你认为我在撒谎？”

我摇着头，跟他保持距离。我一点也不信任他：“不，我相信你说的是真的。倘若詹米没被抓，你也没胆骗我他在监狱里，要查出真相太容易了。我也不认为你会背叛他，而向英国人投诚——即便是你，也不会对自己的血亲做这种事。而且，如果你背叛他，话传到你自己人的耳里，他们一定马上弃你而去。他们可以容忍你很多事，但绝对无法容忍你背叛自己的亲人。”在说话的同时，我想起一件事，“去年，是你在边境附近攻击詹米的吗？”

他的浓眉惊讶地挑起：“什么？当然不是我！我发现那家伙的时候他已经性命垂危，是我救了他！这听起来难道像是我害他的吗？”

在斗篷掩护之下，我的手滑向大腿，摸到短刀，安心下来。

“不是你，那是谁？”

“我不知道。”他英俊的脸庞出现戒备的神情，但没有隐瞒的迹象，“是那三人中的一个，那些破产的亡命之徒在追捕詹米。他们互相推卸责任，没有办法找出真相，那时候没有办法。”他耸肩，旅行用的斗篷从一边宽阔的肩膀滑落。“现在也不太重要了，两个人死了，第三个人也被关了起来。因为别的原因被关的，不过也不重要，不是吗？”

“不，我不认为不重要。”知道他没杀人，我松了口气，但天知道他做了什么别的事。他现在没理由对我撒谎，至少在他看来，我是完全无助的。我孤身一人，他可以强迫我做任何事，或者至少他很可能会这么想。我一手握住短刀刀柄。

洞穴里光线微弱，不过我看得很清楚，他偶尔闪过不确定的神色，无法决定接下来的动作。

他伸出手向我走来，但见到我退缩便停了下来。“克莱尔，我可爱的克莱尔。”他的声音现在很柔和，一手若有似无地轻碰我的手臂。所以他决定尝试引诱，放弃强迫。“我懂你为何如此冰冷地对我说话，把我想成坏人。你知道我渴望你，克莱尔。这是真的，我从聚会那晚就想要你了，在我亲吻你柔软嘴唇的时候。”他两只指头轻放在我肩上，缓缓靠近我的脖子。“要是兰德尔威胁你的时候，我是自由之身，我会立刻娶你，然后为你把那人送下地狱。”他身体逐渐逼近，把我挤得背贴着洞穴石墙。他指尖移向我的脖子，摸着我斗篷上束紧的绳子。

接着他一定看到了我的表情，因为他停了下来，虽然手还在原处，轻轻放在我脖子上快速跳动的脉搏上方。“就算这样，就算我对你有感觉，我不想再隐藏了，就算是这样，你也不能幻想我会抛弃詹米，在还有希望救他的时候。詹米·弗雷泽是我最亲的儿子！”他说。

“不见得。”我说，“你有亲生的儿子。现在应该有两个了吧？”我脖子上的指头突然加重力道，不过只有一秒钟他便放开了手。

“什么意思？”这次省去所有假装和游戏，淡褐色的眼神十分专注，嘴唇在赤褐色胡子下拉起完整的微笑。他身体非常庞大，而且非常靠近，但我已经做得太过，来不及谨慎行事了。

“我的意思是，我知道哈米什真正的父亲是谁。”我说。他原本就猜到一半，所以表情控制得很好，不过我过去一个月来花在算命上的功夫也没白费。我看到他张大的眼里闪过细微的惊讶，突然的慌张让他抿紧嘴角，但很快就平息下来。

命中红心。尽管处境危险，我仍大感扬扬得意。我猜对了，那么，真相很可能就是我所需要的武器。

“是吗？”他轻声说。

“没错，而且我想科拉姆也知道。”

这话让他沉默了一会儿。他眯起灰褐色眼睛，有一瞬间我担心他身上有武器。

“我想，他曾经以为是詹米。”我直接望着他的眼睛说道，“因为谣言都这样说，一定是你把这个消息告诉吉莉丝·邓肯的。为什么这么做？因为科拉姆怀疑詹米，开始讯问利蒂希娅？面对他，她抵挡不了太久。还是因为吉莉丝以为你是利蒂希娅的情人，所以你跟他说是詹米，好让她消除怀疑？她很善妒，不过现在她没理由护着你了。”

杜格尔露出残忍的微笑，眼里的寒意不曾化去。“没错，她不会护着我，那个女巫死了。”他仍然以轻柔的声音说道。

“死了！”我的表情和声音一定都明白显示出我的惊吓，他的笑容更深了。

“噢，没错。”他说，“火刑。两脚先被塞在沥青桶里，周围再堆上干泥炭。她被绑在木桩上，像火把一样点燃。在满柱子火焰当中，死在一棵花楸树下。”

我原先以为这番残酷的细节描述是要警告我，但我错了。当我移向一旁，光线清楚映出他的脸庞，我看见他眼角刻着悲伤的线条。他不是在恐吓我，而是在凌迟自己。

但在这种情况之下，我不会同情他。“所以你很喜欢她，这对她来说值得庆幸，或者说，对孩子来说值得庆幸。那你怎么处置孩子？”我冷酷地说。

他耸肩："我看着他被安置在一个好人家。那是个男孩，很健康，尽管他母亲是个女巫而且与人通奸。"

"而他父亲不仅与人通奸，还是个背叛者。"我打断他，"你的妻子、你的情妇、你的外甥、你的兄弟，还有什么人是你不曾背叛或欺骗的？你……你……"我一时说不出话来，内心厌恶至极。"我不知道为什么会惊讶，你对自己的君主都不忠诚，我想也没必要认为你会对外甥或兄弟忠诚了。"我试着保持冷静。

他迅速转头怒视我，抬起浓黑的眉毛，那形状和科拉姆、詹米、哈米什都一模一样，深邃的眼睛，宽阔的颧骨，美丽的头形。老雅各布·麦肯锡的基因很强。

一只大手用力钳住我的肩膀："我的兄弟？你以为我背叛了兄弟？"不知道为何这点会刺激到他，他的脸愤怒地沉了下来。

"你刚刚不是承认了吗？"说了这话之后，我才恍然大悟。"你们两个，你和科拉姆，你们一起干的。一起，你们总是一起的。"我缓缓说道。我把他的手从我肩上拿开，甩回去："除非你愿意为他征战，不然科拉姆不会当族长。要是你不替他四处奔走、收租和理清财产，他也无法凝聚家族。他不会骑马、不能四处走动，也不能生孩子、传递香火。你和茉拉没有儿子，而你发誓要为他效犬马之劳，"此时我情绪已经有点激动，"你何不干脆当他的老二？"

杜格尔的怒气消退了。他站着审视我好一会儿，确定我不可能离开后，在一包货品上坐下，等我发泄完毕。

"所以你是在科拉姆的容许之下干这些事的。利蒂希娅愿意吗？"现在我才知道他们有多残酷无情，我不排除麦肯锡兄弟有强迫她的可能。

杜格尔点头，怒气已经荡然无存。“噢，愿意，非常愿意。她没有特别喜欢我，但是她想生孩子，这个动机足以让她和我上床三个月，这够让她怀上哈米什了。这也真是个乏味的苦差事，时间够我做出一碗温热的牛奶布丁了。”杜格尔回想着补充道，并刮掉靴子跟上的一块泥巴。

“这件事你告诉科拉姆了吗？”我问。他听到我尖锐的语调，抬起头来，平视我一会儿，接着脸上现出一抹微弱的笑容。“没有，没有，我没告诉他。”他小声说。他低头看自己的手，翻过手掌好像要参透掌纹里的秘密。他眼睛瞥向别处，温柔地说：“我跟他说，她又柔又软，像成熟的蜜桃，集所有男人的愿望于一身。”

他突然合上双手，抬头看我，但仅是短暂的一瞥，接着又换上嘲讽的眼神。“又柔又软不足以说明我对你的评价，不过集所有男人的愿望于一身……”他说着，深邃的灰褐色眼睛缓慢地在我身上游走，视线停在敞开的斗篷下，明显可见的圆润胸部和臀部。他看我的时候，一手不由得前后移动，轻抚自己大腿上的肌肉。

“谁知道呢？”他说，像是自言自语，“我可能还会有个儿子——这次是合法的。”他歪着头审视着我的腹部，“的确，跟詹米还没有。你可能不孕，不过我还是可以试试。不管怎样，为了财产值得我这么做。”

他突然起身向我跨进一步。

“谁知道呢？”他又说一次同样的话，声音非常温柔，“真希望能打开那褐色毛发覆盖下的沟壑，把种子深深地……”岩壁上的阴影突然晃动，他又向我跨进一步。

“很好，你他妈的慢慢来吧。”我挑衅地说。一副怀疑的惊愕表情在他五官上扩散，然后他才发现我的视线穿越他望向洞口。

“看来这时候打断你们不太礼貌。”默塔走进洞穴，手上拿着一对上了子弹的燧发枪，一把对准杜格尔，另一把拿来比画。

“除非你打算接受他最后的提议，不然就站开。要是你真的打算接受，那我就离开。”

“没人能走。”我利落地说，然后对着杜格尔说，“坐下。”

他还站着，就像看到鬼一样盯着默塔。

“鲁珀特在哪儿？”他终于说话了。

“噢，他呀。”默塔拿枪口搔着下巴，“他很可能已经到贝拉朱穆村了，天亮前应该回得来。他会带回一桶兰姆酒，以为是你派他去拿的。其他人都还在昆布拉夫睡大觉。”他的最后一句话很有用。

杜格尔竟然还能笑得出来，只是透着一股怨恨。他坐下来，双手放在膝上，目光从我看向默塔，然后又回到我身上。一阵短暂的沉默。

“所以呢？现在要怎样？”杜格尔问。

这是个好问题。我意外找到杜格尔而非詹米，惊讶之中揭露了真相，并被他的提议激怒，目前为止还没有时间思考应该做什么。幸好默塔准备得较为充分，毕竟，他刚刚不需要忙着击退那些骚扰行为。

他立刻说：“我们会用到钱，还有人力。”他对靠墙堆叠的包裹打量一番，“不行，那是英王詹姆斯的财产。”他深思熟虑道，“不过我们会拿走你个人的东西。”黑色小眼睛回到杜格尔身上，枪口轻轻指向他的皮袋子。

高地生活的一个特色，就是让人多少具备认命的态度。杜格尔叹口气，手探进皮袋子，把一个小钱包丢在我脚边。“二十枚金币和三十几先令，拿去吧，不客气。”他挑起一边眉毛对我说。

看见我怀疑的表情，他摇摇头：“不，真的拿去吧。想想你欣赏我什么吧。詹米是我姐姐的儿子，你们要是救得了他，祝福你们，但那是不可能的。”他的语调很肯定。

他看着默塔，后者仍稳稳握着枪。“至于人力，我不能给。你和这位姑娘执意自杀，我无法阻止。我可以帮你收尸，一人一边和詹米埋在一起，但你不能带我的人去送死，就算你拿枪威胁我也一样。”他双手抱胸靠墙，冷静地看着我们。

默塔的眼睛飘向我：我要他开枪吗？

“做个交易吧。”我说。

杜格尔挑眉：“现在你比我有资格谈条件，那么你能给我什么？”

“让我跟你的人谈谈，要是他们自愿跟我走，就让他们走。要是他们不愿意，我们怎么来，就怎么离开，连钱包也奉还给你。”我说。

他撇嘴笑，仔细看着我，像是要评估我的说服能力是否够高、演说技巧是否够强，然后他坐回去，双手放在膝上，点了一下头。

“成交。”

* * *

最后，我们带着杜格尔的钱包和五个人离开峡谷，除了默塔和我，同行的还有鲁珀特、约翰·惠特洛、威利·麦克默特里，以及双胞胎兄弟鲁弗斯·库尔特和乔迪·库尔特。鲁珀特的决定影响了其他人，我还记得杜格尔当时的表情。那时这位黑胡子矮胖中尉狐疑地看着我，接着拍拍腰带上的污渍说："好，姑娘，当然好。"想起整件事我不免感到得意。

温特沃思监狱有三十五英里远。开车在平坦的路上奔驰只要半小时，若是骑马在半结冰的泥地上走，则要辛辛苦苦花上两天。"不会太久。"杜格尔的话不断在我耳畔回荡，这让我即使累到快掉下马，还能坚持坐好。

我的身体经过漫长的旅程，已经累得超过极限，很难稳坐马背，但我内心的忧虑则不受此限。为了避免一直想到詹米，我刻意不断回想在洞穴里和杜格尔会面的过程，还有他最后跟我说的话。

我们站在狭小的洞穴外面，等待鲁珀特和其他同伴从峡谷上方的隐蔽处牵马下来时，杜格尔突然转身向我。"有件事要告诉你，是那个女巫要我传的话。"

"吉莉丝？"我大吃一惊。

黑暗中我看不见他的表情，但我看到他点点头。"我只见过她一次，去带走孩子的那次。"他轻声说。

如果是在其他情况下，我可能会同情他：他必须和被判火刑的情妇永别，女人手中抱着他们的孩子，一个他永远不会相认的男孩。虽然如此，我的声音依旧冰冷："她说了什么？"

他停了一下。我不确定他只是因为不想透露这项信息，还是试图确认要说的话。显然是后面这个原因，因为他转述时特别小心："她说，要是我有机会再见到你，要告诉你两件事，我照她的话转述：第一件，'我觉得有可能，但我不知道。'而第二件，第二件只是一些数字。她要我复述一遍，确认我没说错，因为我得照特定顺序转述给你。这些数字是一、九、六，和七。"

"你知道这是什么意思吗？"黑暗中，他高大的身形面对着我问道。

“不知道。”我说完便转身走向我的马。但其实我知道，当然知道。

至于第一件事，“我觉得有可能”，这只有可能指一件事。虽然她不知道行不行得通，但她觉得回去是有可能的，有可能穿越那圈石头就能回到我本来的地方。显然她自己没试过，她选择留下，并为此付出代价。她或许有自己的理由。或许，是为了杜格尔？

至于那些数字，我应该也知道它们的意义。她把数字分开告诉他，是因为她当时必须把这个秘密埋进她心底深处，而这些数字其实组成了一个年份。一、九、六、七，一九六七年，她穿越时空的那年。

我因为好奇而感到微微兴奋，以及深深的遗憾。可惜我看到她臂上的疫苗疤痕的时候已经太迟了！不过，要是我更早看到那疤痕，是否可能透过她的协助回去巨石阵，然后离开詹米？

詹米。想到他，我的心就像铅块一样沉重，挂在绳子上慢慢左右摇摆。“不会太久。”

路无止境地向前延伸，令人沮丧，有时走到底，整条路就逐渐消失于结冻的湿地，或者一摊死水。刺骨的细雨可能很快就会转成雪，我们在第二天傍晚抵达目的地。

这栋阴森幽暗的建筑，在阴郁的天空下耸立。建筑形状是个巨型的立方体，一边有四百英尺长，每个角落都有一座塔，里面足以容纳三百位囚犯、四十位英国驻兵，以及指挥官、民政总督及其下属，还有包括厨子、清洁人员、马夫和其他仆人在内的五十人。温特沃思监狱到了。

我抬头往气势逼人的墙面望去，发青的花岗岩有两英尺高。墙面上零星挖开的洞口是窗户，其中几扇透出光芒，其他仍一片漆黑的，我猜是牢房窗户。我吞咽几口口水。见到这雄伟的建筑、坚固的高墙、巨大的门口和穿着红外套的守卫之后，我开始感到怀疑。

“要是……”我口干舌燥，必须暂停说话舔舔嘴唇，“要是我们做不到，怎么办？”

默塔转头看我的时候，表情一如既往，嘴唇抿着严肃的线条，倔强狭窄的下巴缩进污秽的上衣领口。

“那杜格尔会把我们一人一边跟他一起埋葬。”他回答，“快，还有事要忙。”

第四部分　避难所

第十二章　温特沃思监狱

弗莱彻·戈登爵士是个矮胖的男人，他的丝质条纹背心紧贴着身体，仿如他的第二层皮肤。他肩膀斜削、腹部肥胖，看起来倒像是一大块火腿放在总督的高背椅上。即使头顶光秃、面色红润，仍无法消除他给人的这种印象，虽然带着一双明亮蓝眼的火腿确实少有。

他用食指从容翻着桌上那沓文件。“好，这里。”他说，在某一页停了老半天，“詹姆斯·弗雷泽。谋杀定案。判处绞刑。好，那么行刑令在哪儿呢？”他又停下来仔细在文件中翻找。

我努力保持面无表情，手指却深陷手袋的缎子里。

“噢，有了。行刑日期，十二月二十三日。没错，他还关在这里。”

我吞吞口水，紧握手袋的手放松了一点，心中忧喜参半。所以，他还活着，还能多活两天。他就在附近，跟我一起在这栋建筑的某处。意识到这件事，我突然肾上腺素激升，双手发颤。

我坐在访客椅上倾身向前，试着装出楚楚可怜的模样：“我可以见他吗，弗莱彻爵士？一会儿就好，或许他……他有话希望我转达给家人？”

我乔装成弗雷泽家族在英国的一个朋友，并发现这样很容易就得到了进入温特沃思监狱的许可，甚至来到了弗莱彻爵士的办公室，他是监狱的民政总督。请求探视詹米须冒很大的风险。詹米不知道我编造的理由，如果毫无预警，突然见到我，他很可能会赶我走。要是这样，那我就走。见到他时我是否还能把持自己的情绪，我一点把握也没有。不过，下一步显然是要找出他的位置，在庞大石头建筑的拥挤复杂的通道中，没有任何线索，机会相当渺茫。

弗莱彻爵士皱眉思索着。一个家族朋友提出这种请求，显然让他觉得麻烦。不过他并非冷血无情之人，最后他不情愿地摇摇头。“不行，亲爱的，我恐怕不能答应。监狱里现在有点人满为患，而且没有足够设施接受私人会面。这个人现在在……”他再次查看文件，“……在西楼一间大牢，和几个重刑犯关在一起。你去探视他会非常危险，或者应该说，探视他本来就非常危险。你也知道，这人是危险的囚犯，文件里写着他入狱后一直铐着链条。”

他再次摇头，多肉的胸膛因用力呼吸而上下起伏。“不能探视，但要是他和你是血亲，或许……”他抬头看着我。

我嘴巴紧闭，决心不透漏半点信息。在这种情况下，有点局促不安也是理所当然。

“不过亲爱的，或许……”他突然想起什么，拖着沉重的身子站起来，走向里面的一扇门，一个穿着制服的士兵守在门前。他低声对士兵说了几句话，那人点一下头便消失了。

弗莱彻爵士回到桌前，准备再从橱柜上方拿出酒瓶和酒杯。我接受他招待的红葡萄酒，我需要喝酒。

第二杯喝到一半的时候，守门的士兵回来了。他没敲门就踢着正步进来，把一个木盒放在弗莱彻爵士手边的桌上，转身又踢着正步出去了。我发现他眼睛停留在我身上，便微微低下头。我身上的连身裙是鲁珀特向附近一位认识的女士借来的，从这裙子吸附的气味和搭配的手袋来看，我大概猜得出这位女士的职业。希望守门士兵没认出这套衣服。

弗莱彻爵士一饮而尽后放下杯子，拉过木盒。那是个朴实的方盒子，材质是未经加工的木头，上面有个滑盖。滑盖上有粉笔写下的字母。就算反着看，我也认得那些字，上面写着：弗雷泽。

弗莱彻爵士滑开盖子，朝里面瞧了一会儿然后关上，把盒子推给我。“这是囚犯的个人物品，按照惯例，行刑以后我们会把个人物品寄给囚犯指定的继承人。”他解释，“不过，这个人……”他摇摇头，“……完全不肯透露跟家里有关的事。他和家人关系疏远，这是一定的，不过当然这也不是太稀奇，只是有点遗憾。比彻姆太太，我不太确定可否对你提出这项请求，不过我想既然你认识他家人，或许你会愿意把盒子带回去，交给适合的人？”

我怕说错话，便点点头，埋头喝着葡萄酒。

弗莱彻爵士好像松了口气，不知道是因为处理掉这个盒子，还是因为觉得我快离开了。他向后靠坐微微喘气，对我开朗笑着：“你真是太好了，比彻姆太太。我知道对一个重感情的年轻女士来说，这责任不算太沉重，我只是想问问。我就知道你很善良，真的很善良。”

“谢……谢谢。”我结结巴巴。我努力站起身来拿过盒子。盒子大小约八乘六英寸，深度有四或五英寸。这个又小又轻的盒子，装着一个男人所有的遗物。

我知道里面装着什么。整整齐齐卷好的三条钓鱼线；上面塞着鱼钩的软木塞；一块打火石和钢片；一小片边缘已磨平的玻璃碎片；各种小石头，有的看起来很特别，有的摸起来触感很好；一只晒干的鼹鼠脚，防治风湿用的护身符；一本《圣经》——或许他们让他保留这本书了，希望如此；一只红宝石戒指，如果没被偷了的话；一条樱桃木刻成的小木蛇，下面刻着“沙尼”。

我在门口停下，手指紧扣木盒边框，保持镇定。

弗莱彻爵士原本礼貌地跟在身后送我出来，这时他立刻走到我身旁：“比彻姆太太！亲爱的，你要昏倒了吗？守卫，拿张椅子来！”

我感觉到双颊冒出冷汗的刺痛感，但仍努力挤出笑容，挥手拒绝他们拿来的椅子。我只想快点离开，我需要新鲜空气，大量新鲜空气，也需要独自大哭一场。

“不用，我还好。”我说，试着让人听起来觉得放心，“只是……这里有点闷，应该是这样。不用，我完全没事。反正有事的话，我的马夫就在外面。”

我勉强自己站直，露出微笑，一个念头冒了出来。或许没用，但也不妨试试。

“噢，弗莱彻爵士……”

他看着我的样子仍忧心忡忡，非常有绅士风度。“怎么了，亲爱的？”

“我想到……一个年轻人在这种情况下，跟家人关系却不和睦，这是多么悲伤的事。我想可能……他可能会想写信给家人……重修旧好之类的？我很乐意帮他送信给……给他母亲。”

“你真是太善解人意了，亲爱的。”弗莱彻爵士神情愉悦，现在看来我应该不会昏倒在他的地毯上。“当然。我会问他。你在哪儿留宿呢，亲爱的？要是有信，我会寄给你。”

“这个嘛。”我的笑容装得越来越好，虽然感觉好像是贴上去的，“目前我还不太确定。我有好几个亲戚和熟识的朋友住在镇上，我恐怕必须轮流住在不同人家，以免打扰任何一个人太久，这您懂吧。”我挤出几声轻笑，“所以要是不太麻烦的话，或许我的马夫可以前来询问信的事情？”

“当然可以，当然可以。这样很好，女士。非常好！”

他快速地回望酒瓶一眼，拉着我的手臂，护送我到大门口。

* * *

“觉得好点了吗，小姑娘？”鲁珀特拨开我的头发好看清我的脸，“你就像没腌好的五花肉。喏，最好再喝一点。”

我摇头拒绝他递过来装在随身酒瓶里的威士忌，我坐起身，用他带来的破湿布擦脸。“不用，我现在没事了。”

默塔乔装成我的马夫，我还没离开监狱的视线范围，就从马背上滑下来，倒在雪地里呕吐。我趴在雪地上哭泣，怀里紧紧抱着詹米的盒子，直到默塔撑起我的身体逼我上马，然后带我来到镇上的一间小旅店，那是鲁珀特找到的留宿地点。我们住在上层房间，从这里望向暮气渐沉的天色，几乎看不见监狱。

“那家伙死了吗？”鲁珀特宽阔的大脸，有一半被胡子遮住，表情严肃但温和，没有一点平常嬉笑的模样。

我摇头深吸一口气：“还没。”

听完我的陈述，鲁珀特在房里慢慢踱步思考，嘴唇不时上下蠕动。默塔跟平常一样坐着不动，五官也没有丝毫激动的迹象。他绝对够资格做个纸牌玩家，一定很厉害，我想。

鲁珀特走回来，身体深深陷入我旁边的床里，叹了一口气：“很好，他还活着，这是最重要的。不过，可恶，要是我知道接下来能怎么办就好了。我们没办法闯进那地方。”

“有，有办法。”默塔突然说，“多亏这小姑娘想出写信这招。”

“嗯哼。不过，只能去一个人，而且最多就是进到总督办公室。不过，没错，至少有个开始。”鲁珀特抽出短刀，用刀尖悠哉地搔着浓密的胡子，“那鬼地方那么大，找人不太容易。”

“我知道他在哪儿。”我说。就算希望渺茫，我的同伴也没有放弃，并开始拟订计划，这让我觉得好受多了。“至少我知道他在哪一栋。”

“你知道？嗯。”他收起短刀，又开始踱步，然后停下来问：“你有多少钱，姑娘？”

我在连身裙的口袋里摸索一番。我有杜格尔的钱包、詹妮强迫我收下的钱，以及那条珍珠项链。鲁珀特不要项链，他拿过钱包，倒出一堆钱币在宽大的手掌上。“这就够了。”他掂量着钱币发出叮当声响，接着斜眼望向库尔特双胞胎，“你们两个，还有威利，跟我走。约翰和默塔陪姑娘留在这里。”

“你们上哪儿去？”我问。

他把钱币倒进皮袋子中，留一个铜板在手上，一边弹向空中，一边思考。“噢。”他模糊地说，“镇上另一头，还有另一间旅店。监狱守卫下岗就会去那里，因为比较近，酒也便宜了一便士。”他大拇指弹了一下硬币，翻过手掌，两个指节接住硬币。

我看他弹硬币，渐渐明白他的意思。

“这样吗？”我说，“他们不会也在那儿玩牌吧？你想呢？”

“我不知道，姑娘，不知道。”他回答，又丢了一次硬币，双手合上接住硬币，然后张开手，里面空无一物。他笑了，露出黑胡子下面的洁白牙齿。“但我们可以去瞧瞧，是吧？”他弹一下手指，硬币又出现在手上。

* * *

隔天下午一点过后不久，我经过温特沃思尖耸的闸门下方，这道门从十六世纪末期监狱建成时就在那里了。接下来的两百年间，这道门的吓阻力量未曾稍减，我轻碰口袋里的短刀以壮胆。

根据鲁珀特和他的间谍帮手搜集的信息，弗莱彻爵士现在应该正在大啖午餐。鲁珀特他们前一晚突然造访监狱守卫，日出之前，他们才摇摇晃晃回来，两眼通红，浑身酒气。针对我的问题，鲁珀特的回答只有一句：“噢，小姑娘，赢要靠运气。用计只会输！”他在角落缩起身体，直接进入梦乡，留我沮丧地来回踱步。我已经踱步一整夜了。

不过，一小时后他醒了过来，眼神清澈、头脑清楚，开始安排初步计划，由我执行。

“弗莱彻爵士用餐时，不允许任何人或任何事打扰，若想见他就只能等，等到他吃饱喝足。而他用完午餐后，习惯回住处小睡片刻。”他说。

默塔假扮成我的马夫，十五分钟前就到了，且毫无困难地进去了。依照计划，他会被带到弗莱彻爵士的办公室。然后，他会先在办公室里搜索，首先是找西楼的平面图，接着找那间牢房的钥匙，虽然机会渺茫。

我稍微后退，望着天空，判断现在是几点。如果我在他坐下用餐之前抵达，我可能会受邀和他一同用餐，这样行事就会非常不便。不过鲁珀特的守卫牌友对他保证，总督的习惯一成不变：用餐的铃声会在一点整响起，汤在五分钟后送上餐桌。

入口的值班守卫和昨天是同一人。他虽然惊讶，但很有礼貌地招呼我。

“真伤脑筋。”我说，“我派我的马夫带一个小礼物给弗莱彻爵士，回报他昨日的帮忙，可是我发现那个蠢材竟然没带礼物就出门了，所以只好自己跟出来，看是否能赶上他。他到了吗？”我拿出带着的小包裹并微笑，要是我有酒窝效果应该会更好。不过既然没有酒窝，那就露出美丽的牙齿。

似乎有效，我获准进入，通过监狱走道，前往总督办公室。城堡这个部分虽然装潢得很好，但显然仍是监狱。这地方有种味道，我觉得是痛苦和恐惧的味道，虽然其实应该是陈年顽垢以及缺乏下水道所致。

守卫让我走在前面，他谨慎地跟着，避免踩到我的斗篷。幸好他这样做，因为当我转弯，早他几步踏入弗莱彻爵士的办公室时，正好看见默塔把昏迷的办公室守卫拖到大书桌后方。

我后退一步，把包裹丢到走廊的石地板上。一阵玻璃破碎的声音，空气里弥漫着蜜桃白兰地令人窒息的香气。

“噢，天哪，我在做什么？”我说。

守卫叫一个囚犯前来清理善后时，我巧妙含糊地说要进到弗莱彻爵士的办公室里等，然后就闪进房里，匆忙关上门。

“你到底干了什么好事？”我劈头就骂默塔。

他正在那人身上翻找，无动于衷地抬头看了我一眼。“弗莱彻爵士没把钥匙放在办公室，不过这小家伙也有钥匙。”他低声告诉我。他从那人外套里拉出一大串东西，小心不让钥匙发出碰撞声。

我在他身后跪坐下来。“噢，干得好！”我说。我朝倒卧的士兵看一眼，至少他还有呼吸。“监狱平面图呢？”

他摇头：“也没找到，不过我这位朋友在等待时说了一件事。那该死的牢房也在这层楼，在西走廊中间。不过，那里有三间牢房，而我问不出更多细节，他有点起疑心了。”

“这就够了，希望如此。好吧，给我钥匙然后出去。”

“我出去？你该出去，小姑娘，这样做才聪明。”他望向门口，目前还没有什么动静。

“不，必须是我留下。”我说，又伸手去拿钥匙，“听着，要是他们发现你拿着一串钥匙在监狱里晃，而守卫像死鱼一样躺在这里，我们两个就死定了，因为我早该出声喊救命的。”我不耐烦地说，然后一把抢过钥匙塞进口袋。

默塔仍有点迟疑，不过他站了起来。

“要是你被抓呢？”他问。

“我昏过去了。”我爽快地说，“等我终于醒来，我会说我见到你显然在谋杀守卫，然后就仓皇逃走。我失去意识了，所以无法呼救。”

他慢慢点头：“好，好吧。”他走向门口，然后停下来，“不过为什么我……噢！”他迅速走向书桌，拉开一格格抽屉，一手搅乱抽屉，另一只手把东西乱丢到地上。“偷东西。”他解释着走回门口。他拉开一条小缝，偷看外面。

“偷东西的话，你是不是要带走什么？”我提出建议，左右张望看有没有轻巧方便携带的东西。我拿起一个珐琅鼻烟盒。“这个，好吗？”

他不耐烦地挥手示意我放下盒子，从门缝继续张望。“不要，姑娘！要是我被发现持有弗莱彻爵士的财产，那可是绞刑罪。偷窃未遂的刑罚只是鞭打或断肢。”

“噢。”我匆忙放下鼻烟盒，站到他身后，从他背后张望。走道看来没人。

“我先走。”他说，“要是我遇上别人，我会处理。你在这里等，数到三十然后跟上来。我们会在北边的小树林等你。”他开门，接着停下脚步转身。

“要是你被抓了，记得丢掉钥匙。”我还来不及开口，他就溜过门缝进入走廊，像影子一样无声移动。

* * *

我花了老半天才找到西楼，在老城堡的走道上闪闪躲躲，在转角张望，隐藏在廊柱间。一路上只遇到一个守卫，我退回转角，心脏狂跳，紧贴着墙壁等他过去，还好最后成功避开了。

一抵达西楼，我就知道找对地方了。走廊上有三个大门，每座大门各有一个带铁杆的小窗，而我只能绝望地从小窗向牢房里望一眼。

“鸡蛋鸡蛋破鸡蛋。”我小声念道，最后朝中间的牢房走去。那串钥匙并未一一标上标签，不过大小不一。如果这三把钥匙中只有一把能打开眼前的锁，那显然就是第三把了。我深吸一口气，锁应声而开，我在裙子上擦擦汗湿的双手，把门撞开。

我在房内一群发臭的男人之间疯狂寻找，跨过伸直的脚和腿，推开动作迟缓的沉重身躯。我的突然闯入，使骚动开始扩散。那些在污秽地板上睡着的人，也被越来越大的说话声吵醒而渐渐起身。有些人铐在墙上，链条也随着骚动在微弱的光线下银铛作响。我抓住其中一个站着的人，那人蓄着褐色胡子，穿着破烂黄绿格纹衫，也是个苏格兰人。抓在我手里的手臂只有皮包骨，瘦得骇人，英国人不太愿意在囚犯身上浪费太多食物。

“詹姆斯·弗雷泽！红头发的高大男人！他在这间吗？他在哪儿？”

这个苏格兰人跟其他没被铐住的人一样，已经动身走向门口，不过他停下脚步看了我一眼。现在，所有囚犯的脑筋都转了过来，全涌向敞开的房门，彼此互看和对话。

“谁？弗雷泽？噢，他今天早上被带走了。”那人耸耸肩，试图推开我的手。

我抓住他腰带，不让他走：“他们带他去哪儿？谁带走的？”

“我不知道去哪儿了，带他走的是兰德尔队长，他真是个长相猥琐的大魔头。”他不耐烦地扭开手，挣脱我之后走向门口，跨出那一步是他长久以来的心愿。

兰德尔？！我惊愕地留在原地好一会儿。逃走的人不断推挤，那些被铐在墙上的人则放声狂吼。我好不容易恢复神智开始努力思考。乔迪从黄昏就开始监视城堡，早上除了厨房的一小群人出门去采买食物，没人离开过城堡。所以他们还在这里，在某个地方。

兰德尔是上尉，因此监狱的驻军中，除了弗莱彻爵士以外，可能没人比他位阶更高。兰德尔很有可能可以动用城堡里的各种资源，找到适合的地点供他随意拷打囚犯。

严刑拷打一定少不了，就算已经被判了绞刑。这个人天性是猫，他不会改变身高或眼睛的颜色，但他绝对不会错过把玩老鼠的机会。

我深吸一口气，坚决不去想早上可能发生的事，开始走向大门，结果迎面撞上一个冲进来的英国士兵。那人向后踉跄几步才恢复平衡，我则失去平衡飞出去，重重撞上大门门柱。我撞到了头，左半边身体也麻了。我抓着门柱撑起身体，耳中隆隆作响，传来鲁珀特的声音：姑娘，好好利用对方受惊吓的这一瞬间！

我头晕目眩地想着，是谁受到的惊吓比较大还不知道呢。我在口袋里疯狂摸索匕首，心里咒骂自己太笨，竟然没在进门前就把匕首抽出来。

那个英国士兵恢复平衡后，目瞪口呆地盯着我，不过我感觉惊吓的珍贵机会已经溜走。我放弃无谓的摸索，弯身从长袜里抽出短刀，顺势用尽全力站起来。那士兵朝我走来，他手往腰带探去的时候，我的刀尖已经从他下巴戳进去。他手还没举到脖子，便一脸惊讶，蹒跚退到墙边，然后身体慢慢滑落，生命也跟着溜走。他跟我一样，前来调查却没想到先拿出武器，一个小疏忽便要了他的命。感谢上帝让我没因为这个错误丢掉小命，我失去的已经够多了。我觉得很冷，跨过那个抽搐的身体，刻意不回头看。

我循着原路冲回去，一直冲到阶梯转角。墙边有个地方，从两边来的人都看不见。我靠着墙站在那里，容许自己发抖、作呕片刻。

我在裙子上擦着汗湿的双手，从暗袋中找出匕首。这是我仅存的武器了，没有时间和胆量抽回那把短刀。我边在上衣上摩擦手指边想着，或许这样也好，他流的血非常少。想到抽出刀子会涌出多少血，我就退缩了。

匕首现在牢牢握在手中，我小心朝走廊看。我无意间释放出来的那群囚犯朝左边去了。我完全不知道他们打算做什么，不过他们很可能会让英国人忙好一会儿。现在该去何处找人，我毫无头绪，既然如此，合理的选择就是远离他们引起的骚动。

我身后一道光从高处的窗缝里斜射进来，所以，这是城堡的西面。我移动时必须一直记得自己的方位，鲁珀特会在靠近南门的地方等我。

去找楼梯。我逼迫麻木的脑袋思考，试着推敲要往哪边去。如果想对某人用刑，很可能需要一个隐秘又隔音的地方。这两个考量之下，隔离的地牢是最有可能的地点，而这类城堡的地牢通常都在地下。在那里，厚重泥土能掩盖哭喊的声音，黑暗也能让那些管事的人看不见酷刑。

墙壁在走廊底部弯出一个弧度，我到了四座角塔中的一个，而角塔里有楼梯。

螺旋楼梯的开口在另一个弯处，楔形阶梯一路向下延伸，令人头晕目眩、视线模糊，脚步也容易踏错。突然从走廊微弱的光线中走进黑暗的楼梯井，更难看清阶梯之间的距离。我滑倒好几次，关节和手掌的皮肤都在我力图稳住身体时被石墙磨破了。

楼梯有个好处。从细窄窗户射入的光线，让楼梯井不至于暗无天日，而我从窗户可以看到主院。至少现在我知道自己的方位了。一小队士兵排起整齐的红色队伍，预备接受检阅，不过他们显然不是为了来见证某个苏格兰逃犯的行刑。院子里有座绞刑台，看起来阴森恐怖，不过没人在上面。我看到了绞刑台，肚子仿佛被揍了一拳：就在明天早上。我一步步走下楼梯，不顾已经磨伤的手肘和脚趾。

裙摆一阵窸窣，我到了地面，停下来侧耳倾听。四周一片死寂，不过至少这里有人迹，墙上烛台上有燃烧着的火炬，在旁边的花岗岩壁上投射出一圈摇曳的红光，每圈火光的边缘没入黑暗，然后遇到下个火炬的光圈时光明才再现。火炬的烟冒出灰色涡流，沿着走廊的拱形屋顶高挂空中。

这里只有一条路可走。我向前走，紧握匕首，随时准备攻击。我悄然无声走在走廊上，感觉毛骨悚然。我曾在白昼以观光客的身份，和弗兰克一起参观过许多历史悠久的城堡，见过类似的地牢。不过当时厚重的花岗岩块被天花板凹洞中的日光灯一照，看起来没有现在这么可怕。即便是那个时候，我也不敢进到又小又湿的密室，那些房间已经弃置超过半个世纪了。见到那些老旧可怕的廊道、厚重的牢门和墙上生锈的镣铐，我以为自己能够体会囚犯关在牢房里的痛苦。现在我笑自己当时太天真。有些东西，就像杜格尔说的，光靠想象绝对无法了解。

我踮脚经过几个上闩的门，门有三英寸厚，足以挡住里面的声音。我弯身靠近地面，检查下面门缝的光线。囚犯有可能被留在黑暗中任其腐败，但兰德尔会想看他自己的成果的。这里的地板上有陈年烂泥，湿湿黏黏，上面覆盖着一层厚松的灰尘。显然这牢房已久未使用，但燃烧的火炬意味着有人下到此处。

走廊上的第四道门，出现了我寻找的光线。我跪在地上凝神倾听，耳朵紧贴门缝，却只听见火花细小的爆裂声。

门没上锁。我把门推开一点缝隙，小心地向内偷看。詹米在那里，靠墙坐在地上，身体蜷缩着，头埋在两膝之间。只有他一个人。

房间很小，但照明充足，一个普通的炭盆中炭火正旺。就地牢来说，这间有点过于温馨，石板还算干净，靠墙有张行军床。房里还有两张椅子和一张桌子，桌上有些物品，包括一个随身携带的大白镴酒瓶和几个牛角酒杯。这一幕实在令人震惊，我以为会见到墙面漏水和老鼠逃窜的场面。这间装饰别致的房间或许是供驻守官员取悦带进监狱里的女性同伴用的，这里显然比营房更隐秘。

“詹米！”我轻声唤他。他没抬头，也没回应，我突然感到一阵恐惧的战栗。我只停留一下把门关好，就迅速走过去轻摇他肩膀：“詹米！”

他抬起头来，脸色惨白，胡子没刮，渗入头发和上衣里的冷汗闪烁着一层光芒。房里充满恐惧和呕吐物的秽气。

“克莱尔！”他说，嘶哑的声音从干裂的嘴唇发出来，“你怎么……马上离开这里，他很快就回来了。”

“别开玩笑。”我尽可能迅速评估形势，希望专心思考可以缓解哽咽和激动的情绪，并且融化我胃里那悬着的冰块。

他脚踝被锁链拴在墙上，除此之外手脚自由。一卷绳子和桌上那堆物品放在一起，不过显然已经用过，他的手腕和手肘有破皮的痕迹。

他现在的情况让我有点疑惑。显然他神智迷茫，而且身上满是受伤的痕迹，但是看不出有重大的损伤。没有流血，也没有可见的伤口。我跪下来，开始用那串钥匙一一尝试开启他的脚镣。

“他对你做了什么？”我低声问，以免兰德尔回来时听到。

詹米身体微倾，眼睛紧闭，细小的汗珠一颗颗从皮肤渗出。他显然快要昏过去了，但他听到我的声音，却张开了眼睛。每个动作都小心翼翼，他用左手举起怀里抱着的东西。那是他的右手，几乎看不出是人的肢体了。整只手肿成奇形怪状，现在像是一个膨胀的袋子，上面有红有紫，手指以难以想象的角度吊在手上。中指上有一根白色骨头撕裂皮肤穿出，伤口滴着血，染红了指节，指节已肿胀成涟漪状。

人手的构造很精细，由错综复杂的关节和韧带组成，上万条细小神经织成的网络负责控制动作，对触觉极为敏感。仅仅断一根手指就能让一个强壮的男人疼痛不已，跌坐在地上呕吐。

“这笔账，是还之前伤他鼻子的，加上利息。”詹米说。

我盯着这幅景象看了好一会儿，接着说话了，声音连我自己都认不得：“我要杀了他。”

詹米的嘴角微微牵动，幽默的微光冲破疼痛和昏迷的面容。“我会拉紧你的斗篷，外乡人。”他低声说。他又闭上眼睛，坐倒在地，已经无力抗议我的出现。

我又开始动手开锁，很高兴自己的手已不再发抖。恐惧过去，现在是怒气在翻腾。

那圈钥匙我全部试了两轮，仍没打开锁。我的手开始冒汗，钥匙像小鱼一样从我指尖滑过，我又开始尝试最有可能的一把钥匙。

我的低声咒骂把詹米从昏迷中吵醒，他慢慢弯身看我。“不用钥匙。”他说，一侧肩靠墙挺住上半身，“找一把可以插进锁孔的，用力敲，锁头就会弹开。”

“你见过这种锁？”我想让他保持清醒，继续说话。如果我们想离开，他得自己走路。

“我被锁过。他们带我来这里的时候，把我铐在一间大牢房里，和很多人关在一起。有个铐在我旁边的家伙叫莱利，伦斯特省人，他说爱尔兰大部分的监狱他都去过，想来苏格兰换换风景。”詹米努力说着话。他跟我一样清楚，他必须让自己保持清醒。“他跟我说了很多跟锁有关的事，还给我表演怎么破坏身上的锁，只要手边有直条金属即可，但当时我们没有。”他挤出微弱的笑容。

“那你告诉我怎么做。”努力说话让他不断出汗，但是他看起来清醒多了。专注解决锁的问题看来有用。

照他的指示，我找到一把合适的钥匙，深深插进锁孔里。根据莱利的说法，从钥匙的这头用力一击，就会推动锁里制动栓的另一头，而把锁弹开。我左右张望，找寻适合的捶击器具。

“用桌上的木槌，外乡人。”詹米说。听见他严肃的口气，我看向桌子，有个中等大小的木槌，手把上包着涂上焦油的麻线。

“这该不会是……”我一脸惊骇。

“没错。把脚镣抵住墙，然后捶下去。”

我紧握把手，拿起木槌。把脚镣的一边抵着墙壁固定很难，詹米上脚镣的腿必须穿到另一条腿的下方，并且用膝盖抵住墙壁。

前面两次捶击有点软弱无力。我集中全部意志力，往钥匙圆形的这头重击下去。木槌滑脱，斜斜敲在詹米的脚踝上。他蜷起身体，原本不稳的身体失去平衡，跌落下去，他本能地伸出右手要保护自己。当他右肩撞到地面，身体压上右手时，发出了可怕的呻吟声。

“噢，可恶。”我无力地说。詹米昏过去了，我不能怪他。趁着他暂时无法移动，我转过他脚踝，把脚镣固定好，顽固地又敲了嵌进去的钥匙一下，但没什么效果。我心里开始怪那个爱尔兰锁匠，此时，身后的门突然开了。

兰德尔的脸，跟弗兰克一样，很少显露喜怒哀乐，总是戴着温和难测的面具。此时，他平日的样子消失无形，目瞪口呆地站在门口，不像旁边那人那样镇定。那人身形壮硕，穿着污秽破烂的制服，有着斜眉毛、塌鼻梁，微张的双唇引人注目，那是某种智力迟缓的征状。他从兰德尔身后望进房内的时候，表情没变，不管是我还是地上昏迷不醒的男人，他都没有太大兴趣。

兰德尔从惊讶中回神以后，走进房里，伸手去戳詹米脚踝上的镣铐。“破坏皇室财产，我看到了，夫人。你知道吗，这罪是法律明定的。试图协助危险的囚犯逃狱，就更不用说了。”他浅灰色的眼睛饶有兴味地闪烁着，“我们会找到适合处置你的方式。同时……”他把我扯过去，把我手拉到身后，绑住手腕。

挣扎显然没用，但我狠狠往他的脚趾踩下去，只为了发泄我的绝望。

“哎哟！”他把我转过身，用力一推，我双腿撞到行军床倒下，半躺在粗糙的毛毯上。兰德尔得意地审视我，拿一条亚麻手帕擦拭靴子磨损的前缘。

我怒气冲冲瞪回去，他却大笑几声：“你胆子不小，值得称许。事实上，你跟他确实很般配。”他下巴朝詹米指了指，此时詹米开始稍微清醒。“这是我能给你的最大称赞。”他轻轻摸着喉咙，在上衣敞开的领口有一道深黑的瘀青。“我给他松绑的时候，他想杀我，单手杀我，而且只差一点点就成功了。可惜，我没发现他是左撇子。”

“他真不理智。”我说。

“很不理智。”兰德尔点头道，“我想你应该不会这么没礼貌，是吧？不过，就算机会很小……”他转头看那壮硕的跟班，那人一直站在门口，垂着肩等待指令。“马雷，过来检查这女的身上有没有武器。”兰德尔兴致勃勃地看着这人在我身上笨拙地摸索，终于摸出我的匕首。

“你不喜欢马雷？”兰德尔问，他看我不断闪开马雷粗胖手指的太过亲密的触摸，“真可惜，我确定他对你很有兴趣。”

“马雷好可怜，女人缘一直不好。”兰德尔继续说，眼里闪烁着恶意的光芒，“是不是呢，马雷？连妓女都不肯跟他。”他盘算着什么似的盯着我，像野狼一样微笑。“她们说，太大了。”他挑起一边眉毛。“从一个妓女的嘴里说出来，这话还蛮可信的，是吧？”他挑起另一边眉毛，意图显而易见。

马雷在搜身过程中已经开始呼吸沉重，他擦掉嘴角流下的一丝口水。我觉得很恶心，尽力躲远。

兰德尔看着我说：“我想，等我们谈完话，马雷会希望在他的住处私下取悦你。当然，他也有可能决定和其他朋友分享这个好运，这就看他了。”

“哦，你不想看？”我讽刺地问。

兰德尔大笑，他真的乐了。“我可能有所谓‘异常的品位’，我想你应该已经知道了。不过相信我，我也是有审美标准的。”他看一眼壮硕的勤务兵：肮脏衣服下无精打采的身体，腰带紧箍着胀大的肚子；松垮肿胀的嘴唇，不时嚼动，发出怪声，像是正在找寻某种食物残渣；粗短的手指不安地搔着脏污裤子的胯下。兰德尔微微耸肩。

“不行。”他说，“你虽然嘴巴不太听话，但非常漂亮。看着你和马雷……不，我不觉得我会想看。撇开外表不谈，马雷的个人习惯实在教人不敢恭维。”

“你也一样。”我说。

“或许吧。不管怎样，不久后就与你无关了。”他停顿，俯看着我，“你知道，我还是想知道你到底是什么人？显然是詹姆斯党。不过是谁的手下？马歇尔？锡福斯？洛瓦特？既然你跟弗雷泽家族一起，那很有可能是洛瓦特。”兰德尔用擦过的靴头轻推詹米，但詹米仍躺着没动。我可以看到他胸口均匀地上下起伏，或许他只是从昏迷转入沉睡而已。他眼睛下方的阴影，说明他缺乏休息。

“我还听说你是女巫。”兰德尔继续说。他语调很轻，但眼睛紧盯着我，好像我会突然变成一只猫头鹰飞走似的。“克兰斯穆尔那里发生了一些麻烦事，是吗？有人死掉之类的？不过可以确定，那只是迷信的人胡说八道。”

兰德尔怀疑地盯着我。“你如果要谈条件，我有可能被说服。”他突然说。他身体向后靠，半坐在桌上，邀请我接受他的提议。

我干笑几声。“说实在的，我现在没什么谈条件的立场和心情。你能给我什么？”

兰德尔看了马雷一眼。那个白痴的眼睛一直盯着我，嘴里含混不清地咕哝着。

“至少，你有选择。告诉我，而且要说服我，你是谁，是谁派你来苏格兰的，你在做什么，还有你搜集信息向谁汇报。告诉我这些，我就把你交给弗莱彻爵士，而不是给马雷。”

我绝不看向马雷。我刚刚看到他烂掉的牙根嵌在长脓的牙龈上，想到他的嘴巴要凑过来，就不用说会有多恶心了——我不敢想下去。兰德尔说得没错，我胆子不小，但我也不是笨蛋。

“你不会把我交给弗莱彻爵士的，这点你跟我一样清楚。”我说，“难道你会把我交给他，让我有机会告诉他你做了什么好事？”我点头环顾这个舒适的小房间，温馨的炉火，我坐的床，还有躺在我脚边的詹米。“弗莱彻爵士再无能，从官方的角度，都不可能容忍他的部下虐囚。即便是英国军队，也有一定规范。”

兰德尔挑眉。“虐囚？噢，这个啊。”他漫不经心地朝詹米受伤的手一挥，“那是意外。他在自己的牢房里跌倒，然后被其他囚犯踏过去。你也知道，那些牢房有点拥挤。”他嘲弄地微笑。

我没作声。说詹米的手受伤是意外，弗莱彻爵士可能相信，也可能不相信。不过一旦他揭露我是英国间谍，他就更不可能相信我的话了。

兰德尔还在看我，留神我是否有示弱的迹象。“怎么样？给你选。”

我叹口气，闭上眼睛，已经疲于看他。我根本无可选，不过我很难对他说明原因。“随便吧，我没有什么能告诉你的。”我无力地说。

“再好好想一下。”他起身，小心跨过詹米昏迷的身体，从口袋里拿出一把钥匙。“我或许需要马雷帮点忙，不过接着我会把他送回住处。要是你不合作，你就跟他一起回去。”他蹲下去打开脚镣的锁，然后抱起詹米不动的身体。就他的体格来说，他力气确实很大。他把垂着头的詹米抱到角落的凳子上，雪白上衣下方，前臂肌肉隆起。他下巴朝旁边水桶一指。“叫醒他。”他给那个安静的大块头下简短的命令。冷水在角落的石头上溅出水花，在地上聚成泥泞，形成污浊的水滩。“再一次。”兰德尔说，审视着詹米，詹米正微弱呻吟，头靠着石墙晃动。第二桶水倒下来时，他缩了一下身体，咳了几声。

兰德尔大步走过去，抓起他的头发，拉住他的头向后甩，像对待溺水的动物一样，污水的水滴因此溅到墙上。詹米的眼睛隐约睁开了一条缝。兰德尔厌恶地放开手，转身在裤子侧面擦手。他一定撇见了影子晃动，因为他正要转身，却来不及准备好面对高大的詹米的奋力反扑。

詹米的手臂箍住兰德尔的脖子。他右手不能用，就用右手腕扣住灵活的左手向后拉，前臂紧压着兰德尔的气管。兰德尔面色渐渐发紫，失去力气，此时詹米放开左手，马上又朝兰德尔的肾脏打了一拳。即便詹米现在力气这么弱，这一击也足以让兰德尔痛得跪倒在地。

丢开虚软的兰德尔，詹米转过身来面对那个笨重的勤务兵。他目前为止只是看着，嘴角松弛的脸上对眼前的景象没有表示一点兴趣。虽然他仍面无表情，不过他移动了，从桌上拿起木槌，看着詹米用完好的左手抓着凳脚走向他。勤务兵脸上隐约闪过一丝警觉，两人慢慢绕着圈子，等着开打。

马雷的武器较具优势，他率先出招，木槌朝詹米的胸口一挥。詹米转身闪开，凳子虚晃一招，把马雷逼往门口。马雷又出一招，往下狠狠一击，这下要是击中的话，詹米很可能当场头骨碎裂。果然，一只凳子应声而裂，椅脚和座椅当场分离。

詹米接着急忙拿凳子往墙上撞，只留下一根较小但较好掌握的棍子，一根两英尺长的木棍，顶端是碎裂的尖刺。火把的烟让人感到窒息，此时空气已凝结成一团，只剩下这两个男人的喘气声和偶尔木头重挫人体的声音。我不敢出声，怕打扰詹米好不容易凝聚起来的专注力，我两脚放到床上，向后缩在墙边，尽量不碍到他们。

我看得出来，詹米的体力正在快速流失，而且从勤务兵的微笑可以得知，他也看出来了。詹米能站起来已经够神奇了，更不要说打斗。我们三人都很清楚，这场打斗不会持续太久。如果詹米要制造机会，就必须赶快。詹米拿着凳脚发动几次猛烈的突击，小心翼翼逼近马雷，大块头被逼到墙角，手挥动的范围受了限。马雷发觉受到限制，向前平挥残暴的一记拳头，想要逼退詹米。

詹米不仅没后退，反而向前迎击，左边身体承受那一拳，把木棒全力向下插入马雷的太阳穴。我全神贯注看着眼前的景象，没注意到俯卧在门边地板上的兰德尔。不过就在勤务兵身体踉跄，眼神逐渐呆滞之际，我听见靴子刮在石面的声音，接着一阵呼吸吃力的刺耳声在我耳边响起。

“打得很好，弗雷泽，”兰德尔的声音因窒息喘不过气而粗哑，不过却比平常还冷静，“尽管伤了几根肋骨，是吧？”

詹米靠着墙壁，全身湿透，喘着气，手上还握着木棍，手肘用力压着身体一侧。他眼神看向地面，评估距离。

“别过来，弗雷泽。”兰德尔轻声说话的声音很平和，“你走两步，她就死定了。”又薄又冰的刀片滑过我耳畔，我感到刀尖轻轻抵着下巴。

詹米眼神镇定地审视眼前的情况，身体仍旧靠着墙。他突然用一阵力，痛苦地撑起身体，摇摇晃晃地站起来。木棍掉落地面，发出空洞的碰撞声。抵着我的刀尖更用力了些，不过除此之外，兰德尔并未移动。他看着詹米缓慢向桌子靠近几英尺，小心弓着身体准备去捡麻线缠绕的木槌。他两只指头握着木槌，向下垂着，明显没有攻击意图。

木槌哗啦一声掉在我面前的桌上，握柄剧烈转动，几乎要把木槌沉重的头拖到桌角。沉重黝黑的木槌是橡木做的，是个简单却坚固的工具。桌子另一头成堆杂物中有个芦苇篮，装着配合木槌使用的铁钉。这可能是装潢房间的木匠忘记带走的东西。詹米完好的手，那戴着金色戒指的修长手指，紧紧抓着桌子边缘。他用我难以想象的力气，慢慢在一张椅子上坐下，故意把两只手在刻痕累累的桌面上摊平，木槌近在咫尺。

詹米在穿越房间痛苦万分的过程中，目光一直没离开兰德尔，现在一样紧盯着对方。他头朝我迅速一撇，看都没看我就说：“放她走。”

兰德尔握着刀子的手好像松了一点点，但声音仍兴致盎然并充满好奇：“我为何要放？”

詹米现在看来好像已经完全能够控制自己，尽管脸色惨白，汗水也像泪水一样从脸上潸潸流下。“你无法用一把刀同时对着两个人。你要么放开她，要么杀了这女人，然后我再杀了你。”他轻声说，冷静的苏格兰腔中，流露出钢铁的意志。

“我为何不两个都杀，一次一个呢？”

我实在不知道詹米的表情称不称得上笑容，因为他只露出了牙齿。“什么，然后你再去骗行刑的人？这有点难解释，早上就快到了，不是吗？”他朝地上已经失去意识的大块头点一下头，“你必须承认是你让帮手绑住我，才毁了我的手。”

“所以？”刀子仍稳稳抵在我耳边。

“你的帮手，没多久就帮不上忙了。”这句话确实没错，身形巨大的勤务兵躺在地上，脸埋在角落，发出粗重的呼吸声，并开始打鼾。我直觉想到，这是重度脑震荡，可能还有脑出血。他如果死在我眼前，我一点都不在乎。

“你无法单独拿下我，不管是用一只手还是两只手。”詹米慢慢摇头，估量兰德尔的身形和力气，“你拿不下我。我比你高大，徒手搏斗的话，我也比你行。那女人如果没在你手上，我就会抢下小刀，塞进你的喉咙。你很清楚这点，所以你没动她。”

“不过她在我手上。你可以自行离开，当然可以。那里有个出口，离你很近。要是你这样做，你老婆——是你老婆吧？——就会死在这里，这点我可以肯定。”

詹米耸肩：“而我也会死。我走不了多远，全部驻军都在找我。在外面被射死，是比在这里被吊死好多了，不过也没太大差别。”痛苦的表情在他脸上一闪而过，他还憋了一会儿气。他又开始呼吸时，却是浅浅的喘气。无论让他撑过疼痛的方法是什么，显然力量正在消失。

“看来我们陷入了僵局。”兰德尔受过良好教育的英国腔，语气十分轻松，“你有什么建议？”

“有。你要的是我。”冰冷的苏格兰腔，就事论事的语气，“放了那女人，你就可以得到我。”刀尖微微移动，刮伤我的耳朵。我感到一阵刺痛，渗出温暖的鲜血。

“随便你对我怎样。我不会挣扎，如果你觉得有必要，我会让你绑住我。而且到了明天，我也不会说出来。不过首先，你要让这女人安全离开监狱。”

我看着詹米被毁的手。中指下面一小摊血越积越多，我惊骇地发现他故意用指头压着桌子，利用那股疼痛刺激自己保持清醒。他要用他仅存的东西——他自己的命，换我的命。要是他现在昏倒，唯一的机会就没了。

兰德尔这下完全松手了，刀子随意放在我右肩上，把事情彻底思考一遍。我就在他眼前。詹米明早就会被吊死。迟早有人会发现詹米不见了，然后整座城堡都会搜查一番。虽然某种程度之内的暴行，官员和其他人都会彼此袒护——我相信断掉的手指和脱皮的背都在程度之内——但兰德尔的其他癖好可就无法轻轻放过了。不管詹米是怎样罪大恶极的囚犯，要是他明早站在绞刑台下，宣称兰德尔虐待他，这件事情就会被彻查。而要是身体检查确认他所言属实，兰德尔的职业生涯就完了，很可能性命也会不保。而现在，詹米发誓会守口如瓶……

“你保证？”

詹米的眼睛就像火柴的火光一样，在如羊皮纸般惨白的脸上点燃。过了一会儿，兰德尔缓缓点头：“如果你能保证，我就保证。”

受害者在极不情愿的情况下完全顺从，这是个让人难以抗拒的提议。

“成交。”小刀离开我的肩膀，我听见金属入鞘的声音。兰德尔慢慢走过我眼前，到桌子旁边，拿起木槌，继续走向詹米。他举起木槌，讽刺地询问：“你会让我稍微测试你的诚意吧？”

“好。”詹米声音很稳，双手不动平摊在桌上。我努力要开口抗议，但喉咙干涩，发不出声音。

兰德尔毫不迟疑，俯身从芦苇篮里仔细挑出一根铁钉。他固定好钉子尖端，木槌就敲了下来，结结实实敲了四下。钉子插过詹米右手，刺进桌面，断掉的手指像钉在捕虫板上的蜘蛛脚，猛地抽搐伸直。

詹米发出呻吟，空洞的双眼因疼痛的冲击而撑大。兰德尔小心放下木槌，端起詹米下巴，抬起他的头。“现在，吻我。”他轻柔地说，低头靠近詹米无力反抗的嘴唇。

兰德尔起身的时候，表情陶醉，眼神温柔恍惚，长长的嘴唇弯成笑容。曾经，我也爱过这种笑容，而那陶醉的表情也会激起我的期待，但现在却只让我作呕。眼泪流到我嘴角，虽然我不记得自己什么时候开始哭了。兰德尔出神好一会儿，低头凝视詹米。接着他回过神来，再度抽出刀子。

刀片草草割开我手腕上的绳索，擦伤我的皮肤。我还来不及揉揉双手恢复血液循环，他一只手就抓住我的手肘，推着我赶快走向门口。

“等等！”詹米在我们身后开口，兰德尔不耐烦地转身。

“我可以跟她道别吧。”这是一句陈述，而非疑问。兰德尔只迟疑一会儿，就点头把我推向桌旁那不动的形体。

詹米完好的左手臂紧紧抱住我肩膀，我泪湿的脸埋在他的颈窝。

“你不能这样，你不能这样。我不让你这样做。”我低声说。

他的嘴温暖地覆在我耳旁：“克莱尔，我明天就要被吊死了。现在到明天之间发生的事情，对任何人来说都不重要。”

我身体后退注视着他：“对我很重要！”

他紧绷的嘴唇颤抖着，几乎咧出一个微笑，接着他举起自由的手，放在我湿润的脸颊上。“我知道，美人儿。所以你现在必须离开，这样我才知道还有人在意我。”他又把我拉近，温柔地亲吻我，并用盖尔语低声说：“他会放你走，是因为他认为你手无缚鸡之力。但我知道你不是。”他放开我，用英语说：“我爱你，走吧。”

兰德尔领我出门的时候停了下来：“我马上就会回来的。”这是一个男人不愿离开爱人的声音，我听了胃都翻搅起来。

身后的火炬在詹米身边圈成红光，他优雅地把头一斜，朝被固定的手一撇。“我想当你回到这里时就会找到我。”

* * *

黑杰克。这是十八世纪地痞流氓常用的名字。浪漫小说常见的主角，这个名字召唤出风流倜傥的强盗形象，戴着羽毛装饰的帽子，以及刀光剑影。但是现实中的黑杰克现在就走在我身边。

人很少停下来思考浪漫小说背后的东西，那是被时间美化的悲剧和恐惧。情节添加一点艺术成分，一部惊心动魄的浪漫小说就这样完成了，女人读之热血沸腾，叹息连连。我的热血的确沸腾，却不会有女人像詹米这样撑着严重受损的手，叹息连连。

“这边走。”这是兰德尔在我们离开牢房后第一次开口。他指着墙上一个狭窄的凹室，那里没有火把照明。这是出去的路，他答应詹米的。

现在我已经有力气说话了，所以我说话了。我向后退一步，让火把的光全落在我身上，因为我想让他记住我的脸。

“兰德尔，你问我，我是不是女巫。”我说，声音低沉而稳定，“我现在回答你。我是，我是女巫，而且我诅咒你。兰德尔，你会结婚，而且你老婆会怀孕，不过你没办法活着看第一个孩子出生。我明明白白地诅咒你，杰克·兰德尔，你的死期，就在我手里。”

他的脸藏在阴影中，不过他眼神出现一闪而逝的光芒，我知道他信了。为何不信？我知道我说的是真的。我可以看见弗兰克家谱的谱线，清清楚楚像是画在石墙缝隙上，上面还列着名字。“乔纳森·沃尔弗顿·兰德尔，”我看着石墙轻声读出，“生，一七〇五年九月三日；死……”他一阵惊厥，朝我扑来，但不够快，我已经说完。

凹室后面一道窄门吱呀开启。我原以为还在黑暗之中，但眼睛突然见到雪地上的反光，一阵晕眩。身后一道快速的推力，让我跌跌撞撞倒在雪堆中，门则在身后砰的一声关上。

我跌进监狱后方壕沟中。壕沟里有一堆东西覆盖在周围，很有可能是监狱的垃圾。壕沟下方有个坚硬的东西，大概是木头。我抬头看向耸立的高墙，石面上有道水渍，那是垃圾的行迹，顶端四十英尺高处是一道滑门。那一定是厨房。

我翻过身撑起身体，发现自己对上一双睁大的蓝眼。那人的脸几乎和眼睛一样蓝，身体僵硬，让我刚刚误以为是木头。我踉跄一步，几乎吐了出来，蹒跚向后靠着监狱高墙。

我低头深呼吸，坚定地告诉自己：不能昏倒，你以前也看过死人，很多死人，不能昏倒。天哪，他的蓝眼就像……不能昏倒，可恶！

我的呼吸终于渐渐顺畅，脉搏也慢了下来。惊吓退去之后，我双手紧张地擦着裙子，逼自己回头看那个可怜人。我不确定自己再回头看，是因为同情、好奇，还是因为惊吓。要不是刚刚突然被吓到，那个死人其实没有什么骇人之处。死人从来就不可怕。无论一个人死状多么惨，让人觉得可怕的，其实只是人的灵魂受到折磨。一旦走了，留下的只是一具尸体。

这个蓝眼睛陌生人是被吊死的。他不是这壕沟里唯一的人。我用不着费力去挖，就能知道壕沟里装的是什么，我可以直接看到雪堆里冻坏的四肢和微圆的头颅。至少有十来个人躺在那里，等雪融了才比较容易埋起来，或者干脆就让附近森林里的野兽吃掉。

这个念头把我从悲伤里吓醒。我没时间在坟墓边沉思，否则我就会面对另一对默然望着雪花落在身上的蓝眼了。

我得找到默塔和鲁珀特。刚刚那个隐匿的后门可能派得上用场。显然这个后门不像监狱大门或其他入口，既无严密的防卫措施，也没守卫巡逻，但是我需要有人帮忙，而且立刻就要。

我向上望着壕沟边缘。太阳已经落得很低，晚霞在树顶正上方映过一层薄雾。空气因为潮湿而沉重，夜晚来临时很可能会再下一场雪，而东边的天空，雾显得更浓。或许日光只剩一小时了。

我不想爬过陡峭的岩壁，于是开始沿着壕沟走，但最后发现还是必须攀爬。壕沟很快就弯得越来越远，好像会朝河边延伸过去；很可能雪融以后，水流会把监狱的垃圾带走。我几乎快走到高墙转角的时候，身后传来微弱的声音。我转过身，那是石头自壕沟边缘落下的声音，而让石头滚落的，是一只大灰狼。

从狼的角度来看，我和埋在雪里的那些死尸不同，是相当有吸引力的。一方面，我会动，比较难抓，有可能抵抗；另一方面，我动作迟缓，而且还没冻僵，因此比较不硌牙。此外，我身上还有鲜血的味道，在这堆冷冻垃圾中散发出温暖的诱惑。我想如果我是狼，我不会迟疑。正当我思考着我和这动物之间接下来的发展，并得出结论时，它也做出了决定。

彭布罗克医院里曾有个叫查理·马歇尔的美国佬，他是个讨人喜欢的家伙，跟其他美国人一样友善，最有趣的是他最常挂在嘴边的话题。他曾在美国警犬队里任中士，最爱讲跟狗有关的事。他曾在艾里斯附近的一个小村庄，和两只狗一起被地雷炸伤。他为他的狗感到难过，而在我值班时零碎的休闲时间中，只要我跟他坐在一起，他便会告诉我那些狗的事。

其中比较重要的是，他告诉过我，倘若被狗攻击该做什么和不该做什么。现在，这只小心沿着石块下来的恐怖生物，把它当作狗是有点牵强，但我还是希望它和它驯化的后代之间，有些基本特性是相通的。

“坏狗。”我盯着它的一只黄色眼睛，坚定地说。“其实，”我边说，身体边慢慢靠向监狱的高墙，“你绝对是只恐怖的狗。”（说话要大声坚定，查理是这么说的。）“你大概是我见过的最凶的狗。”我继续大声坚定地说，并持续向后退。一只手在身后摸着墙上的石头，逐步移动……再移动……再侧身往转角移动……剩下十码。

我拉拉领口的带子，开始摸索我固定斗篷的胸针，并继续大声坚定地告诉那匹狼，我对它还有它祖先和近亲的想法。那匹狼对我的辱骂似乎颇感兴趣，垂着舌头，露出狗笑。它的动作不疾不徐，在它靠近之时，看得出来它有点跛，而且又瘦又脏。它身体衰弱，可能很难追捕猎物，因此才来监狱垃圾堆觅食。我很希望是这样，它身体越衰弱越好。

我找到斗篷口袋里的皮手套并戴上，接着把厚重的斗篷在右手前臂缠绕数圈，希望天鹅绒的重量够重。“它们会从喉咙下手，除非训练师教它们别的做法。保持眼睛直视，当它决定扑向你的时候，你会看得出来。那就是你出手的时候了。”查理告诉过我。

在那邪恶的黄色眼睛里，我可以看见很多东西，饥饿、好奇和怀疑，不过还没有要跳跃的决定。

我继续对它说：“你这恶心的怪物，看你敢不敢跳过来咬我的喉咙！”我内心突然冒出其他想法。我刚刚把斗篷稍微在右臂上绕了几圈，留下大部分的斗篷垂在一旁。假设斗篷衬垫够厚的话，希望够厚，那就能防止它的牙齿穿刺过去。

这狼很瘦，但并不憔悴。我想它应该有八九十磅重，比我轻，但没轻太多，我不算有太大优势。杠杆力量会使形势利于它，四只脚比两只脚在湿滑的雪地上更能保持平衡。希望我背靠着墙有用。

我背后感到一点空荡，我知道转角到了。狼离我大约有二十英尺的距离，就是这里了。我扫去脚下的雪，站稳脚步等待着。

我没看到狼跃离地面的动作。我发誓我确实一直看着它的眼睛，不过要是它眼里真的透露过跳跃的决定，那一定也是即刻便行动，所以来不及察觉。我想都没想，便本能地举起手臂，挡住朝我冲来的灰白影子。

它的牙齿刺进斗篷衬垫，力量大到在我手臂留下瘀青。它比我想的还重，我措手不及，手臂沉了下去。我原本打算把这只野兽丢到墙上，或许可以让它晕倒。结果是我自己跳到墙上，把狼压在石块和我的臀部之间。我挣扎着用松开的斗篷包住它。它的爪子撕裂我的裙子并抓伤我的大腿，我膝盖用力撞向它的胸口，它发出窒息的吠声。这时我才发现，那些音调古怪的咆哮是我发出来的，不是狼。

奇怪的是，这时我一点也不害怕，虽然刚开始看见那匹狼跟在身后，确实把我吓坏了。此时我心里只有一个念头：不是我杀它，就是它杀我。所以，我要杀它。

当身体处于强烈挣扎的状态时，只要越过了一个点，人就会放任自己用尽力气，不顾一切地豁出去，直到挣扎结束。女人的点通常是在生孩子的时候，男人则是在战斗的时候。

过了那个点，所有疼痛或受伤的恐惧都会消失。生命在那个时候变得非常简单，你会努力做你正在做的事，或者失败而死；而究竟会活会死，并不真的重要。

我在病房实习时见过这种挣扎，但从没亲身体验过。现在我全部的注意力都放在锁死在我前臂上的嘴巴上，还有不断扭动撕扯我身体的怪物。

我试图拿它的头去撞墙，但不够用力，没什么用。我很快就累了，要是这匹狼状态很好，我不会有任何机会。虽然我现在机会也不大，不过总要尽力一搏。我压住它，把它固定在身体下方，闷在腐烂尸臭中。它几乎立刻恢复力气，开始在我身体下方扭动，不过当它放松的那一秒钟，已经足以让我挣脱手臂，一手从下方钳住它的口鼻。

我的手指从它的嘴角挤进去，成功避开尖锐的裂齿。它的口水沿着我的手臂流下。我身体整个压在狼的上方，监狱高墙转角大约在我前面十八英寸。我必须带着身体下方这团扭动起伏的愤怒怪物，往那里移动。

我踩着凌乱的步伐，身体全力下压，一英寸一英寸向前推进，不断努力避免它的尖牙咬到我喉咙。移动这十八英寸，花不了几分钟，却仿佛有一辈子那么长。我困在缠斗当中，它的后脚抓破我的双腿，更奋力地寻找施力点，企图撕裂我肚子。

终于，我看到转角了。石头砌成的钝角就在眼前。现在麻烦了，我得想办法搬动狼的身体，好让我两手都放在它的口鼻下方，而我却永远没办法生出搬动它所需的力气。

我陡然滚开，狼立刻滑进我和墙面之间的小小空间。它还来不及站起来，我的一只膝盖就铆尽全力顶了过去。我的膝盖撞到它身体侧面时，它哀嚎一声，接着我飞速将它固定在墙面上。

现在我两只手都在它下巴下方，其中一只手的指头还在它的嘴里。我感到手套下方的关节有一阵扩散的疼痛，但我没理会，只是铆足劲把这毛茸茸的头一次次向后撞，以墙的转角作为固定它身体的支点。我想我的手可能会断掉，但这是我唯一的机会。

它没发出声响，但我感觉它脖子折断的那一刻，整个身体抽搐了一下。它紧绷的四肢，还有膀胱，瞬间都放松了。我过度用力的手臂现在松弛下来，身体也垮坐下来，和濒死的狼一样脚步不稳。我感觉它的心脏在我脸颊下方抽搐，那是它唯一还在挣扎的器官。它湿黏的毛发，散发出氨水的气味。我想移开身体，但没有办法。

我想我一定睡了一会儿，虽然枕在狼的尸体上，听起来很诡异。我睁开眼，监狱发青的石墙就在我面前几英寸处。一想到墙的另一边正在发生的事，我立刻想站起来。

我在壕沟里绊了一下，斗篷挂在一肩上，拖在身后。我踢到雪里的石头，胫骨撞上半掩的树枝，疼痛万分。我潜意识里一定知道狼通常是成群行动，因为当我听见四面八方都是狼群从森林传出的嚎叫时，我似乎不感到惊讶。若要说我有感觉，那就是怨恨的怒气——这像是个阴谋，刻意要阻拦和延误我的行动。

我疲惫地转身，看那声音是从哪里传来的。此时我已经离开城堡，身处空地，没有墙可以靠，手里也没有武器。消灭第一匹狼，大部分是运气帮了忙；但要我徒手再杀另一匹，那是绝无可能的——而且到底还有几匹狼呢？我曾在夏夜的月光下亲见享用猎物的狼群，少说有十匹，我也依稀记得牙齿摩擦和骨头碎裂的声音。现在唯一的问题是，我是否还要背水一战，或者干脆躺在雪地里放弃。把所有条件考虑一轮之后，我觉得后面这个选项特别诱人。

不过，詹米放弃自己的生命，甚至牺牲比生命更重要的东西，才让我从监狱里出来。为了报答他，我起码应该试试看。

我再度慢慢向后退，继续往壕沟移动。光线渐渐微弱，沟里不久就会被阴影覆盖。我不认为那会对我有利，狼在夜晚的视力绝对胜过我。

又一匹狼出现在壕沟边缘，跟前一只一样。它毛发蓬乱的身形站着不动，浑身充满警觉。我惊吓地发现，还有另外两匹狼已经跟我同在沟里，缓缓小跑前进，这两匹狼几乎是并肩而行。它们身上的颜色几乎和薄暮里的雪地一样是污灰色，几乎无法辨识，虽然它们移动时无意隐藏。

我不再移动，逃跑显然是下下策。我弯身从雪里抽出一根枯死的松树枝。树皮因为湿气而呈现黑色，我隔着手套仍感觉到粗糙的表面。我举起树枝挥动，并大声喊叫，狼停下脚步，没继续朝我跑来，但也并未后撤。离我最近的一匹狼垂下耳朵，好像是抗议这个声音。

“不喜欢吗？”我尖叫，“你这该死的坏狼！退后，可恶的混账！”我挖起半埋在雪里的石头，丢向那匹狼。没打中，不过却让它朝一旁跑去。我受到鼓舞，开始疯狂乱丢东西，石头、小树枝、雪球，所有我一手可以掌握的东西都丢。我不断尖叫，跟它们一样咆哮着，直到喉咙因寒风侵入、刺痛了，我才停下。

起初我以为自己击中一次目标。最靠近的狼吠叫了一声，接着身体好像抽搐了一下。但第二支箭从我身旁飞过去时，距我不到一英尺，而我只看见一点细微模糊的移动影子，然后正中目标，击中第二匹狼的胸口。那匹狼当场死亡。第一匹狼受到的袭击较轻，它在雪地里踢打挣扎，不过也只是沉寂的暮气中一团起伏喘息的东西了。

我傻傻站着盯着它看了好一会儿，接着本能地抬头看向壕沟边缘。第三匹狼很有智慧，选择沉着以对，已经消失在树林里，从那里传出颤抖的狼嚎声。

我仍站着抬头看向黑暗的树林，接着一只手抓住我的手肘。我惊讶转身，对上一张陌生人的脸。窄脸颊，后缩的下巴，没完全被脏污的胡子遮住，我真的不认识他，不过他身上有苏格兰披肩和短剑，可见他是苏格兰人。

“救命！”我跌入他的怀里。

第十三章　麦克兰诺赫

农舍里面很暗，房间角落有一头熊。我不想再跟野生动物有任何关系，因此惶恐地缩回我的护送者身边。他用力把我推进农舍。我摇摇晃晃走向炉火，看见一具庞大身影转过来，这才发现那只是一个披着熊皮的高大男人。

更准确地说，那是熊皮斗篷，领子用镀银别针固定着。那别针跟我的手一样大，形状是两只跳跃的雄鹿，头顶着头，拱背绕成一个圈。别针针头是一个短小的锥形扇，顶端像逃跑的麋鹿尾巴。

我这么仔细注意别针，是因为别针就在我眼前。当我抬头看，有一瞬间以为自己搞错了，那可能真的是只熊。

不过，照理讲，熊不会戴别针，也不会有那样一双小小圆圆又黑又亮、像极了蓝莓的眼睛。他的眼睛深陷在下垂的脸上，黑色的丰厚鬓毛闪着银光；同样的毛发也披在厚实的肩上，和斗篷毛皮混在一起。熊皮斗篷虽然很新，刺鼻的味道却让人痛苦地回想起前任主人。

他精明的小眼睛闪烁着审视我，看见我衣着破烂，也看出这些衣料品质很好，而且我还戴着两只结婚戒指，一金一银。根据这些特征，这只熊对我发话道：“您似乎遇到了困难，夫人，我们能帮上忙吗？”他彬彬有礼，大头前倾，头上还有闪闪的融雪。

我犹豫着，思考着该如何回答。我迫切渴望这人的协助，不过我一开口说话，他就会发现我是英国人而立刻起疑。好在把我带来的弓箭手抢先说话了。

“在温特沃思旁边找到她的。”他简洁地说，“那时她正在跟狼缠斗，一个外乡人。”他补充强调这点，农舍主人的蓝莓眼睛于是盯住我，眼底露出不悦的怀疑。我站直身体，使尽全力摆出庄主夫人应有的高贵态度。

“我出身英格兰，但嫁给了苏格兰人。我的名字是克莱尔·弗雷泽。我丈夫现在关在温特沃思监狱里。”我坚定地说。

“我明白了。嗯，我的名字是麦克兰诺赫，你正在我的领地上。从你的穿着看得出你身份高贵，为何会在冬日夜晚只身来到埃尔德里奇森林？”那熊缓缓地说。

我马上顺着他的开场白接话。这时总算有点机会表现我的善意，也有望找到默塔和鲁珀特了。

“我和丈夫族里的几个人一起来温特沃思。因为我是英格兰人，我们认为我有机会进入监狱，也有可能找到办法，呃，带走他。可是，我……我从别的地方出了监狱。我正在找我的伙伴，却被狼群缠上。这位绅士好心救了我。”我试着对脸颊瘦削的弓箭手报以感激的微笑，他却只是冷冷沉默。

“你确实遇到了带着尖牙的某种东西。”麦克兰诺赫同意，眼睛看着我的裙子撕裂的痕迹。现在他忙着招待客人，就先把怀疑丢到一边。“你受伤了吗？只有一点刮伤？嗯，你很冷，我想还有点发抖。来火炉这边坐。赫克托会拿点东西给你吃，然后你就可以告诉我更多有关这些伙伴的事。”他一脚拖来一张三脚凳，大手坚定地押我坐下。

火炉里烧着泥炭，火不旺，但很温暖。我不由自主地发抖，血液开始流回冻僵的手掌。赫克托不情愿地递给我皮酒袋，我吞几口酒，血液又重新在身体里流动了。

我努力解释遇到的状况，但效果不彰。我简短描述从监狱出来，接着和那只狼面对面单打独斗的情形，但他们不太相信。

“假设你确实成功进入温特沃思，弗莱彻爵士不太可能会让你在里面闲晃。兰德尔队长在地牢里发现了你，也不太可能就带你从后门出去。”

“他……他有理由放我走。”

“理由是？”那双蓝莓眼睛并不是那么好敷衍。

我放弃了，把事情一五一十摊开。我太累了，无力巧言委婉说明。

麦克兰诺赫看来有点被说服了，不过仍不愿意采取行动。“是，我明白你很担心，不过，事情可能没那么糟。”他辩驳道。

“没那么糟？”我愤怒地从座位上弹起来。

他摇头的样子就像面前有鹿蝇飞舞。“我是说，如果他要的是那家伙，他不太可能把他伤得太重。而且，夫人，我就当你的面直说了……”他挑起一边浓眉道，“鸡奸很少死人的。”他举起双手表示安抚，那手和汤盘一样大。“不过，听好，我不是说他会喜欢那种事，不过我确实认为没有必要为了保护那家伙受伤的屁股，就和弗莱彻·戈登爵士大动干戈。我在这里地位并不稳固，你知道，非常不稳。”他鼓起脸颊，眉毛对着我舞动。

这不是我第一次感叹为何女巫不是真的存在。如果我是女巫，我会立刻把他变成癞蛤蟆，又肥又大的癞蛤蟆，全身长疣。

我咽下怒气，试着再一次保持理智：“我真的认为需要拯救的不是他的屁股，而是他的脖子。英国人早上就要吊死他。”

麦克兰诺赫喃喃自语，前后扭动身体，就像一只被关在太小笼子里的熊。他突然停下来，把脸凑到我面前，离我只有一英寸。要不是因为太累，我就要向后躲开了，不过我只是眨了眨眼。

“那么，如果我帮了你，又有什么好处？”他大吼，重新转圈踱步，走两步到一面墙前，熊皮一挥，转过身，又走两步到另一面墙前。他边踱步边跟着脚下的节奏说话，在转身时停下喘气。

“要是我自己去见弗莱彻爵士，我要说什么？你底下有个队长，一有空就凌虐囚犯？要是他问我，我怎么知道的，我就说我的人在黑暗中发现一个迷路的四处游荡的外乡人，她告诉我这人侵犯了她的丈夫，而这个丈夫还是亡命之徒，抓到他可以得到悬赏。不只这样，他还是个被判刑的杀人犯？”

麦克兰诺赫停下来，一掌击在脆弱的桌子上。“然后还要把人带进那个地方！如果，提醒你一下，我是说如果，我们进得去……”

“你进得去，我可以带你进去。”我打断他。

“嗯哼，或许吧。即使我们进得去，要是弗莱彻爵士发现我的人在他城堡里游荡，会怎么样？他隔天早上会派兰德尔队长用大炮把埃尔德里奇的大厅轰成平地，没错！”他又摇头，黑色的发束飞舞，“不行，姑娘，我看不出……”

他话说到一半，农舍的门突然甩开，另一个弓箭手推着默塔进来，刀尖抵着他下巴。麦克兰诺赫停下来，惊讶地看着。“怎么回事？你们以为是春祭啊，大风雪和要命的冬天都还没到是吧，一个个都去树林里采花了！”他质问道。

“这是我丈夫族里的人，我刚刚跟你说过。”我说。

默塔不理会主人不太友好的招呼方式，仔细看着面前这个满脸胡须的人，像是要在脑袋里剥去这人的毛发和岁月痕迹。“麦克兰诺赫，是你吗？你曾出席过一次集会，我记得，之前在理士城堡的时候？”他说，几乎带着指责的语调。

麦克兰诺赫惊讶万分：“我必须说，那是很久以前了！怎么可能，那差不多是三十年前的事了。先生，你怎么会知道？”

默塔满意地点头：“噢，我没记错。我当时在场。而且我之所以还记得那场聚会，理由很有可能跟你一样。”

麦克兰诺赫仔细审视这个干瘪瘦小的男人，试着在他皱巴巴的脸上减掉三十岁。

“没错，我见过你。”他终于说，“名字不确定，但人我认得。你在家族围猎时单手用匕首杀死了受伤的野猪，一头漂亮的野猪。对，麦肯锡家把野猪牙送给你，很漂亮的一对猪牙，几乎绕了两道完整的弯。你做得很好，先生。”

默塔凹痕重重的脸上露出了算得上满意的表情。

我吃了一惊，想起在拉里堡见过的那对野性美十足的手环。“是我母亲的，”詹妮说过，“是仰慕者送她的。”我看着默塔，难以置信。即使他再年轻三十岁，也不像柔情蜜意的人。

想到艾伦·麦肯锡，我想起身上还带着她的珍珠项链，就缝在我口袋的缝线上。我伸手去摸未缝死的那头，把项链拉出来，放在火光下。

“我可以给你酬劳，我不会期待你的人白白去冒险。”我说。

他动作很快，一把夺过我手中的项链，快得超乎我的想象。他怀疑地盯着项链：“女人，这是哪儿来的？弗雷泽，你说这是你的姓？”

“是的。这串项链是我的。我丈夫在婚礼那天送我的。”我很疲惫，但还是挺直身体。

“他送你的？”他粗哑的声音突然静下来。他转向默塔，手里还握着项链。

“艾伦的儿子？这姑娘的丈夫是她儿子？”

“是的，你一见到他，就能立刻看出来，简直一个模子刻出来的。”默塔说，语气和平常一样平淡。

麦克兰诺赫终于注意到自己手上握着的项链，张开手，温柔抚着发亮的珍珠。“这是我送给艾伦·麦肯锡的结婚礼物。我无法让她以我妻子的身份收下这礼物，不过既然她另有选择……嗯，我常常想到这串项链就挂在她美丽的脖子上。我告诉她，我不能想象这串项链挂在别人身上，所以求她收下，请她在戴着的时候只想着我。嗯！”他回忆着，轻哼了一声，小心翼翼把项链还给我，“所以现在是你的项链了。嗯，保重自己，好好戴着，姑娘。”

“要是你肯帮我救回我丈夫，我会比较有机会保重自己，好好戴着。”我看着这段感伤的表演，努力保持耐心。

他的浅红色薄唇刚刚还随着回忆微微笑着，现在却突然绷紧了：“啊，我明白你的心情。不过我也告诉你了，小姑娘，我认为不会成功。我家有妻子和三个幼子。我愿意为艾伦的孩子做点什么，不过你的要求太多了。”马库斯爵士拉拉胡子说。

我突然双脚一软，砰的一声坐在地上，头颅和肩膀垂下。绝望像船锚，把我向下拉。我闭上双眼，退到心中幽暗的角落，那里只有灰色痛苦的空虚。默塔在继续争论，但听起来不过是远方的哇啦叫。

牛的叫声把我从恍惚中唤醒。我抬头看见麦克兰诺赫转身走出农舍，开门时一阵冬天的冷风灌进来，夹杂着牛叫和男人的吆喝声。他宽大、毛茸茸的身躯出去后，门砰的一声关上，我转身，准备问默塔下一步该做什么。

他的表情让我停了下来。我很少看到他露出耐心和沉郁之外的表情，不过，现在他确实压抑着兴奋，脸上发着光。

我抓住他的手臂："什么？快告诉我！"

这时，麦克兰诺赫回到农舍，并把一个身材瘦长的年轻男子向前推。在他进入农舍之前，默塔只来得及跟我说："母牛！那些是麦克兰诺赫的牛！"

麦克兰诺赫把这名男子按在农舍的石膏墙上。麦克兰诺赫显然认为把脸压近会有逼供效果，他刚刚也对我用了这招。这男子不像我那么沉着，或者说没那么疲倦。他身体紧绷，向后缩，沿着墙拼命躲。

麦克兰诺赫开始循循善诱："阿布索伦，兄弟，我三小时前派你带回四十头牛。我说过找到这些牛有多重要，因为猛烈的暴风雪就要来了。"他原本平静的语调渐渐提高，"当我听见外头母牛叫时，我心里想，啊，阿布索伦把牛全找回来了，真能干，现在我们通通可以回家坐在炉边取暖，母牛会安全地留在谷仓里。"

他揪住阿布索伦的夹克，拳头越握越紧，夹克皱了起来。"然后我出去，恭喜你办好一件大事，开始数牛。猜猜有几头，阿布索伦，小白脸？"他极力吼出来，声音不特别低沉，而且肺活量相当于一般男人的三倍。

"十五头！"他大吼，不幸的阿布索伦被拉高，脚尖点地，"他找到十五头，四十头变成了十五头！其他牛去哪里了？哪里？

在雪地里，不冻死才怪！”

此时，默塔已静静退到墙角阴影中。不过我一直盯着他的脸，看见他在听到这些话时眼里闪过一丝愉悦。我突然明白了他刚刚讲到一半的话，也知道鲁珀特现在身在何处了。或者说，即使不知道准确的地点，至少我知道他在做什么。我燃起一丝希望。

* * *

天已全黑。监狱下方的灯光朦胧照在雪地上，仿佛沉船的灯火。我和两个伙伴等在树下，脑中不停转着有没有哪个环节可能出错。

麦克兰诺赫会兑现他的承诺吗？如果他希望那些珍贵的纯种高地牛回来，就一定得这么做。弗莱彻爵士会相信麦克兰诺赫的话，下令搜查地下室的地牢吗？很有可能，准男爵不是可以怠慢的人。

我想象着牛群在鲁珀特和手下的熟练引导下，一头头走下通往密门的壕沟。不过他们可能逼牛群撞开门吗，靠一头牛还是一群牛？要是成功进去了，这群几乎发狂的牛突然被困在火光明亮的石廊里，他们要怎么做？好吧，或许有用。走廊和它们的石仓相差不远，火把和人的气味也是。他们只要做到这一步，计划便有可能成功。兰德尔为了避免自己的小把戏露馅，不太可能呼救。

这群动物一旦骚动起来，领队就要尽快离开监狱，没命地骑马赶往麦肯锡的领地。兰德尔不重要，在这种情况下，他一个人又能如何。然而，一旦吵闹声太早引来监狱的其他守卫，该怎么办？如果连杜格尔都不愿意闯进温特沃思救自己的外甥，我可以想见他一旦发现麦肯锡家有好几人闯进监牢被抓，会如何暴跳如雷。我也不希望发生这种事，虽然鲁珀特非常愿意冒险。我咬着拇指，努力安抚自己，想着那一层层把地牢和监狱隔开的沉重隔音的花岗岩。

最让人担心的就是一切都顺利进行，却仍迟了一步。不论兰德尔是否等着行刑者，他都有可能做过火。我很清楚，我听很多从战俘营回来的士兵说过，囚犯“意外”死亡是再平常不过的事，在有人追究失职问题之前，尸体早就被随意处理掉了。到那时，即使有人问了，兰德尔的罪行因此被揭露，也只是稍微讨个公道，这样的结局对我、对詹米，都没有意义。

我铁了心不去想房内桌上那些丑陋的器具可能会怎么使用，但我忍不住一再回想碎裂手指的骨头末端紧紧压着桌子的画面。我在马鞍的皮革上用力摩擦自己的关节，想甩开那画面。我感到轻微的烧灼感，便脱下手套，检查狼牙在我手上留下的擦伤。不太严重，只是擦伤，以及牙尖穿透皮革留下的一道小孔。我随便舔一下受伤的手，尽力自我安慰，但仍无济于事。我做了唯一能做的事，但并没有让等待变得更轻松。

终于，我们听见一道模糊困惑的吼叫声从监狱方向传来。麦克兰诺赫的部下伸手拉住我的马头，往树下移动。林地上的积雪较薄，树枝纵横交错的树丛下方，雪也飘得较小。覆满落叶的石地上，一条条雪痕非常明显。虽然树丛里落雪较少，视线仍很差，我牵着马慌忙穿过小小空地时，突然被几英尺外隐约的树干轮廓吓到，微红的光线中怎么会突然冒出黑色树干？

厚雪掩盖了马蹄靠近的声音，等我们听见的时候，马几乎已经到了。麦克兰诺赫的两个部下掏出手枪，在靠近树林的地方勒马等待，但是我听到隐隐约约的牛叫声，便策马走出树林。

麦克兰诺赫爵士驾着杂色马，穿着熊皮斗篷，很容易辨认。他正往山丘上走，马蹄下喷出一小堆雪，身后跟着几个人，从声音听来，个个情绪高昂。另外还有几个部下在更后方驱赶那群家畜，从山脚下把这群茫然的动物赶回麦克兰诺赫的谷仓。

麦克兰诺赫在我旁边勒马停下，热诚地笑着：“我得谢谢你，弗雷泽夫人，让我今晚这么愉快。”他的叫喊穿透下雪的天空，先前的疑虑消除了，现在对我极为友善。他的眉毛和胡子上都覆上一层雪，就像欢乐的圣诞老人。他拉着我的辔头，把我的马牵回安静的树丛，挥手叫我的两个伙伴下坡帮忙赶牛，然后他下马，把我从马鞍上迎下来，继续大笑。“你真该看看那场面！”他得意地咯咯笑着，两手抱胸，喜不自胜，“弗莱彻爵士看到我闯进去打断他用晚餐时，脸涨得活像猪肝。我大骂他，怎么可以偷藏别人的财产。然后我们到了楼下，我猜他听见轰隆隆的牛叫时尿湿了裤子。他……”

“别管弗莱彻爵士的裤子了。找到我丈夫没？”我不耐烦地摇晃他的手臂。

麦克兰诺赫稍稍镇静下来，拿袖子擦擦眼睛：“噢，当然。我们找到了。”

“他还好吗？”我冷静问道，虽然心里很想尖叫。

麦克兰诺赫朝我身后的树丛点点头，我转头看见一个骑士小心翼翼穿过树枝，宽大的布料盖过马鞍前，下方罩着一个人。我冲过去，麦克兰诺赫跟在后面解释：“他没死，或者至少我们找到的时候还没死。可是他受到严重虐待，可怜的家伙。”我掀开詹米头上的布，不安地努力检视他的情况，那匹马在冷天和重物刺激下不停踢脚。我在他蓬乱的头发间看到深色瘀青，也摸到凝血的硬块，不过微光中实在看不出什么。我在他冰冷的脖子上似乎摸到了脉搏，但是不太确定。

麦克兰诺赫抓住我的手肘，拖到一边：“我们会尽快把他带到室内，姑娘。跟我来。赫克托会把他带到屋里去。”

埃尔德里奇庄园是麦克兰诺赫的家。到了主厅，赫克托抬起身上的詹米，把他放到炉火前的地毯上。他抓住毯子一角，小心铺开后抖了一下，浑身赤裸的詹米砰然落在安娜贝拉·麦克兰诺赫夫人引以为傲的红黄花毯上。

必须说，安娜贝拉夫人确实不简单，即使昂贵的奥布松花毯浸满鲜血，她也面不改色。她四十出头，黄色的丝质晨袍穿戴整齐，就像艳阳下的金翅鸟。她一声清脆的击掌后，仆人开始四处奔忙，我斗篷都还没脱下，毯子、亚麻布、热水和威士忌就都到了手边。

“最好把他翻过来，面朝下。”爵士建议道，他倒满两大杯威士忌。“他背上的皮被剥了，躺着一定很痛。虽然他看起来似乎没感觉，或者说不太有感觉。”他补充说，同时仔细端详詹米惨白的脸和发蓝紧闭的眼睑，“你确定他还活着？”

“确定。”我简短回答，希望事情如我所说。我努力把詹米拉到一边。失去意识的他仿佛有平时的三倍重。麦克兰诺赫伸出手帮忙，我们一起把他放在毯子上，背对炉火。

我快速检视一番，确定他真的活着，四肢无缺，暂时没有失血而亡的危险，然后稍微缓口气开始检查他的伤口。

“我可以找医生来，不过外面风雪很大，我不确定他一个小时内赶不赶得来。”安娜贝拉夫人说，怀疑地看着壁炉前方像尸体的人形。她语调不甘不愿，我想只有一部分是因为风雪。找医生来，就会多一个证人看见她家里出现了逃犯。

“不必麻烦，我就是医生。”我随意应道，不顾麦克兰诺赫夫妇脸上惊讶的表情，跪在詹米的身旁，帮他盖上几条毯子，把浸过热水的布盖在他的四肢上，让他身体回暖。他背后渗血的速度很慢，可以稍后再处理。

安娜贝拉夫人退到远处，用金翅鸟般尖而高的声音呼来唤去指挥下人。她的丈夫坐在我旁边，大手敷衍地摩擦着詹米冻僵的脚掌，偶尔停下来啜几口威士忌。

我把毯子一块块翻开，查看伤口。他颈部到膝盖布满整齐的长条伤口，很像马鞭落下的痕迹，鞭痕交叉，形成类似花饰编织的十字。伤口如此井然有序，表示每一鞭都是计算过的，光这一点就让我愤怒得反胃。

还有个重一点的刑具，可能是手杖之类的，更没节制地落在他肩上，留下几道很深的伤痕，一边的肩胛骨甚至露出骨头的微光。我在受伤最重的地方轻轻压上厚厚一块绒布，接着继续检查。

他身体左侧有一处木槌重击的挫伤，肿成了黑紫色丑陋的伤口，比马库斯爵士的手还大。那里的肋骨当然断了，不过这也可以稍后处理。我注意到他脖子和胸口有几块青灰色的伤口，皮肤缩在一起，发红并起水泡，其中一道伤口的边缘烧焦了，惨白的颜色绕了一圈。

“这是怎么回事？”马库斯爵士结束在一旁照料的任务，从我身后兴致盎然地看着。

“火钳。”那声音微弱模糊，好一会儿我才明白是詹米在说话。他吃力地抬起头来，我立刻看出他为什么很难张口，他下唇有一边明显被咬过，像被蜂螫过一样肿了起来。

马库斯爵士很清楚这时该怎么做，一手扶着詹米后颈，一手将威士忌酒杯送到他的嘴边。酒流过詹米受伤的嘴巴，痛得他缩起身体，但还是喝完了，然后才又躺下来。他斜眼向上看我，表情因为疼痛和喝酒而有点迷茫，但还是闪烁着愉悦的光芒。“牛？是真的牛吗，还是我梦到的？”他问。

“嗯，当时我能做的就是这样。”我说，看见他活着而且还有意识，我松了一口气，眉开眼笑。我一手放在他头上，检查他颧骨上一块大瘀青。“你看起来惨不忍睹。你觉得如何？”我忍不住长期养成的问话习惯。

“还活着。”他努力撑起一边手肘，点头接受马库斯爵士送过来的第二杯威士忌。

“你可以一下子喝这么多吗？”我问，试着检查他瞳孔，看有没有脑震荡的迹象。他阻止我的动作，闭上眼睛，把头向后仰：“可以。”他把空杯还给马库斯爵士，后者带着酒杯往酒瓶的方向走去。

“好了，目前喝这么多就行了，马库斯。”安娜贝拉夫人像东方旭日一样重新现身，细声细气命令她丈夫停下动作，“这家伙需要热浓茶，不是威士忌。”茶装在银壶里，跟在她身后送来了，端茶的女仆有一股浑然天成的神气，虽然身上穿着睡袍，却丝毫不受影响。

“热浓茶，加很多糖。”我修正她的说法。

“或许再加上一点点威士忌。”马库斯爵士说，茶经过他面前时，他迅速打开壶盖，从酒瓶里倒很多酒下去。詹米感激地接过热气蒸腾的茶杯，举起茶杯无声敬了马库斯爵士一下，才小心翼翼凑上嘴巴。他手抖得很厉害，我扶着他的手指，帮他稳住茶杯。

更多仆人送了东西进来，一张行军床，一个床垫，很多毯子、绷带和热水，还有一个大木箱，里面装着家用医疗品。

“我想我们最好在炉边医治，这里光线充足，而且绝对是屋里最温暖的地方。”安娜贝拉夫人用她清脆动人的嗓音解释道。

在她指挥之下，两个高大的男仆分别抓住詹米身下毯子一端，平稳地连人带毯搬到炉边的行军床上，另一个仆人则勤奋地戳着煤炭，往越烧越旺的火炉里添加炭火。送茶进来的女仆正点燃餐柜上方的长蜡烛，让房间更明亮。安娜贝拉夫人虽然外表像鸟，内心显然是个大指挥官。

“好，既然他醒了，我们动作越快越好。你们有没有大约两英尺长的平板？一条牢固的带子，可能还要一些直直平平的小树枝，大概这么长？”我分开两只指头，比出四英寸左右的长度。一个仆人走进暗处不见了，就像精灵听完话后啪地消失。

整间屋子都笼罩着魔幻感，大概是户外冷风呼呼和户内奢华温暖的对比给我的错觉，或者是在经历几个小时的害怕和担忧后终于看到詹米安全，所以松了口气。

灯光下，沉重的深色家具发着光，银器在餐柜上闪耀，精致的玻璃和瓷器摆在壁炉架上充当装饰，和炉前血淋淋的破烂人形构成奇异对比。

没人开口发问。我们是马库斯爵士的客人，而安娜贝拉夫人的表现似乎表明有人半夜进来在地毯上淌血也不过是家常便饭。我这才突然领悟，这样的造访以前可能发生过。

“真可怕。”马库斯爵士用征战沙场的专业眼光检视那只碎裂的手，“我猜，这一定也非常痛。不过，还是折磨不死你，是吧？”他站直身体，用机密的语气跟我说话：“照你的说法，我以为会比这更惨。除了肋骨和手以外，没有骨折，其他伤口也都可以复原得很好。我只能说你很幸运，小伙子。”

床上斜卧的人发出微弱的闷哼："我想你的确可以这么说。他们本来早上就要吊死我。"他的头不停在枕头上移动，想要抬眼看马库斯爵士。"你知道这件事吗……爵士？"他补充，注意到爵士的刺绣背心上有盾形徽章，那是用银线织出的鸽子和玫瑰图形。

爵士手一挥，示意他别拘泥这种小节。"嗯，如果他要让你活着上绞刑台，那他在你背上做的事，就有点过分了。"马库斯爵士说，拿掉湿润的绒布，换上新的。

"没错。他有点失去理智，当……当他……"他费力想说完，但接着就放弃了，头转向炉火，闭上眼睛，"天哪，我好累。"

我们让他休息一下，直到男仆把我要的薄木条放到我手边，我才继续动作，小心举起他碎裂的右手，就着烛火检查。

这只手必须尽快处理，因为受伤的肌肉已经开始把手指向内拉。我看清楚手受伤的程度，觉得已经没什么希望，不过如果他还想留住这只手，就应该试试。

我检查伤口的时候，安娜贝拉夫人退在一旁观看。我一把手放下，她就上前打开小医药箱。"我猜你会用得到接骨草，或者樱桃树皮。我不知道……"她怀疑地看詹米一眼，"医用水蛭，你觉得呢？"她保养得宜的手停在装满混浊液体的小罐子上方。

我摇摇头："不，我想不用，至少现在不用。我需要的是……你会不会刚好有鸦片之类的东西？"我在她旁边跪下，眼睛往箱子里面搜寻。

"噢，有！"她精准地拿出一个绿色小瓶，念出标签上的字，"鸦片花，这可以吗？"

"太好了。"我感激地接过瓶子。

"好，那么，你得坐起来，吞下这杯再躺下，然后你会睡着一段时间。”我倒出一点浓郁的液体在杯里，迅速对詹米说。其实我有点担心在他喝下那么多威士忌后，还给他用鸦片是否适当，不过，在他清醒的状态下重建那只手，又实在让人不敢想象。我倾斜瓶身，又倒一点。

詹米把完好的那只手放在我手臂上，阻止我。“我不吃药。”他坚定地说，“大概只要再来一小滴威士忌就可以了……”他迟疑了一下，舌头舔着咬破的嘴唇，“可能还要一个东西让我咬住。”

马库斯爵士听到后，走到角落的美丽光亮的古董木桌前开始翻找。一会儿之后他走回来，拿着一小块用旧的皮革。我靠近看，发现厚皮上有许多重叠的半圆形锯齿痕迹……齿痕，我明白过来，吓了一跳。

“喏，我自己在圣西蒙用过这块。把子弹从腿上挖出来时，靠这个我才撑了过去。”马库斯爵士说。

我目瞪口呆地看着詹米点头感谢，接过皮革，拇指抚摸上面的凹痕。

“你确定在我帮你处理九根断掉的骨头时保持清醒？”我开口慢慢问道。

“没错。”他简短地说，把皮革放在牙齿中间，前后挪动，试着咬合，找寻最佳位置。

这实在太离谱了，我积压的情绪突然失控。“你他妈的可以不要再做什么该死的英雄吗！”我对詹米开火，“我们都知道你经历了什么，你不用再证明你有多能忍！还是你认为如果你不控制场面，无时无刻不指挥每个人，我们就会不知所措？你到底他妈的以为自己是谁啊，该死的约翰·韦恩[1]！”

四周一片尴尬沉寂。詹米目瞪口呆地看着我，终于开口轻声说：“克莱尔，我们现在的确已经离温特沃思监狱两英里远了，但我早上原本就要被吊死，不管兰德尔会不会受到惩处，英国人很快就会发现我不见了。”

我咬着唇。他说得没错，我在疏忽之下放出其他囚犯，或许可以暂时掩人耳目，不过只要人数一清点完毕，狱方就会立刻搜索逃犯。况且，拜我选择这么华丽的劫囚方式所赐，埃尔德里奇庄园很快就会被盯上。

“我们的运气如果够好，这场雪会拖住搜索，直到我们离开。要是运气不好……”他耸耸肩，眼睛盯着火焰，微弱的声音继续下去，“克莱尔，我不会让他们把我带回去。如果我吃了药，然后无助地躺在这里，一旦他们来了，等我醒来可能又会被锁在牢房里……克莱尔，我不要那样。”

泪水汇聚在我睫毛下，模糊了视线。我瞪大眼睛看他，一眨眼，眼泪就滚下双颊。

他面对炉火，闭上眼睛。火光照在他惨白的脸上，给人气色红润的错觉。我看见他喉咙上长长的肌肉随着他的吞咽而移动：“别哭，外乡人。”声音轻得几乎听不见。他伸出完好的手，拍拍我的腿，试着让我放心：“我想我们现在还蛮安全的，姑娘。如果我认为我们很有可能马上被抓走，我绝不会浪费一点时间让你帮我修补一只用不上的手。帮我把默塔叫来，然后拿杯酒给我，我们就可以开始了。”

---

①John Wayne（1907—1979），好莱坞明星，以饰演西部片和战争片中的硬汉而闻名。

我在桌边忙着准备医疗用品，没听见他对默塔说了什么，不过我看到他们俩头挨着头好一会儿，然后默塔有力的手轻轻碰了碰詹米的耳朵，那是没受伤的部位。

默塔轻轻点头道别，侧身走向门口。真像老鼠，我心想，沿着护墙板奔跑，就怕让人发现。他出门走进走廊时，我跟在后面，在他要从前门消失之前，一把抓住他的苏格兰披肩。“他跟你说什么？你要去哪儿？”我厉声质问。

这个黝黑健壮矮小的男人迟疑了一会儿，平静答道：“我要跟那个年轻人阿布索伦去温特沃思留意附近的动静。如果有英国士兵朝这边过来，我就把他们解决掉。有时间的话，我会看着你和他一起躲好，然后带着三匹马，骑出去把人引离庄园。庄园里有个地窖可供躲藏，只要他们搜查得不太彻底。”

“要是没时间躲呢？”我眯眼看他，逼他回答。

“那我就杀了英国人，把你带走。”他立刻回答。“就算你不肯。”他补充道，露出一抹邪笑，转身要走。

“等一下！”我突然开口，他停下脚步，“你有多出来的短刀吗？”

他杂乱的眉毛上扬，不过手毫不迟疑地摸向腰带：“你需要吗？喏！”他看一眼那豪华气派的门廊，还有彩绘天花板和摺麻布镶板。

我的匕首套已经磨破了。我接过他给我的短刀，插入背后短外衣和上衣之间，我看过吉卜赛女人这样做。

“有备无患，不是吗？”我平静地说。

* * *

准备完成后，我尽量温柔地检查伤口，评估受伤的程度，决定该做些什么。当我碰到一个受伤特别严重的地方时，詹米突然用力吸气，不过双眼仍然紧闭，让我慢慢沿着每个骨头和关节摸，记录骨折和脱臼的位置。“对不起。”我喃喃地说。

我也拿起他没受伤的手，仔细感觉两手每根指头的差异。没有X光设备和临床经验，我只能凭感受寻找损毁的骨头并校准。

第一个关节没什么大碍，但是第二个指骨碎了，我想。我用力下压，确定碎裂的长度和方向。受伤的手一动也不动，但是未受伤的手却不由自主地缩了一下。

“对不起。”我又喃喃地说。

未受伤的手突然脱离我的掌握，詹米用手肘撑起身体，把嘴里的皮革吐掉，看着我，一脸又好气又好笑的表情：“外乡人，要是你每弄痛我一下都要道歉，那你今晚会搞很久。你已经拖了一点时间了。”

我看起来一定吓傻了，因为他伸手要碰我，却中途停住，痛得缩了一下。不过他忍住痛，坚定地开口道：“我知道你不想弄痛我。不过你我都没别的选择，而且也没必要多一个人承受痛苦。你做该做的事，有必要我会大叫。”

他把皮革放回嘴里，凶猛地对我露出紧咬的牙齿，接着故意慢慢挤出一个斗鸡眼。他这个样子，就像神志不清的老虎。我忍不住笑了起来，好一会儿才慢慢平复。

我双手遮住嘴巴，满脸通红，看见安娜贝拉夫人和其他仆人惊愕的表情——他们站在詹米后面，自然没看见他的表情。马库斯爵士坐在床边，稍微看见了，嘴巴在络腮胡子里咧出微笑。

“还有，要是英国人在这之后出现，我想我会求他们带我回去。”詹米说，又把那块皮革吐出来。

我把皮革捡起来，放进他嘴里，把他的头推回到床上：“小丑，自以为是。逞英雄。”不过他确实让我放松了一点，我也能更冷静地工作了。如果我又看见他身体痉挛或脸部狰狞，至少不会再那么难过。

我开始全神贯注，把所有心思都放到指尖上，评估每一道伤口，决定怎么把破碎的骨头放回去。还好拇指伤得最轻，只有第一个关节有单纯的骨折，那可以完全复原。第四指的第二个关节完全不见了，我的拇指和食指轻轻摸过那根指头时，只感到软软的骨头碎片咯吱作响，詹米呻吟出声。这没的救，只能用薄木条固定，然后希望发生好事。

中指的复合性骨折最难处理。那根指头可以拉直，把凸出的骨头推回肉里。我见过这样的手术，不过是在全身麻醉和X光的引导下。

要重建一只破碎而失去形状的手，眼前有更多技术困难。我现在明白医生为何很少为自己的家人开刀。医疗过程中有些事情要狠得下心才能完成。对患者的疼痛麻木不仁，是完成治疗所必需的。

马库斯爵士默默拿张凳子到床边。我绑完绷带的时候，他庞大的身躯自在地坐下，握住詹米完好的手。“我来握住你的手，小伙子。”他说。他已经脱掉熊皮，灰白色的头发整齐地在后面绑成一束，不再是森林里吓人的野人，而是穿着朴素的中年人，络腮胡子修剪齐整，有着士兵的举止风度。我正为下个步骤焦虑不已，看到他严肃地坐在那里，便安下心来。

我深吸一口气，祈求自己能够对疼痛麻木不仁。

* * *

整个过程漫长可怕而令人不安，不过也令人着迷。有的地方，比如那两根只有单纯骨折的指头，用薄木条固定非常容易。其他地方就没那么简单了。在我处理中指的时候，詹米叫了，而且非常大声，我用很大力气把固定好的骨头推回皮肤里。我迟疑过一秒钟，心里烦躁不安，不过马库斯爵士静静催促我说："继续，姑娘！"

我突然回想起詹米在詹妮生产那晚说过的话："我受得了苦，但我受不了让你受苦。我没有那种勇气。"他说得对，这真要有勇气才行。希望我们都有勇气。

詹米没看我，但我看得见他下巴肌肉纠结在一起，牙齿越咬越紧。我也紧咬牙关继续下去，在难以忍受的疼痛和艰难中，骨头尖端慢慢退回皮肤，中指伸直了，我们两人都在颤抖。

我渐渐进入忘我状态。詹米偶尔呻吟，有两次我必须稍微停下来让他吐，他吐出来的几乎都是威士忌，他在监狱里吃得很少。不过多数情况下，他都不停用盖尔语低声呢喃，前额紧紧抵着马库斯爵士的膝盖。他咬着那块皮革，我听不出他是在骂脏话还是在祈祷。

五根指头终于都像新别针一样直直地放好，指头被绑在薄木条上，僵硬得像棍子。我怕会感染，尤其是有撕裂伤的中指，不过除此之外，我很确定这些伤口都会复原良好。运气不错，只有一个关节严重受损。之后他的无名指可能会很僵硬，不过其他手指都可以运动自如，迟早会痊愈。掌骨碎裂和穿刺伤就没办法了，只能涂药消毒，然后祈祷不要感染破伤风。我向后退，这一整晚的劳累让我四肢颤抖，因为背对炉火，上衣已被汗水浸湿。

安娜贝拉夫人立刻站到我身边，带我在一张椅子上坐下，把一杯掺酒的茶递到我手上。马库斯爵士的表现就像顶级的手术助理，他放开詹米的手，摩挲着皮革被用力咬过深深凹陷的痕迹。他的手红了，我看到了，是被詹米握的。

我没发现自己睡着了，突然抽了一下，猛地抬起头来。安娜贝拉夫人催促我站起来，柔软的手扶着我的手肘："过来，亲爱的。你累坏了，你的伤口也要好好处理，然后再睡一会儿。"

我挥开她的手，尽力保持礼貌："不，我不能睡。我得弄完……"我话没说完，脑子一片混乱，马库斯爵士顺畅地拿过我手里的醋瓶和布块。

"剩下的我来，我有战场包扎的经验，你知道的。"他掀开毯子，开始擦拭鞭痕上的血迹。他的动作温柔而利落，出乎我的意料。他发现我讶异的目光，露出笑容，胡子轻快地翘了起来："我当时也清理过一堆鞭刑的伤口，上过几次药。上药其实没什么用，姑娘，这些伤口过几天就好了。"他说得没错，我站起来走到床头。詹米醒着，消毒液擦在破皮的地方，刺痛感让他表情有点狰狞，不过他眼皮垂着，眼睛因为痛苦和虚弱而变成很深的颜色。

"去睡吧，外乡人。我行的。"

他行不行，我不确定，不过我显然不行了，或者说快不行了。我体力耗尽，走路开始摇晃，腿上的抓伤也发热疼痛。阿布索伦在农舍帮我清理过伤口，不过还需要上药。

我麻木地点点头，在安娜贝拉夫人温柔的坚持下转身走开。

上楼到一半，我想起忘了交代马库斯爵士怎么包扎伤口。肩膀上较深的伤口需要垫东西绑好，我们逃跑的时候他才能穿上衣服。但是那些浅浅的鞭痕，应该接触空气才容易结痂。安娜贝拉夫人指向客房，我匆忙看一眼，解释了一下，就蹒跚下楼走向客厅。

我在昏暗的门口停下来，安娜贝拉夫人跟在我后面。詹米眼睛闭着，显然是威士忌和疲惫让他打起盹儿来。毯子掀开，一旁就是炉火，确实不需要盖被。马库斯爵士一手随意搭在詹米赤裸的臀部，伸手到床的另一边拿一块碎布。詹米猛地弓起背脊，绷紧臀部，忍不住闷哼一声。他顾不得碎裂的肋骨，身体向后弹开，惊吓迷惑的眼睛往上瞪着马库斯爵士。马库斯爵士也吓到了，他一动不动地站了一秒钟，接着身体向前抓住詹米的手臂，轻轻地让他再度朝下趴着。他若有所思地伸出一根手指，小心滑过詹米的皮肤，指头相捻摩擦后，在火光照耀下反射出油光。

“噢。”他语气平淡。这个老士兵把毯子拉到詹米腰部，我看到紧绷的肩膀在敷药过程中微微放松。

马库斯爵士在詹米的头部旁边坐下，又倒了两杯威士忌。“至少他想到要帮你润滑。”他说，把一只杯子递给詹米，詹米费力地用手肘撑起身体，接过杯子。

“对，没错。没想到他竟会为我想这么多。”他冷冷地说。

马库斯爵士吞下一口酒，边思考边咂嘴。好一会儿没人说话，只有火焰噼啪作响，但是我和安娜贝拉夫人都动也不动，就这么站在门外。

“不知道这样说会不会让你心里舒坦点。”马库斯爵士突然说，眼睛盯着酒瓶，“他死了。”

“你确定？”詹米的语气令人捉摸不定。

“我不认为被三十头半吨重的动物踩过去，他还能活着出来。他去走廊偷看是什么声音，看到后想躲回去，一只牛角勾住了他的袖子，把他拖了出来，我看到他在墙边跌倒。弗莱彻爵士和我在楼梯上，不敢靠近。弗莱彻爵士非常激动，派了几个人去找他，但是牛角挥舞，推来挤去，他们无法靠近，墙上的火把也在骚动中掉了下来。天啊，老兄，你真该看看那场面！”马库斯爵士回过神来，酒瓶抓在脖子旁边，“你妻子很了不起，有眼光，小伙子！”他哼一声，又倒出一杯酒饮尽，吞咽时因为想笑而噎到。他拍了拍胸膛，继续说：“无论如何，等我们把牛都赶出来后，那里就只剩下一个鲜血裹着的破布娃娃了。弗莱彻爵士的人带走了他，不过就算他还活着，也活不久了。舒坦点了吗，兄弟？”

“是的，谢谢。”

一阵短暂的沉默被詹米打破：“不，我不能说他死了我心里感到比较舒坦，不过谢谢你告诉我。”

马库斯爵士精明地看着他。“嗯哼。你忘不了。”他突然说，“不必试着忘记。可以的话，就让那件事像其他伤口一样慢慢复原。别揭开，会好好愈合的。”老战士举起结实的前臂，袖子在刚刚照顾病人的时候已经卷起，露出手臂上一道从手肘延伸到手腕的锯齿状伤疤，“疤痕不会造成困扰。”

“没错，好吧。有些伤疤或许不会……”詹米显然想起什么，努力要转到侧面。

马库斯爵士放下杯子惊呼。“喂，兄弟，小心点！你这样，肋骨要刺穿肺部了。”他帮詹米平衡好身体，在他背后塞一块毯子撑着。

“我需要一把小刀，可以的话，要锋利的。”詹米说，呼吸沉重。马库斯爵士问也没问，便拖着脚步走到法式胡桃木餐柜前，在几个抽屉间翻找，发出巨大声响，然后搜出一把握柄镶着珍珠的水果刀。他把刀子塞进詹米完好的左手里，闷哼一声又坐下来，重新拿起酒杯："还嫌伤口不够多啊？打算多弄几道？"

"再来一道而已。"詹米不太平衡地撑着一只手肘，下巴抵着胸膛，把锋利的小刀放在左边胸膛，姿势古怪。

马库斯爵士迅速伸手，有点不稳地抓住詹米的手腕："最好让我帮你吧，兄弟。不然你会跌下去的。"

詹米停了一会儿，不情愿地放开小刀，躺回背后的毯子里，摸了摸乳头下方一两英寸之处。

马库斯爵士走近餐柜，点亮一盏台灯，放到他刚刚坐的凳子上。因为有些距离，我看不清他在看什么，那似乎是一小块红色烧伤，大约呈圆形。他又喝了一口威士忌，把酒杯放在台灯旁，刀尖指着詹米的胸膛。我一定忍不住动了一下，因为安娜贝拉夫人抓住我的袖子，低声提醒我小心。刀尖刺进肉里，迅速转了一下，就像割掉桃子熟烂的部分。詹米呻吟一声，一道细细的鲜血滑下他的肚子，染红毯子。他翻身向下，抵着床垫止血。

马库斯爵士放下水果刀。"兄弟，还行的话，和你妻子上床，让她安慰你。女人喜欢这样，不知道为什么。"他说，对着幽暗的门口微笑。

安娜贝拉夫人轻声说："走吧，亲爱的。他现在最好独处一下。"我确定马库斯爵士可以自己处理包扎，就蹒跚地跟着她走上狭窄的楼梯，回到房间。

* * *

我从睡梦中惊醒，梦里有爬不完的蜿蜒楼梯，而恐惧就潜伏在楼梯底部。我被疲累拖住，沉沉躺着，双腿疼痛，但还是穿着借来的睡衣坐起身来，摸出蜡烛和打火石。我感到不安，离詹米这么远，要是他需要我怎么办？或者更糟的话，要是英国人真的来了，而他却一个人手无寸铁在楼下？我把脸贴着冰冷的窗扉，雪稳稳落在窗格上，我略感安心。暴风雪下个不停，我们可能会比较安全。我套上睡袍，拿起蜡烛和短剑，走下楼梯。

屋里静悄悄的，只剩下炉火噼啪的声音。詹米睡着了，至少是面向炉火闭上眼睛了。我在壁炉前的毯子上静静坐下，以免吵醒他。在温特沃思地牢里那危急的几分钟后，这是我们两人第一次独处，感觉好像隔了好几年。我像看着陌生人一样，仔细端详詹米。

他身体大致上看来并无大碍，但我还是很担心。手术中他喝的威士忌多到能醉倒一匹马，他虽然吐过了，显然身体里仍有酒意。

詹米不是我见过的第一个英雄。在野战医院里，男人来来去去，快到护士都来不及和他们混熟，不过偶尔会见到某个人，不是话太少就是太爱开玩笑，或者把自己绷得很紧，原因却不只是疼痛或寂寞。而我大概知道应该怎么对待他们。如果他们是那种靠着倾吐以免自己陷入黑暗的人，那你就坐在旁边听。如果他们不说话，你就不时不经意碰触他们，等他们一松懈，就可以引导他们敞开内心，并在他们驱散心魔时拥抱他们。有时间就这样做，没时间的话，就帮他们注射吗啡，然后希望他们会找到倾诉的对象，接着你就转身去照料其他伤患。

詹米会找人倾诉，这是迟早的事。他有时间这么做，但我希望那人不是我。

他腰部以上没有盖被，我倾身检查他的背部。那景象叫人怵目惊心。每条鞭痕几乎都相隔不到一个手掌宽，井然有序的排列更是让人觉得可怕。遭到鞭刑的时候，他一定是像卫兵一样直挺挺站着。我偷看他手腕，没有束缚的痕迹。所以他确实遵守承诺，没有挣扎，在整个苦刑中动也不动地站着，以此换取我的生命。

我用袖子擦擦眼睛。我想，我这么对着他衰弱的身体哭哭啼啼，他是不会感动的。我动了动，裙子微微摩擦出声。他听到声音后睁开眼睛，样子并没有特别受到惊扰。他对我微笑，虽然笑容微弱且疲惫，不过是真的微笑。我张开嘴，却突然发现不知道要对他说些什么。说谢谢是不可能的。“你觉得如何？”又很可笑，谁都看得出来他糟透了。

我正在思考的时候，他先开口了：“克莱尔，你还好吗，亲爱的？”

“我还好吗？天哪，詹米！”泪水刺痛我眼睛，我用力眨眼，吸着鼻子。他缓缓举起完好的手，那只手就像被锁链铐住一样沉重。他抚摸我的头发，把我拉近，但我躲开，我第一次意识到自己外表有多糟：脸被抓破，上面还有树液残留，头发粗硬，布满各种不知名的脏东西。

“过来，我想抱你一下。”他说。

“但我身上都是血和呕吐物。”我反对，努力整理头发，但于事无补。

他喘着气，因为肋骨断掉了，他能发出的笑声就是这样微弱的气音。“我的天呀，外乡人，那是我的血和呕吐物啊。过来。”

他环着我的肩膀，安抚我。我们头倚着头，无语坐在炉边，给予彼此力量和平静。他手指轻触我下巴下面的小伤口。“我以为再也见不到你了，外乡人。”他声音低沉，因为喝了威士忌和刚刚大叫，显得有点沙哑，“真高兴你在这里。”

我坐起来：“再也见不到我！为什么？你以为我不会把你弄出来？”

他笑着，扬起一边嘴角：“这个嘛，对，我没期待你会来。不过，我觉得要是我这样说，你当时可能会固执起来，不愿意走了。”

“我固执起来！你说的这是什么话！”我愤怒地说。

一阵沉默，气氛变得有点尴尬。有的事我该问一下，从医疗观点来看非常必要，但从个人观点来看就有点敏感。终于，我还是问了：“你觉得如何？”

他眼睛闭着，在烛光中显得阴暗深邃，但背部宽阔的线条在绷带中收紧。瘀青的大嘴抽动，有点像笑容，也有点狰狞：“我不知道，外乡人，从没有过这种感觉。我像是想同时做好几件事，但脑袋打结，身体也不听使唤。我想立刻离开这里，跑得越快越好。我想要打人。天哪，我想打人！我想放火把温特沃思监狱夷为平地。我想睡觉。”

“石头是烧不起来的，或许你最好还是睡觉。”我很实际地说。

他完好的手摸索着找到我的手，嘴角稍微放松，虽然他的眼睛仍然紧闭：“我想抱紧你然后吻你，再也不放你走。我想和你上床，把你当成妓女，和你疯狂做爱，做到我忘记自己是谁。然后我想把头放在你腿上，像小孩一样尽情大哭。”

他嘴角一边上扬，蓝眼睁开一条小缝："真不幸，我只能做最后一项，才不会昏倒或者又吐出来。"

"嗯，那我想你也只好先做最后一项，其他的就留待未来吧。"我说着笑了几声。

他微微移动身体，差点又要吐出来，不过最后我还是坐在他的床上，靠着墙，他把头放在我的大腿上。

"马库斯爵士从你胸口割下了什么？"

他没回答。

我轻声问："是烙印？"

他轻轻点头。

"他姓名缩写的图案。他不用像用血作画那样在我身上签名，就能让我一辈子带着他的痕迹过活。"詹米短促笑了几声。

他头沉重地躺在我腿上，呼吸渐渐缓和，最后只剩下困倦的气音。他手上的白色绷带在黑色毯子衬托下显得十分可怕。我轻轻摸着他肩膀上的烫伤，上头抹过甜油，微微发亮。

"詹米？"

"嗯？"

"你伤得很重吗？"

他醒过来，望了望包着绷带的手，再看向我的脸。

他闭上眼睛开始发抖。我警觉地认为自己触碰到某个他无法承受的记忆，后来我才发现他在笑，笑得很用力，泪水都从眼角挤出来了。

"外乡人，我身上大概只剩下六平方英寸的皮肤没有瘀青、烫伤或割伤。我伤得重吗？"他终于上气不接下气说，接着摇摇头，把床垫弄得吱吱响。

我有点不高兴："我的意思是……"

但他阻止我说下去，把完好的那只手放在我手上，然后拉我的手贴着嘴唇。"我知道你的意思，外乡人，不用担心，剩下完整的六英寸皮肤都在我两腿之间。"他说，转头向上看我。

他确实很努力让这件事变得好笑，虽然笑话很烂。我轻轻拍他脸颊："你醉了，詹姆斯·弗雷泽。"停了一会儿，我继续问："六英寸，是吗？"

"没错，嗯。不然七英寸好了。噢，老天，外乡人，不要再害我笑出来，我的肋骨没办法承受这些。"

我用裙角擦擦他的眼睛，然后喂他一小口水，用膝盖把他的头撑起来："反正我不是这个意思。"

他严肃起来，再次伸手捏捏我的手："我知道，你不必这样小心翼翼。"他谨慎地吸一口气，结果身体缩了一下，"我没猜错，感觉没鞭刑痛，不过却更难忍受。"他闭上眼，嘴角浮现苦涩的笑容，但一闪而逝。"至少我绝对不会便秘了。"我身体缩了一下，他咬紧牙齿，急促微弱的喘气。"对不起，外乡人。我……我不知道我会这么在意。你的意思……那个……没事。没有重伤。"

我试图让声音听来平稳："你不想说的话，就不要说。不过，如果说了好过一点……"我没把话说完，留下一阵尴尬的沉默。

"我不想说。"他的声音突然苦涩而有力，"我不愿再回想那件事，我只想割断自己的喉咙，但我不会有机会这么做。不，姑娘，我不想跟你说，你也不会想听……但我想在憋死之前把那件事清空。"他悲痛爆发，开始侃侃而谈。"他要我趴在地上求他，天哪，我照做了。我告诉过你，外乡人，只要你真的想伤害一个人，你可以让一个人尊严尽失。嗯，他真的想伤害我。他要我在地上爬，要我求他，他要我做比这些还下贱的事。结束之前，他让我真的很想死。”

他沉默很久，看着火焰舞动，接着深深叹一口气，表情因疼痛而扭曲。

“我希望你可以安抚我，外乡人，我真的非常希望，因为我心里现在很不平静。不过这不是像一根毒刺那样只要找到正确的施力点就可以拔得干干净净。”他完好的那只手放在我膝上，手指屈起又张开，在火光照耀下而显得红润。“这也不像其他骨折的地方，只要你像医治我的手那样一一修复，我就可以愉快地忍受疼痛。”他收起手指，握成拳头放在我腿上，皱着眉看。

“这就像……很难解释。这……就像……就好像每个人心里都有一个小地方，可能，一个私密的地方，只有自己知道。像一个小堡垒，生命中最私密的部分——可能是灵魂，可能是那个你之所以是你而不是别人的部分。”他思考的时候，舌头不由自主地舔着肿起来的嘴唇。

“通常，你不会对任何人显露那部分，只在某些时候对挚爱的人说。”他手放松，弯在我膝盖上，眼睛又合起来，眼皮在火光下紧紧闭上。

“现在，这就像……就像我自己的堡垒被火药炸开，片甲不留，只剩下灰烬和冒烟的屋脊，而里面那个赤裸裸的小东西就这么被迫裸露出来，正在流泪尖叫啜泣，想要躲在一根草或一片树叶后面，但……但是……却徒劳无功。”他声音变了，转过头把脸藏在我的裙子里。我不知该如何是好，只能摸着他的头发。

他突然抬头，脸绷得很紧，好像就要沿着骨头缝隙裂开一样。“我有好几次跟死神擦肩而过，克莱尔，但我从没真的想死。这次我想死了。我……”他声音破掉，不再说话，用力握住我的膝盖。

当他再度开口，声音变得高亢而且特别急促，好像他刚跑了很远的一段路。“克莱尔，你能不能……我只要……克莱尔，抱紧我。如果我等下又开始颤抖，我停不下来。克莱尔，抱紧我！”他的确开始猛烈颤抖，却又因我碰到他裂开的肋骨而呻吟起来。我怕弄痛他，但更怕他一直抖下去。

我弯在他身上，双臂环抱他的肩膀，努力抱紧他前后摇晃，好像这抚慰的节奏可以打断他痛苦的痉挛。我一手放在他后颈，指头深深掐进他柱状的肌肉里，希望紧握的力道可以让他放松，我按摩他头骨下方深陷的凹槽。终于，颤抖缓和下来，他的头向前埋在我的大腿之间，全身无力。

“对不起。”他在一分钟后用正常的声音说，“我本来不想说这么多。事实是我的确很痛，而且我已经烂醉，无法控制自己。”一个苏格兰人愿意承认自己喝醉，即使是在私底下承认，我想也足以说明他有多痛。

“你需要睡觉，非常需要。”我努力像老亚历克示范的那样用手指温柔按压，试图让他放松，让他入睡。

“我很冷。”他喃喃地说。炉火烧得很旺，床上也有好几条毯子，但是他的手指摸起来却很冷。

“你吓坏了，吓到血都没了。”我实际地说，四处张望，但是麦克兰诺赫夫妇和仆人全都就寝了。我猜默塔还在外面的雪地里，监看温特沃思的方向是否有人追来。我在心里耸了下肩，顾不了别人的看法，站起来脱下睡衣，爬进毯子里面。

我动作尽量轻柔，在他旁边放松身体，把体温传给他。他像个小男孩一样，把脸埋进我的肩膀。我摸着他的头发安抚他，摩挲他后颈突起的柱状肌肉，避免碰到他破皮的地方。“躺好吧。”我说，想起詹妮和她的小男孩。

詹米因为想笑而发出呻吟。“我母亲以前也这样对我说，我小时候。”他喃喃地说。

“外乡人。”过一会儿后，他靠着我的肩膀说。

“嗯？”

“约翰·韦恩到底是谁？”

“你啊，快睡。”

第十四章　逃亡

隔日清晨，詹米气色好多了，虽然瘀青在一夜之间加深，让他的脸看起来青一块紫一块。他深深叹了一口气，接着呻吟出声，僵住身体，更小心地把气吐出来。

“你觉得如何？”我一手放在他头上。湿湿凉凉的，没发烧，谢天谢地。

他表情扭曲，双眼仍然紧闭：“外乡人，要是我还有任何感觉，那就是痛。”他伸出完好的手，摸索着，“扶我坐起来，我身体硬得像木头。”

到了上午，雪停了。天色灰暗一如羊毛，看来之后还会飘雪，不过温特沃思的追捕更令人害怕，因此中午还没到，我们就穿着厚重斗篷，从埃尔德里奇庄园动身离开。默塔和詹米在斗篷下方暗藏着各式武器。我只带着短刀，而且藏得很好。为了避免最糟的情形，我假装成被绑架的英国人质，虽然其实我很不愿意。

“可是他们在监狱里见过我，弗莱彻爵士早就知道我是谁。”我争论道。

“没错。”一排子弹、海绵垫、火药、擦枪布、枪口通条和枪套，整齐散放在安娜贝拉夫人光亮的桌上，默塔本来正在仔细组装手枪，抬头用黑色的眼睛盯着我："姑娘，正因为这样，无论发生什么事，我们都必须让你远离温特沃思。你在里面对我们任何人都没好处。"

他把短短的通条猛地插入枪管，用垫子在里面使劲擦了几下。"这种天气，弗莱彻爵士不会自己出来追。我们碰到的英国士兵很可能不认识你。如果我们被抓到，你要说是我们逼你跟我们走，说服英国士兵相信你跟这两个苏格兰乡巴佬一点关系都没有。"他朝詹米点点头，詹米坐在凳子上，正小心翼翼平衡着身体，手上的碗装着温暖的面包和牛奶。

马库斯爵士和我一起在詹米的臀部和大腿上包上层层亚麻绷带，外面套上紧身裤和破旧的马裤。穿深色裤子，是为了遮掩可能渗出的血迹，避免暴露身份。安娜贝拉夫人把丈夫的上衣从背后裁开，套在詹米宽大的肩膀和厚厚的绷带上。即便如此，衣服前身还是不太合身，领口合不起来，直接敞开。他不肯梳头，理由是头皮仍然会痛，所以整个人一副毛茸茸的野蛮人模样，红色发束向上刺出，底下是肿胀发紫的脸，一只眼睛困难地合着，看起来很糟糕。

"要是你被抓了，就跟他们说你是我的客人，在庄园附近骑马的时候被绑走的。让他们带你来埃尔德里奇找我确认身份，这样应该可以说服他们。我们会说你是安娜贝拉的朋友，从伦敦来的。"马库斯爵士插话道。

"然后在弗莱彻爵士前来慰问之前，先把你平安送走。"安娜贝拉实事求是地补上。

马库斯爵士提议让赫克托和阿布索伦护送我们，但默塔指出这样一来，一旦我们遇到英国士兵，就一定会连累埃尔德里奇，所以最后就只有我们三人在寒风中匆匆出发，前往丁沃尔。我带着埃尔德里奇庄主给的鼓胀钱包和一张纸条，用这其中一或两样，都可以确保我们穿越海峡。

雪地行走很艰难。不到一英尺深的白雪把石头、坑洞和其他障碍物盖住，马的脚下很滑，十分危险。每走一步，雪块和泥块都跟着齐飞，溅到马肚和马腿上。白雾从马鼻喷出，化入冷空气中。

默塔带路，沿着路上浅浅的洼坑前进。我骑在詹米旁边，万一他失去意识，我可以立即帮忙，虽然他的身体在他坚持之下已经绑在马上。他只有左手空着，按着扣在鞍头上的手枪，以斗篷盖着。

我们经过几间零星的小茅屋，炊烟从茅草屋顶冉冉升起，看来居民和家畜全都躲在屋里避寒。偶尔有人在农舍间走动，手上抱着水桶或干草，但大多数时候路上杳无人踪。

走了两英里，我们从温特沃思城堡的阴影下穿过，那阴森的建筑就伫立在山腰上。路面有踩踏的痕迹，即便天气如此恶劣，依旧人来人往。

我们计算过时间，刚好在午餐时间通过此处，希望哨兵正沉浸在美酒佳肴中。我们拖着步伐，缓缓经过大门前那条短短的路，避开那些在这种糟糕天气还在外游荡的不幸旅客。

一过监狱，我们便停下来让马休息，躲在一片小松树林里。默塔弯身从下往上看詹米，詹米低垂的帽檐挡住蓬乱的头发。

“还好吗，兄弟？你好安静。”默塔问。

詹米抬起头来，一脸惨白，虽然四周冷风飕飕，汗滴却沿着脖子流了下来，不过他还是勉强挤出一个笑容：“还可以。”

“你觉得怎样？”我焦急地问。他瘫在马鞍上，平时英挺的风采尽失。

他也给我一个勉强的笑容：“我一直在想到底哪里最痛。肋骨、手，还是屁股。这样想着，我就可以忘记背上的痛。”他用马库斯爵士周到准备的皮酒袋灌一口酒，耸耸肩，把酒袋递给我。这比前往理士城堡路上喝的纯酒美味多了，但每一口都很浓烈。我们继续骑马上路，一小团愉快的热气在我胃里燃烧。

马费力爬上一道缓坡，雪从马蹄下溅出，接着我看见默塔突然抬起头来。我顺着他的目光望去，看到了英国士兵，一共四个，在坡顶上。

来不及了，他们已经看到我们，向下大喊着要我们停下马接受盘问。我们无处可逃，只得试着蒙混过去。默塔头也没回，直接策马迎上。

这群士兵里的下士是中年职业军人，身着冬季长大衣，外形挺拔。他对我礼貌鞠躬，接着注意力转向詹米。“抱歉，先生，女士，温特沃思监狱刚逃脱了一些犯人，我们受命拦下所有经过这条路的旅队，盘问相关细节。”

一些犯人。所以昨天我放出来的人不止詹米。我很高兴，原因有好几个。其中之一是他们搜查的火力因此不会那么集中，四个人盘查三个人，我们更有机会混过去。

詹米没出声回应，只是身体更朝前倾，低垂着头。我从他的帽檐看到他眼神闪烁。他没失去意识。他一定见过这些人，因此不敢出声，怕被认出来。默塔的马慢慢向前移动，夹在我和士兵之间。

“没问题，但主人现在病得有点重，先生，您也看见了，或许您可以指点我该如何前往巴拉夫？我不确定我们方向对不对。”他说，用力拉拉额发，露出奉承的样子。

我想着他到底要干吗，便对上他的眼睛，立刻明白过来。他的目光先是看看后面，又看看下面，接着又看回士兵，速度快到士兵会以为他一直都在全神贯注地聆听。詹米快从马鞍上掉下来了？我假装调整帽子，随意向后望，却几乎吓傻了。

詹米坐得很直，垂着头盖住脸，可是鲜血却慢慢从他脚蹬顶端流出，在雪地上缓缓滴出一个凹洞。

默塔装出愚不可及的模样，把士兵成功引到山坡顶端，这样他们才能指出要前往丁沃尔，眼前沿着山坡另一面向下的路是唯一的通道。这路会经过巴拉夫，并直通海岸，离海还有三英里。

我迅速滑下马，焦急地拉住马肚带，匆忙走过雪堆，把一大堆雪踢到詹米的马肚下方，遮住那摊会揭穿我们身份的血滴。我迅速回望，士兵显然还在和默塔争论，虽然其中一人向下看了我们一眼，像是在确定我们没有走开。我愉快地挥挥手，等他一转头，就蹲下来撕开我三层衬裙中的一层，然后掀开詹米斗篷，不理会他的痛呼，把衬裙塞在他的大腿下方。我把斗篷盖回原位，正好赶上在默塔和英国人回来时冲回我的马边，让他们刚好看见我摆弄着马肚带。

“这带子好像有点松了。”我解释道，并对着离我最近的士兵无辜地眨眨眼。

“哦？那你何不帮这位女士处理一下？”他对詹米说。

“我丈夫身体不舒服，我自己处理得来，谢谢。”我说。

下士似乎很好奇。“是生病了吗？什么病？”他策马向前，从低垂的帽子下方仔细盯着詹米苍白的脸。“看起来不太好，我只能这么说。兄弟，把帽子拿掉。你的脸是怎么回事？”

詹米从斗篷下对他开枪。这个士兵离他不过六英尺，从马鞍上跌了下来，胸前的血迹渐渐扩散，比我的手掌还大。

下士倒卧在雪地上时，默塔两手已经各握一把枪。一发子弹射偏了，因为他的马被突然出现的巨响吓到，缩了一下。第二发中了，穿过士兵的上臂，他袖子上的布料绽开，渐渐染红。不过这人仍在马上，一手努力拔出军刀，默塔则迅速探向斗篷下方拿出新武器。

剩下的两名士兵，一个掉转马头，在雪地上滑了一下，立刻策马离开，往监狱的方向逃，大概是准备回去搬救兵。

“克莱尔！”吼声从我头上传来。我抬头愣了一下，看到詹米朝那人逃跑的背影挥手。“别让他跑了！”他掏出第二把手枪丢给我，接着回头，抽剑迎向第四名士兵的袭击。

我的马受过战场训练，它的耳朵平盖在头上，虽然因为枪声而跺脚踏地，但却留在原地没有跑走。我摸索着爬上马背，它很高兴可以离开打斗现场，我一上马它便开始狂奔，快速追向那人。

我们跟那名士兵一样，因为雪地的阻碍而无法迅速移动，但我的马比较好，又踩在那士兵逃跑时奋力在新雪踏出的路径上，因此占了上风。我们渐渐追上了，但我知道还不够快。不过他前方有道上坡，如果我从右边切过去，走平地或许会比较快，可以在对面的下坡拦截他。我猛拉缰绳，用力前倾坐稳，马连走带跑步伐凌乱地转弯，稳住脚步后便向前急奔。

我没赶上他，但我们之间的距离已经缩小到十码以内。假如没有距离限制，我非常可能追上他，但我没时间慢慢来，监狱的高墙已经浮现在一英里内的前方。若是再靠近一点，高墙上的人便很有可能看见我们。

我停下来，滑下马背。虽然这匹马受过战场训练，但我不确定若我从马背上开枪，马会有什么反应。再者，即便那人跟雕像一样动也不动，我也不觉得自己可以从马背上射中目标。我在雪地上蹲下，手肘撑在膝上，像詹米示范的那样把枪横在前臂上。“靠着这里，对着那里，从这里开枪。”他这样说过，而我照做了。

出乎意料，我竟然打中了奔逃的马。马打滑了一下，单膝跪下，滚落雪地。手枪的反作用力让我手臂发麻，我站起来，揉揉手臂，看着士兵摔下马来。

他受伤了，挣扎着起身，却又跌回雪地。他的马肩膀流血，颠簸地走向一边，缰绳在一旁悬荡。

我当时脑袋一片空白，可是当我一靠近他，我就知道不能让他活下去。我们离监狱这么近，外面还有其他士兵在四处搜索逃犯，一定很快就会发现他。一旦他活着被人发现，他不但可以描述我们的样子，还可以说出我们走的方向。我们还有三英里才能抵达海岸，在大雪中还得走两小时。而且到了那里，我们还得找船。我不能让他有一丝机会告诉任何人我们的事。

我靠近的时候，他挣扎着用手肘撑起身体。看见是我，他惊讶地睁大双眼，旋即放松下来。我是女人，他不怕我。

即使我是女人，稍有经验的男人也应该畏惧，但他只是个男孩，不超过十六岁，我想。他有点被吓到，样子虚弱，布满雀斑的双颊还有着孩童圆润的线条，虽然上唇冒出胡楂，显示他即将成为男人。

他张开嘴，但只是发出疼痛的呻吟，一只手捂着身体一侧，我可以看见鲜血染红了他的短上衣和大衣。那么他是受伤了，那匹马刚刚一定从他身上滚过。

他很有可能终究会因伤重而身亡，我想。但我不能寄望于这个可能。

我右手握着斗篷下面的短剑，左手放在他头上。我也曾这样摸过上百人的头，安慰他们，检查他们的身体，安抚他们的心情，让他们面对未来。而他们抬头看我的表情，就跟这个男孩一样，充满希望和信任。

我无法下手割断他的咽喉。我在他身边跪下，把他的头轻轻转向另一边。鲁珀特那些利落的杀人技巧都预设会遭到反抗，但我没受到反抗，我把他的头朝前弯，弯到极限，然后把短剑插进他头骨下方的颈项里。

我丢下他，让他脸朝下躺在雪地里，前去和其他人会合。

* * *

我们笨重的行李罩着毯子藏在一张长椅下，默塔和我在克丽斯特贝尔号的甲板上碰面，检视下着暴风雪的天空。

“风势看来很平稳。”我乐观地说，湿湿的手指伸向空中。

默塔脸色沉郁，扫视云层。乌云笼罩着港口，落雪全融入寒冷的浪涛。“没错，嗯。希望可以顺利渡海。如果不顺利，我们一到对岸，可能就要抱着尸体下船。”

半小时后，我们已航行在英吉利海峡汹涌的海面上，我这才明白他那句话的意思。

“晕船？苏格兰人不会晕船啊！”我怀疑地问道。

默塔很不耐烦：“或许他是红头发的霍屯督人[①]吧。我只知道他现在脸色发青，就像臭掉的鱼，五脏六腑都快吐出来了。你到底要不要下来帮我，让他别再吐了？”

---

① 非洲南部的一支种族。

“该死！要是他知道自己会晕船，为什么还坚持非要坐船不可？”当我们从可怕的底舱抽空上来，靠着栏杆呼吸新鲜空气时，我问默塔。

默塔精明的眼神眨也没眨：“因为他很清楚，他这种状态我们没法带他穿越大陆，而他也不要留在埃尔德里奇，以免把英国人引到麦克兰诺赫那里。”

“所以他就选择静静地死在海上。”我讽刺地说。

“是的。他想这样一来，就只有他死掉，不会连累谁。不自私吧。只是这样一点也不安静。”默塔补上一句，回应底下那不容错认的声音，接着走向舱梯。

“恭喜，我想你很快就会创下医疗史上唯一死于晕船的纪录了。”一两个小时后，我把湿润的布片从我脸上和额头拿开，对着詹米说。

“噢，很好，我可不想白白死掉。”他的声音从一堆枕头和毯子中间含糊地传出来，突然他翻身侧躺。“天啊，又来了。”默塔和我弹了起来，站到各自岗位上。一个大男人呕吐抽搐时，把他抱住固定，可不是虚弱的人可以胜任的。

接着我再次测量他的脉搏，一手贴着他湿冷的前额。默塔从我的表情中猜测答案，不发一语跟着我从舷梯走上甲板。“他不太好，是吗？”他平静说道。

“我不知道，我真的没听过有谁死于晕船，但他现在开始吐血了。”我无助地说，在狂风中甩动我汗湿的头发。眼前的矮小男人握紧栏杆，被太阳晒出斑的皮肤下面关节鼓起。“我不知道他体内是不是被肋骨尖端刺伤了，还是他的胃吐到破皮了。不管原因是哪个，都不是好现象，而且他的脉搏虚弱又不稳定。让他撑住的，是他的心，你知道。”

“他的心跟狮子一样坚强。”他这话说得很轻，我起初不确定自己是不是真的听到了。有可能只是因为海风很咸，所以他眼里才有泪水。他突然转向我：“还有他的头跟公牛一样顽固。安娜贝拉夫人给你的鸦片还留着吗？”

“有，全都还在。他那时不肯喝，说他不想睡着。”

“嗯。大部分人得到的，常常不是他们想要的，我看不出他有什么理由该跟别人不同。走吧。”

我焦虑地跟着他走到底舱：“我不认为他吞得下去。”

“交给我吧。给我瓶子，帮我把他扶起来坐着。”

詹米已经半昏迷了，我们把他扶起来靠着舱板，他身体非常沉重，出声反抗我们：“我要死了，越快越好。你们走开，让我自己平静地死去。”他的声音虚弱，但信息明确。

默塔紧紧抓住詹米头发，逼他把头抬起来，皮酒袋贴近他嘴边：“小睡鼠，喝下这个，不然我就扭断你脖子。你还要吞下去，我会把你鼻子和嘴巴都捂住，你要想吐，就只能从耳朵里吐。”

在我们两人同心协力下，皮酒袋里的液体缓慢但无情地倒进拉里堡年轻堡主的嘴里。詹米噎着了，但还是果决地喝下很多，然后平静下来，脸色铁青地靠着舱板喘气。在他每次想吐之前，默塔都抢先一步，毫不留情地捏住他的鼻子，这个权宜的方法虽然不是每次都成功，但足以让鸦片渐渐在病患的血液里发挥作用。终于，我们把他疲软的身体平放下来，他火焰般的红发、眉毛和睫毛是枕头上仅有的颜色。

过了一会儿，默塔走上甲板，站在我身旁。“你看，船主说我们再过三四个小时就会靠岸了。”我指着前方说。落日的微光从云层里射出变幻不定的光芒，照着前面法国海岸上的岩石。

“总算到了。”我的同伴说，拨开眼前平直的褐发。他转向我，那是我在他严肃的脸上看过最像笑容的表情。

终于，那具随我们摆布的身躯被两个健壮的修道士扛在板子上，我们跟在后面，穿过博普雷圣安妮修道院的大门。

第十五章　修道院

这座修道院是十二世纪的雄伟建筑，围墙不仅隔绝海浪的冲刷，也能抵御来自陆地的外侮。但由于今日的局势已较为平静，因此修道院敞开了大门，方便附近的村民进出，侧翼的小石室客房也因为添加挂毯和舒服的家具，显得温馨许多。

我从房里的椅垫上站起身来，不太确定究竟应如何问候修道院长。要跪下亲吻他的戒指吗，那会不会是教宗的专属问候？我最后行了恭敬的屈膝礼。

詹米斜飞的猫眼确实遗传自弗雷泽家族，坚毅的下巴也是，虽然我面前这位的下巴被黑胡子挡住了一些。

亚历山大院长和他侄子一样有张大嘴，虽然看起来笑得比较少。他用愉悦温暖的微笑招呼我的时候，斜飞的蓝眼仍然保持着冷静和思索。他比詹米矮很多，大概和我同高，身材健壮结实，身着神职人员的长袍，走路却豪迈得一如战士。我想他很可能有双重身份。

“欢迎，我的侄媳。”他说，微微点头。他的问候让我有点吃惊，但我仍鞠躬回礼。

“谢谢您的热情接待。”我真心地说，“您——见过詹米了吗？”几位修士把詹米带去盥洗，我想我最好还是别去帮忙。

院长点头：“噢，见过了。我已经让安布罗斯修士去处理他的伤口了。”他文雅的英语中透出微微的苏格兰腔。我听到这句话时，一定露出了不信任的表情，因为他有点冷淡地说：“别担心，夫人，安布罗斯修士的医术很可靠。”他看着我，一副露骨的打量态度，和他侄子一样令人不安。

“默塔说你医术也很高明。”

“是的。”我直率地说。

这句话让他真心笑了：“看来你倒未犯下故作谦虚之罪。”

“我有其他罪。”我报以微笑。

“我们都有，我相信安布罗斯修士会很想跟你谈谈。”

“默塔有没有告诉你……发生了什么事？”我迟疑地问。

他宽阔的嘴唇抿了一下：“有的。至少就他所知的部分。”他等待着，似乎期待我多说一点，但我沉默不语。

显然他很想问一些事，但他很和善，并不逼我。不仅如此，他还举起手来，做出祈福的手势。“欢迎你来，我会派一位修士带点食物过来，还有梳洗用具。”他再次由头至脚打量我一番，接着在我身上比个十字架，不知道是作为道别，还是为了驱走秽物，接着他棕色衣摆一转，离开了。

我这才突然感受到自己有多疲惫。我在床上坐下，思考自己能否撑过用餐和梳洗。我思考着，头就落到枕头上了。

* * *

我做了可怕的噩梦。詹米和我之间隔着坚固的石墙，墙上没有门。我听见他不断大喊，却碰不到他。我绝望地敲打墙壁，却看到我的双手陷入石墙，仿佛墙是水做的。

“好痛！”我从窄床上弹坐起来，紧紧握住刚刚捶向床边墙面的那只手。我的身体前后摇晃，把抽痛的手夹在两腿之间，接着我发现尖叫的声音还在。

我一冲进走廊，尖叫声就停了。詹米的房门开着，闪烁的灯火流泻到走廊上。

一个我没见过的修士在詹米身边，紧紧抱住他。鲜血渗出，染红了詹米背上的绷带。他双肩颤抖，似乎很冷。

“他做噩梦了。”修士看见我在门口，对我解释。他松开詹米，把他交给我，走到桌旁拿布和水壶。

詹米还在发抖，脸上蒙着一层汗光，双眼紧闭，呼吸沉重，发出沙哑的喘息。修士在我身旁坐下，轻轻擦拭他的脸，把汗湿沉重的头发从他的太阳穴拨开抚平。

“你就是他的妻子吧。我想他很快就会好了。”他说。

一两分钟后，他的颤抖缓和下来，然后睁开眼，叹了口气：“我没事，克莱尔，我现在没事了。只是拜托帮帮忙，把那个臭味除掉吧！”

这时我才意识到房里有种气味，淡淡的香料和花香，这香味我常闻到，因此一开始没察觉。这是薰衣草、香皂和浴厕水的味道。上次闻到是在温特沃思的地牢，当时兰德尔队长的身上或衣服上就散发着这种气味。

此时这气味是从一只小金属杯传来的，杯里盛着药草精油，下方是一具沉重的玫瑰雕铁底座，架在烛火上。

精油原本用于宁神，但显然并未发挥功效。詹米呼吸顺畅了一点，自己坐起身来，手上握着修士递给他的水，但脸色仍旧惨白，嘴角不安地抽动。

我点头示意修士照他的意思做，修士迅速用折起的毛巾蒙上那杯热油，拿到走廊外面。

詹米放松地叹了长长一口气，接着身体却缩了一下，被肋骨刺痛了。

“你背上的伤口有点裂开，虽然不是太严重。”我稍微转过他的身体，帮他调整绷带。

“我知道。我一定是在睡着的时候压到背了。”一件折成厚厚三角形的毯子掉到了地上，那原本是用来撑起他身体的一侧的。我把毯子捡起来，放到床上。

“我想，就是那东西害我做梦的。我梦见自己被人鞭打。”他耸肩，喝了口水，把杯子递给我，“我需要烈一点的东西，如果有的话。”

我们的访客仿佛接到了指令，走进门来，一手拿着一壶酒，另一只手拿着一小瓶罂粟糖浆。“酒或鸦片？你可以选择用什么方式昏迷。”他举起两只手，微笑着问詹米。

“我选酒，谢谢。今晚我做太多梦了。”詹米回答，嘴歪向一边笑着。他慢慢啜酒，修士帮我换掉染红的绷带，在伤口抹上天然的金盏花药膏。等我安顿好詹米，把他的背牢牢撑住，拉好被子，让他重新入睡，修士才离开。

他经过床边时，弯腰在詹米头上画一个十字架：“好好休息。”

“谢谢，神父。”詹米疲倦地回答，显然已经快要入睡了。我看詹米到早晨之前都不会再需要我，便轻碰他肩膀道别，跟着修士走到走廊。

“谢谢，非常感激您的协助。”

教士优雅地挥手，表示不用谢：“我很高兴能帮上忙。”我发现他英语流畅，虽然微微带点法国腔，“听见他尖叫的时候，我正好经过客房，要去圣伊莱斯礼拜堂。”

想到他的尖叫声，我心里缩了一下。那声音如此粗哑可怕，我希望日后不会再听到。我朝走廊尽头的窗户看了一眼，还没有破晓的迹象。

“去礼拜堂？”我惊讶地说，“我以为晨经是在主堂诵念。即使不在那里，现在显然也太早了。”

这位方济会修士露出微笑。他很年轻，还在而立之年，但柔顺的棕发间有已几根灰发。他头发很短，头顶剃光，棕色胡子修剪齐整，刚好掠过袍服翻领的上方。“诵念晨经的话，现在是太早。我去礼拜堂，是为了朝拜圣体，这时刻由我轮值。”他回望詹米房内一眼，蜡烛钟正烧到两点半的标记。

“我迟到了很久，巴托洛修士一定困了。”他举起手，对我画十字架，穿着凉鞋的脚步一转，就穿过走廊尽头推门走开，我甚至来不及回神问他名字。

我走回房里，弯身查看詹米。他已经入眠，呼吸很浅，眉头微蹙。我手指试探地轻轻抚过他的头发。他眉间放松了一点，但又立即皱起。我叹口气，把毯子塞好。

* * *

到了早上，我感觉好多了，但詹米经过一晚的折腾，不但眼窝深陷，而且不时反胃。有人建议他早餐吃掺酒的粥或清淡的汤，他断然拒绝，而当我伸手检查他手上的包扎时，他竟突然发起脾气。

“拜托，克莱尔，可以别管我吗？我不想一直被戳来戳去！”

他抽回手，满脸怒气。我不发一语，转身走开，开始整理桌上各种瓶瓶罐罐的医疗用品。我把东西依照功能分成几小堆：舒缓用的金盏花药膏和白杨膏，泡茶用的柳树皮、樱桃树皮和甘菊，消毒用的金丝桃、大蒜和西洋蓍草。

“克莱尔。”我转身，看到他坐在床上，望着我羞愧地微笑，“对不起，外乡人。我的肠胃一直绞痛，今天早上我的脾气太差了。我实在不该对你大吼大叫。可以原谅我吗？”

我迅速走到他身边，轻轻拥抱他：“没什么原不原谅的。不过你刚说什么，肠胃绞痛？”这不是我第一次想到，亲密和爱情并不是同义词。

他表情扭曲，微微前弯抱住肚子：“我是说，请你让我独处一下。可以吗？”我慌慌张张地照他的要求离开了，接着便去寻觅自己的早餐。

稍后从食堂回来的路上，我看见一个黑袍修士庄严的身影正穿越庭院走向回廊。我加快脚步，追上他。“神父！”我喊道，他转过身来，一看见我便露出微笑。

“早安，弗雷泽夫人，没有称呼错吧？你丈夫今天早上安好吗？”

“好多了。”我说，希望如此，“我想再次感谢您昨晚的帮助。昨晚我还来不及问怎么称呼您，您就离开了。”

他一手放在胸口，对我鞠躬，清澈的淡褐色眼睛闪烁着光芒。“我是弗朗索瓦·安塞姆·梅里柯·达玛纳，夫人。应该说这是我出生时的名字，现在大家都只叫我安塞姆神父。”

“内心喜乐的安塞姆？”我笑着问。

他耸耸肩，全然的法国人动作，数百年不变。“尽力吧。”他说，嘴角嘲讽地牵动着。

“我不想耽搁您太久，只是想谢谢您的帮忙。”我说，朝回廊望一眼。

“你一点也没耽搁我，夫人。事实上，我正蓄意拖延工作，罪恶地沉浸在游手好闲里。”

“你的工作是？”我好奇地问。这人显然是修道院的客人，他穿着方济会的黑袍，在一群身着褐色袍服的本笃会修士间，就像墨点一样显眼。一开始接待我们的神父波利多尔修士说，这里有好几个这样的客人。这些人大多是学者，来这修道院鼎鼎大名的图书馆参阅藏书。安塞姆看来也是其中之一。他这些月来都忙于翻译希罗多德的几部作品。

“你去过这里的图书馆吗？”见我摇头后，他说，“一起来吧，那真让人叹为观止，我想你的院长叔父不会反对你去的。”

我一方面对图书馆感到好奇，一方面也不想立即回到冷清的客房，便毫不迟疑地跟他走了。

图书馆很美，屋顶很高，向上飞腾的哥德式拱肋在拱顶交会。一整面窗户嵌在柱子间，照得馆内十分明亮。那些窗户大部分是透明的，不过也有些是看似样式简单的彩绘玻璃，绘有寓言故事的图像。我轻手轻脚走过埋头苦读的修士旁边，停下来欣赏一幅圣家族逃往埃及的图像。

有些书架就像常见的那样，图书一本贴一本排列着。有些书架上的书则平放着，以保护年代久远的封面，甚至还有一些玻璃门书架，里面装着数卷羊皮纸文稿。整体而言，图书馆有种宁静的兴奋，仿佛这些珍贵的藏书都在封面下无声高歌。我带着受到抚慰的心情离开图书馆，和安塞姆神父慢慢走过主庭院。

我再次感谢他前一晚的协助，但他耸肩，要我别客气："那没什么，孩子。希望你丈夫今天会好一点。"

"我也希望。"我说，但我不想多谈这个话题，便问他，"什么是圣体朝拜？昨晚你说要去做的那件事。"

"你不是天主教徒？"他惊讶地问，"啊，我忘了，你是英国人，当然不是天主教徒，我猜你是新教徒吧。"

"说到信仰，我不确定自己应该归在哪一边。不过严格说来，我想至少算是天主教徒。"

"严格说来？"他平顺的眉毛惊讶地挑起。我迟疑了一会儿，有了贝恩神父的经验以后，我特别谨慎，不过眼前这人应该不会在我面前挥舞十字架。

"这个嘛。"我说，弯腰拔起石板间的一小根杂草，"我受过洗。但我父母在我五岁时便去世了，之后我便和叔叔同住。兰姆叔叔是……"我停了下来，想起兰姆叔叔对知识狼吞虎咽的胃口，还有他令人津津乐道的对所有宗教的客观讥讽，他认为宗教不过是区分不同文化的标记。"嗯，说到信仰，我想他什么都是，也什么都不是。他全都知道，但全都不信，所以从未加强我的宗教训练。而我的……第一任丈夫是天主教徒，但恐怕也不是非常虔诚。所以我想我更像异教徒。"我下了结论。

我谨慎地看着他，但他不仅没被我这番自白吓到，还真心笑了出来。"什么都是，也什么都不是。"他说，咀嚼着这段话，"我非常喜欢这个说法。不过至于你嘛，我想恐怕不是他这种情形。一旦成为圣母教会的一分子，你就永远是她的孩子。不论你对信仰的了解有多浅，你跟我们的圣父教宗都一样是天主教徒。”他望向天空。云层密布，但教堂附近赤杨树林的叶片都悄然不动。

“风停了。我要去散个步，呼吸新鲜空气，让头脑清醒一点。要不要一起来？你需要吹吹风，运动一下，我或许也可以边走边告诉你一些圣体朝拜的仪式，让此行有些灵性滋养。”

“一举三得？”我淡淡地说。虽然风很大，不过一想到可以吹风，便觉得难以抗拒。我毫不迟疑地去拿斗篷。

他带我走过礼拜堂幽暗宁静的入口，望着室内的雕像低头祈祷，然后带我走过回廊，来到花园外围。

到了这里，无须再担心会打扰到礼拜堂内的修士后，他说：“朝拜的概念很简单。你记得《圣经》里客西马尼园的故事吗？耶稣在园内等着受审和上十字架，他的门徒本来应该陪他，却全睡着了。”

“噢。”我立刻明白了整个概念，“然后他说：‘你们竟不能同我醒寤一个时辰吗？’所以你们这么做，是为了同他醒寤一个时辰，作为补偿。”我喜欢这个概念，礼拜堂的幽暗瞬间变得重要且抚慰人心。

“是的，夫人，就这么简单。我们轮流守望，从不把圣坛上的圣体独自留在这里。”

“保持清醒不会很难吗？还是您都在晚上守夜？”我好奇地问。

他点头，一阵微风拂起他如丝的棕发。他光秃的头顶需要补剃一下，冒出来的短毛覆了一层，有如青苔。“守护圣体的人各自选择最适合自己的时间。我的话，是深夜两点。”他看我一眼，迟疑一下，似乎正在思考我对接下来的话会有何反应。

“对我来说，那个时间……”他停顿，“仿佛时间都停了。体内的情绪、血液、火气和水汽等构成人体的成分，似乎立即融成了一体。”他微笑。他牙齿有点不整齐，这是他几近完美的外表唯一的瑕疵。

“或者说，似乎这些东西全一起停了。我常想，会不会那个时刻，就如同出生或死亡的那一刻。我知道那一刻对每个男人而言都是不同的……我想，对女人也是。”他补充道，礼貌地对我点头。

“不过就在那个时候，在时间的缝隙里，似乎一切都有可能。你可以看透自己生命的局限，明白那些真的都不重要。时间停止的时候，你仿佛知道自己可以进行各种冒险，完成冒险，接着再回归自我，然后发现世界没变，一切都跟你之前刚离开的时候一模一样。也似乎……”他迟疑一会儿，仔细斟酌用词，“似乎，知道一切都有可能，突然间，没什么东西是不可或缺的。”

“不过……您真的会做什么事吗？呃，祈祷之类的？”我问。

“我吗？嗯，我会坐着，然后看着他。”他慢慢说，线条优美的嘴唇拉开大大的笑容，“然后他会看着我。”

* * *

回到房间的时候，詹米正坐起身来。他靠着我的肩膀，试着在走廊上来回走动一下，但这番尝试让他脸色苍白、全身冒汗，所以他没有异议地躺回床上，我帮他盖回被子。

我建议他喝点清汤或牛奶，他却虚弱地摇摇头：“我没胃口，外乡人。我一吃东西，不一会儿就会反胃。”

我没逼他，静静把清汤拿开。

到了晚餐时间，我坚持了一点，成功劝他喝下几口汤。他喝了几口，但都无法吞下。

“对不起，外乡人，我真令人厌恶。”

“没关系，詹米，而且你也不令人厌恶。”我把脸盆放到门外，坐到他旁边，把他垂到眉毛上的头发拨开。

“别担心。只是你的胃还因晕船而翻搅。可能我太急着逼你吃东西了。休息一下就会好。”

他闭上眼睛，叹一口气。“我会好的，你今天做了什么，外乡人？”他随意说。

他显然焦躁不安，但当我向他诉说今日的所见所闻，关于图书馆、礼拜堂、葡萄榨汁机，还有药草园，我在那里终于见到鼎鼎大名的安布罗斯修士时，他稍微放松了些。

“他真是不可思议，噢，我忘记你见过他了。”我热切地说。安布罗斯修士很高，甚至比詹米高，而且脸色憔悴，下垂的长脸有如巴吉度猎犬。十根手指纤细修长，每一根都带着淡绿色。

“他似乎什么都能种活，所有常见的药草他都有。那个温室小到他都无法站直，里面的植物不是不属于这个季节，就是不属于这个地方，或者根本不可能长出来。更不用提那些进口香料和药材了。”

药材让我想起昨晚，我不禁望向窗外。冬日暮光早早落下，屋外已是全黑，照料马厩和屋外事务的修士提灯经过时，灯火来回跳动闪烁。

“天黑了。你觉得你能自然入睡吗？安布罗斯修士有些东西可能可以助眠。”

他的眼圈因疲倦而发黑，但他仍摇头拒绝："不，外乡人，我什么都不要。如果我睡着了……不，我想先看点书。"安塞姆从图书馆拿了一系列哲学和历史书籍给他，他伸手拿起桌上一本塔西佗的史书。

"你该睡觉了，詹米。"我看着他，温柔地说。他把书打开，放在枕头上，眼睛却继续望着天花板。

"我没告诉你我梦见了什么。"他突然说。

"你说你梦到鞭刑。"他的脸在瘀青下透着惨白，因汗湿而泛着薄光，气色令我不安。

"没错。我抬头就看到绳子陷入我手腕。手几乎都发黑了，只要一动，绳子就会磨到骨头。我的脸被压在柱子上。接着我感到鞭子末端的铅锤划开我的肩膀。

"鞭子一鞭鞭落下，早该停了，却一直没停，然后我才明白他无意停手。绳子打得我皮开肉绽。鲜血……我的血从身体两侧和背部流下来，浸湿苏格兰裙。我觉得很冷。

"然后我又抬头，看见肉开始从我手上剥离，我手指的骨头攀着木头抓挠，留下又长又粗的抓痕。我手臂的骨头都露出来了，因为被绳子绑着才没有崩离。我想，我就是在这时候开始尖叫的。

"他抽打我的时候，我听见一道奇怪的巨响，一会儿后我才知道那是什么声音。他已经把我全部的肉都从骨头上剥下来，鞭子正打在我的肋骨上。我知道我已死去，不过那不重要，他还是继续抽打，永远不停。他会继续抽，打到我的身体成为碎片，从柱子上落下，他还是不停，然后……"

我走过去抱住他，让他停下，但他已经先行安静下来，完好的手紧紧抓着书缘，牙齿用力咬着破皮的下唇。

“詹米，今晚我会陪着你，我可以打地铺。”

“不用。”他已经虚弱至此，却还是一样顽固，“我最好自己睡。而且我现在不想睡。你去吃晚餐吧，外乡人。我……再读一下书就好。”他低头看书。我望着他一会儿，发现自己无能为力，只能照他的话离开。

* * *

詹米的情况让我越来越担心。他持续呕吐，几乎没怎么吃，吃进的东西又很少能留在胃里。他越来越苍白，也越来越虚弱，对任何事都兴致索然。他白天睡很多，因为晚上睡太少。虽然他很怕做噩梦，但还是不让我跟他同房，怕自己翻来覆去会打扰我休息。

即使他肯，我也不想成天绕着他转，给他压力，因此大部分时间我都和安布罗斯修士待在植物标本室或干燥房里，或者在修道院里四处晃，和安塞姆神父聊天。他借机向我稍稍阐明教义，试着传授一些基本的天主教思想，虽然我已经一再申明自己是不可知论者。

“亲爱的，你还记得我昨天说的犯罪必要条件吗？”他最后问道。

虽然我的心灵可能有缺陷，记忆却没任何问题。“第一，这件事是错的。第二，你完全同意这件事发生。”我复述。

“你完全同意这件事发生，这一点，亲爱的，同样也是恩典出现的条件。”我们靠着修道院猪舍的围墙，看着几头褐色大猪在冬日微弱的阳光下相互依偎。他转过头，脸倚在围栏上交叠的手臂上。

“我不认为我可以，当然，恩典可遇而不可求。我是说……”我迟疑了，不想表现得太粗鲁，“我是说，对你而言，礼拜堂祭坛上的是上帝，但对我而言，不论住在里面的人有多慈爱，那都只是一块面包。”

他不耐烦地叹了口气，起身挺直背：“我那天晚上走去轮班的时候，发现你丈夫睡得不好，而你也因此没睡好。既然都睡不好，你今晚就跟我一起去礼拜堂一小时吧。”

我眯眼看他：“为什么？”

他耸耸肩：“为什么不？”

* * *

要醒来赴安塞姆的约并不难，因为我根本还未入睡。詹米也是。我把头探出走廊时，看见烛光在他半掩的房门里闪烁，也可以听见翻动书页的声音，还有他偶尔换姿势时不适的呻吟。

既然无法入睡，我索性不更衣，所以安塞姆一轻拍房门，我便准备好了。

修道院很静，跟所有大型机构一样，在夜间静了下来。日间活动的快速搏动停了，心跳仍然继续，虽然变得轻缓，但并未停止。总是会有人醒着，静静在走廊间移动巡视，让一切运作如常。而现在，我加入了守望的行列。

礼拜堂很暗，只能见到燃烧中的圣龛的红色油灯和几支白色许愿烛，火焰在圣龛前方幽黑静止的空气中升腾。

我跟着安塞姆走下中间短短的走道，在他身后跪下。巴托洛修士细长的身影在前方，低着头朝前跪着。他听见我们进来的轻微声响，但并未回头，仍动也不动地垂首礼拜。

圣餐在华丽的容器中几乎不太明显。巨大的圣体匣在一英尺的前方闪耀着灿烂夺目的金色光芒，静静在祭坛上守护中间那一小块面包。

我觉得不知所措，便依照安塞姆的指引，在靠近礼拜堂的前方坐下。这些座位刻着天使、花朵、恶魔等繁复的图案，椅面向上收起，靠着木椅背，方便进出。我听见身后传来拉下椅面的吱呀声，安塞姆也坐了下来。

“但是我要做什么？”我们抵达礼拜堂时，我曾问过他，还压低了声音，以免破坏夜晚的宁静。

“什么都不做，亲爱的，只要待在那里就可以了。”他简短地回答。

所以我坐下来，听着自己的呼吸声，还有在这静谧场所的一些细微声响，无法听见的事物通常都藏在其他声音里。石头安坐，木头碎裂。微小火焰不停燃烧的嘶嘶声。某种小生物微弱的移动声，从自己的窝来到主的家园。

这里的确很祥和，安塞姆说得没错。我虽然又累又忧虑，却也渐渐放松，绷紧的神经缓缓松懈下来，就像时钟的弹簧松掉一样。真怪，尽管时间很晚，而且过去几天和几周来累积了很多疲惫，我竟丝毫不困。

我想，毕竟，在永恒面前，几天或几周又算什么呢？这就是了，从安塞姆、巴托洛、安布罗斯到所有修士，再往上一直到令人敬畏的亚历山大院长，对他们而言，就是如此。

这想法确实能抚慰人心，若是时间无限，那么，任一个特定时刻发生的事便不那么重要了。我或许明白了，每个人都能退一步，透过思索无限存在，找到喘息的空间，不论他如何看待无限存在的本质。

圣龛红色的灯光稳稳燃烧着，反射在圣体匣平滑的金色上。圣伊莱斯和圣母雕像前的白色烛火不时跳动，喷溅出一点蜡油或水汽。但是红色油灯烧得很稳，火焰晃也不晃，光芒恒定。

若世上真有永恒，或者，甚至只要想到永恒，那么，或许安塞姆说得没错，什么都有可能。也可能可以爱所有人？我思索着。我爱过弗兰克，我还爱着他。而我也爱詹米，甚于爱自己的性命。但在时间和肉体的限制下，我没办法同时拥有他们两人。超越这些限制，或许就有可能了？是否真有那样一个地方，时间不复存在，或者停止了？安塞姆认为有。一个什么都有可能的地方，而没有什么是不能或缺的。

那么，那里有爱吗？爱情可能超越肉体和时间的限制吗？需要超越吗？

我的想法跟兰姆叔叔很像。他是我的家人，也是我儿时唯一知道的爱。一个不曾说爱我的男人，他无须说，因为我知道他爱我，跟我知道我活着一样肯定。在充满爱的地方，无须把爱说出来。因为那就是全部。那是永恒不灭。那是圆满。

我忘了时间的流逝，直到安塞姆突然从祭坛旁的小门走出来，出现在我面前，吓了我一跳。他不是一直都在我后方坐着吗？我向后看，看见一位年轻修士正跪在入口附近，我不知道他的名字。安塞姆经过祭坛前方时弯低身体，接着点头示意我往门口走去。

“你离开了？我还以为你不可以，呃，把圣餐独自留下？”我一出礼拜堂就说。

他平静地微笑：“我没把圣餐独自留下，亲爱的。你在那里啊。”

我不算吧，但我压下争辩的冲动。我想，毕竟世上并没有所谓合格正式的朝拜者。只要是人就算，我想我还算是个人，虽然有时我对这几乎毫无所感。

我经过詹米门前时，他房间的蜡烛仍烧着，我也听见翻书的窸窣声。我本来想停下来，但安塞姆继续向前走，把我送到我的房门前。我在那里停下来和他互道晚安，并谢谢他带我去礼拜堂。

“那里很……安详。”我努力找出适当的字眼。

他点头，看着我：“是的，夫人。很安详。”当我转身要走时，他说：“我跟你说圣体并不孤单，因为你在那里。但是亲爱的，那你呢？你孤单吗？”

我停下脚步，看着他好一会儿，才开口回答：“不，我不孤单。”

第十六章　救赎灵魂

翌日清晨，我像平常一样前去检查詹米的身体，希望他用了一点早餐。还未到他房间，默塔就从墙上的凹室溜出来，挡住我的去路。

“怎么了？发生什么事？”我的心跳开始加快，手掌突然湿了。

我一定明显很慌乱，因为默塔摇摇头，要我安心。“没事，他很好。至少跟这几天的情况差不多。”他耸耸肩，一手轻轻扶着我的手肘转身，带我一起往回走。我吓了一跳，想到这是默塔第一次刻意碰我。他搭着我的手跟鹈鹕翅膀一样轻巧有力。

“他发生了什么事？”我质问他。

这个瘦小男人皱巴巴的脸跟平常一样面无表情，但眼角抽动了一下：“他只是还不想见你。”

我陡然停下脚步，从他的掌握中抽开手臂。

“为什么不想？”我质问。

默塔迟疑了一会儿，似乎在斟酌用字：“嗯，就是……他决定你最好把他留在这里，自己回苏格兰去。他……”

我没听完，一把推开他走了。

厚重的门在我身后轻声关上。詹米正在打盹儿，脸朝下趴在床上。他没盖被，只穿着见习修士的短袍，角落的炭盆让房内很温暖，但也弥漫着一股烟雾。

我碰到他身体的时候，他猛地弹了起来。他眼睛仍蒙着睡意，深深凹陷，脸上半梦半醒。我握住他的双手，他却把手扭开，一副近似绝望的表情，闭上眼睛，把脸埋入枕头。

我试着不泄露自己的慌乱，静静拉张凳子，坐在他的头旁。“我不碰你，但你一定要跟我说话。”我等了好几分钟，他躺着不动，肩膀防备地拱起。终于他叹了口气，坐起来，痛苦而缓慢地移动身体，双脚伸向床沿。

“好，好，我想我是非说不可了。我先前早该说的……但是，我太懦弱，一直希望我不用说。”他的声调没有任何起伏，声音苦涩，头一直垂着，没望着我，双手微微握在膝前。“我以前不觉得自己懦弱，但其实我很懦弱。我应该让兰德尔杀了我，但我没有。我没有活下去的理由，却没有勇气去死。”他的声音轻得我几乎听不清楚，“而我知道我应该见你最后一面……告诉你……但是……克莱尔，我的爱人……噢，我的爱人。”

他从床上拿起枕头抱着，像是为了寻求保护，以取代他不能从我这里寻求的安慰。他把头靠着枕头好一会儿，鼓起勇气。“在温特沃思，你离开的时候，克莱尔，我听着你的脚步声在外面石板上渐渐走远，我就对自己说，我现在会想着她。我会记得她，她肌肤的触感、头发的香气和嘴唇吻我的感觉。在那门再度开启之前，我会想着她。而明天当我站在绞刑台时，我也会想着她，好让我在最后有点勇气。然后，在开门后和我离开这个地方赴死的这段时间——”他头仍垂着，一双大手紧握一下拳头，然后松开，“我会什么也不想。”

在地牢狭小的房里，他闭着眼睛坐着等待。伤口不算太痛，至少他坐着不动时还好，但他知道很快就会更痛。他虽然害怕疼痛，不过之前都还是撑了过来。他知道被迫忍受疼痛的感觉，也很清楚自己会有什么反应，他只希望疼痛程度不会太快超过他的忍受极限。预期出现的身体侵犯，现在也只是一件让人微微作呕的事。绝望本身，也是一种麻醉。

房里没有窗户，看不出时间。他是在接近傍晚的时候被带到地牢的，不过他对时间的感觉不太可靠。破晓之前还有几个小时？六个、八个、十个？然后一切就会结束。可怕的幽默感让他想着，兰德尔至少为他做了一件好事，就是让他更渴望死亡。

门打开的时候，他抬头看，期待着会有什么。只有一个男人在那儿，体格细长，长相俊俏，衣衫稍稍不整，亚麻上衣扯破，头发也很凌乱。他靠着木门看他。

有好一会儿，兰德尔没说话，穿越房间站到他身旁。他一手轻轻按着詹米的脖子，接着弯腰放开那只受困的手。钉子拔出来的瞬间，詹米差点昏倒。一杯白兰地放在他面前，一手坚定地扶起他的头，把酒灌下去。

“他那时候用双手抬起我的脸，把我嘴唇上的白兰地酒滴舔掉。我很想退缩，但我答应过了，所以只是坐着不动。”

兰德尔捧着詹米的头好一会儿，探询地望着他的眼睛，然后才放开他，在他旁边的桌旁坐下。

“他坐了好一阵子，一言不发，只是一条腿前后晃着。我不知道他想做什么，也不打算去猜。我很累，而且手上的疼痛让我有点反胃。所以有好一会儿，我只是把头靠在手臂上，把脸转开。”他重重吐了一口气。

“过了一会儿，我感到有只手放在我头上，但我没动。他开始抚摸我的头发，动作非常温柔，来回一直抚摸。四周寂静无声，只有那个高大男人嘶哑的呼吸声，和炭盆炉火的噼啪声，然后我想……我想我睡了一下。”

他醒来的时候，兰德尔正站在他前面。

“你觉得好点了吗？”兰德尔问话的语调冷淡而礼貌。

詹米没说话，点点头，站了起来。兰德尔脱光他的衣服，小心避开受伤的手，带他到床边。

“我虽然答应不挣扎，却也不想帮他，所以我只是站着，像个木头人。我想，我会让他做他想做的事，但我不会加入——我会跟他保持距离，至少我的心会保持距离。”然后兰德尔笑了，他紧握詹米的右手，把他甩到床上，突然的剧痛让他晕眩作呕。接着，兰德尔在他前方跪下，在这令人痛不欲生的几分钟内，就让他明白他不可能疏离。

“他站起来的时候，拿出一把刀子划过我的胸膛，从一边划到另一边。伤口不深，但流了点血。他看了一下我的脸，接着伸出一根手指，沾上我的血。”詹米的声音很不稳，不时停顿结巴，“他舔掉手指上的血，舌头轻轻移动，像……像猫舔着自己。他稍微笑了，然后，很温和地，就像——他朝我的胸膛低下头。我完全没被绑住，但我不能动。我只是……坐在那里，而他用舌头……那其实一点都不痛，只是很怪。过了一会儿，他站起来，用毛巾擦拭自己。”

我看着詹米的手。他的脸转向一边，很明显反映出他的情绪。他的手紧握着床沿抽动，继续说了下去。

“他……他跟我说……我很美味。伤口的血几乎已经止住，但他用毛巾在我胸膛摩擦，把伤口扯开。”他紧握的手绷出毫无血色的指节，“接着他解开长裤，把鲜血涂在身上，然后说现在轮到我了。”

之后，兰德尔扶着他的头，让他吐，用湿布温柔地擦拭他的脸，并给他一杯白兰地清洗嘴里的秽物。就这样，狠毒和温柔交错，一点一点增加，他以疼痛为武器，毁掉詹米心灵和身体的所有壁垒。

我想让詹米停下来，告诉他不必说下去了，绝不能再说下去了，但是我用力咬住嘴唇没说话，仅仅交握双手，不去碰他。

然后，他说完剩下的部分。缓慢而刻意的鞭打，中间点缀着亲吻。烧灼惊人的痛楚，把他从拼命想要昏迷过去的边缘中拖了出来，继续面对更严重的羞辱。他说出一切，带着迟疑，有时带着泪水，说得比我所能承受的还多。但我听他说完，和接受告解的神父一样沉默。他迅速抬头看我一眼，又把眼神移开。

“我本来应该可以忍受伤害，不论有多严重。我知道会被……而我也以为自己可以忍受这件事。但我不能……我……他……”我的指甲深深陷进掌心，努力保持沉默。他无声地摇着头好一会儿，接着才又出声，声音混浊不清，却平稳得可怕。

“他不只是伤害我，或上我。他跟我做爱，克莱尔。他伤害我，重重地伤害我。那对他来说是爱的行为。他逼我回应他，该死的！他逼我为他兴奋！”他握住拳头，无助而愤怒地击向床框，整张床跟着晃动。

“第……一次，他很小心对我。他给我涂了油，花了好长时间，涂满我全身……温柔摸过我的每个部位。我无法控制自己不因他的触摸而兴奋，就像他用刀子划我，我没办法不流血一样。”詹米的声音微弱，因绝望而令人心碎。他停顿，然后从我进屋以来，第一次直视我的双眼。

“克莱尔，我不想想到你。我没办法忍受待在那里，身体赤裸，而且……那样……然后想到爱你的时候。这是亵渎。我很想把你从我脑中挥去，却还是……但我一定要做到。可是他却不让我这么做。”他两颊闪烁湿润的光泽，但他现在并没有哭泣。

“他在说话。整个过程，他都不断对我说话。一部分是威胁，一部分则是爱语，不过大多都是你。”

“我？”因为太久没出声，我的声音从绷紧的喉咙发出，几乎就像乌鸦的声音一样沙哑。他点头，再度低头看着枕头。

“没错。他最嫉妒的人就是你，你知道。”

“不。不，我不知道。”

他又点头：“噢，是的。他问我……他碰我的时候，他问：‘她也会这样对你吗？你的女人也能让你这么兴奋吗？’”他的声音颤抖，“我不回答，我无法回答。然后，他问我，要是你看到……看到我……”他用力咬着嘴唇，好一阵子说不下去。

“他会伤害我一点，接着停手，爱抚我，直到我开始兴奋……然后再激烈地伤害我，在伤害的过程中上我。从头至尾，他一直在谈你，让你一直出现在我眼前。我抗拒，在脑中……想远离他，想让我的脑袋和身体分开，但是疼痛穿过我的身体，一次又一次，越过我架设的屏障。我试过了，克莱尔……天哪，我很努力，但是……”

他把头埋进双手间，手指深深陷入太阳穴。他突然说话：“我知道年轻的亚历山大·麦格雷戈为何会上吊自尽。如果我不知道这是不赦之罪，我也会这么做。在人间他可以这样侮辱我，在天堂他就没办法了。”他努力控制自己，沉默了好一阵子，回神后发现他膝上的枕头湿了一片。我想起来帮他换掉，他缓缓摇头，眼神仍向下盯着自己的脚。

“这……这些现在都已经融成一体。我想到你的时候，克莱尔，甚至亲你或碰你的手的时候，我无法不感到恐惧、痛苦和恶心。我躺在这里，觉得没有你的抚摸我会死，但是你摸我的时候，我觉得自己就要因为羞耻和痛恨而吐出来了。连我现在看到你，都不能不……”他额头贴着紧握的拳头，指节陷入眼窝当中，后颈的筋脉绷紧凸起，声音被闷住一半。

“克莱尔，我要你离开我。回苏格兰去，回到纳敦巨岩，回你的地方，回你……丈夫那儿。默塔会带你安全回去，我跟他说了。”他一阵沉默，而我没有动。

他鼓起极大勇气，再次抬头看我，非常简洁地说：“我会一直爱你，至死不渝，但我不能再做你的丈夫了。”他表情开始崩溃，“克莱尔，我好想要你，想要到我的骨头都在身体里颤抖，但神啊，救救我吧，我不敢碰你！”

我开始走向他，但他突然抬起手，阻止我前进。他身体半弯，表情因体内的痛苦而扭曲，而他的声音哽住，喘不过气来。

“克莱尔……拜托。拜托你走吧。我要吐了，我不想让你看到。拜托。”

我听见他声音里的恳求，知道我必须让他至少保有这点尊严。我站起身，在整个职业生涯中，这是我第一次丢下生病的人，任他陷入无助和孤单中。

* * *

我走出他房间，麻木地靠着白色石墙，贴着坚硬的石块，让涨红的脸冷却下来，不理会默塔和威廉修士的眼光。神啊，救救我吧，他这样说。神啊，救救我吧，我不敢碰你。

我直起身体，独自站着。好吧，为什么不呢？显然也没别人可以求助了。

* * *

在时间开始变慢的那一刻，我跪在圣伊莱斯礼拜堂的走道上。安塞姆在那里，袍服下优雅的肩线挺直。他没移动，也没回头看，但礼拜堂里的静谧氛围却包围了我。

我跪了好久，深入宁静的黑暗中，让思绪沉淀下来，直到我感觉心跳慢到符合夜晚的节奏，才滑进后方的椅子。

我坐着，动也不动。那些形式和仪式，那些让修士放松下来展开深层神圣对话的礼节，都与我无关。我不知该如何开始。最后，我说，安静而直接地说，我需要帮助，请帮我。

接着寂静又如波浪般围绕着我，就像斗篷包覆着我抵抗寒冷。我等着，照安塞姆所说的那样等着，时间分分秒秒流过。

礼拜堂后方有张小桌，覆着亚麻布，上面有个圣水盆，旁边有本《圣经》和两三本启发心灵的书籍。我猜，这是要给那些无法承受这种寂静的礼拜者使用的。

我开始无法承受，便起身去拿《圣经》，带回我座位前的祈祷桌。在惶惑艰难之际求助于维吉尔卦，我绝不是第一人。烛光亮到足以阅读，我小心翼翼翻着脆弱的书页，眯眼看着精美的黑色字体。

“……他使他们生毒疮，他们都很痛苦。”他们当然痛苦，我想。毒疮到底是什么？试试《圣咏集》好了。

“至于我，成了微虫，失掉了人形……我好像倾泻的水一般，我全身骨骸都已脱散；我的心好像是蜡，在我内脏中融化。”嗯，好，诊断很准确，我有些不耐烦地想。但治疗方法呢？

“主啊！请不要远离我，我的勇力，速来助我。求你由刀剑下抢救我的灵魂，由恶犬的爪牙下拯救我的生命。”嗯。

我翻到《约伯记》，詹米最喜欢的一卷。显然如果要提供有用的建言，那么……

“他只觉自己肉身的痛苦，他的心灵只为自己悲哀。”嗯，对了，我想，翻过书页。

“天主有时也惩罚人在床上受苦，使他的骨头不断刺痛……他身上的肉已消逝不见，他枯瘦的骨头，已开始外露。”就是这个，我想。然后呢？

“他的灵魂已临近墓穴，他的生命已接近死亡之所。”不太好，不过下一句比较令人振奋。“一千个天使中，若有一个在他身旁，做他的代言人，提醒他应尽的义务，且怜悯那人，为他转求说：‘求你拯救他，以免陷于阴府，因为我已找到了赎金。’他的肉身比少年人的肉身必更健美，他的青春岁月又恢复了。”那要什么赎金，才能购买灵魂，才能由恶犬的爪牙下救出我的爱？

我合上书，闭上眼睛。文字混成一团，因为我急切的需求而变得模糊。当我吐出詹米的名字，令人喘不过气的悲哀向我袭来。不过当我一遍遍重复念着："主啊，我把你的仆人詹米的灵魂交到你手里。"有种微小的祥和出现，我的身体放松了下来。

我想到，或许詹米死了会好过一点，他说过他当时想死。我完全确定我一旦照他的要求离开，他很快就会死去，不论是死于一直折磨着他的病痛，还是上吊，或者战死沙场。我毫不怀疑他也知道。我应该照他说的去做吗？我如果做得到，就下地狱吧，我心里想。我如果做得到，就下地狱吧，我对着祭坛上闪耀的圣体匣严厉地说，再度打开书本。

过了一会儿我才发现，我的祈祷不再是喃喃自语。事实上，我会发现这件事，是因为我回答了一个问题，但我并不记得自己问过这个问题。我因无尽的悲痛而陷入恍惚，此时有个声音问我，我不太确定是什么声音，想也没想就回答："是，我做得到。"

我顿时停下所有思绪，倾听回荡的宁静。然后，我更加小心地重复，无声地说："是，是。我做得到。"思绪开始奔驰，犯罪的必要条件：第一，你完全同意这件事发生……同样也是恩典出现的条件，安塞姆安静的声音在我脑中回荡。

一种感觉浮现，不算突然，却很完整，仿佛有个无形物品被放入我手中。珍贵如蛋白石，柔滑如翡翠，沉重如河石，却比鸟蛋更加脆弱。无限的静止，和造物源头一样生气蓬勃。不是礼物，而是信任。狠狠地珍惜，温柔地守护。话语说毕，言辞便自行消失在拱顶的阴影中。

那时我在圣体前方跪下，然后离开礼拜堂。我不曾怀疑，在时间停止的那个永恒时刻，我有了答案，可是我不知道那个答案是什么。我只知道我手上握着一个人的灵魂，至于那是我的还是别人的，我不知道。

＊＊＊

早晨，我在惯常的时间醒来，看见床边站着一位平信徒，他告诉我詹米正在发高烧。这不像是神对昨晚祈祷的回应。

“他发烧多久了？”我问，熟练地逐一摸过他眉毛、背部、腋窝和鼠蹊等部位。没有出汗迹象，只有干燥紧绷的皮肤持续燥热，像火烧燎。他醒着，但是眼皮沉重、四肢无力。发烧的原因很清楚：被毁的右手肿胀，散发腐臭的分泌物渗透了绷带。血丝不祥地爬上他的手腕。严重感染，我心想。这个感染不仅发脓、并发毒血症，而且有性命危险。

“我在诵完晨经之后接手照顾他，那时就发现他发烧了。”刚刚来找我的那位负责照料的教友答道，“我给他喝水，但他在天亮后就开始呕吐。”

“你应该立刻来找我的。不过，算了。给我热水、覆盆子叶，还有请波利多尔修士过来，尽快。”他离开的时候，跟我说会顺便看有没有早餐，也帮我带点过来，但我摇手谢绝，我没这份心情，然后伸手拿白镴水壶。

波利多尔修士出现的时候，我已经试过让他从体内补充水分，但他全剧烈地吐了出来，因此我改由体外补充水分，把床单浸湿，微微包覆他燥热的皮肤。

同时，我把他感染的手浸在煮沸过的水中，水温刚好是皮肤可以承受、不至于烫伤的热度。在缺乏磺胺类药物和其他现代抗生素的情况下，发烧是身体对抗细菌感染的唯一防卫机制。病人的身体正尽力以高烧供应热量，但高烧本身会消耗肌肉和损坏脑细胞，带来极大危险。我的做法是局部供应足够热量，摧毁感染，并让身体其他部位维持常温，避免身体损伤，同时补充足够水分，保持身体的正常运作。这是无计可施的权宜之计，我绝望地想。

詹米的心理或身体不适，在此时都已无关紧要。这次努力的目标很明确：让他活下去，直到感染和高烧消失，一切回归正常。其他都不重要。

隔天下午，他开始出现幻觉。我们用柔软的碎布把他固定在床上，以防他翻到地上。最后为了退烧，我孤注一掷，请平信徒教友出去装一大桶雪回来，用雪包住他的身体。他在一阵剧烈痉挛后，体力耗尽而虚脱，不过体温却也暂时下降了。

不幸的是，这个疗法每小时都要重复一次。日落时，房内就像沼泽，满地融雪的水滩，一束束湿透的床单堆在中间，角落里炭盆的蒸气像沼气一样冉冉上升。波利多尔修士和我也都浑身湿透，满身是汗。雪水让人直打冷战，我们的体力也在耗尽的边缘，尽管还有安塞姆和几位教友在旁大力协助。紫锥菊、北美黄连、猫薄荷和牛膝草等退烧药都试过了，全都无效。柳树皮茶含有水杨酸，可能有用，却因为不能大量服用，并不足以产生效果。

詹米清醒的时候越来越少，其中有一次他请我让他死去。我回答很简短，跟前晚说的一样："我要是做得到，就下地狱吧。"然后继续手上的工作。

太阳渐渐落下，走廊上有一群人靠近，掀起一阵骚动。门开了，院长，也就是詹米的叔叔亚历山大走了进来，旁边跟着安塞姆修士和另外三位修士，其中一人手上拿着小小的雪松木盒。院长走过来，对我迅速做了个祈祷手势，接着握住我的一只手。

“我们将为他抹油，不要害怕。”他说，低沉的声音十分和蔼。

他转身面向病床，我慌乱地看向安塞姆，想知道这是怎么回事。

“傅油圣事，临终膏油礼。”他解释，身体靠向我，以免他压低的语调打扰聚在床前的修士。

“临终膏油礼！那是临终才做的！”

“嘘。”他把我从床边拉开，“正确的说法应该是病人圣事，虽然实际上通常只为临终者举行。”修士轻轻帮詹米翻身，让他向上躺着，他们动作温柔，让他的卧姿尽量不伤到破皮的肩膀。

安塞姆继续在我耳边低声说道：“圣事有两层目的，第一层是治疗，我们祈祷受苦的病人能恢复健康，若这是上帝对他的旨意。圣油，这神圣的油，被视为生命和疗愈的象征。”

“第二层目的呢？”我问，虽然已经知道了答案。

安塞姆点点头：“如果让他身体复原并非上帝旨意，那他所有的罪都会得到赦免。我们把他交托给上帝，他的灵魂可以安详离开。”他见我因不满而绷紧身体，一手警告地放在我手臂上。“这些是教会最后的仪式。他有权利领受这些仪式和仪式后的祥和。”

准备工作完成。詹米仰躺，一块布适度盖住他的腰部，床头和床尾都点上蜡烛，我想到坟墓的烛光，心里非常不舒服。亚历山大院长坐在床旁，旁边一位修士端着托盘，上面有个盖着的圣体盒，以及分别装着圣水和圣油的两个小瓶。他两只前臂都挂着白布，就像个可恨的酒侍，我愤恨地想。整个程序让我非常不安。

仪式全程以拉丁文举行，轮唱的温柔呢喃很抚慰人心，虽然我不懂其中含义。安塞姆低声向我解释仪式某些部分的意义，其他部分则不言自明。过程中，院长向波利多尔点头示意，于是他走向前，把一个小药瓶放到詹米鼻前。里面一定装了氨水或其他刺鼻的东西，詹米激烈地扭过头去，眼睛仍然闭着。

“他们为何要把他弄醒？”我喃喃道。

“可以的话，这人要有意识，才能同意他对此生罪行感到忏悔。另外，如果他能接受，院长就会为他施行圣餐礼。”

院长轻轻抚摸詹米的脸，把他的脸转回来朝向瓶子，对他轻声说话。他不再说拉丁文，改用很重的苏格兰家族口音，声音很温柔。“詹米！詹米，小伙子！我是亚历山大，小伙子。我在这里。你现在一定要醒醒，一下就好。我现在要为你解罪，然后给你主的圣餐。现在你吸一口气，这样你该答话的时候才能答话。”

波利多尔修士把杯子拿到詹米唇边，小心翼翼地一次只倒一滴水，直到他干燥的舌头和喉咙可以喝下更多。他睁着双眼，眼皮仍因发烧而沉重，但还算清醒。

院长于是继续仪式，以英语发问，但声音低到我几乎听不见。“你是否放弃撒旦和他的所有恶行？”

“你是否相信主耶稣基督的复活？”问题一个接一个。每个问题，詹米都回答“是”，声音低沉沙哑。

领完圣餐，詹米向后靠，长叹一口气，再度闭上眼睛。我可以看见他的肋骨随着呼吸在胸膛上上下移动。他的体力已经在呕吐和高烧之间消耗殆尽。院长拿着圣水和圣油的瓶子，逐一在他身上画十字，把油抹在他前额、嘴唇、鼻子、耳朵和眼睑上。接着，他在胸膛心脏的位置、两手的掌心和两脚的足弓——用圣油画上十字。他无限慈爱地抬起那只受伤的手，轻轻在伤口上刷过圣油，然后把手放回詹米的胸膛，手的下方就是那道红色刀疤。

涂油的过程快速且温柔，院长迅速移动的大拇指只是轻轻一点。我脑中理性的那一面说“迷信的把戏”，但修士祈祷时慈爱的神情却令我深受感动。詹米再度睁开眼睛，但是非常冷静，他的脸在我们离开拉里堡后第一次这么平静。

仪式在一段短短的拉丁祷文中结束。院长把手放在詹米头上，用英语说：“主啊，我把您的仆人詹米的灵魂交到您手里。我们祈求您治愈他，如果这是您的旨意的话，并请让他的灵魂更加强壮，可以充满恩典，在整个永恒知道您的和平。”

“阿门。”其他修士回应。我也跟着回应。

* * *

到了晚上，詹米再度陷入半昏迷。他太过虚弱，我们能做的只有摇醒他，让他喝水维持生命。他的嘴唇干裂脱皮，无法开口说话，虽然他被激烈摇动的时候仍会张开恍惚的眼睛，但已经认不出我们。他眼神呆滞，然后渐渐闭上，头转向一边呻吟。

我站在床边看他，一天劳累下来我已疲惫不堪，只感到隐约的绝望。

波利多尔修士轻轻碰我，把我从恍惚间唤醒。“现在你已经不能帮他什么了，你得休息。”他说，坚定地把我带向旁边。

“可是——”我刚开口，就说不下去。他说得没错。所有可能的办法，我们都已经试过。接下来，不是高烧很快自行退下，就是詹米死去。即便是最强壮的身体，都撑不过一两天的高烧不退，而詹米只剩微弱的体力帮他渡过难关。

“我会陪着他，去睡吧。我会叫你的，如果……”他没把话说完，只是轻轻挥手示意我回自己房间。

我躺在床上无法入眠，眼睛盯着天花板上的木梁。我的眼睛又干又热，喉咙很痛，仿佛也发了烧。这就是对我祈祷的回应吗，让我们一起死在这里？

最后，我爬起来，拿起门边桌上的水壶和脸盆，把沉重的陶盘放在地板中央，小心翼翼地加水，水溢出脸盆厚厚的边缘，滚出许多泡泡。

我走到安布罗斯修士的食品储藏室，打开那些小包裹，把药草倒进炭盆。没药叶散发香气，樟脑屑在火炭的红光间烧出蓝色的小小火舌。

我把蜡烛放在那盆水后面，坐了下来，开始招魂。

* * *

石造走廊又冷又黑，每隔一段就有油灯从天花板上投下微弱的照明。每经过一盏油灯，我的影子就会从脚下向前延长，长到顶端仿佛沉入了黑暗。

虽然很冷，但我赤着脚，只穿粗糙的白棉睡袍。睡袍下有一小团温暖的东西跟着我移动，但石头的寒气蹿上我的脚和腿。

我敲了一下门，动作很轻，没等回应便推开沉重的门。

罗杰修士陪着他，坐在床边低头念诵。他抬头看的时候，木制玫瑰念珠咔啦作响，但嘴巴仍继续轻轻念诵，等念完《圣母经》才转向我。

他到门边和我说话，声音很低，只是，即使他大吼大叫，也吵不醒床上不动的人影。

“没变。我刚在泡手盆里新添了水。”炭盆上小白镴壶的外层有水滴闪烁着，壶里刚刚才装满水。

我点头，把手放在臂上，表示感谢。过去一个小时我都在恍惚之中，此时碰到他让我感到出奇地实在和温暖，也有些安心。

“我想单独陪他，希望你不介意。”

“当然。我去礼拜堂——还是要我留在附近，以免……”他没把话说完，语气迟疑。

“不用，你去礼拜堂吧。不然的话，去睡觉更好。我睡不着，会在这里待到早上。需要帮忙的话，我会请人找你。”我试着露出坚定的笑容。

他仍然不太确定，朝床望了一眼。此时已经很晚，他也累坏了，和蔼的褐色眼珠下罩了一层黑影。

沉重的门吱呀一声关上，只剩下我和詹米。我很孤单，也很害怕，而且非常不确定我要做的事是否可行。

我站在床脚看着他好一会儿。房里光线昏暗，只有炭盆的光和两支巨大蜡烛照明，蜡烛大约各有三英寸高，放在房间一边的桌上。他没穿衣服，微弱的光线凸显出身体被高烧折磨后的凹陷。各种颜色的瘀青布满肋骨上方，有如皮肤上点缀着蘑菇。

将死的身躯会微微发青，刚开始只是下巴有点苍白，然后随着生命逐渐退去，扩散到脸部和胸膛。我看过很多次。其中有几次，我看见死亡过程停止并反转，皮肤恢复血色，人活了过来。但多数时候……我用力摇头，然后转身。

我从睡袍下伸出手，把偷偷溜到安布罗斯修士工作室搜集的东西摊在桌上。一瓶氨水、一包干燥的薰衣草，以及一包缬草。一个小型熏香台，形状像花朵盛开。两颗鸦片丸，香气甜腻，有松香黏滑的触感。还有一把刀。

房内很闷，而且弥漫着炭盆的烟。唯一的一扇窗户罩着重重的挂毯，图案是圣塞巴斯蒂安殉难图。我看着圣人上仰的脸、被箭刺穿的身体，谁给病房挑选如此特别的装饰？那人的心态真是可疑。

挂毯做工很差，是用重重丝线和毛线织成，而且只织出草图最重要的部分。我掀起挂毯，拍动下缘，让炭烟更快从石缝流出。湿冷的空气蹿入房内，很能振奋精神。我望着那盆水凝神回想时隐隐作痛的太阳穴，此时也放松下来。

我身后传来微弱的呻吟，流通的空气惊扰了詹米。所以他并未陷入深度昏迷。

我放下挂毯，拿起熏香台，把一颗鸦片丸固定在尖端，就着一根细长的蜡烛点燃。我把熏香台放在詹米头旁的小桌上，以免自己也吸入那令人虚弱的烟雾。

没有太多时间了。我必须尽快完成准备工作，以免鸦片烟作用太强，让詹米睡得太沉。

我解开睡袍，快速涂上薰衣草和缬草。独特的辛香味很诱人。对我而言，这味道会让人想起用这香水的那个人，以及那人身后的影子。这些影子会召唤出迷乱的影像，投射出我眼前的恐惧和失去的爱情。对詹米来说，必定会让他想起被这味道包覆的那段痛苦与愤怒交织的时间。我把最后一点草药屑迅速搓在两手上，把剩下的一点扔在地上。

我深呼吸，鼓起勇气，拿起那瓶氨水，站在床边好一会儿，俯视那张冒着胡楂、憔悴的脸。他可能只能再活一天，或几小时。

“好，可恶的苏格兰浑蛋，我们就来看看你有多顽强。”我轻声说，抬起他受伤的手放入水中，然后挪开水盆。

我打开瓶子，凑在他鼻前扇风。他闷哼一声，想把头转开，但没张开眼睛。我手指陷入他后脑的发堆里，不让他转头，然后又把瓶子凑到他面前。他慢慢摇头，左右晃动，像一头牛从熟睡中被唤醒，眼睛只睁开一条缝。

“还没完，弗雷泽。”我在他耳边低语，极力装出兰德尔那种辅音清脆的语调。

詹米拱起肩膀呻吟。我抓住他的两只肩膀猛烈摇动。他皮肤好烫，我差点放手。

“醒来，苏格兰浑蛋！我跟你还没完呢！”他开始扭动着要坐起来，无力的尝试让我看着忍不住心疼。他的头仍来回摇动，裂开的双唇一遍遍吐出类似“拜托快点”的声音。

他失去力气，翻向一侧，脸又倒进枕头。房里开始布满鸦片烟雾，我觉得有点晕眩。

我咬紧牙根，一手伸进他屁股中间，抓住一边圆润的弧度。他出声大叫，身体痛苦地翻到旁边缩成一团，紧握两手夹在两腿之间。

我在自己房里花了一小时看着那盆水，唤回记忆。兰德尔和他六代后的曾孙弗兰克，两个截然不同的男人，身上却有那么多惊人的相似之处。

想到弗兰克，他的脸和声音、他的习惯，还有做爱的方式，我就心碎了。从我在那圈石头做出决定的那一刻起，我就试着忘记他，但他一直在那儿，是我内心深处一道模糊的人影。

背叛他让我觉得很不舒服，但我逼自己要保持极度清醒，像吉莉丝示范的那样，专注在蜡烛的火焰上，吸入药草的宁神的气味，让自己冷静下来，然后把他从暗处拉回，看着他脸上的线条，再度感觉他的手的触感，却不哭泣。

暗处还有另一人，有着同样的手和同样的脸。他眼里反射蜡烛的火光，我也把他拉到前面，听着、看着，端详两人的相似和相异之处，构建一个——一个什么东西？幻影、角色、印象、伪装。阴暗的脸庞、呢喃的声音、爱的抚触，我或许可以用这些欺骗那在精神错乱中飘荡的心灵。我终于离开自己的房间，并为女巫吉莉丝·邓肯的灵魂祈祷了几句。

詹米仰躺着，身体因伤口疼痛而微微扭动，眼睛无神地向前瞪着。

我用熟悉的方式爱抚他，像弗兰克那样轻柔地沿着他的肋骨、胸骨摸到背部，也像另外那人肯定会有的动作那样，在他疼痛的瘀青上用力下压。我倾身向前，舌头慢慢绕着他的耳朵，时而轻舔，时而深入，低声说："打我啊！还手，你这下流的恶棍！"

他的肌肉绷紧，咬紧牙关，但仍继续向上望着。那就没办法了。还是得用刀子。我知道这样做会有风险，但我想，由我杀他，总好过坐视他死去。

我拿起桌上的刀，沿着他胸膛上那道刚刚愈合的伤口，坚定地划过。他惊吓地深吸一口气，拱起背脊。我抓起毛巾，快速摩擦那道伤口。在我退缩之前，我逼迫自己用手指摸过他的胸膛，沾一滴血粗鲁地抹在他嘴唇上。还有，这句话我不必自创，我也听过。我朝他弯下身体，低声说："现在，吻我。"

我完全没准备好。他从床上弹起来的时候，把我扔出半个房间之远。我大吃一惊，跌在桌上，巨大的蜡烛跟着摇晃。一道阴影转身冲来，烛芯闪烁一下便熄了。

我重重撞上桌角，不过很快就反应过来，在他朝我扑来时及时躲开。他发出模糊的咆哮，伸出双手朝我扑来。

他移动得又快又猛，超出我的预期，虽然他一直跌跌撞撞。他一度把我困在炭盆和桌子中间，伸手抓我的时候，我可以听见他喉咙粗糙刺耳的喘息。他左手朝我的脸挥来，若是他有平常的力气和反应能力，那一拳就能结束我的生命。不过我躲向一边，他的拳头擦过我的前额，把我推到地面，我一时有点晕头转向。

我从桌子下面爬过去。他急着抓我，却失去了平衡，撞翻炭盆。冒着火光的煤炭在房内的石造地板上四散。他的膝盖重重压碎一块煤炭，他发出怒吼。我从床上抓起枕头，扑灭在床罩上焖烧的火星。我忙着灭火，没注意到他靠近，直到一记重重的拳头敲在我的脑门，把我打趴在地。

我一手抓着床架，想撑着站起，但床翻了过来。我躺在后面躲了一下，努力恢复清醒。我可以听见詹米在昏暗中找我，他呼吸刺耳，夹杂着断断续续的盖尔语咒骂。突然他发现了我，向床扑过来，微弱的光线中能看到他发狂的眼睛。

接下来的事很难描述细节，因为每个动作都重复了好几次，一次次重叠在我的记忆里。詹米发烫的双手似乎只靠近过我脖子一次，而那次就没完没了。其实这发生了十几次。每次我都成功摆脱他的钳制，甩开他，身体再度退缩，在破烂的家具间左闪右躲。然后他又跟上，这个被愤怒从死亡边缘拖回的人，一边咒骂一边啜泣，脚步踉跄地挥舞着拳头。

没了炭盆防风，煤炭很快熄了，房里一片漆黑，挤满了恶魔。余光闪动中，我看见他蹲在墙边，怒气冲冲，满脸涨红，阴茎在下腹的一片毛发中挺立，死白的脸上眼神相当骇人。维京暴汉——他就像北欧那些怪物，突然从龙船上跳到古苏格兰海岸薄雾蒙蒙的海岸上，烧杀劫掠。那些人会用最后的力气去杀戮，会用最后的力气去强暴，并强行在被征服者的肚子里播种。小小的熏香台没有光，但是鸦片令人晕眩的味道堵在我肺里。煤炭虽然熄了，我在黑暗中还是看得到光，七彩的光芒在我的视线边缘飘浮。

移动越来越难，我觉得自己像是在及膝的水中行走，一条大鱼在后面追赶。我抬高膝盖，迟缓地奔跑，感觉水都溅到了脸上。

我摇摇头，挥去这个梦，却发现脸上和手上确实湿了。但那不是眼泪，而是血，还有汗，是我在黑暗中和这个可怕家伙扭打溅出的血汗。

汗。有些事跟汗有关，我必须想起来，却想不起来。一只手握紧我的上臂，我抽开手，一层湿滑的薄膜留在我皮肤上。

一圈圈绕着桑树丛，猴子追着黄鼠狼。但事情不太对，是黄鼠狼追我，黄鼠狼的尖锐白牙刺进我的前臂。我挥拳打他，牙齿松开了，但爪子……一圈圈绕着桑树丛……

怪物把我逼向墙边，我能感受到头的后面就是石头，紧握的手指下面也是石头，一个像石头一样硬的身体用力压着我，膝盖在我的膝盖之间，石头和骨头，在我中间……两腿中间，还有像石头一样硬的……啊。那是生命坚硬中的柔软，热烫中愉悦的清凉，悲痛中的安慰……

我们相互拥抱，跌到地上，翻了好几圈，缠在掉落的挂毯之中，窗户流进的冷空气涌了上来。疯狂的薄雾开始散去。

我们撞到一些家具，但两人都躺着没动。詹米的双手扣住我的乳房，指头深深陷进肉里。我感觉有液体滴到我脸上，是汗水还是泪水，我不知道，于是我睁开眼。詹米正俯视我，月光下面无表情，双眼圆睁，却没有聚焦。他双手松开，一根指头温柔地滑过我的胸部曲线，从斜坡到顶端来来回回。他移动手，罩住乳房，指头张开像海星一样，跟吮奶的孩子一样轻柔。

“妈妈？”他说。我后颈的寒毛竖起。那是年轻男孩高亢清纯的声音。“妈妈？”

我们沐浴在冷空气中，漂流的雪花卷走有害健康的烟雾。我向上伸出一只手，覆着他冰冷的脸颊。

“詹米，来吧，躺下来吧。”我的声音从受伤的喉咙轻轻传出，他颤抖着，卸下武装，我紧紧抱着他庞大的身体，他啜泣的力气震动着我们两人。

＊＊＊

真是幸运，早上发现我们的是镇定的威廉修士。我听到开门声时还迷迷糊糊，可是一听见他体贴地清清喉咙，用约克郡拖长的语调说“两位早安”时，我便立刻清醒过来。

詹米的身体重重压在我胸前。他的头发已经干掉，一束束青铜色的发束在我胸前旋绕，像中国菊的花瓣。他温暖的脸颊贴着我的胸骨，因为流过汗而有点黏腻，但我可以摸到他的后背和手臂，那就像我的大腿一样，因为冬日空气的吹拂而冷却了下来。

日光从没有遮掩的窗户照进屋内，我虽然对昨晚造成的毁损略有所觉，但此时才看见全貌。碎裂的家具和陶器四散，那对巨型蜡烛像木头一样倒在地上，四周缠绕着撕裂的帘子和散乱的床罩。我背后压着的东西让我很痛，从陷入肉里的痕迹判断，我想这人形针垫一定是圣塞巴斯蒂安的那幅织工拙劣的挂毯。若真是如此，修道院的损失还不算太大。

威廉修士在门口一动不动地站着，水壶和脸盆拿在手上。他很精准地把眼神固定在詹米左边的眉毛上，问道："今天早上觉得如何？"

好长一段沉默，詹米在这段时间内体贴地保持不动，遮住我身体的大部分。最后，获准可以露出身体的这人发出粗哑的声音："很饿。"

"噢，好，我去告诉约瑟夫修士。"威廉修士仍紧紧盯着他的眉毛，然后门在他身后无声合上。

"还好你没动，否则我们就多了一道罪：把不洁的思想带给威廉修士。"我说。

他深邃的蓝眼向下盯着我。"是啊，嗯。"他明智地说，"看见我的屁股，以现在的状况来说，不至于破坏别人的圣秩圣事。而你的……"他停顿一下，清清喉咙。

"我的怎样？"我质问。

他的头缓缓低下，在我肩上留下一吻："你的嘛，主教都会被你害死。"

"嗯哼。"我觉得自己越来越会发出苏格兰人的一些声音，"那就这样吧，你现在该移动了。我想即便是威廉修士，也很难一直表现得那么得体。"

詹米低头小心靠在我旁边，把头放在一层挂毯上，侧眼看我："我不知道昨晚的事有多少是做梦，有多少是真的。"他的手无意识地摸着胸前那道伤口，"但若有一半是真的，那我现在应该早就死了。"

"但你没死。我看过了。"我有点迟疑地问，"你想死吗？"

他缓缓露出微笑，半闭着眼睛："不，外乡人，我不想死。"他的脸很憔悴，虽然蒙上虚弱和疲惫的阴影，不过很平静，嘴角的线条平滑，蓝眼清澈有神。"但不论我想不想，都差一点死了。现在我之所以还没踏上死亡之路，我想唯一的原因是我很饿。如果我已经踏上，就不会饿了，是吧？那样似乎很浪费。"他一边的眼睛已经完全闭上，但另一边却仍半睁着，用逗弄的表情盯着我的脸。

"你站不起来吗？"

他陷入沉思："我的力气大概还可以让我再把头抬起来一次。但是站起来？没有办法。"

我叹口气，扭动着从他身体下面挣脱，把床扶正，努力撑着他的身体站好。他只成功站了几秒钟，就眼睛一翻，倒在床上。我急忙在他的脖子上摸索，在喉咙底部有三个角的那道疤下面，找到缓慢而有力的脉搏。他只是累坏了。一个月的狱中生活和一周来身体心理的极度紧张、饥饿、受伤、呕吐及高烧，这副身体再健壮，也终于耗尽体力。

"狮子心，公牛头，可惜你没有犀牛皮。"我摇摇头，摸着他肩上一道还流着血的鞭痕。

他张开眼："什么是犀牛？"

"我以为你昏过去了！"

“我刚刚是昏过去了。现在也还是。我的头晕得跟陀螺一样。”

我把一条毯子拉到他身上：“你现在需要的是食物和休息。”

“你现在需要的是，衣服。”他又闭上眼，立刻沉入梦乡。

第十七章　解罪

我不记得自己爬上了床，但我一定这样做了，因为我醒来时在床上。安塞姆正坐在窗边读书。

我从床上弹起。

“詹米？”我沙哑地说。

“正睡着。”他把书放到一边，看一眼桌上的蜡烛钟，“跟你一样。过去这三十六个小时，你都和天使在一起。”他从陶瓶中倒出一杯酒，凑到我嘴边。我以前曾认为，没刷牙就在床上喝酒最能代表一个人的堕落，但在修道院，有身披教袍的方济会修士为伴，这个行为似乎不那么堕落了。而且，这杯酒确实把我口中的黏腻感一扫而空。

我把脚放到床下，摇摇晃晃坐了起来。安塞姆抓住我的手臂，扶我靠回枕头。突然间，他看起来像是有四只眼睛，还多了一些绝用不上的鼻子和嘴巴。

“我有点晕。”我闭上眼睛，再睁开一只眼。好多了。至少他人只有一个，只是轮廓有点模糊。

安塞姆关切地弯下身来：“要我去找安布罗斯修士或波利多尔修士吗，夫人？很不幸，我不太懂医药。”

“不用，什么也不需要。我只是坐得太急了。”我又试着坐起来，动作慢很多。这次房间和房内的物品都保持静止。我开始感觉身上有多处瘀青和伤口，刚才因为晕眩而未察觉。我想清喉咙，却发现喉咙很痛。我露出扭曲的痛苦表情。

“真的，亲爱的，或许……”安塞姆迟疑地停在门口，准备出去求援。他看起来很惊慌。我伸出手，想拿起桌上的镜子，接着又改变主意。我还没准备好见人，于是改拿酒瓶。

安塞姆慢慢走回房里，站着望向我，直到确定我不会昏倒，才又坐下。我慢慢啜着酒，意识逐渐清醒，努力挥去鸦片幻梦的余威。所以，我们最终都活下来了。两个人都活下来了。

我的梦很混乱，充斥着暴力和鲜血。我一再梦见詹米已死，或者垂死。然后，雾里隐约有道人影，是雪地上的那名少年，他惊愕的圆脸叠上詹米憔悴瘀青的脸。我觉得仿佛整晚都处于杀戮中，每块肌肉都萎靡无力。

安塞姆还在，很耐心地看着我，双手放在膝上。

“有件事您可以帮我，神父。”我说。

他立刻起身，很想帮忙的样子，伸手去拿酒壶：“当然可以。再喝点酒？”

我虚弱地微笑：“好，不过等一下。现在，我希望您能听我告解。”

他愣了一下，但随即恢复专业的沉着，就像重新披上教袍。“亲爱的夫人，若你希望这样，当然可以。不过，杰拉德神父不是比较合适吗？大家都知道他在这方面很出色，而我……”他像标准高卢人那样耸耸肩，“当然，我可以听人告解，不过其实我很少听，我只是卑微的学者。”

“我想对您告解，而且我现在就要说。”我坚定地说道。他屈服地叹口气，取来圣带。他把圣带绕过后颈，让紫色的丝带平直垂下，在黑色教服的前身闪烁着光泽。他在凳子上坐下，对我按手祝福后，然后向后坐着等待。

于是我说了。所有事。我是什么人，怎么来到这里。弗兰克的事，詹米的事，还有死在雪地上的那名年少的英国龙骑兵，那张长着雀斑的苍白脸庞。

我说话的时候，他表情一直不变，只是褐色圆眼睁得更圆了。我一说完，他眨眨眼睛，张开嘴，欲言又止，摇摇头，像是要让头脑清醒一点。

“不。”我耐心道，再次清清喉咙，声音跟牛蛙一样嘶哑，“你不曾接受告解，也不曾想象这件事。现在你知道我为何要以告解的形式，告诉你这些事了吧？”

他点点头，有些心不在焉。“没错。没错，这是一定的。假如……没事。当然，你希望我守口如瓶。还有，既然你是在告解，你也希望我一定要相信。不过……”他搔搔头，然后抬头看我，脸上慢慢展露出热切的笑容，“不过，这真是不可思议！非比寻常，难以想象！”他轻声惊叹。

“我不会用‘非比寻常’来形容。”我冷冷地说，“不过‘难以想象’倒很贴切。”我咳了几声，伸手拿酒。

“不过，这真是……奇迹。”他更像是在自言自语。

“如果您坚持这么说。”我叹了口气，“不过，我想知道的是，我该做什么？我有杀人罪吗？还有，在这种情况下，我有通奸罪吗？我不是想要弥补，但我真的想知道。再者，既然我在这儿，我该怎么做？我可以……我是指，我应该运用我所知……去改变事情吗？我甚至不知道是不是有可能改变。不过若是可以改变，我有权这么做吗？”

他向后靠着沉思，慢慢举起两根食指，指尖对着指尖，盯着手指好久。终于，他摇摇头，对我微笑：“亲爱的朋友，我不知道。请你体谅，这并不是神父会在告解室面对的情况。我必须思考，然后祈祷。没错，一定要祈祷。今晚我在圣体前轮值时，会好好思考你的事。或许明天可以给你建议。”

他温柔地示意我跪下来：“不过现在，我的孩子，我会为你解罪。不论你有什么罪，只要有信仰，都会被原谅。”

他举起一只手祝福，另一只手放我头上：“我宽恕你，奉圣父、圣子及圣灵之名。”

他起身，扶我站起来。

“谢谢神父。”我说。我身为非教徒，却只是因为想要他认真听我吐露心事便向他告解，甚至有些意外地在告解后感到如释重负，或许那只是因为我把真相说出来了吧。

他挥手表示不用客气：“我明天再来见你，亲爱的夫人。现在，可以的话，你应该多休息。”

他朝门走去，把圣带折成整齐的方形，在门口停了下来，转身对我微笑，眼睛像兴奋的孩童那样亮了起来：“或许明天……你可以……告诉我那是什么样子？”

我也对他微笑：“好的，神父。我会告诉您。”

他离开后，我步履蹒跚地去看詹米。我见过的尸体中，有许多看起来都没有他糟，不过他的胸膛起伏规律，不祥的青色也已从他身上褪去。

“我每隔一小时都将他叫醒，他咽几口粥就睡着了。”罗杰修士在我旁边轻声说。他把视线移到我身上，看到我的样子后吓了一跳。我应该先把头发梳好。“呃，你要不要……也喝点粥？”

“不用，谢谢。我想……或许我还是再睡一会儿好了。”我不再觉得被愧疚和沮丧压得喘不过气，但沉重的困意和满足在我四肢上逐渐散开。可能是因为告解，也可能是因为酒，我惊讶地发现自己好想回床上昏睡。

我倾身向前触碰詹米。他很温暖，但没有发烧迹象。我温柔地抚上他的头，抚平他凌乱的红发。他的嘴角微微牵动，然后又不动了。但他的嘴角变成上扬的弧度。我很确定。

＊＊＊

天气又冷又湿，灰白的地平线与山丘上的雾气及上周的脏污积雪融为一体，修道院仿佛被包入一颗肮脏的棉球。即便是在修道院里，冬日的寂静也沉沉压着每个人。礼拜堂早晚祷的唱诵声变低了，厚重的石墙似乎吸掉了所有声音，匆忙的日常活动也平静下来。

詹米睡了近两天，清醒时也只能吃点粥、喝些酒。但他一醒来，便以一般健康年轻男子的速度复原，只是他也失去原本习以为常的体力和独立。换句话说，他几乎二十四小时受到密切关照，因此变得任性烦躁，脾气非常差。

他肩上的伤很痛，腿上的疤很痒，也忍受不了再趴在床上。房里太热。他的手也很疼。炭盆的烟熏得眼睛无法阅读。粥、奶酒和牛奶让他厌倦。他想吃肉。

我看出这是好转的征兆，十分高兴，但也决定不再纵容他。我打开窗户，换掉床单，在他背上涂金盏花药膏，腿上擦芦荟汁，然后唤来帮忙的教友，请他取来更多粥。

“我不要再喝水！我要食物！”他烦躁地推开托盘，粥溅到碗下方的餐巾上。

我双臂叠在胸前，向下盯着他，他也以不驯的蓝眼回瞪着。瘦得像条木板，薄薄的皮肤下绷出下巴和颧骨的明显线条，虽然痊愈得很快，胃里纤弱的神经却需要更多的时间来复原。他不能一直拒食牛奶和粥。

“我说你可以进食的时候，你才可以进食，我没说之前不可以。”

“我现在就要！别以为你可以管我吃什么！”

“没错，我可以！你大概忘了，现在我是医生。”

他把脚甩到床下，显然想要起来走路。我一手放在他胸膛上，把他推回去。“你的任务就是待在床上，这辈子至少听这一次话。你还不能下床，也不能吃固态食物。罗杰修士说你今天早上又吐了。”我怒气冲冲。

“罗杰修士管他自己就好，你也一样。”他咬着牙，挣扎起身，伸出手，抓到桌子边缘。他用很大力气挺直身体，站得摇摇欲坠。

“回床上去！你要跌倒了！”

他脸色极度苍白，即使只用这么一点力气站着，都冒出了冷汗。“我不要，就算要回到床上，也是我想回才回。”

这次我真的被激怒了。“哦，是吗？你以为是谁救回你的命？是你自己吗，是吗？”我抓住他的手臂，要把他带回到床上，但他把手抽开。

“我没请你这么做，不是吗？我叫你别管我，不是吗？而且我根本不明白你为什么要救我，如果把我救活只是要让我饿死，又何必那么大费周章，除非你觉得看我饿死很开心！”

实在太过分了。“白眼狼！”

“泼妇！”

我挺直身，威吓地指着床铺，用多年照护养成的权威，对他说：“马上回去躺好，你这又倔又蠢的……”

“苏格兰人。”他简洁有力地帮我说完，然后往门口走了一步，差点跌倒，幸好他扶住了凳子。他重重跌坐在凳子上，身体摇晃不定，眼神因晕眩而有点失焦。

我握住拳头怒视他：“好，非常好！我就请人拿面包和肉来，等你吐到地上，你就自己趴在地上清理！我不清理，若罗杰修士帮你清理，我就剥他的皮！”

我冲向走廊，把门摔上，瓷脸盆在门的另一边碎掉。我转身看见几个兴致勃勃的观众站在走廊上，显然是被吵闹声吸引过来的。罗杰修士和默塔并肩站在一起，瞪着我涨红的脸和起伏的胸部。罗杰一脸不知所措，而默塔在听到门后传来的盖尔语脏话后，凹凸不平的脸上慢慢露出了笑容。

“所以，他好多了。”他满意地说。

我靠向走廊的墙，感觉脸上也慢慢露出回应的笑容：“嗯，没错，他好多了。”

* * *

这天我在药草园待了整个早上，回主建筑的路上走到图书馆附近，见到安塞姆自回廊迎面而来。他一见到我便面露喜色，快步走到庭院和我会合。我们一起在修道院内边走边谈。

“可以确定的是，你碰到的问题很有趣。”他从墙边的灌木上折下一根树枝，仔细审视抵抗寒风的嫩芽，然后把树枝丢到一边，抬头仰望天空。微弱的阳光正从薄薄的云层中透出。“天气暖了些，不过离春天还很远。”他说出他的观察，“不过，鲤鱼今天应该会活蹦乱跳……我们到鱼池边瞧瞧。”

鱼池跟我的想象差距很大，完全不是精雕细琢的，仅仅是一座石砌的实用水槽，随意建在厨房附近。鱼池里满是鲤鱼，当天气严寒不宜出海捕鱼，常吃的鳕鱼、鲱鱼和比目鱼缺货时，便能用这些鱼供应星期五和守斋日的餐点。

安塞姆说得没错，鲤鱼确实活蹦乱跳，肥美的流线型身体彼此挨着游动，白色鱼鳞反射出天空的云朵，游动时偶尔会激起小小波浪，把水花溅出它们的石牢。我们的影子笼罩水面时，鲤鱼全转过来朝向我们，就像罗盘的指针转向北方。

“它们看到人，就会期待食物。”安塞姆解释道，“实在不该让它们失望。亲爱的夫人，等我一下。”

他冲进厨房，很快拿来两条干面包。我们站在鱼池边，剥着面包屑，丢向那些永远喂不饱的嘴巴。

“你知道吗，你这特殊的情况有两个方面。”安塞姆边说，边专心剥着面包。他往旁边看我一眼，脸上突然露出一抹微笑，惊奇地摇摇头。“你知道，我还是很难相信。这太神奇了！说真的，上帝对我很慷慨，让我知道这些事。”

“嗯，那很好，但我不知道他对我是不是也如此慷慨。”我语气有点冷淡。

“会吗？我觉得他对你很慷慨。”安塞姆蹲了下来，手指撕着面包，“真的，这情况至今没给你带来什么不便……”

“要这么说也可以。”我咕哝着。

“但这也可以视为圣恩的标记。”他没理会我的插话，继续说着，褐色眼睛审视地看着我，“我在圣体前跪下，祈求指引，而当我坐在宁静的礼拜堂里，我似乎把你当成遇到船难的旅人。在我看来，你目前的处境就像船难，不是吗，夫人？一个灵魂，突然被丢到陌生的国度，失去朋友，离开了熟悉的环境，除了这块新土地上的东西，没有其他依靠。这种事是灾难，却也可能带来绝佳的机会和恩典，真的。或许新土地物资丰饶，可以结交新的朋友，也可以开始新的生活。”

“没错，可是……”

“所以……”他权威地说，伸出一根指头制止我，“如果你被剥夺了之前的生活，或许只是因为上帝认为应当赐予你另一种生活，更丰富更满足的生活。”

“噢，是很满足，好吧。可是……”

“现在，站在教会法规的立场，你的婚姻并不难处理。两个都是有效婚姻，教会都承认是神圣的。而且严格说来，你和里面那位年轻骑士的婚姻，比和兰德尔先生的婚姻还要早。”他皱眉说道。

“是的，‘严格说来’是如此。”我终于可以说完我的话，“但在我的时代就说不通了。我不认为教会法规在创立的时候，考虑过这种意外情况。”

安塞姆笑了，胡子在微风中颤抖。“非常正确，亲爱的，非常正确。我的意思是，从严格的法律角度来说，你和这两个男人所做的事，在道德和法律上都无罪。我刚刚说过，你这情况有两个方面：你做了什么，还有你要做什么。”他伸出一只手，用力把我拉下来坐在他旁边，于是我们的视线便平行了。

“这是我听你告解时，你问我的问题，不是吗？你做了什么？还有，你应该做什么？”

“是的，没错。而你刚刚告诉我，我没有做错事？可是我……”

我觉得他几乎和杜格尔一样爱打断别人。“不，你没有。”他坚定地说，“人的行为即便恪守上帝律法和自己的良知，还是可能遭遇困难和悲剧，这点你该明白。令人痛苦的是，我们仍然不知道上帝为何容许邪恶存在，但我们知道这是事实，因为他在《圣经》里说了，‘我创造善良，我也创造邪恶。’结果，即使是好人，有时……我想，好人尤其如此。”他沉吟着补充：“好人的生命也会碰上重大疑惑和困境，例如那名你不得不杀的少年。不……”他伸出一只手阻止我插嘴，“你没做错。在那种紧急情况下，你不得不杀他。就连教诲我们生命有多么神圣的圣母教会，也承认人有自卫和保护家人的需求。而看了你先生之前的模样……”他回望客房一眼，“我不怀疑你确实是被迫走上暴力一途的。如此一来，你就没有理由自责。确实，你对这个行为感到愧疚和后悔，因为，夫人，你是同情心和情感丰沛的人。”

他轻拍我放在屈起双膝上的手：“有时候，我们最好的行动也会造成最令人遗憾的结果。但当时你却不可能不那么做。我们不知道上帝对那名少年有何计划，或许他是要少年在那时候到天堂和他相聚。但你不是上帝，你不能要求自己那么多。”

一阵冷风吹过，我打了个冷战，把围巾拉紧。安塞姆见了，便指向鱼池：“夫人，水是暖的。你要不要把脚泡进去？”

“暖的？”我不敢置信，瞪大眼睛看着水面。先前我没注意，但水槽四周不像教堂外的圣水池，里面没有任何碎冰，石砌的缝隙间还探出小小的绿色植物，在水中漂浮着。

安塞姆带头脱掉皮拖鞋。他的脸和声音虽然都透着教养，却有着诺曼底农夫宽大厚实的手脚。他把袍服拉到膝上，一脚探入池中。鲤鱼迅速散开，但几乎立刻就转身好奇地嗅闻新来的侵入者。

“它们不会咬人吧？”我问，怀疑地看着一大群贪婪的嘴。

“不，它们不吃人肉，而且也没牙齿。”他向我保证。

我脱掉拖鞋，小心翼翼把脚伸入水中。很惊讶，水温很舒服，不热，但在湿冷空气的对比下显得十分怡人。“噢，真舒服！”我愉快地扭动脚趾，在鱼群间掀起巨大惊慌。

“修道院附近有好几处温泉，从地底冒出的热水极具疗效。”他指着水槽遥远的另一端，我看见那里的岩缝有道小小的开口，在漂浮的水生植物后方若隐若现。

“少量温泉水从最近的温泉抽到这里，这样厨子才能四季都端出新鲜的鱼。一般来说，鱼在冬日很难存活。”

我们在水中摇晃双脚，好一阵子沉默不语。鲤鱼重重的身体游过时，偶尔会撞到我们的腿，那撞击出乎意料地沉重。太阳再度出来，阳光包围我们，虽然微弱，却可以感到一阵温暖。

安塞姆闭上眼睛，让阳光洒在脸上，再次开口：“你的第一任丈夫，名叫弗兰克是吗？我想，很遗憾，他也是你必须交托给上帝的事，你无法做什么。”

“但我原本可以做些什么，我本来可以回去……有可能回去。”我争辩道。

他睁开一只眼，怀疑地看着我：“没错，‘可能’，也有可能不能。你得冒生命危险，所以，不必苛责自己的迟疑。”

“不是因为冒险。”我说，拇指弹向一尾黑白斑点的大鱼，“或者说，不完全是因为冒险。而是……嗯，部分是因为恐惧，但主要是因为我……我放不下詹米。”我无助地耸肩，“我……就是放不下。”

安塞姆微笑，睁开双眼：“美好的婚姻是上帝最珍贵的礼物，如果你有眼光，认出并接受这项礼物，就不应自责。至于……”他把头撇向一边，像一只褐色的麻雀，“你离开本来的地方已经将近一年。你的第一任丈夫一定已经开始接受失去你的事实。即便他再怎么爱你，失去是每个人都会遇到的事，为了自己好，我们有很多克服失落的方法。或许，他会开始新的生活。你若是丢下这么需要你而你又这么爱的人，回到那个和你共结神圣婚姻的人身边，突然中止这边的新生活，又有什么好处？尤其是，假如你只是因为责任感而回去，却把心遗落在别的地方……不行。”他肯定地摇摇头。

“一臣不事二君，一女不事二夫。现在，若那一个是你唯一有效的婚姻，而这一个……”他头朝客房的方向一点，“仅仅是不正常的关系，那么，你的责任可能就不在这里。但你和他的结合是出于上帝的意旨，我认为你应该尊重对这位骑士的责任。现在，另一个方面，你该怎么做，这就得讨论了。”他把脚从水中抽出，用袍服的裙摆擦干，“我们去修道院的厨房继续讨论吧，欧洛吉斯修士或许会愿意提供饮料给我们暖暖身子。”

我看见地上有一小块掉落的面包，便捡起丢进鲤鱼池，蹲下来穿上拖鞋。

“把这些事说出来真是如释重负，但我还不太能接受，您竟然真的相信我说的话。”

他耸耸肩，体贴地伸出手臂让我扶着，等我把脚背套进拖鞋粗糙的鞋带里。

“亲爱的，我服侍的那个人，曾让面包和鱼越变越多。”他微笑，头朝鱼池一点，鱼池里鲤鱼争食激起的旋涡正逐渐平息，“他曾经治疗病患，使死者复活。所以永恒的主带着一个年轻女子穿越石群来执行他的意旨，我又有什么好惊讶的？”

嗯，我思考着，这比被谴责为巴比伦淫妇好多了。

修道院的厨房很温暖，像洞穴，拱顶被几世纪的油烟熏得发黑。欧洛吉斯修士的下臂陷在面团桶里，他点头向安塞姆示意后，用法语呼唤一名平信徒来招呼我们。我们在忙乱中找到位子坐下，手上拿着两杯麦芽酒和一盘馅饼。

我心事重重，无心进食，便把盘子推向安塞姆。“这么说吧，若我知道一群人就要受到伤害，我是不是有必要试着阻止？”我字斟句酌地问。

安塞姆一边沉思，一边用袖子擦着鼻子，厨房的温度让他开始流鼻水。“基本上来说，是的，但也要视许多其他事而定。这样做会不会危害你自己，你是否还负有其他义务？以及，你成功的概率有多大？”

“以上这几件事，我全一无所知。除了义务，当然……我的意思是，还有詹米。但他也是可能受到伤害的人之一。”

他撕下一块馅饼递给我，馅饼还冒着热气。我没拿，继续看着手上那杯麦酒。“我杀的那两人，可能未来都会有小孩，如果我没杀他们。他们本来可以……”我拿着杯子摆出无助的手势，“谁知道他们本来可以做些什么？我可能已经影响了未来……不，我已经影响了未来，而我不知道那会变成什么样子，所以才这么害怕。”

“嗯。”安塞姆体贴地出声回应，然后对一个经过的平信徒挥手示意，那人赶紧拿来一块热腾腾的馅饼和更多麦芽酒。他斟满两个杯子后才开口说话：“虽说你剥夺了生命，但你也保存了生命。你治疗的病人中，有多少人如果不是你插手，可能早就死了？他们也会影响未来。你救活的人当中，若有人将来犯下滔天大罪，那也是你的错吗？你应该顾忌这一点而放手让那人死去吗？当然不。”他的白镴杯在桌上重重一击，表示强调。

“你说，你在这里不敢采取任何行动，怕会影响未来。夫人，这不合逻辑。每个人的行动都会影响未来。即使你留在原本的时空，你的行动对未来的影响也不会比现在小。也就是说，你还是必须负起同样的责任，任何时空的任何人都是如此。唯一的差异是，你在这样的处境中，可能更能够看清你的行动会有何影响，然而同样地，你也可能无法看清。”他摇摇头，目光平视桌面。

“上帝会向我们隐瞒他的行事，这无疑是出于很好的理由。你说得没错，亲爱的，教会法规在制定时，并未考虑到你这种情况。因此，除了你自己的良知和上帝的手，你可以得到的指引很少。我无法告诉你该做什么，或者不该做什么。

“你有选择的自由，世上其他人也都有选择的自由。而历史，我相信，就是选择累积起来的结果。有些人被上帝选中去影响许多人的命运，或许你就是其中之一，或许你不是。我不知道你为何在这里，你也不知道。很有可能我们两人永远都不会知道。有时连我都不知道自己为何在这里！”他调皮地翻翻白眼。

我笑了出来，他微笑回应，倾身向前，靠着桌子粗糙的木板望着我，表情热切。“你拥有的未来的知识是个工具，以你的情况来说，就像船难幸存者发现手上有把刀子或钓鱼线。运用这些知识不会不道德，只要你运用的时候，尽力按照上帝律法的指令去做。”

他停顿一下，深吸，然后突然大叹一口气，吹乱了柔顺的胡子。他微笑着说：“至于这件事，亲爱的夫人，我能告诉你的，就跟其他向我寻求建议的迷惑灵魂一样，那就是，相信上帝，祈求指引。”

他把热腾腾的馅饼塞给我。

“不过，无论你要做什么，都得有力气。所以听进我最后的建议，有疑惑的时候，吃吧。”

* * *

那晚当我回到詹米房间时，他已经入睡，头枕在手臂上。粥碗已空，好好地摆在托盘上。大浅盘中，面包和肉完好如初。我的目光从那张无辜的睡脸移到盘子上，又看回那张脸。我摸了一下面包，手指在湿润的表面留下浅浅的凹痕。还是新鲜的。

我让他继续睡，在食品室找到罗杰修士。

“他吃了面包和肉吗？”我单刀直入。

罗杰修士毛茸茸的胡子下露出微笑：“吃了。”

“没吐出来？”

“吐了。”

我眯着眼看他：“你没帮他清理吧？”

他被逗笑了，胡子上方的脸颊红了起来：“我哪里敢，没有，他吃之前准备了一个脸盆，以防万一。”

“可恶，这狡猾的苏格兰人。”我说，但还是笑了。我回到他房里，在他额上轻轻一吻。他动了一下，但没醒来。我听从安塞姆神父的建议，把大浅盘端回自己房间，上面的新鲜面包和肉就是我的晚餐。

* * *

为了给詹米一点时间从怒气和消化不良中复原，隔天大部分时间我都待在自己房间，读安布罗斯修士借我的一本药草书。午餐过后，我前去查看倔强的病人。然而我没看见詹米，只看见了默塔。他正坐在凳子上，背倚着墙，一脸迷惑。

“他在哪里？”我茫然环顾房内。

默塔拇指朝窗户的方向一挥。天气湿冷阴暗，灯还亮着，窗户没关，寒冷的空气流入屋内，吹得小小火焰在烛台上摇摇晃晃。

“他出去了？”我不敢置信，“去哪里？为什么？他身上穿的是什么？”过去几天，詹米几乎没穿什么衣服，因为房里很温暖，而且任何东西压在他复原的伤口上都会带来疼痛。他走动时会穿上修士的外袍，罗杰修士会在一旁协助他，但那件外袍还在，整齐地叠在床脚。

默塔把凳子向前一摇，严肃地看着我。“共有几个问题，四个？”他举起一只手，伸出食指：“第一题，对，他出去了。”伸出中指：“第二题，去哪里？我若是知道就好了。”伸出无名指：“第三题，为什么？他说他不想再被关在屋里。”迅速晃出小指：“第四题，还是我若是知道就好了。我最后看到他的时候，他什么也没穿。”

默塔缩回四根指头，伸出拇指：“这题你没问，不过他出去差不多一小时了。”

我怒了，一时不知道该做什么。既然惹怒我的人不在现场，我就把怒气发泄在默塔身上："你不知道外面都快上冻了吗？而且就要下雪了。你为什么没阻止他？还有，你说他什么也没穿是什么意思？"

瘦小的亲戚非常平静："是的，我知道。他既然没瞎，我想他也知道。至于阻止他，我试过了。"他把头朝床上的外袍一点，"当他说要出去的时候，我告诉他这不妥当，而且，要是我让他走了，你一定会要我的命。我抓住他的衣服，挡在门口，跟他说他不能走，除非他可以过我这关。"

默塔顿一下，接着说出一句不相干的话："艾伦·麦肯锡有我看过的最甜美的笑容，让人一看骨头都酥了。"

"所以你就把她的呆儿子放出去冻死，他母亲的笑容跟这有什么关系？"我不耐烦地问。

他摩挲着鼻子沉思："这个嘛，我说不让他过的时候，他盯着我好一会儿，接着露出笑容，跟他母亲一模一样，然后就什么也没穿，光溜溜地从窗户钻出去。等我冲到窗户旁边，他已经不见了。"

我翻了翻白眼。

"我想，应该让你知道他不见了，不然你会担心。"

"不然我会担心！"我朝马厩走去的时候，低声咕哝着，"等我追上他，他最好也在担心！"

那里只有一条路通往内陆。我沿着那条路策马奔驰，一边留意沿途的田野。这一带是肥沃的农业区，所幸森林大部分都已经铲平，狼和熊不像在更深的内陆那么危险。

我才出修道院大门不到一英里，就看见他坐在路边一块古罗马里程碑上。

他光着脚，身上倒是罩着短上衣和薄裤，从上面的脏污看来，应该是马夫的衣服。

我勒马停下，盯着他好一会儿，身体向前靠着马鞍环。“你的鼻子发青了，”我下了评断，目光下移，“脚也一样。”

他露出笑容，用手背擦着鼻子：“我的两颗小球也一样。你要帮我暖一下吗？”虽然很冷，但他显然心情很好。

我滑下马背，站在他面前，摇摇头。“完全没用，是吗？”我问。

“什么没用？”他一手在破烂的裤子上摩擦。

“生你的气。你一点也不在意让自己染上肺炎，或被熊吃掉，还是让我担心得半死，是吧？”

“嗯，我不太怕熊。你知道的，它们都在冬眠。”

我脾气来了，一手挥过去，想甩他脸。他轻轻松松抓住我的手腕，朝我笑着。经过一阵无用的挣扎，我放弃了，也笑了出来：“那现在要回去了吗？你还想证明什么吗？”

他下巴朝回去的路一指：“把马牵到那棵大橡树下等我。我想走一段路。一个人。”

我抿紧嘴，压下许多几乎冲口而出的评断，爬上马背。到了橡树那儿，我下马，盯着路那头。但是过了一会儿，我就觉得无法忍受看着他费力前进。他第一次跌倒的时候，我戴着手套的手握紧缰绳，下定决心，转过身去等他。

我们几乎回不了客房，但还是做到了。在走廊上，他的手搭着我的肩膀，靠着我的身体，一跛一跛地前进。我看到罗杰修士焦虑地在走廊里徘徊，便请他取来暖脚炉，我则带着这个沉重的负担走进房间，把他丢在床上。他撞上床板，咕咚一声，但躺着没动，双眼紧闭，我接着剥下他那身肮脏的衣服。

“好了，进去。”

他听话地钻进我递给他的被子。我迅速把暖脚炉伸进被子里前后推动，等我一抽出，他便向下伸直长腿，放松身体，在脚碰到那团温暖时发出满足的轻叹。

我在房里静静走动，捡起散在地上的衣服，整理桌上杂乱的物品，在炭盆里添煤块，加进一点土木香。

我以为他睡着了，所以当他在我身后开口时，我吓了一跳。“克莱尔。”

“怎么了？”

“我爱你。”

“噢。我也爱你。”我有点意外，却也很高兴。

他叹一口气，半睁开眼：“兰德尔。到了最后。这就是他想要的结果。”

这话让我更惊讶，我小心地回应：“哦？”

“没错。”他盯着打开的窗户看，窗外布满下雪的云层，一片均匀的深灰色。

“我躺在地上，他躺在我身旁。那时他也没穿衣服，我们两人身上都是血迹，还有其他污渍。我记得我试着抬头，却感觉我的脸被干涸的血黏在石板上。”他皱眉，努力回想的时候，眼里有种漠然，“那时我已经超过了忍耐极限，连疼痛都感觉不到。我只是非常累，一切看起来都很遥远，很不真实。”

“那正好。”我说，语气有点粗。

他笑了一下：“是啊，那正好。我有点恍惚，应该是有点昏迷了，所以我不知道我们躺了多久，但我醒来的时候，发现他趴在我身上，握着我……”他迟疑着，似乎觉得接下来的部分很难启齿。

“我开始反抗他。我好累，而且我觉得再也无法忍受……反正，我开始扭动，也不是真的反抗，就只是想抽开身体。他两只手环着我的脖子，拉住我，把脸埋在我胸前，我可以感到他的哭泣。刚开始我完全听不懂他在说什么，然后我听懂了，他说‘我爱你，我爱你’，反复说，眼泪和唾液都流到我胸前。”詹米抖了一下，不知是因为冷，还是因为回想这些事。

他吐出一口长气，吹散冉冉飘向天花板的一圈烟。“我不明白自己为何那样，但我的手臂抱住他，然后我们静静躺了一会儿。终于，他不哭了，开始亲我，摸我。接着他轻轻对我说‘跟我说，你爱我’。”他停顿，微微笑着。

“我做不到。不知道为什么，那个时候，即使他要我趴在地上舔他的靴子，叫他苏格兰王，我都会做，但那件事我就是做不到。我甚至不记得自己有没有思考过，我就是……做不到。”他叹口气，完好的手抽动了一下，抓紧被子。

“他又上了我一次……很用力。然后他一直说，‘跟我说你爱我，亚历山大，说你爱我’。”

“他叫你亚历山大？”我忍不住插嘴。

“对。我记得自己也怀疑他怎么会知道我的中间名，但我倒是没想到，即便他知道，又为何要这样叫我。”他耸耸肩。

“反正，我没动，也没吭声，等他结束。他跳起来，像疯了一样，拿起一个东西打我。我没看见那是什么。他对我大吼大叫，咒骂，说：‘你知道你爱我！告诉我！我知道是真的！’我举起手保护头，过了一会儿，我一定又昏过去了，因为除了做梦般的牛叫声之外，肩上的疼痛是我记得的最后一件事。然后我醒来，发现自己的肚子卧在一匹马上，颠簸了一会儿，然后就又不记得了，接着就是在埃尔德里奇的壁炉边醒来，发现你正看着我。”他又闭上眼睛。他的语气很轻，几乎有点冷淡。

“我想……若我那样跟他说了，他可能早就杀了我。”

很多人的噩梦里都是恶魔。我的噩梦则是家谱，细细的黑色分支，每一支都有一堆日期。线条像蛇，嘴中叼着死亡。我又再次听见弗兰克的声音，说着他当上了军人，身为次子，那是很好的选择。还有三子，后来当上牧师，但我对他所知不多……我对他也所知不多。我只知道他的名字。家谱上列着三个儿子，约瑟夫·兰德尔和玛丽·兰德尔的儿子，我看过很多次：长子，威廉；次子，乔纳森；三子，亚历山大。

詹米再度开口，把我从沉思中唤回：“外乡人？”

“什么？”

“你知道我跟你提过的堡垒，我心里那个？”

“我记得。”

他没睁开眼，笑着朝我伸出一只手：“嗯，我至少还要盖厢房，还有避雨的屋顶。”

* * *

我就寝时十分疲倦，但很平静，内心还在思索。詹米会痊愈，在这件事还不确定的时候，我脑中想的都只有下一小时、下一顿饭、下一次用药，但现在我必须想远一点。

修道院是庇护所，但也只是暂时的庇护所。不论这些修士多么好客，我们都不能永远留在这里。苏格兰和英格兰目前都太危险，除非洛瓦特勋爵提供援助，但现在看来，机会渺茫。我们的未来一定得在海峡的这一边，而既然我已经知道詹米会晕船，也就清楚他不可能考虑移民去美国——晕船三个月，任谁想到都怕。那么，我们还有什么选择？

法国最有可能。我们两人都能说流利的法语。而詹米的西班牙语、德语和意大利语也同样出色，我却相形见绌。此外，弗雷泽家族在这里也有许多人脉，或许我们能找到亲戚或朋友，有个地方或庄园，然后在这个国家平静地生活。这个想法很吸引人。

但是一如往常，还有一个问题，那就是年代。一七四四年才刚开始，新年在两个星期前刚过。而一七四五年，查理王子会从法国驶向苏格兰，这个小僭君要为父亲夺回王位。他会带来灾难、战争和杀戮，镇压高地上的氏族，而随之而来的是，詹米和我珍视的所有人都会被杀害。

从此时到那时，中间还有一年。一年之内，事情可能发生，也可能通过采取行动，阻止灾难。但怎么阻止？用什么方法？我不知道，而袖手旁观的结果，我也非常清楚。

事情有可能改变吗？或许可以。我手指滑向左手，随意抚着无名指上的金戒指。我想起在温特沃思监狱的地牢里，在愤怒与恐惧的冲击下，我对乔纳森·兰德尔说过的话。

“我诅咒你，你的死期。”然后我把他的死期告诉他。那个日期就在家谱上，以弗兰克手写的优美黑体字写着：一七四五年四月十六日。乔纳森·兰德尔原本应困在英国人发动的屠杀中，死于卡洛登之役。但他没有。他被我的复仇之蹄践踏之后，几小时内就死了。

而他死时还未婚，没有子嗣。至少就我所知是如此。那张家谱，可恨的家谱！上面写着他的婚期，一七四四年的某一天。而他的儿子在婚后不久便出生了，那是弗兰克的五代曾祖。如果乔纳森·兰德尔死了，且未留下子嗣，弗兰克要如何出生？而他的戒指还戴在我手上。他存在过，会存在的，我这样安慰自己，一边在黑暗中摸着戒指，仿佛里面有精灵可以给我指引。

不久之后，我从沉睡中惊醒，差点儿尖叫出声。

“嘘。是我。”大手从我嘴巴上离开。蜡烛已经熄了，房内一片漆黑。我胡乱摸索，然后摸到了一件坚硬的东西。

“你不应该下床的！”我责备道，还因睡意而有些乏力。我的手指滑过冰滑的肌肤：“你快要冻僵了！”

“嗯，当然。”他的声音透着不悦，“我一丝不挂，走廊上又冷得要命。你能让我钻入被窝吗？”

我在狭小的床上尽力让出空间，他赤裸的身体滑入被窝，躺在我身旁，紧抱着我取暖。他呼吸不顺，我想他颤抖除了因为寒冷，也因为虚弱。

“天哪，你好温暖。”他依偎过来，叹了口气，“抱着你好舒服，外乡人。”

我没问他来做什么，原因显而易见。我也没问他是否确定要这样做。我有我的顾虑，但没说出来，以免担忧成真。我转身面向他，小心不碰到他受伤的手。

就在结合的那个惊心瞬间，快速滑动的陌生感立刻变得熟悉。詹米深深叹了口气，心满意足，或许同时也有点如释重负。我们静静躺了一会儿，仿佛生怕一动就会破坏脆弱的联结。詹米完好的手慢慢抚摸我，在黑暗中感受我肌肤的触感，手指像猫的胡须一样张开，对震动非常敏感。他朝我动了一下，像是在发问，而我也用同样的语言回答他。

我们玩起精巧的慢动作游戏，小心游走在他的欲望和虚弱之间，疼痛和逐渐增加的快感之间。黑暗中，有一度我心想，一定要告诉安塞姆，还有另一个方法可以让时间停下，但接着又想到或许还是别说，毕竟这个方法神父不能用。

我稳稳抱着詹米，一只手轻轻放在他伤痕累累的背上。他引领我们的节奏，但让我决定动作的强度。除了呼吸之外，我们没发出任何声音，一直到最后。我觉得他累了，便坚定地抓住他，把他拉近，摇着我的臀部，让他越来越深，把他推向高潮，温柔地说："快，来吧。快！"他的前额紧紧抵着我的前额，随着一声颤抖的轻叹，把自己给了我。

维多利亚时代的人把高潮称为"小死亡"，确实有点道理。他虚软沉重地倒在我身上，若非我的胸部感受到他心脏缓慢的跳动，我会以为他死了。时间仿佛过了很久，他才动了一下，靠着我的肩膀不知咕哝什么。

"你说什么？"

他转过头，如此一来，他的嘴巴就正好在我耳朵下。我的脖子上有温暖的鼻息。"我说，我的手刚刚一点都不痛。"他温柔地回答。

他的手在我脸上轻轻摸索，抚去我脸颊上的汗水："你在为我担心吗？"

"没错，我觉得太快了。"

他在黑暗中轻轻笑了："是太快了，我几乎要害死自己。没错，我也担心。但是手痛到让我醒来，我再也无法入睡。我翻来覆去，觉得没有你好孤单。然后我越想你，就越想要你，等我一回神，开始担心自己的时候，已经在走廊上走到一半了。然后我一想到……”他停顿，抚摸我的脸颊，“嗯，我或许不是非常厉害，外乡人，但我大概也还不算懦夫吧。”

我转过头，迎向他的吻。他的胃咕噜作响。

“你，不准笑，都是你的错，不让我吃东西。除了牛肉粥和麦芽酒，什么都没有，我竟然还活得下来，真是奇迹。”他抱怨道。

“好吧，你赢了。你明天早餐可以吃一颗蛋。”我继续笑着。

“哈，我知道你会让我吃的，只要我适当推你一把。”他的语气有深深的满足。

我们面对面，紧紧相拥而眠。

第十八章　地球的子宫

接下来两个星期，詹米持续康复，我则继续思索。有时我觉得我们一定要去罗马，僭君的宫廷在那里有极大权力，然后我们可以……做什么？有时，我则衷心希望找到与世隔绝的安全地点，过上平静的生活。

那天天气晴朗温暖，排水口下悬着的冰柱不停滴水，在屋檐下方的雪地上留下深陷的水洼。詹米的房门半开着，窗户未关，好让屋内的熏香和残余的病气流出去。

我从门框探头，若他还在睡觉就不吵他，但窄床上却是空的。他坐在敞开的窗边，半背着门，我几乎看不到他的脸。

他还是太瘦，但肩膀在见习修士服的粗糙布料下显得又宽又挺，力量的优美正慢慢回到他身上。他动也不动，稳稳坐着，背挺直，腿弯在凳子下，身体的线条坚定而和谐。完好的左手握着右腕，在日光下慢慢转动右手。

桌上有一小堆布条。他已经拆掉绷带，正仔细检视受伤的手。我停在门口，从这里我可以清楚看见他如何来回转动那只手，小心查看。

他掌心的钉伤复原得很好，只剩微小的伤痕，我很高兴看到这一点。伤疤组织的小红点慢慢就会消失，但手背的状况就没那么理想了。伤口受到感染，变得有六便士硬币那么大，已结的痂和新生的疤交错成一片。

中指也一样，粉红色锯齿状凸起的伤疤组织从第一个关节正下方延伸到指节。拿掉薄木条支架后，大拇指和食指是直的，但小指却弯得很严重。我记得那根指头有三处断裂，很显然，我没有能力妥善接合。无名指接合得很怪，所以当他像现在这样把手摊放在桌上，手指会微微向上翘起。

他将手心向上，轻轻控制指头的动作。没有一根指头可以弯过一两英寸，无名指则完全不动。正如我担心的那样，第二个关节可能永远都不能动了。

他把手翻来覆去，凑到面前看，僵硬扭曲的手指和丑陋的疤痕在阳光照射下特别鲜明。接着，他突然低下头，受伤的手握在胸前，完好的那只手如守护般覆在上方。他默不出声，但宽阔的肩膀抖了一下。

“詹米。”我迅速穿过房间，跪在他身旁，手轻轻放在他的膝上，“詹米，抱歉，我尽力了。”

他惊讶地俯视我，浓密的褐色睫毛上有泪水在阳光中闪耀，他随即用手背擦掉。“什么？”他说，声音哽咽，我突然出现显然吓了他一跳，“抱歉？为什么要道歉，外乡人？”

“你的手，”我伸手摸，沿着手指歪曲的线条轻抚，触碰手背上凹陷的疤痕，“会好起来的，真的。我知道现在看起来有点僵硬无力，但那只是因为被木条固定太久了，骨头也还未完全接合。我可以教你怎么运动和按摩。手指大部分的功能都能恢复，真的……”我不安地向他保证。

他完好的那只手覆在我脸上，阻止我继续说。“你是说……？”他开口，然后停下，不可置信地摇头，“你觉得……？”

他又再次停下，然后才重新开始说：“外乡人，你该不会以为我是为了一只僵硬的指头和一些疤痕而难过吧？”他微笑，但脸看起来有些扭曲，“我或许有些虚荣，但也没那么虚荣——我希望。”

“但是你……”我开口道。他牵起我的两只手，站了起来，也把我拉起身。我伸出手，抚去一颗滚落在他脸颊上的泪珠，拇指染上水汽的温暖。

“我是喜极而泣，外乡人。”他温柔地说，慢慢伸出双手，捧住我的脸，“感谢上帝，我有两只手。我有两只手可以抱你，可以为你做事，可以爱你。感谢上帝，我还是完整的人，因为有你。”

我举起我的手，覆上他的手：“怎么可能不完整呢？”接着我想起比顿的锯子和刀子等各式屠宰器具，然后我明白了。我明白自己在紧急关头忘了一件事，那就是，在还没有抗生素的年代，要治疗严重感染，通常就是截肢，或者应该说只能截肢。

“噢，詹米。”我一想通，膝盖便一软，砰的一声坐到凳子上，“我没想过，我真的从没想到这个，詹米。若是我想到了，我有可能也会做。为了救你的命。”我仍然有些惊恐，仰头望着他。

“这不是……所以他们不这样做吗，在……你的时代？”

我摇摇头：“不。有药物可以控制感染。所以我想都没想过。”我突然抬头看他，难以置信地问：“你想过吗？”

他点点头：“我想过。所以那时候，我才请你让我死去。在一阵阵头痛发作的时候，我正在想这件事，然而，只有那时候，我觉得自己无法忍受这样活下去。你知道，伊恩就是这样。”

“我不知道，真的吗？”我很意外，“他告诉我，他的腿是被葡萄弹炸掉的，但我没追问细节。”

“是，他腿上被葡萄弹击中的伤口越来越严重。医生把腿截去，以免血液中毒。”他停顿一下，“整体而言，伊恩适应得很好。可是……”他迟疑一下，伸手拉拉那根僵硬的无名指，继续说道，“我知道以前的他。他之所以能好好面对，只是因为詹妮。她……让他完整。”他望着我，笑得有些羞涩，“就像你对我一样。我不懂女人为什么这么不怕麻烦。”

“嗯，女人喜欢这样。”我轻声说。

他轻声笑着，把我拉近：“是啊。老天才知道为什么。”

我们站着拥抱了好一会儿，动也不动。我的前额抵着他的胸膛，双手环在他背后。我可以感到他的心跳，缓慢而有力。

终于，他动了一下，把我放开。“我有东西要给你看。”他转身拉开桌子的小抽屉，拿出一封折好的信，递给我。

那是亚历山大院长写的介绍信，将他的侄子詹姆斯·弗雷泽，一流的语言学家及译者，推荐给圣乔治骑士，即苏格兰国王詹姆斯。

“那地方不错，而我们很快就得找个地方落脚。可是，你在纳敦巨岩山丘上跟我说的话……是真的吧？”詹米看着我把信折好，开口问道。

我深吸一口气，点点头：“是真的。”

他把信拿回去，放在膝盖上轻轻拍着沉思。“那么这个……”他挥挥那封信，“也不是完全没有危险。”

“有可能。”

他把信丢回抽屉，坐着看了一会儿，然后抬起头来，深蓝色的眼睛看着我，一只手放在我脸上。“克莱尔，我是认真的。我的命是你的，所以由你决定我们该怎么做，该去哪里。去法国、意大利，还是回苏格兰。从我第一次见到你，我的心就属于你。而到了这里，我的灵魂和身体也都在你手里获得安全。你说我们去哪儿，我们就去哪儿。”他轻声道。

有人轻轻敲门，我们像偷偷摸摸的恋人一样迅速分开。我轻拍自己的头发，想着修道院虽然是绝佳的疗养地，却不适合谈恋爱。

一个平信徒经詹米允许后走进来，把一包庞大的皮鞍袋重重放在桌上。“埃尔德里奇庄园的麦克兰诺赫送来的，收件人是图瓦拉赫堡夫人。”他面露微笑，鞠躬后便走出去，留下隐约的海水味和冷空气。

我拆开皮绳，好奇麦克兰诺赫会送什么来。里面有三样东西：一张纸条，既无称谓也无签名；一个给詹米的小包裹；一块处理过的狼皮，鞣皮的味道仍很重。

纸条上写着：“贤德女子乃贵重珍珠，价值犹胜红宝石。”

詹米打开他的包裹，一手握着小小的发光物，疑惑地看着那张狼皮：“有点奇怪。马库斯爵士给你一张狼皮，外乡人，然后给我一串珍珠手链。他标错了吧？”

手链很美，不规则的大颗珍珠串成一条，两端是弯弯的金链子。

“不，他没标错。”我欣赏着那条手链，“手链是配你给我的那条结婚项链的。那条项链是他送给你母亲的，你知道吗？”

“不，我不知道。”他轻声回答，摸着珍珠，“父亲把项链传给我，要我送给我妻子，不论她是谁……”他突然笑了一下，“但他没告诉我项链来自哪里。”

我回想那天晚上，我们如此无礼地闯入麦克兰诺赫家、他给予的协助，以及隔天我们离开时他脸上的神情。我可以从詹米的脸上看出，他也正在回想那位原本可能成为他父亲的男爵。他伸手握住我，把手链戴在我手腕上。

“但这不是给我的啊！”我反抗。

“是，是给你的，男人不适合送首饰给可敬的已婚女子，他才转送给我。但这显然是给你的。而且，即便我现在骨瘦如柴，我也戴不上去。”他望着我笑，坚定地说。

接着，他转身拿起那捆狼皮，抖了开来：“不过，麦克兰诺赫送你这个，又是为什么？”他把毛茸茸的狼皮披在肩上，我尖叫一声，向后躲开。狼头的毛皮也仔细处理过，还装上一对黄色玻璃眼睛，挂在詹米的左肩上瞪着我，非常可怕。

“啊！它就像生前的样子。”我说。

詹米顺着我的目光转头，突然对上狼的怒吼表情，也吓了一跳，惊呼出声，把狼皮抖开，丢在地上。“我的天！”他为自己画了一个十字架。狼皮摊在地上，不祥的眼神在烛光中瞪视着。

“你说‘它生前的样子’，那是什么意思，外乡人？它是你朋友吗？”詹米眯起眼睛，看着那张皮。

于是我把之前没机会告诉他的事都说了出来。那匹狼、其他狼、赫克托、雪、有熊的农舍、与马库斯爵士的争论、默塔的表情、牛群，还有下雪的那晚、在山丘上粉红薄雾中漫长的等待，等着看他是活是死。

他虽然瘦了，胸膛仍很宽，手臂也很温暖强壮。他把我的脸压在他胸口上，在我啜泣的时候轻轻摇晃。我试着控制情绪，但他却越抱越紧，对着我的头发说着温柔的话。我终于放声大哭，像孩子一样哭到瘫软无力，最后只能打嗝。

“我刚刚想到，我也有小礼物要送给你，外乡人。”他抚平我的头发。我吸着鼻子，因为手上没有东西，就拿裙子擦擦鼻子。

“抱歉，我没东西送你。”我说，看着他站起来，在乱七八糟的床上翻找。我又吸了一下鼻子，心想他应该是在找手帕吧。

“我的生命、我的男子气概、我的右手，你给的礼物还少吗？”他淡淡地问，“这就够了，美人儿。”他直起身子，手上拿着见习修士的衣服，“脱掉衣服。”

我张大嘴巴：“什么？”

“脱掉衣服，外乡人，穿上这件。”他笑着递给我那件袍子，“还是你要我先转过身去？”

* * *

我紧抓着身上那件粗糙的手织服，跟着詹米走下另一层漆黑的阶梯。这是第三层了，还是最窄的一层。他手上提着灯，在石墙上照亮的范围不超过十八英寸。我们一层层往下走进漆黑的楼梯井，仿佛被吞入地底。

“你确定你还知道方向？”我的声音在楼梯井里回响，但带有一种憋闷的感觉，很怪，像是在水里说话。

“嗯，我们刚刚应该没有太多机会转错弯吧？”

我们走到另一面楼梯平台，前方的路确实只有一条，就是往下。

不过，我们一走完这段陡降的楼梯，便来到一扇门前。平台很小，看起来像是在坚硬的山壁上凿出来的，前方那扇宽大的矮门是橡木门板配黄铜铰链。灰色的门板有岁月的痕迹，但仍很坚实，这面平台也扫得很干净。显然这里还有人用。是酒窖吗？

门旁有座凸出的灯台，上面的火炬已烧至半焦。詹米停下来，从一堆纸捻中取出一根，点燃火炬，接着推开未上锁的门，低头从门楣下穿过，我随后跟上。

起初，除了詹米那盏灯的亮光以外，我什么也看不到。四处一片漆黑。灯火一路摆动，离我越来越远。我站着不动，视线跟着那团火光。他每走几英尺就停下，接着继续走，然后他身后就会慢慢升起一团火焰，燃出小小的红光。等我的眼睛逐渐适应，火焰已经变成一排灯，像灯塔一样从石柱上照亮黑暗。

一座洞穴。起初我以为是水晶洞，因为灯火后方有奇异的黑色光芒闪烁。不过等我往前走到第一根石柱，抬头向上望，我便明白了。

清澈的黑色湖泊。透明的湖水如玻璃般在纯黑的火山沙上闪耀，映照出灯笼的红色火光。空气潮湿温暖，热气在冰冷墙面上凝结成水，顺着凹凸的石柱流泻下来。

是温泉。微微的硫黄味刺激着我的鼻子。所以，是个矿泉。我想起安塞姆提过修道院附近的涌泉疗效远近驰名。

詹米站在我身后，那池缓缓冒着热气的水闪烁着墨黑及红宝石色泽。

“泡热水澡，喜欢吗？”他骄傲地道。

“圣基督耶稣·罗斯福！”

“噢，你喜欢。”他说，因惊喜的礼物获得肯定而露出微笑，“那么，进来吧。”

他脱下袍服站着，身体在黑暗中微微发光，水面反射的红光一片片照在他身上。洞穴高耸的穹顶仿佛能吞没光芒，灯光只照亮了附近几英尺，便没入黑暗。

我带点迟疑，让袍服从我手臂滑落。

“水有多热？”我问。

“够热了。别担心，不会烫伤，但若泡太久，可能会像汤里的肉一样，煮到和骨头分离。”

“还真吸引人。”我扔下袍子，跟在他修长的身形之后，小心翼翼踏入水中。从石壁凿出的台阶往水底延伸，墙边有一条打结的绳索供人抓握。

水浸没我的臀部，暖意涌了上来，我腹部的肌肤在喜悦中轻轻发颤。抵达台阶底部后，我站在干净的黑沙上，水只比我的肩膀低，胸部像玻璃浮标一样漂在水面上。浓密头发覆住的后颈和后背肌肤在这个热度下开始发红出汗，隐隐刺痛。这完全就是天堂。

温泉水面柔滑无波，但并非不动的死水。我感到池中有小小的水流像脉搏一样流窜。除了很有安抚之效的温度之外，我猜，就是这些水流让我一时误以为这温泉是活的——温暖热情的实体，张开双臂，准备拥抱、抚慰。安塞姆说这些温泉有疗愈的力量，而我毫不怀疑。

詹米从我身后靠过来，穿水而过时带出细小的水波。他环抱住我，手覆上我的胸部，温水轻柔地抚过我的胸部上缘。

“喜欢吗，美人儿？”他弯腰低头在我的肩上印下一吻。

我靠着他的身体，让双脚在水面下漂浮。“很喜欢！从八月这一路走来，我的身体第一次暖了起来。”

他开始拖着我慢慢向后走，我的双腿在水中一路摇曳，舒服的暖意传到四肢，就像被一双手爱抚过。他停下来，转过我的身体，把我轻轻放在一块硬木板上。透过水底微弱的光线，我依稀看见固定在岩壁上的木板。他在我身边坐下，双臂张开，倚着我们身后凸出的岩壁。

“前几日安布罗斯修士带我来这里泡澡，软化我的伤疤。很舒服，是吧？”

“舒服都不足以形容。”水的浮力很大，我想，若我松开抓着木板的手，一定会漂走。我抬头望着屋顶那片黑色阴影：“有什么东西住在这洞穴里吗？蝙蝠之类的？还是鱼？”

他摇摇头：“除了温泉之灵，什么都没有，外乡人。泉水经过那里的一道窄缝，从地底冒出来……”他头朝着洞穴后方的幽暗一点，“然后从岩石间许多细小的开口流淌出来，却没有真的通往外面，除了修道院的那扇门。”

“温泉之灵？”我兴致勃勃地说，“你躲在修道院下面，讲话却像异教徒。”

他恣意伸展四肢，长长的腿在清澈的水面下摇动，仿佛水生植物的枝条。“嗯，随你说，但温泉出现在这里的时间比修道院早多了。”

“真的，看得出来。”

洞壁是平滑的深色火山岩，在温泉的湿气润泽之下，简直像黑色玻璃。整个空间如同巨大的泡泡，平静却又富生气的泉水填满其中一半。我们仿佛被裹在子宫般的地核中，如果我把耳朵贴在石面上，就会听见附近那颗大心脏永不停息的沉缓心跳。

于是我们好长一段时间都沉默不语，半漂浮，半恍惚，漂在无形的水流中，时不时擦过彼此身体。

终于我开口了，声音有点缓慢滞塞："我决定了。"

"啊。所以，去罗马吗？"詹米的声音听起来好遥远。

"对。我不知道，一旦到那里……"

"没关系，我们就看着办。"他朝我伸手，动作慢得我以为永远都碰不到我。他把我拉近，直到我敏感的乳尖擦过他的胸膛。这水不只温暖，还很沉重，感觉起来几乎有点油。他的手在我背后向下游走，覆上我的臀部，把我抬起。

侵入让我吃了一惊，又热又滑，如同我们的肌肤。我们朝彼此漂动，仅仅感到一点碰触和压力，但他在我体内，坚实而亲密，是荡漾世界中固定的一点，是子宫内漂动的一条脐带。他进入的时候，有一点热水跟着流入，我发出一阵惊叹，接着把身体沉在那固定的一点上，又发出一阵舒服的轻叹。

"噢，我喜欢。"他欣赏地说。

"喜欢什么？"我问。

"你发出的声音。小小的尖叫。"

我不可能脸红，因为身体早就红透了。我把头发向前甩，盖住脸，鬈发拖在水面上，舒展开来。"抱歉，我不是故意出声的。"

他笑出来，低沉的嗓音在屋梁轻轻回荡："我说了，我喜欢。真的喜欢。和你做爱时，我最爱的，就是你发出的那些小小的声音，外乡人。"

他把我拉得更近，让我的前额靠着他的脖子。我们之间的水汽立刻散开，和满是硫黄的泉水一样滑溜。他的臀部轻轻移动，我吸着气，有点压抑地喘气。

"对，这样，还是……这样？"他温柔地说。

"呃。"我说。

他又大笑，但没停下动作。“我最常想的就是这件事。”他的手缓缓在我背上游移，覆上我的臀部，绕圈、抚摸，“狱里的夜晚，当我和一群男人锁在一起，听着打呼、放屁和咕哝，我就想到我爱你的时候，你发出的那些温柔细微的声音，而我感觉，黑暗中，你就在我身边，轻轻呼吸，然后呼吸加快。我第一次要你的时候，你发出小小的呻吟，好像你早就准备好了。”

我的呼吸确实越来越快。在矿物质丰富的浓稠泉水的支撑之下，我就像上了油的羽毛一样跳动，我之所以还没漂走，只是因为我扣着他肩膀深刻的肌肉线条，以及下面紧紧钩着他。

“还有，我激烈渴望地要你，然后你在我身体下面抽噎、挣扎着，像是想要离开，但我知道你只是挣扎着要靠得更近，我也一样。”

湿热的声音就在我的耳边，手继续探索，动作轻缓，像在给鳟鱼搔痒，深深滑进我的股沟，滑得更低，探寻爱抚我们结合之处延展和渴望的那点。我颤抖着，难以自持地喘气。

“还有当我要你，你轻叹着带我进入，发出阳光中蜂巢那种轻轻的哼声，然后你发出小小的呻吟，把我带入祥和的状态。”

“詹米，詹米，求你。”我粗哑地说，声音在水面上回荡。

“还没，美人儿。”他的双手紧紧握着我的腰，稳住我的身体，放慢我的速度，把我向下压，让我发出呻吟。

“还没。我们有时间，而且我还想听你那样呻吟。呻吟还有啜泣，就算你不想，却控制不了。我要你叹息，好像心要碎了一样，因渴望而尖叫，然后终于在我的怀抱中哭喊出来，这样我就会知道我让你很舒服。”

热流窜过股间，像标枪一样射入我腹部深处，我的关节松开，两手虚软无力地从他肩膀滑落。我的背部拱起，柔滑圆润的乳房紧紧压着他的胸膛。我在温暖的黑暗中颤抖，詹米的双手稳住我，我才不致溺死。

我靠着他休息，觉得自己像水母一样浑若无骨。我不知道，也不在乎自己刚刚发出了哪种声音，但我觉得自己无法好好说话。然后他又开始移动，在漆黑的水底像鲨鱼一样凶猛。

“不，詹米，不要。我无法再承受一次。”血液还冲击着我的指尖，他在我体内的移动是激烈的折磨。

“你可以，因为我爱你。”他的声音有一半被我湿透的发丝闷住，“而且你会，因为我要你。不过这次我要跟你一起去。”

他用力把我的臀部握向他，一道暗涌的力量让我无法自已。我无力地瘫在他身上，像波浪碎在岩石上，他以坚硬残暴的力道迎向我，那是我在狂乱撞击中的定锚。

我像周围的水一样，柔软而不定型，盛装在他手框住的范围内。我哭喊出声，像被波浪吞没的水手，发出无力、半呜咽的哭喊。然后我也听到他的哭喊，同样无助，所以我知道我让他很舒服。

* * *

我们挣扎着上岸，离开地球的子宫，全身湿透，冒着热气，四肢因酒气和热气而发麻。我一到地面便瘫了下来，试着要拉我的詹米也在我身边倒下，光着腿跌在那堆袍服间。

我们无法控制地笑着，爱比酒更让人沉醉。我们依偎着找路，手脚并用，爬上第二层阶梯，不仅没帮到彼此，反而还阻碍彼此前进，在窄窄的空间里轻轻推挤，然后终于一起跌坐在第二层平台上。

这里有一扇没有玻璃的古老壁窗，可以看到天空，月的光芒在我们身上洒下银光。我们相拥躺着，让湿润的肌肤在冬日的空气中风干，等着狂乱的心跳慢下来，恢复均匀的呼吸。

一轮圣诞节的月亮高挂着，大到几乎要填满空荡的窗户。月亮如此亲密，如此凛然，难怪海潮和女人都得受这庄重球体的吸引。

但我自己的潮水，不再涌向那禁欲的、不孕的召唤，我自由了，这件事窜入我的血液中，令我为之战栗。

“我也有礼物送你。”我突然对詹米说。他转过身看我，大手坚定地滑过我依旧平坦的腹部。

“你有了吗？”他说。

此时，整个世界围绕着我们，崭新且蕴藏无限可能。